O JUIZ DO EGITO

SOB A PIRÂMIDE

Do Autor:

As Egípcias
A Rainha Sol
A Sabedoria Viva do Antigo Egito
Mundo Mágico do Antigo Egito
Nefertiti e Akhenaton
O Egito dos Grandes Faraós
Filae — O Último Templo Pagão
Tutancâmon — O Último Segredo
O Faraó Negro
A Viagem Iniciática

SÉRIES

RAMSÉS

O Filho da Luz (Vol. 1)
O Templo de Milhões de Anos (Vol. 2)
A Batalha de Kadesh (Vol. 3)
A Dama de Abu-Simbel (Vol. 4)
Sob a Acácia do Ocidente (Vol. 5)

A PEDRA DA LUZ

Nefer, o Silencioso (Vol. 1)
A Mulher Sábia (Vol. 2)
Paneb, o Ardoroso (Vol. 3)
O Lugar da Verdade (Vol. 4)

A RAINHA LIBERDADE

O Império das Trevas (Vol. 1)
A Guerra das Coroas (Vol. 2)
A Espada Flamejante (Vol. 3)

MOZART

O Grande Mago (Vol. 1)
O Filho da Luz (Vol. 2)
O Irmão do Fogo (Vol. 3)
O Amado de Ísis (Vol. 4)

OS MISTÉRIOS DE OSÍRIS

A Árvore da Vida (Vol. 1)
A Conspiração do Mal (Vol. 2)
O Caminho de Fogo (Vol. 3)
O Grande Segredo (Vol. 4)

A VINGANÇA DOS DEUSES

Caça ao Homem (Vol. 1)
A Divina Adoradora (Vol. 2)

O JUIZ DO EGITO

Sob a Pirâmide

CHRISTIAN JACQ

O JUIZ DO EGITO

SOB A PIRÂMIDE

Tradução
Maria Alice Araripe

Rio de Janeiro | 2016

Copyright © Librairie Plon, 1993

Título original: *Le Juge D'Égypte — La Pyramide assassinée*

Capa: Oporto Design

Editoração: FA Studio

Texto revisado segundo o novo
Acordo Ortográfico da Língua Portuguesa

2016
Impresso no Brasil
Printed in Brazil

Cip-Brasil. Catalogação na publicação.
Sindicato Nacional dos Editores de Livros, RJ.

J19s	Jacq, Christian, 1947-
	    Sob a pirâmide / Christian Jacq; tradução Maria Alice Araripe. — 1. ed. — Rio de Janeiro: Bertrand Brasil, 2016.
	    336 p.: il.; 23 cm. (O juiz do Egito).
	
	    Tradução de: La pyramide assassinée
	    ISBN 978-85-286-1761-0
	
	    1. Ficção histórica francesa. I. Doria, Maria Alice Araripe de Sampaio, 1948-. II. Título. III. Série.

16-30036	CDD: 843 CDU: 821.133.1-3

Todos os direitos reservados pela:
EDITORA BERTRAND BRASIL LTDA.
Rua Argentina, 171 — 2º andar — São Cristóvão
20921-380 — Rio de Janeiro — RJ
Tel.: (0xx21) 2585-2076 — Fax: (0xx21) 2585-2084

Não é permitida a reprodução total ou parcial desta obra, por quaisquer meios, sem a prévia autorização por escrito da Editora.

Atendimento e venda direta ao leitor:
mdireto@record.com.br ou (0xx21) 2585-2002

Vejam, o que os ancestrais haviam previsto, aconteceu: o crime espalhou-se, a violência invadiu os corações, a desgraça atravessou o país, o sangue correu, o ladrão enriqueceu, o sorriso apagou-se, os segredos foram divulgados, as árvores foram desenraizadas, a pirâmide foi violada, o mundo desceu a um nível tão baixo que um pequeno número de insensatos se apoderou do trono, e os juízes foram expulsos.

Mas lembre-se do respeito à Regra, da exata sequência dos dias, dos tempos felizes em que os homens construíam pirâmides e faziam os pomares se desenvolverem para os deuses, desse tempo bendito em que uma simples esteira preenchia as necessidades de cada homem e o tornava feliz.

Profecias do sábio Ipu-Ur

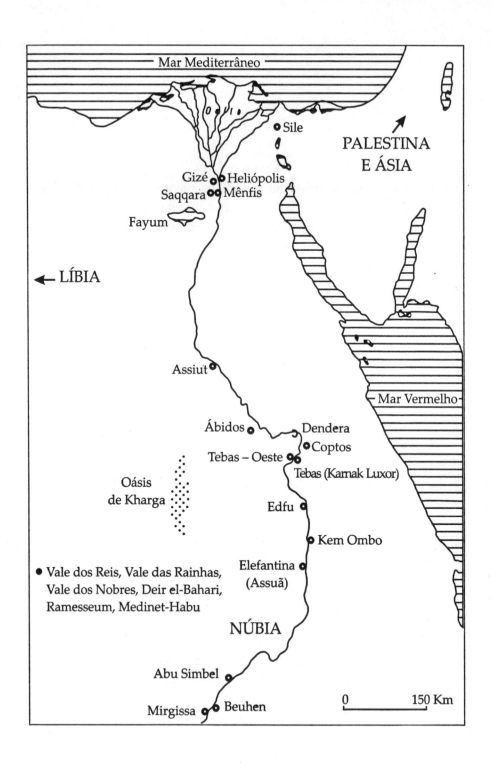

PRÓLOGO

Uma noite sem nuvens envolvia a Grande Pirâmide com um manto de trevas. Furtiva, uma raposa do deserto penetrou no cemitério dos nobres, que, no Além, continuavam a venerar o faraó. Guardas vigiavam o famoso monumento onde só Ramsés, o Grande, entrava, uma vez por ano, para prestar homenagem a Quéops, o glorioso ancestral; corria o boato de que a múmia do pai da mais alta das pirâmides era protegida por um sarcófago de ouro, coberto de incríveis tesouros. Mas quem ousaria atacar um tesouro tão bem protegido? Ninguém podia transpor o limiar de pedra e caminhar no labirinto do gigantesco monumento, a não ser o soberano reinante. O corpo de elite escalado para a sua proteção faria uso do arco sem avisar; várias flechas atravessariam o imprudente ou o curioso.

O reinado de Ramsés era feliz: rico e pacífico, o Egito brilhava no mundo. O faraó era considerado o mensageiro da luz, os cortesãos serviam-no com respeito, o seu nome era glorificado pelo povo.

Os cinco conjurados saíram juntos de uma cabana de operários onde ficaram escondidos durante o dia; eles haviam repetido o plano cem vezes para ter a certeza de que não deixavam nada ao acaso. Se tivessem sucesso, mais cedo ou mais tarde se tornariam donos do país e nele imprimiriam a sua marca.

Vestidos com uma túnica de linho grosseiro, passaram ao longo do planalto de Gizé sem deixar de lançar olhares febricitantes para a Grande Pirâmide.

Atacar a guarda seria loucura; se antes deles, alguns outros haviam pensado em apossar-se do tesouro, ninguém havia conseguido.

Um mês antes, a Grande Esfinge havia sido liberada da areia acumulada por várias tempestades. O gigante, de olhos erguidos para o céu, só contava com uma fraca proteção. O seu nome de "estátua viva" e o terror que inspirava eram suficientes para afastar os profanos. Faraó com corpo de leão talhado no calcário em tempos imemoriais, a esfinge fazia o sol levantar-se e conhecia os segredos do Universo. Cinco veteranos formavam a sua guarda de honra. Dois deles, encostados do lado de fora do muro que a cercava, de frente para as pirâmides, dormiam a sono solto. Eles não veriam nem ouviriam nada.

O mais magro dos conjurados escalou o muro; rápido e silencioso, estrangulou o soldado que dormia perto do flanco direito da fera de pedra; em seguida, eliminou o companheiro dele posicionado perto do ombro esquerdo da esfinge.

Os outros conjurados foram ao encontro dele. Eliminar o terceiro veterano não seria fácil. O chefe dos guardas estava diante da estela de Tutmés IV,* erguida entre as patas dianteiras da esfinge, para lembrar que esse faraó devia a ela o seu reinado. Armado com uma lança e um punhal, o soldado se defenderia.

Uma participante da conjuração tirou a túnica.

Nua, ela avançou para o guarda.

Boquiaberto, o guarda fitou a aparição. Será que a mulher não seria um dos demônios da noite que vagavam em torno das pirâmides para roubar as almas? Sorridente, ela se aproximou. Apavorado, o veterano se ergueu e brandiu a lança; o seu braço tremia. Ela parou.

— Recue, fantasma, afaste-se!

— Não lhe farei nenhum mal. Deixe-me prodigalizar as minhas carícias.

O olhar do chefe dos guardas permaneceu cravado no corpo nu, mancha branca nas trevas. Hipnotizado, deu um passo em direção a ela.

Quando a corda se enrolou no seu pescoço, o veterano soltou a lança, caiu de joelhos, tentou gritar, em vão, e morreu.

— O caminho está livre.

— Vou preparar as lamparinas.

Em frente à estela, os cinco conspiradores consultaram uma última vez a planta e se encorajaram mutuamente, apesar do medo que os torturava.

---

* Depois de uma caçada no deserto, Tutmés IV (1412 – 1402) adormeceu ao pé da esfinge, que falou com ele em sonho: se a livrasse da areia que a cobria, ele seria rei. A promessa foi cumprida de ambos os lados. A estela que relata esse fato continua no mesmo lugar.

Deslocando a estela, contemplaram o vaso selado que marcava a localização da boca do inferno, porta das entranhas da Terra.

— Não era uma lenda!

— Vamos ver se existe mesmo um acesso.

Embaixo do vaso havia uma pedra com uma argola. Foram necessárias quatro pessoas para levantá-la.

Um corredor estreito, muito baixo, com uma forte inclinação, adentrava as profundezas.

— Rápido, as lamparinas!

Eles derramaram o óleo da pedra, muito gorduroso, fácil de inflamar, em cálices de dolerito.* O faraó havia proibido o uso e o comércio desse óleo, pois a fumaça preta que se desprendia da sua combustão fazia mal aos artesãos encarregados de decorar os templos e as tumbas e sujava os tetos e as paredes. Os sábios afirmavam que esse "petróleo",** como os bárbaros o chamavam, era uma substância nociva e perigosa, uma exsudação maligna das rochas, carregada de miasmas. Os conjurados não se importaram com isso.

Dobrados ao meio, a cabeça batendo constantemente no teto de calcário, eles avançaram em marcha forçada pela galeria, para a parte subterrânea da Grande Pirâmide. Ninguém falava; eles pensavam na sinistra fábula segundo a qual um espírito quebrava o pescoço de quem tentasse violar o túmulo de Quéops. Como saber se esse subterrâneo não os afastava do objetivo? Plantas falsas haviam circulado a fim de desviar eventuais ladrões; a que eles tinham estaria certa?

Eles bateram numa parede de pedra que golpearam com o cinzel; por sorte, os blocos, pouco espessos, giraram sobre si mesmos. Os conspiradores entraram numa ampla câmara com piso de terra batida, três metros e meio de altura, quatorze de comprimento e oito de largura. No centro havia um poço.

— A câmara baixa... Estamos na Grande Pirâmide!

Eles haviam conseguido.

O corredor,*** esquecido há tantas gerações, ia realmente da esfinge ao gigantesco monumento de Quéops, cuja primeira sala ficava situada trinta metros abaixo da base. Ali, naquela matriz, evocação do seio da terra mãe, haviam sido praticados os primeiros rituais de ressurreição.

---

* Uma das pedras mais duras e que os egípcios sabiam trabalhar sem quebrá-la.

** Embora conhecessem o petróleo, os egípcios não estimulavam o seu uso.

*** A existência desse corredor continua a ser hipotética; até os dias de hoje nenhuma campanha de escavação foi organizada.

Agora, eles teriam de enveredar por um poço que adentrava pela massa de pedra e se unia ao corredor que começava além das três tampas de granito.

O mais leve dos três subiu, apoiando-se nas saliências da rocha e escorando-se com os pés; ao chegar ao alto, lançou a corda enrolada na cintura. Sem ar, um dos conspiradores quase desmaiou; os companheiros arrastaram-no até a grande galeria, onde ele recuperou o fôlego.

A majestade do lugar deixou-os deslumbrados. Que mestre de obras havia sido tão insensato para construir um tal dispositivo que possuía sete carreiras de pedra? Com o comprimento de quarenta e sete metros, oito metros e meio de altura, a grande galeria, obra única por suas dimensões e situação no coração de uma pirâmide, desafiava os séculos. Nenhum arquiteto, constataram os mestres de obras de Ramsés, realizaria mais essa proeza.

Um dos conspiradores, intimidado, pensou em desistir; o chefe da expedição forçou-o a avançar, empurrando-o violentamente pelas costas. Desistir tão perto do objetivo seria estupidez; eles podiam felicitar-se pela exatidão da sua planta. Ainda havia uma dúvida: entre a extremidade superior da grande galeria e o início do corredor de acesso à câmara do rei, as grades de pedra teriam sido abaixadas? Se assim fosse, eles não conseguiriam contornar o obstáculo e voltariam de mãos abanando.

— A passagem está livre.

Ameaçadoras, as cavidades destinadas a receber os enormes blocos de pedra surgiram vazias. Os cinco conjurados se curvaram para entrar na câmara do rei, cujo teto era formado por nove blocos de granito que pesavam mais de quatrocentas toneladas. Com uma altura próxima de seis metros, a sala abrigava o coração do império, o sarcófago do faraó que repousava num chão de prata e que mantinha a pureza do lugar.

Eles hesitaram.

Até o momento haviam se comportado como exploradores em busca de um país desconhecido. É verdade que haviam cometido três crimes pelos quais teriam de responder diante de um tribunal do outro mundo, mas não haviam agido para o bem do país e do povo, preparando a evicção de um tirano? Se abriam o sarcófago, se o despojavam de seus tesouros, violavam a eternidade, não de um homem mumificado, mas de um deus presente no seu corpo de luz. Cortariam o último vínculo com uma civilização milenar para fazer surgir um novo mundo que Ramsés jamais aceitaria.

Quiseram fugir, embora experimentassem uma sensação de bem-estar. O ar entrava por dois furos escavados nas paredes norte e sul da pirâmide, uma energia subia do piso e insuflava-lhes uma força desconhecida.

Então, era assim que o faraó regenerava-se, absorvendo a força nascida na pedra e no formato da construção!

— O tempo urge.

— Vamos embora.

— Isso está fora de cogitação.

Dois deles se aproximaram, depois um terceiro e, depois, os dois últimos. Juntos, ergueram a tampa do sarcófago e colocaram-no no chão.

Uma múmia luminosa... uma múmia coberta de ouro, prata e lápis-lazúli, tão magnífica que os saqueadores não puderam sustentar o olhar. Com um gesto de raiva, o chefe dos conjurados arrancou a máscara de ouro; os seus acólitos se apossaram do colar e do escaravelho do mesmo metal, colocado no lugar do coração, dos amuletos de lápis-lazúli e do enxó de ferro celeste, cinzel de marceneiro que servia para abrir a boca e os olhos no outro mundo. Essas maravilhas lhes pareceram quase insignificantes quando viram o côvado de ouro que simbolizava a lei eterna pela qual o faraó era o único responsável e, principalmente, com a visão de um pequeno estojo com o formato de rabo de andorinha.

Dentro dele estava o testamento dos deuses.

Por esse texto, o faraó recebia o Egito como herança e devia mantê-lo feliz e próspero. Quando celebrasse o seu jubileu, ele seria obrigado a mostrá-lo à corte e ao povo como prova da sua legitimidade. Se não pudesse apresentar o documento, seria obrigado a abdicar mais cedo ou mais tarde.

Desgraças e calamidades não demorariam a assolar o país. Ao violar o santuário da pirâmide, os conjurados perturbavam a principal central de energia e impediam a emissão do *ka*, força imaterial que animava todas as formas de vida.

Os ladrões pegaram uma caixa de lingotes de ferro celeste, metal raro e tão precioso quanto o ouro. Eles seriam usados para completar a conspiração.

Pouco a pouco, a injustiça espalhar-se-ia pelas províncias e murmúrios elevar-se-iam contra o faraó, formando uma inundação destruidora.

Só faltava sair da Grande Pirâmide, esconder o saque e tecer a teia.

Antes de se dispersarem, eles prestaram um juramento: qualquer pessoa que atravessasse o caminho deles seria eliminada. Esse era o preço da conquista do poder.

CAPÍTULO 1

Depois de uma longa carreira consagrada à arte de curar, Branir desfrutava de uma aposentadoria calma na sua residência em Mênfis.

De constituição forte, peito largo, o velho médico exibia uma elegante cabeleira prateada que coroava um rosto sério, no qual transparecia bondade e devotamento. A sua nobreza natural se havia imposto tanto aos poderosos quanto aos humildes e ninguém se lembrava de nenhuma situação em que lhe houvessem faltado com o respeito.

Filho de um fabricante de perucas, Branir havia deixado o seio familiar para tornar-se escultor, pintor e desenhista; um dos mestres de obras do faraó chamara-o para o templo de Karnak. Durante um banquete da confraria, um talhador de pedra sentira-se mal; por instinto, Branir magnetizara-o arrancando-o de uma morte certa. O setor de saúde do templo não havia menosprezado um dom tão precioso e Branir formara-se em contato com mestres famosos antes de abrir o seu próprio consultório. Insensível aos convites da corte, indiferente às honras, só vivera para curar.

Se havia saído da grande cidade do Norte para ir a um pequeno povoado da região tebana, a causa não fora a profissão. Tinha uma missão a cumprir, tão delicada que parecia destinada ao fracasso; mas ele não desistiria antes de tentar de tudo.

Emocionado, ele retornava ao seu povoado no coração de um palmeiral. Branir mandou parar a liteira perto de um bosque de tamargueiras entrelaçadas, cujos galhos tocavam o chão. O ar e o sol estavam suaves; ele observou os camponeses que escutavam a melodia de um flautista.

Um ancião e dois jovens quebravam com a enxada os torrões de terra nas culturas das colinas que haviam acabado de irrigar. Branir pensou na estação em que o limo, depositado pela cheia, recebia as sementes enterradas pelos rebanhos de porcos e de carneiros. A natureza oferecia inestimáveis riquezas ao Egito, preservadas pelo trabalho dos homens; dia após dia, uma eternidade feliz corria pelos campos do país amado pelos deuses.

Branir continuou o seu caminho. Na entrada do povoado, cruzou com uma junta de bois; um deles era preto e o outro, branco com manchas marrons. Obedecendo à canga de madeira colocada onde nasciam os chifres, eles avançavam num passo tranquilo.

Em frente a uma das casas de barro, um homem agachado ordenhava uma vaca, cujas patas traseiras ele havia peado. O seu ajudante, um menino, derramava o leite numa jarra.

Branir lembrou-se, emocionado, do rebanho de vacas que havia guardado; eram chamadas "o bom conselho", "pombo", "água do sol" e "feliz inundação". A vaca encarnava a beleza e a doçura, sorte de quem a possuía. Aos olhos de um egípcio não existia animal mais sedutor; com as grandes orelhas, ouvia a música das estrelas colocadas, como ele, sob a proteção da deusa Hathor. "Que dia maravilhoso", cantava com frequência o vaqueiro, "o céu me é favorável e o meu trabalho, doce como o mel."* É verdade que o vigia dos campos às vezes o chamava à ordem, pedindo que se apressasse e que fizesse o gado avançar em vez de ficar matando o tempo. E, como sempre, as vacas escolhiam o caminho sem apressar o passo. O velho médico havia praticamente esquecido essas cenas simples, essa vida sem surpresas e essa serenidade do cotidiano em que o homem não era mais do que um olhar entre outros; os gestos se repetiam século após século, a cheia e a descida das águas ritmavam as gerações.

De repente, uma voz potente quebrou a tranquilidade do povoado.

O acusador público chamava a população para o tribunal, enquanto o chefe encarregado das disputas, incumbido de garantir a segurança e fazer com que a ordem fosse respeitada, segurava uma mulher que protestava inocência.

O tribunal de justiça estava instalado à sombra de um sicômoro; era presidido por Paser, um juiz de 21 anos em quem os anciãos confiavam. Em

---

* Esse canto e os nomes das vacas estão inscritos nos baixos-relevos das tumbas do Antigo Império.

geral, os altos dignitários designavam para a função uma pessoa de idade madura dotada de uma experiência substancial, responsável pelas decisões a respeito dos bens de todos, se fossem ricos e pelo destino das pessoas, se não possuíssem nada; por isso, os candidatos ao cargo, mesmo que fosse o de um pequeno juiz do interior, não eram abundantes. Qualquer magistrado pego em falta era castigado mais severamente do que um assassino; uma prática correta da justiça assim o exigia.

Paser não tivera escolha; em razão do seu caráter sério e do gosto pronunciado pela integridade havia sido eleito por unanimidade pelo conselho dos anciãos. Embora fosse muito jovem, o juiz dava provas de competência estudando cada dossiê com extremo cuidado.

Bem alto, mais para magro, cabelos castanhos, testa larga e alta, olhos verdes tingidos de marrom e olhar vivo, Paser impressionava pela sua seriedade; nem a raiva, nem o choro, nem a sedução abalavam-no. Ele ouvia, perscrutava, pesquisava e só formulava o seu pensamento depois de longas e pacientes investigações. No povoado, às vezes as pessoas assustavam-no com tanto rigor, mas felicitavam-se pelo amor que ele dedicava à verdade e pela aptidão que possuía em resolver os conflitos. Muitos o temiam, sabendo que ele não admitia o comprometimento e mostrava-se pouco inclinado à indulgência, mas nenhuma das suas decisões havia sido questionada.

Os jurados, oito ao todo, estavam sentados ao lado de Paser: o prefeito, a sua esposa, dois agricultores, dois artesãos, uma viúva idosa e o encarregado da irrigação. Todos haviam passado dos 50 anos.

O juiz abriu a audiência venerando Maat,* a deusa que encarnava a Regra, à qual a justiça dos homens devia tentar ser consoante; depois ele leu a acusação contra a jovem, segurada com firmeza pelo chefe encarregado das disputas. Uma de suas amigas acusava-a de haver roubado uma enxada que pertencia ao seu marido. Paser pediu à querelante que confirmasse o motivo da sua queixa em voz alta e à acusada que apresentasse a sua defesa. A primeira expressou-se com moderação, a segunda negou com veemência. De acordo com a lei em vigor desde a origem, nenhum advogado se interpunha entre o juiz e os protagonistas diretamente envolvidos num processo.

Paser ordenou à acusada que se acalmasse. A queixosa pediu a palavra para expressar a sua surpresa diante da negligência da justiça; não havia

---

* Maat é simbolizada por uma mulher sentada, usando uma pena de avestruz na cabeça; ela encarna a harmonia celeste.

relatado os fatos um mês antes ao escriba-assistente de Paser, sem conseguir a convocação do tribunal? Fora obrigada a apresentar uma segunda petição. A ladra tivera tempo de fazer a prova desaparecer.

— Existe uma testemunha do delito?
— Eu mesma — respondeu a queixosa.
— Onde a enxada havia sido escondida?
— Na casa da acusada.

Esta última negou com uma impetuosidade que impressionou os jurados. A sua boa-fé parecia evidente.

— Vamos fazer uma revista imediatamente — exigiu Paser.

Um juiz devia transformar-se em investigador, comprovar por si mesmo as alegações e os indícios nos locais citados no crime.

— Não tem o direito de entrar na minha casa! — rugiu a acusada.
— Você confessa?
— Não! Sou inocente!
— Mentir diante deste tribunal é uma falta grave.
— Foi ela quem mentiu.
— Nesse caso, a pena dela será severa. Confirma as suas acusações? — perguntou Paser, olhando nos olhos da queixosa.

Ela concordou.

O tribunal locomoveu-se guiado pelo encarregado das disputas. O juiz pessoalmente executou a revista. Ele encontrou a enxada no porão, embrulhada em panos e escondida atrás de jarros de óleo.

A culpada não resistiu mais. Segundo a lei, os jurados condenaram-na a dar para a vítima o dobro do que havia roubado, ou seja, duas enxadas novas. Além disso, a mentira sob juramento era passível de trabalhos forçados por toda a vida, até mesmo de pena capital em caso de crime. A mulher seria obrigada a trabalhar por muitos anos nas terras do templo local sem direito a nenhum benefício pessoal.

Antes da dispersão dos jurados, apressados em voltar às suas ocupações, Paser pronunciou uma sentença inesperada: cinco golpes de bastão para o escriba-assistente, culpado por ter deixado o caso arrastar-se. Uma vez que, segundo os sábios, o ouvido do homem ficava nas suas costas, ele escutaria a voz do bastão e seria menos negligente no futuro.

— Será que o juiz poderia conceder-me uma audiência?

Paser se virou, intrigado. Essa voz... Seria possível?

— Você!

Branir e Paser abraçaram-se.

— Você, no povoado!
— Uma volta às origens.
— Vamos para debaixo do sicômoro.

Os dois homens sentaram-se em duas cadeiras baixas dispostas sob o grande sicômoro, onde os altos dignitários desfrutavam da sombra. Num dos galhos principais estava pendurado um odre cheio de água fresca.

— Você se lembra, Paser? Foi aqui que revelei a você o seu nome secreto, depois da morte dos seus pais. Paser, "o vidente, aquele que vê ao longe"... Na época, o conselho dos anciãos não se enganou ao atribuir-lhe esse nome. O que mais exigir de um juiz?

— Eu fui circuncidado, o povoado me deu a primeira tanga da função, joguei fora os meus brinquedos, comi pato assado e bebi vinho tinto. Que bela festa!

— O adolescente rapidamente tornou-se um homem.

— Rápido demais?

— Cada um tem o seu ritmo. Você tem juventude e maturidade no mesmo coração.

— Foi você quem me educou.

— Sabe muito bem que não; você se fez sozinho.

— Você me ensinou a ler e a escrever, permitiu que eu descobrisse a lei e me consagrasse a ela. Sem você, eu teria me tornado um camponês e teria trabalhado a minha terra com amor.

— Essa não é a sua natureza; a grandeza e a felicidade de um país repousam na qualidade dos seus juízes.

— Ser justo... é uma luta cotidiana. Quem pode vangloriar-se de ser sempre vencedor?

— Você tem esse desejo, isso é o essencial.

— O povoado é seguro e tranquilo; esse triste caso foi excepcional.

— Você não foi nomeado supervisor do celeiro de trigo?

— O prefeito quer que me seja atribuído o cargo de intendente dos campos do faraó para evitar os conflitos na ocasião das colheitas. A missão não me tenta; espero que ele não tenha sucesso.

— Tenho certeza disso.

— Por quê?

— Porque você está destinado a um outro futuro.

— Está me deixando curioso.

— Confiaram-me uma missão, Paser.

— O palácio?

— O tribunal de justiça de Mênfis.
— Cometi alguma falta?
— Ao contrário. Faz dois anos que os inspetores dos juízes do interior fazem relatórios elogiosos sobre o seu comportamento. Você foi nomeado para a província de Gizé em substituição a um magistrado falecido.
— Gizé, tão longe daqui!
— Alguns dias de barco. Você vai residir em Mênfis.

Gizé, o sítio de maior prestígio entre todos os outros, Gizé, onde se erguia a Grande Pirâmide de Quéops, misterioso centro de energia do qual dependia a harmonia do país, imenso monumento onde só o faraó reinante podia entrar.

— Sou feliz no meu povoado; aqui eu nasci, aqui eu cresci, aqui eu trabalho. Deixá-lo seria um sacrifício muito grande.
— Apoiei a sua nomeação, pois acredito que o Egito precisa de você. Você não é um homem que dê preferência ao seu próprio egoísmo.
— É uma decisão irrevogável?
— Pode recusar.
— Preciso refletir.
— O corpo do homem é maior do que um celeiro de trigo e está cheio de inúmeras respostas. Escolha a certa; que a resposta errada continue aprisionada.

Paser andou na direção da margem do rio; naquele instante a sua vida estava em jogo. Não tinha a menor vontade de abandonar os seus hábitos, a felicidade tranquila do povoado e o campo tebano para se perder numa grande cidade. Mas como recusar um pedido de Branir, o homem que ele mais venerava? Jurou a si mesmo que aceitaria o apelo, quaisquer que fossem as circunstâncias.

Na beira do rio, um grande íbis branco, cuja cabeça, a cauda e as extremidades das asas eram tingidas de preto, se deslocava majestosamente. O pássaro magnífico parou, mergulhou o longo bico no lodo e dirigiu o olhar para o juiz.

— O animal de Toth o escolheu — decretou com voz rouca o pastor Pepi, deitado nos juncos. — Você não tem opção.

Com 70 anos de idade, Pepi era carrancudo e não gostava de fazer amizades. Ficar sozinho com os animais era para ele o auge da felicidade. Recusando-se a obedecer às ordens de quem quer que fosse, ele manejava o seu bastão nodoso com destreza e sabia esconder-se nos bosques de papiros quando os agentes do fisco, como uma revoada de pardais, caíam sobre o povoado. Paser havia desistido de convocá-lo perante o tribunal. O velho não admitia que se maltratasse uma vaca ou um cachorro e encarregava-se de corrigir o torturador; por isso, o juiz considerava-o um auxiliar da polícia.

— Contemple bem o íbis — insistiu Pepi. — A largura do passo dele é de um côvado, símbolo da justiça. Que a sua jornada seja correta e justa como a do pássaro de Toth. Você vai partir, não vai?

— Como sabe?

— O íbis viaja longe no céu. Ele o indicou.

O velho levantou-se. Tinha a pele curtida pelo vento e pelo sol; usava apenas uma tanga de junco.

— Branir é o único homem honesto que conheço; ele não quer enganá-lo nem prejudicá-lo. Quando estiver morando na cidade, desconfie dos funcionários públicos, dos cortesãos e dos bajuladores: eles carregam a morte nas palavras.

— Não quero deixar o povoado.

— E eu? Acha que quero ir buscar a cabra que come a plantação alheia?

Pepi desapareceu nos juncos.

O pássaro branco e preto levantou voo. As suas grandes asas marcaram um compasso que só ele conhecia e ele se dirigiu para o norte.

Branir leu a resposta nos olhos de Paser.

— Esteja em Mênfis no início do próximo mês; ficará hospedado na minha casa até assumir a função.

— Já vai embora?

— Não pratico mais a medicina, porém alguns doentes ainda precisam dos meus serviços. Eu também gostaria de ficar.

A liteira desapareceu na poeira do caminho.

O prefeito interpelou Paser:

— Temos de examinar um caso delicado; três famílias dizem ser donas da mesma palmeira.

— Estou a par; o litígio dura há três gerações. Entregue-o ao meu sucessor; se ele não conseguir resolver, cuidarei disso na volta.

— Vai partir?

— O governo chamou-me para Mênfis.

— E a palmeira?

— Deixe-a crescer.

CAPÍTULO 2

Paser verificou a resistência do seu saco de viagem de couro lavado, provido de duas hastes de madeira que se enfiavam no chão para que pudesse ficar de pé. Quando ficasse cheio, ele o carregaria nas costas, preso por uma larga correia que passaria pelo peito.

O que pôr nele, a não ser uma peça de tecido retangular para uma nova tanga, um manto e a indispensável esteira trançada. Feita de tiras de papiro cuidadosamente unidas, a esteira servia de cama, de mesa, de tapete, de cortinado, de proteção numa porta ou numa janela e de embalagem para objetos preciosos; a sua última utilidade era a de mortalha, que envolvia o cadáver. Paser havia adquirido um modelo bem resistente, a peça mais bonita do seu mobiliário. Quanto ao odre, feito com duas peles de cabra, curtidas e costuradas, ele manteria a água fresca por muitas horas.

Assim que abriu o saco de viagem, um vira-lata cor de areia precipitou-se para farejá-lo. Com três anos, Bravo era uma mistura de galgo com cachorro selvagem; de pernas longas, focinho curto, orelhas pendentes que se erguiam ao menor ruído, cauda enrolada, ele era devotado ao dono. Apreciador de longas caminhadas, ele caçava pouco e preferia comida cozida.

— Vamos partir, Bravo.

O cachorro contemplou o saco, ansioso.

— Marcha a pé e de barco, na direção de Mênfis.

O cachorro sentou nas patas traseiras; esperava uma má notícia.

— Pepi fez uma coleira para você; esticou bem o couro e curtiu-o com gordura. Perfeitamente confortável, eu garanto.

Bravo não parecia nem um pouco convencido. Mesmo assim, aceitou a coleira rosa, verde e branca, munida de cravos. Se um congênere ou uma fera tentasse pegá-lo pelo pescoço, o cão estaria protegido de maneira eficiente; além disso, o próprio Paser havia gravado a inscrição hieroglífica "Bravo, companheiro de Paser".

O juiz deu a ele uma refeição de legumes, que o cão saboreou com avidez, sem deixar de olhar para o dono pelo canto dos olhos. Ele sentia que o momento não era para brincadeiras nem para distração.

Os habitantes do povoado, chefiados pelo prefeito, deram adeus ao juiz; alguns choraram, desejaram-lhe boa sorte, entregaram-lhe dois amuletos, um representando um barco e o outro, pernas vigorosas; eles protegeriam o viajante que, todas as manhãs, deveria pensar nos deuses para preservar a eficácia dos talismãs.

Só faltava a Paser pegar as sandálias de couro, não para calçá-las, mas para levá-las na mão; como os seus compatriotas, ele caminharia descalço e só usaria os preciosos objetos quando entrasse numa casa, depois de lavar-se da poeira do caminho. Ele verificou a resistência da tira que passava entre o primeiro e o segundo dedo dos pés e o bom estado das solas; satisfeito, deixou o povoado sem se voltar.

Quando seguia pelo estreito caminho que serpenteava pelos outeiros que dominavam o Nilo, um focinho molhado encostou na sua mão direita.

— Vento do Norte! Você escapou... Tenho de levá-lo de volta para o seu campo.

O burro nem queria ouvir falar disso; ele iniciou o diálogo estendendo a pata direita, que Paser segurou.* O juiz o havia tirado do castigo infligido por um camponês, que batia no burro com um bastão porque havia seccionado a corda que o prendia à estaca. Vento do Norte mostrava inclinação para a independência e uma capacidade de carregar cargas bem pesadas.

Decidido a caminhar até os 40 anos com sacos de cinquenta quilos de ambos os lados do dorso, Vento do Norte tinha consciência de que valia tanto quanto uma boa vaca ou quanto um belo sarcófago. Paser lhe dera um campo onde só tinha o direito de pastar; grato, estercava-o até a inundação. Dotado de um senso agudo de orientação, Vento do Norte localizava-se perfeitamente

---

* A cena é descrita segundo um baixo-relevo. Animal do deus Seth, senhor da tempestade e da força cósmica, o burro foi o auxiliar preferido do homem no antigo Egito.

no dédalo das trilhas dos campos e frequentemente ia sozinho de um ponto ao outro para entregar as mercadorias. Equilibrado, plácido, só aceitava dormir perto do dono.

Vento do Norte havia recebido esse nome porque, desde o seu nascimento, erguia as orelhas quando soprava a doce brisa do setentrião, tão apreciada na estação quente.

— Eu vou longe — continuou Paser —, você não vai gostar de Mênfis.

O cachorro esfregou-se na pata dianteira direita do burro. Vento do Norte compreendeu o sinal de Bravo e virou-se de lado, querendo receber o saco de viagem. Paser pegou delicadamente a orelha esquerda do quadrúpede.

— Quem é mais teimoso?

Paser desistiu de lutar; até um outro burro teria desistido do combate. Agora responsável pela bagagem, Vento do Norte assumiu orgulhoso a frente do cortejo e, sem errar, enveredou pela estrada mais direta para o embarcadouro.

Sob o reinado de Ramsés, o Grande, os viajantes percorriam as trilhas e os caminhos sem medo; eles andavam livremente, sentavam-se e conversavam à sombra das palmeiras, enchiam os odres com água dos poços, passavam noites tranquilas próximos às plantações ou à beira do Nilo, dormiam e acordavam de acordo com o sol. Cruzavam com os mensageiros do faraó e os funcionários encarregados de transmitir as mensagens; em caso de necessidade dirigiam-se aos policiais do patrulhamento. Já ia longe a época em que se ouviam os gritos de pavor, quando bandidos assaltavam pobres e ricos que ousavam viajar; Ramsés fazia com que a ordem pública fosse respeitada, sem a qual não podia haver felicidade.*

Mantendo as patas firmes, Vento do Norte desceu a íngreme encosta que morria no rio, como se soubesse antecipadamente que o dono pretendia pegar o barco prestes a partir para Mênfis. O trio embarcou; Paser pagou a viagem com um pedaço de tecido. Enquanto os animais dormiam, ele contemplou o Egito, que os poetas comparavam a um imenso barco cujas altas amuradas eram formadas de cadeias de montanhas. Colinas e escarpas rochosas, que chegavam a ter trezentos metros, pareciam proteger as plantações. Planaltos, entrecortados de pequenos vales, mais ou menos profundos, às vezes entre

---

* No antigo Egito viajava-se muito, não só seguindo a estrada natural do Nilo, mas também pelos caminhos dos campos e trilhas do deserto. Cabia ao faraó garantir a segurança dos viajantes.

a terra negra, fértil, generosa e o deserto vermelho, onde forças perigosas rondavam.

Paser queria voltar atrás, ao povoado, e nunca mais sair de lá. Essa viagem para o desconhecido não o deixava satisfeito e lhe tirava toda a confiança nas suas possibilidades; o pequeno juiz do interior estava perdendo uma tranquilidade que nenhuma promoção lhe oferecia. Só Branir poderia ter conseguido a sua anuência; mas será que não o estaria arrastando para um futuro que ele seria incapaz de lidar?

*

Paser estava embasbacado.

Mênfis, a maior cidade do Egito, a "balança das Duas Terras", capital administrativa, havia sido criada por Menés, o Unificador.* Enquanto Tebas, a meridional, consagrava-se à tradição e ao culto de Amon, Mênfis, a setentrional, situada na junção do Alto e do Baixo Egito, abria-se para a Ásia e para as civilizações mediterrâneas.

O juiz, o burro e o cão desembarcaram no porto de Perunefer, cujo nome significava "boa viagem". Centenas de barcos comerciais, de tamanhos bem diversos, abordavam as docas, que fervilhavam de atividade; as mercadorias eram encaminhadas para imensos entrepostos, vigiados e gerenciados com o maior cuidado. À custa de um trabalho digno dos construtores do Antigo Império havia sido escavado um canal paralelo ao Nilo que costeava o planalto onde as pirâmides havia sido edificadas. Assim, as embarcações navegavam sem risco e a circulação dos víveres e dos objetos era garantida em todas as estações. Paser notou que as paredes do canal haviam sido revestidas com uma obra de maçonaria de solidez exemplar.

O trio se dirigiu para o bairro norte, onde residia Branir, atravessou o centro da cidade, admirou o famoso templo de Ptah, deus dos artesãos, e circundou a zona militar. Ali se fabricavam armas e se construíam os barcos de guerra. Era ali que os corpos de elite do exército egípcio eram treinados, alojados em amplas casernas, entre os arsenais repletos de carros, espadas, lanças e escudos.

---

* Menés foi o primeiro faraó que uniu as duas terras, o Alto e o Baixo Egito. O seu nome significa "fulano de tal" e "o estável".

Tanto no norte como no sul se alinhavam celeiros cheios de cevada, espelta e de sementes diversas, contíguos aos prédios do Tesouro, que guardavam ouro, prata, cobre, tecidos, unguentos, óleo, mel e outros produtos.

Muito extensa, Mênfis deixou o jovem camponês atordoado. Como se localizar no entrelaçado de ruas e ruelas, na profusão dos bairros chamados "Vida das Duas Terras", "o Jardim", "o Sicômoro", "o Muro do Crocodilo", "a Fortaleza", "os Dois Outeiros" ou "o Colégio de Medicina"? Enquanto Bravo não parecia nem um pouco tranquilo e não se afastava do dono, o burro seguia o seu caminho. Ele guiou os companheiros através do bairro dos artesãos, onde, em pequenos ateliês abertos para a rua, eles trabalhavam a pedra, a madeira, o metal e o couro. Paser nunca tinha visto tanta cerâmica, vasos, peças de louça e utensílios domésticos. Ele cruzou com inúmeros estrangeiros, hititas, gregos, cananeus e asiáticos que vinham de diversos reinos; descontraídos, falantes, eles gostavam de enfeitar-se com colares de lótus, proclamavam que Mênfis era um cálice frutífero e celebravam os seus cultos nos templos do deus Baal e da deusa Astarte, cujas presenças o faraó tolerava.

Paser dirigiu-se a uma tecelã e perguntou se estava indo na direção certa; constatou que o burro não o induzira em erro. O juiz observou que as suntuosas casas dos nobres, com os seus jardins e espelhos d'água, se misturavam com as pequenas casas dos humildes. Altos pórticos, vigiados por porteiros, abriam-se para alamedas floridas nas quais, no fundo, se ocultavam residências de dois ou três andares.

Finalmente, a morada de Branir! Era tão bonita, tão graciosa com os seus muros brancos, o lintel decorado com uma guirlanda de papoulas vermelhas, as janelas enfeitadas de centáureas com cálices verdes e flores amarelas de pérsea* que o juiz sentiu prazer de admirar.

Uma porta dava para a ruela onde cresciam duas palmeiras que sombreavam o terraço da pequena morada. É verdade que o povoado ficava bem longe, mas o velho médico conseguira preservar o perfume do campo no coração da cidade.

Branir estava na soleira.

— Fez boa viagem?

— O burro e o cachorro têm sede.

— Eu cuido deles; aqui está uma bacia para você lavar os pés e um pão, com sal espalhado por cima, para lhe dar as boas-vindas.

---

* Grande árvore, cujos frutos são famosos pelo sabor bem doce, parecidos com um coração e as folhas semelhantes a uma língua.

Paser desceu para o primeiro cômodo por um lance de degraus; ele se recolheu diante de um pequeno nicho com as estatuetas dos ancestrais. Em seguida, ele achou a sala, sustentada por duas colunas coloridas; encostados nas paredes havia dois armários e baús de guardados. Esteiras estavam espalhadas no chão. Um ateliê, uma sala de banhos, uma cozinha, dois quartos e um porão completavam o confortável interior da casa.

Branir convidou o hóspede para subir a escada que levava ao terraço, onde ele serviu bebidas frescas acompanhadas de tâmaras recheadas de mel e doces.

— Estou perdido — confessou Paser.

— O contrário seria surpreendente. Um bom jantar, uma noite de repouso e você enfrentará a cerimônia de investidura.

— Já? Amanhã?

— Os dossiês acumulam-se.

— Gostaria de me acostumar em Mênfis.

— Os inquéritos o obrigarão a isso. Eis um presente, já que ainda não assumiu a sua função.

Branir ofereceu a Paser o livro de ensinamentos dos escribas. Ele possibilitava adotar a atitude justa em todas as circunstâncias, graças ao respeito à hierarquia. No alto, os deuses, as deusas, os espíritos transfigurados no Além, o faraó e a rainha; em seguida, a mãe do rei, o vizir, o conselho dos sábios, os altos magistrados, os chefes do exército e os escribas da morada dos livros. Seguiam-se uma grande quantidade de funções que iam do diretor do Tesouro ao preposto dos canais, passando pelos representantes do faraó no estrangeiro.

— Um homem de coração violento só pode ser um agitador, assim como um tagarela; se quiser ser forte, torne-se um artesão das suas palavras, lapide-as, pois a linguagem é a arma mais poderosa para quem sabe manejá-la.

— Sinto saudades do povoado.

— Vai sentir durante toda a sua vida.

— Por que me chamar aqui?

— A sua própria conduta determinou o seu destino.

Paser dormiu pouco e mal, com o cão aos seus pés e o burro deitado na extremidade da cabeça. Os acontecimentos sucediam-se rápido demais e não lhe davam tempo de recuperar o equilíbrio; preso num turbilhão, não dispunha mais dos seus pontos de referência costumeiros e precisava, contra a vontade, se entregar a uma aventura de cores desconhecidas.

Acordado desde o alvorecer, ele lavou-se, purificou a boca com natrão* e comeu na companhia de Branir, que o entregou nas mãos de um dos melhores barbeiros da cidade. Sentado numa banqueta com três pés na frente do cliente, assim também instalado, o artesão umedeceu a pele de Paser e cobriu-a com um creme untuoso. Ele tirou uma lâmina de barbear de um estojo de couro, feita de cobre e com um cabo de madeira, manejando-a com competente habilidade.

Usando uma tanga nova e uma ampla camisa diáfana, perfumado, Paser parecia pronto para enfrentar a prova.

— Tenho a impressão de estar fantasiado — confiou ele a Branir.

— A aparência não é nada, mas não a negligencie; saiba manobrar o leme, que o fluxo dos dias não o afaste da justiça, pois o equilíbrio de um país depende da prática dessa justiça. Seja digno de si mesmo, meu filho.

---

* Composto natural de carbonato e bicarbonato de sódio.

CAPÍTULO 3

Paser seguiu Branir, que o guiou pelo bairro de Ptah, ao sul da antiga cidadela de muros brancos. Tranquilo quanto ao destino do burro e do cachorro, o rapaz já não sentia mesmo quanto ao seu.

Não muito longe do palácio haviam sido construídos vários prédios administrativos, cujo acesso era controlado por soldados. O velho médico dirigiu-se a um oficial; depois de ouvir o seu pedido, ele desapareceu por alguns instantes e retornou acompanhado de um alto magistrado, enviado pelo vizir.

— Estou feliz em revê-lo, Branir; então este é o seu protegido.

— Paser está muito emocionado.

— Uma reação que não se pode criticar, diante da idade dele. No entanto, será que está preparado para desempenhar as suas novas funções?

Indignado com a ironia do importante personagem, Paser interveio secamente:

— Estaria duvidando?

O enviado do vizir franziu o cenho.

— Vou tirá-lo de você, Branir; temos de proceder à investidura.

O olhar caloroso do velho médico deu ao seu discípulo a coragem que ainda lhe faltava; quaisquer que fossem as dificuldades, ele as honraria.

Paser foi introduzido numa pequena sala retangular de paredes brancas e nuas; o representante do vizir convidou que ele sentasse à maneira de um escriba numa esteira, de frente para o tribunal, composto dele próprio, do administrador da província de Mênfis, do representante da agência de trabalho e de um dos servos do deus Ptah que ocupava uma alta posição na hierarquia sagrada. Os quatro usavam pesadas perucas e estavam vestidos com confortáveis tangas. Impassíveis, os rostos não expressavam nenhum sentimento.

— Você está num lugar de "avaliação da diferença"* — declarou o representante do vizir, chefe da justiça. — Aqui você se tornará um homem diferente dos outros, convocado a julgar os seus semelhantes. Como os seus colegas da província de Gizé, você fará investigações, presidirá os tribunais locais sob a sua autoridade e se reportará aos seus superiores quando os casos ultrapassarem a sua competência. Você se compromete?

— Eu me comprometo.

— Está consciente de que se der a sua palavra não poderá mais voltar atrás?

— Estou consciente.

— Que este tribunal proceda de acordo com os mandamentos da Regra, julgando o futuro juiz.

O administrador da província expressou-se com voz grave e firme:

— Que jurados convocaria para compor o seu tribunal?

— Escribas, artesãos, policiais, homens experientes, mulheres respeitáveis e viúvas.

— De que maneira interviria nas liberações deles?

— De nenhuma maneira. Todos se expressariam sem serem influenciados e eu respeitaria cada opinião para formar o meu julgamento.

— Em qualquer circunstância?

— Com exceção de uma: se algum dos jurados fosse subornado. Eu interromperia o processo em curso para acusá-lo sem demora.

— Como deve agir no caso de um crime? — perguntou o representante da agência de trabalho.

— Fazer uma investigação preliminar, abrir um dossiê e transmiti-lo ao escritório do vizir.

O servo do deus Ptah pôs o braço direito atravessado no peito, com o punho fechado tocando o ombro.

— Nenhum ato será esquecido por ocasião do julgamento do Além; o seu coração será colocado num dos pratos da balança e confrontado com a Regra. De que forma foi transmitida a lei que você deve fazer respeitar?

— Existem quarenta e duas províncias e quarenta e dois rolos da lei; mas o seu espírito não foi escrito e não deve sê-lo. A verdade só pode ser transmitida de maneira oral, da boca do mestre para o ouvido do discípulo.

---

* A expressão é usada no *Livro dos mortos* para distinguir o justo do injusto.

O servo de Ptah sorriu, mas o delegado do vizir ainda não estava satisfeito.

— Como você definiria a Regra?

— O pão e a cerveja.

— O que significa essa resposta?

— A justiça para todos, não importa se grandes ou pequenos.

— Por que a Regra é simbolizada por uma pena de avestruz?

— Porque é a intermediária entre o nosso mundo e o dos deuses; a pluma é a retriz, o leme tanto do pássaro quanto do homem. A Regra, sopro da vida, deve permanecer no nariz dos homens e expulsar o mal dos corações e dos corpos. Se a justiça desaparecesse, o trigo não cresceria mais, os rebeldes tomariam o poder, as festas não mais seriam celebradas.

O administrador da província levantou-se e pôs um bloco de calcário diante de Paser.

— Ponha as suas mãos em cima desta pedra branca.

O homem obedeceu. Ele não tremia.

— Que essa pedra seja testemunha do seu juramento; que se lembre para sempre das palavras que você pronunciou e que seja a sua acusadora se você trair a Regra.

O administrador e o representante da agência de trabalho se colocaram de ambos os lados do juiz.

— Levante-se — ordenou o delegado do vizir.

— Eis o seu anel com o sinete — disse ele, entregando uma placa retangular soldada no anel que Paser enfiou no dedo médio direito.

Na face plana da placa de ouro estava inscrito "juiz Paser".

— Os documentos nos quais você apuser o seu selo terão valor oficial e serão de sua responsabilidade; não faça uso deste anel levianamente.

O escritório do juiz ficava situado no subúrbio sul de Mênfis, a meia distância entre o Nilo e o canal do oeste e ao sul do templo de Hathor. O jovem camponês, que esperava uma casa imponente, ficou cruelmente desapontado. A administração não havia lhe concedido mais do que uma casa baixa de dois andares.

Sentado na soleira estava um vigia adormecido. Paser lhe bateu no ombro; ele se assustou.

— Eu quero entrar.

— O escritório está fechado.
— Sou o juiz.
— Isso me deixaria surpreso... Ele morreu.
— Sou Paser, o sucessor.
— Ah, é você... é verdade, o escrivão Iarrot me deu o seu nome. Tem uma prova da sua identidade?

Paser mostrou-lhe o anel com sinete.

— A minha missão era vigiar este lugar até a sua chegada, mas terminou.
— Quando verei o meu escrivão?
— Não sei. Ele foi resolver um problema delicado.
— Qual?
— A madeira para o aquecimento. No inverno faz frio; no ano passado, o Tesouro recusou-se a entregar madeira para este escritório porque o pedido não tinha sido redigido em três vias. Iarrot foi ao departamento de arquivos para regularizar a situação. Desejo-lhe boa sorte, juiz Paser; não corra o risco de se entediar em Mênfis.

O vigia arrumou a sua bagagem.

Paser empurrou lentamente a porta dos seus novos domínios. O escritório era uma peça bem ampla, atravancada de armários e de baús onde estavam guardados rolos de papiro amarrados ou lacrados. No chão, uma camada de poeira suspeita. Diante desse perigo inesperado, Paser não hesitou. Apesar da dignidade do seu cargo, pegou uma vassoura feita de longas fibras duras reunidas em meadas e amarradas por duas tiras formadas por seis cordões; bem rígido, o cabo possibilitava um manejo leve e regular.

Terminada a limpeza, o juiz inventariou o conteúdo dos arquivos: papéis do cadastro, do fisco, relatórios diversos, queixas, extrato de contas e pagamento de salários em grãos, em cestos ou em tecidos, cartas, listas de funcionários... As suas atribuições estendiam-se aos mais variados campos.

No armário maior estava o indispensável material do escriba: paletas vazias na parte superior para receber a tinta vermelha e a preta, barras de tinta sólida, godês, sacos de pigmentos em pó, sacos de pincéis, raspadores, borrachas, esmagadores de pedra, cordas finas de linho, uma carapaça de tartaruga para fazer as misturas, um babuíno de argila representando Toth, mestre dos hieróglifos, lascas de calcário que serviam de rascunho, tabuletas de argila, de calcário e de madeira. Tudo de boa qualidade.

Num pequeno baú de acácia, um objeto dos mais preciosos: um relógio de água. O pequeno vaso troncônico tinha graduações no interior, com duas escalas diferentes de doze entalhes; a água escorria por um furo no fundo do relógio e, assim, media as horas. Sem dúvida, o escrivão deveria achar necessário controlar o tempo passado no local de trabalho.

Uma tarefa era indispensável. Paser pegou um pincel de junco finamente talhado, mergulhou a extremidade num godê cheio de água e deixou cair uma gota na paleta que ele usaria, murmurando a oração que todo escriba recitava antes de escrever: "A água do tinteiro para o seu *ka*, Imhotep"; assim era venerado o criador da primeira pirâmide, arquiteto, médico, astrólogo e modelo daqueles que realizavam os hieróglifos.

O juiz subiu ao primeiro andar.

O apartamento funcional não era ocupado há muito tempo; o antecessor de Paser, que preferia morar numa pequena casa nos limites da cidade, havia se esquecido de conservar as três peças ocupadas por pulgas, moscas, ratos e aranhas.

O rapaz não ficou desanimado; sentia-se capaz de travar esse combate. No campo, era preciso desinfetar com frequência as residências e expulsar os hóspedes indesejáveis.

Depois de conseguir o material necessário nas tendas do bairro, Paser pôs mãos à obra. Aspergiu as paredes e o chão com a água na qual havia dissolvido natrão, depois os salpicou com um composto de carvão pulverizado e de planta *bebet*,* cujo forte perfume afastava os insetos e parasitas. Finalmente, misturou incenso, mirra, cinamomo,** mel e fez uma fumigação que purificaria o local e lhe daria um odor agradável. Para adquirir esses produtos caros, ele se endividou a ponto de gastar a maior parte do próximo salário.

Exausto, Paser desenrolou a esteira e se deitou de costas. Alguma coisa o incomodava e o impedia de pegar no sono: o anel com sinete. Ele não o tirou. O pastor Pepi não se havia enganado: ele não tinha mais opção.

---

* *Inula graveolens*, uma das variedades da ínula.
** Arbusto aromático, donde se extrai de alguns a canela; no caso, trata-se de uma erva aromática.

CAPÍTULO 4

O sol já ia alto no céu quando o escrivão Iarrot, com um passo pesado, chegou ao escritório. Gordo, bochechudo, pele avermelhada e rosto atingido pela acne rosácea, ele não se deslocava sem ritmar o andar com um bastão gravado com o seu nome, o que o tornava um personagem importante e respeitado.

Satisfeito com os seus 40 anos, Iarrot era um pai realizado de uma menininha, causa de todas as suas preocupações. Todos os dias, brigava com a esposa a respeito da educação da criança, que ele não queria contrariar sob nenhum pretexto. A casa ressoava com as suas discussões, cada vez mais violentas.

Para sua grande surpresa, um operário misturou gesso com calcário moído para torná-lo mais branco, verificou a qualidade do produto, derramando-o num cone de calcário, e depois tapou um buraco na fachada da casa do juiz.

— Não encomendei nenhuma obra — disse Iarrot, furibundo.
— Eu sim; melhor ainda, estou executando-os sem demora.
— Com que direito?
— Sou o juiz Paser.
— Mas... você é muito jovem!
— Por acaso é o meu escrivão?
— Sou, de fato.
— O dia já está bem avançado.
— É verdade, é verdade... mas problemas familiares me atrasaram.
— Urgentes? — perguntou Paser, continuando a rebocar.

— A queixa de um empreiteiro de obras. Ele dispunha dos tijolos, mas não tinha burros para transportá-los. E acusa o locador de burros de sabotar a obra.

— Já está resolvido.

— Como?

— Vi o locador hoje de manhã. Ele vai indenizar o empreiteiro e amanhã transportará os tijolos; um processo evitado.

— Você também é... rebocador?

— Amador, pouco dotado. O nosso orçamento é bem medíocre; por isso, na maioria dos casos, teremos de nos virar. O que mais?

— Está sendo esperado para um recenseamento de rebanhos.

— O escriba especializado não basta?

— O dono da propriedade, o dentista Qadash, está convencido de que um dos seus empregados o está roubando. Ele pediu uma investigação; o seu antecessor a retardou o maior tempo possível. Para dizer a verdade, eu o compreendia. Se quiser, encontrarei argumentos para adiá-la mais.

— Não será preciso. A propósito, sabe manejar uma vassoura?

Como o escrivão continuava calado, o juiz lhe estendeu o precioso objeto.

*

Vento do Norte estava contente por desfrutar novamente o ar do campo; carregando o material do juiz, o burro avançava num passo rápido, enquanto Bravo vagabundeava em volta, feliz por desaninhar algumas aves. Conforme o seu hábito, Vento do Norte havia erguido a orelha quando o juiz lhe disse que eles iriam à propriedade do dentista Qadash, situada a duas horas de marcha do planalto de Gizé, ao sul, e o burro havia tomado a direção certa.

Paser foi muito bem acolhido pelo intendente da propriedade, feliz em, finalmente, receber um juiz competente e desejoso de resolver o mistério que envenenava a vida dos boiadeiros. Os servos lavaram-lhe os pés e ofereceram-lhe uma tanga nova, enquanto se empenhavam em lavar a que ele usava; dois meninos alimentaram o burro e o cachorro. Qadash foi avisado da chegada do magistrado e foi erguido, às pressas, um estrado encimado por um pórtico vermelho e preto, com colunetas em forma de lótus; ali se instalaram ao abrigo do sol, Qadash, Paser e o escriba dos rebanhos.

Quando o dono da propriedade apareceu, segurando uma longa bengala na mão direita, seguido dos portadores das suas sandálias, do seu guarda-sol e da sua cadeira, músicos tocaram tamborim e flauta e jovens camponesas apresentaram flores de lótus.

Qadash era um homem de 60 anos, com uma abundante cabeleira branca; alto, nariz proeminente permeado de vasinhos violeta, testa baixa, maçãs do rosto salientes, ele enxugava constantemente os olhos lacrimejantes. Paser surpreendeu-se com a cor vermelha das suas mãos; sem sombra de dúvida, o dentista carecia de boa circulação sanguínea.

Qadash considerou-o com um olhar suspeito.

— Você é o novo juiz?

— Para servi-lo. É agradável constatar que os camponeses são felizes quando o dono da propriedade tem o coração nobre e segura com firmeza o bastão de comando.

— Você fará carreira, rapaz, se respeitar as pessoas importantes.

O dentista, cuja fala era atrapalhada, aparentava elegância. Tanga com avental, colete de pele de felino, largo colar de contas azuis, brancas e vermelhas e pulseiras nos punhos lhe davam imponência.

— Vamos sentar-nos — propôs ele.

O dentista sentou-se na sua cadeira de madeira pintada; Paser ocupou uma cadeira cúbica. Na sua frente e na frente do escriba dos rebanhos, uma pequena mesa baixa destinada a receber o material de escrita.

— Segundo a sua declaração — relembrou o juiz —, o senhor possui cento e vinte e uma cabeças de gado, setenta carneiros, seiscentas cabras e o mesmo tanto de porcos.

— Exato. Por ocasião do último recenseamento, há dois meses, faltava um boi! Acontece que os meus animais são de grande valor; o mais magro poderia ser trocado por uma túnica de linho e dez sacos de cevada. Quero que prenda o ladrão.

— Fez a sua própria investigação?

— Não é o meu trabalho.

O juiz se virou para o escriba dos rebanhos, sentado numa esteira.

— O que escreveu nos seus registros?

— O número dos animais que me foram mostrados.

— A quem interrogou?

— Ninguém. O meu trabalho consiste em anotar, não em questionar.

Paser não ia conseguir tirar mais nada; irritado, tirou do seu cesto uma tabuinha de sicômoro coberta de uma fina camada de gesso, um pincel de junco talhado com vinte e cinco centímetros de comprimento e um godê de água, onde preparou a tinta preta. Quando estava pronto, Qadash fez sinal ao chefe dos boiadeiros para começar o desfile.

Com um tapinha no pescoço do enorme boi da frente, ele iniciou a procissão. O animal pôs-se em movimento lentamente, seguido dos seus congêneres, pesados e plácidos.

— Esplêndidos, não?

— Deve felicitar os tratadores — recomendou Paser.

— O ladrão deve ser um hitita ou um núbio — avaliou Qadash —, há estrangeiros demais em Mênfis.

— O seu nome não é de origem líbia?

O dentista mal conseguiu dissimular a sua contrariedade:

— Vivo no Egito há muito tempo e pertenço à melhor sociedade: a riqueza da minha propriedade não é a prova mais contundente? Fique sabendo que tratei dos cortesãos mais ilustres e mantenha-se no seu lugar.

Portadores de frutas, de maços de alho-poró, de cestos cheios de alfaces e de vasos de perfume acompanhavam os animais. Pelo visto, não se tratava de uma simples verificação do recenseamento; Qadash queria impressionar o novo juiz e mostrar a extensão da sua fortuna.

Bravo havia se esgueirado sem ruído para debaixo da cadeira do seu dono e contemplava as cabeças de gado que se sucediam.

— De que província você é? — perguntou o dentista.

— Sou eu que faço a investigação.

Dois bois atrelados passaram em frente ao estrado; o mais velho deitou-se no chão e se recusou a andar. "Pare de se fingir de morto", disse o boiadeiro; o acusado olhou para ele com um semblante temeroso, mas não se mexeu.

— Bata nele — ordenou Qadash.

— Um momento — exigiu Paser, descendo do estrado.

O juiz acariciou os flancos do boi, acalmou-o e, com a ajuda do boiadeiro, tentou pôr o animal de pé. Tranquilo, levantou-se. Paser voltou ao seu lugar.

— Você é bem sensível — ironizou Qadash.

— Detesto a violência.

— Às vezes não é necessária? O Egito teve de lutar contra o invasor, homens foram mortos pela nossa liberdade. Você os condenaria?

Paser concentrou-se no desfile dos animais; o escriba dos rebanhos contava. No fim do recenseamento faltava um boi em relação à declaração do proprietário.

— É intolerável! — rugiu Qadash, cujo rosto se avermelhou. — Estão me roubando na minha casa e ninguém quer denunciar o culpado!

— Os seus animais são marcados.
— Evidentemente!
— Chame os homens que usaram as marcas.

Eles eram quinze: o juiz interrogou-os um a um e isolou-os de modo que não pudessem se comunicar.

— Já tenho o seu ladrão — anunciou ele a Qadash.
— Qual o nome dele?
— Kani.
— Peço a convocação imediata de um tribunal.

Paser concordou. Ele escolheu para jurados um boiadeiro, uma guardadora de cabras, o escriba dos rebanhos e um dos guardas da propriedade.

Kani, que não tentara fugir, apresentou-se espontaneamente diante do estrado e enfrentou o olhar furioso de Qadash, que se mantinha ao lado. O acusado era um homem gordo e espadaúdo, de pele morena com rugas profundas.

— Reconhece a sua culpa? — perguntou o juiz.
— Não.

Qadash bateu com a bengala no chão.

— Este bandido é um insolente! Que seja imediatamente castigado!
— Cale-se! — ordenou o juiz. — Se perturbar a audiência, vou interromper o processo.

Nervoso, o dentista virou-se.

— Você marcou um boi com o nome de Qadash? — perguntou Paser.
— Marquei — respondeu Kani.
— Esse animal desapareceu.
— Ele escapou. Pode encontrá-lo no campo vizinho.
— Por que essa negligência?
— Eu não sou boiadeiro, e sim jardineiro. O meu verdadeiro trabalho consiste em irrigar pequenas parcelas de terreno; durante o dia, carrego uma vara nos ombros e derramo o conteúdo de pesados cântaros nas plantações. À noite, eu não descanso; tenho de regar as plantas mais frágeis, fazer a manutenção das valetas, reforçar os diques. Se quiser uma prova, examine a minha nuca; tem marcas dos abscessos. É doença de jardineiro, e não de boiadeiro.
— Por que mudou de trabalho?
— Porque o intendente de Qadash requisitou-me quando eu entregava os legumes. Fui obrigado a cuidar dos bois e abandonar o meu jardim.

Paser convocou as testemunhas; a veracidade das afirmações de Kani foi estabelecida. O tribunal absolveu-o; a título de reparação, o juiz ordenou que o boi fujão passasse a pertencer a Kani e que uma grande quantidade de alimentos lhe fosse oferecida por Qadash para compensar os dias de trabalho perdidos.

O jardineiro inclinou-se diante do juiz; Paser leu uma profunda gratidão nos olhos dele.

— A troca de função de um agricultor é uma falta grave — lembrou ele ao dono da propriedade.

O sangue subiu ao rosto do dentista.

— Não sou o responsável! Eu não estava a par; o meu intendente deve ser castigado como merece.

— Conhece o tipo de pena: cinquenta bastonadas e perda da posição para voltar a ser agricultor.

— Lei é lei.

Apresentado diante do tribunal, o intendente não negou; ele foi condenado e executaram a sentença sem delongas.

Quando o juiz Paser saiu da propriedade, Qadash não foi despedir-se.

CAPÍTULO 5

Bravo dormia aos pés do dono, sonhando com um banquete, enquanto Vento do Norte, premiado com uma forragem fresca, servia de vigia à porta do escritório onde Paser consultava, desde o alvorecer, os dossiês em curso. O volume de dificuldades não o abatia, ao contrário; estava decidido a recuperar o atraso e a não deixar nada para trás.

O escrivão Iarrot chegou no meio da manhã com um ar abalado.

— Você parece abatido — notou Paser.

— Uma briga. A minha mulher é insuportável: casei com ela para que me preparasse pratos suculentos e ela se recusa a cozinhar! A vida está se tornando impossível.

— Pensa em divórcio?

— Não, por causa da minha filha; quero que ela se torne dançarina. A minha mulher tem outros projetos que não aceito. Nem um, nem outro estão dispostos a ceder.

— Temo que a situação seja inextricável.

— Eu também. Correu tudo bem com a investigação na casa de Qadash?

— Estou dando um último retoque no meu relatório: o boi foi encontrado, o jardineiro, absolvido, e o intendente, condenado. Na minha opinião, a responsabilidade do dentista está envolvida, mas não posso provar.

— Não mexa com ele; é muito bem relacionado.

— Clientela rica?

— Ele cuidou das bocas mais ilustres; dizem as más línguas que ele perdeu a mão e que é melhor evitá-lo se quisermos manter os dentes sãos.

Bravo rosnou; com uma carícia, o dono interrompeu-o. Quando ele se comportava assim, manifestava uma hostilidade comedida. Em princípio, ele não gostava nem um pouco do escrivão.

Paser marcou com o sinete o papiro no qual havia consignado as suas conclusões sobre o caso do boi roubado. Iarrot admirou a escrita fina e regular; o juiz traçava os hieróglifos sem a menor hesitação, desenhando o seu pensamento com firmeza.

— Você nem mesmo duvidou de Qadash?

— Claro que sim.

— Isso é perigoso.

— Do que tem medo?

— Eu... eu não sei.

— Seja mais preciso, Iarrot.

— A justiça é tão complexa...

— Não é a minha opinião: de um lado, a verdade; do outro a mentira. Se cedermos a esta última, mesmo que seja um tanto da grossura de um fio de cabelo, a justiça deixará de reinar.

— Você fala assim porque é jovem; quando tiver experiência, as suas opiniões serão menos categóricas.

— Espero que não. No povoado, muitos se opuseram a mim com o seu argumento; para mim, ele não tem valor.

— Você quer ignorar o peso da hierarquia.

— Por acaso, Qadash está acima da lei?

Iarrot soltou um suspiro.

— Você parece inteligente e corajoso, juiz Paser; não finja que não entendeu.

— Se a hierarquia for injusta, o país corre para a ruína.

— Ela vai esmagá-lo, como aos outros; limite-se a resolver os problemas que lhe são submetidos e entregue os casos delicados aos seus superiores. O seu antecessor era um homem sensato que soube evitar as armadilhas. Deram-lhe uma bela promoção; não a desperdice.

— Se fui nomeado para cá, foi por causa dos meus métodos; por que os mudaria?

— Agarre a sua oportunidade sem perturbar a ordem estabelecida.

— A única ordem que conheço é a Regra.

Exasperado, o escrivão bateu no peito.

— Você está correndo para o precipício! Não diga que não avisei.

— Amanhã você entregará o meu relatório ao governo da província.

— Como queira.

— Um detalhe me intriga; não duvido do seu zelo, mas, por acaso, o meu quadro de funcionários é só você?

Iarrot pareceu constrangido:

— De certa maneira, sim.

— O que significa esse subentendido?

— Existe também um chamado Kem...

— Qual a função dele?

— Policial. Cabe a ele fazer as prisões que você decretar.

— Parece-me um papel capital!

— O seu antecessor não mandou prender ninguém; se ele suspeitava de um criminoso, apelava para uma jurisdição mais bem aparelhada. Como Kem se aborrece no escritório, ele patrulha.

— Terei o privilégio de vê-lo?

— Ele vem aqui de tempos em tempos. Não o olhe de cima: ele tem um humor detestável. Tenho medo dele. Não conte comigo para lhe chamar a atenção.

"Restabelecer a ordem no meu próprio escritório não vai ser fácil", pensou Paser, constatando ao mesmo tempo que, em breve, lhe faltaria papiro.

— Onde pode consegui-lo?

— Com Bel-Tran, o melhor fabricante de Mênfis. Os preços dele são altos, porém o material é excelente e durável.

— Tire-me uma dúvida, Iarrot: esse conselho é totalmente desinteressado?

— Como ousa?

— Enganei-me.

Paser examinou as queixas recentes; nenhuma delas era grave ou tinha caráter de urgência. Depois, ele examinou as listas de funcionários que devia controlar e as nomeações que devia aprovar; um trabalho administrativo banal que requeria apenas que colocasse o seu sinete.

Iarrot estava sentado sobre a perna esquerda dobrada e a outra esticada em frente; com uma paleta debaixo do braço, um cálamo* preso atrás da orelha esquerda, ele limpava os pincéis, observando Paser.

— Faz muito tempo que está trabalhando?

— Desde o alvorecer.

---

* Junco com a extremidade pontiaguda, usado para escrever.

— Muito cedo.
— É um hábito dos habitantes do povoado.
— Um hábito... cotidiano?
— O meu mestre ensinou-me que um único dia de preguiça é uma catástrofe. Só o coração pode aprender, com a condição de que os ouvidos estejam abertos e a razão, dócil; para consegui-lo, o que pode ser mais eficaz do que bons hábitos? Se não, o macaco adormecido em nós começa a dançar, e a capela é privada do seu deus.

A voz do escrivão tornou-se sombria:
— Não é uma vida agradável.
— Somos servidores da justiça.
— A propósito, os meus horários de trabalho...
— Oito horas por dia, seis dias de trabalho para dois de descanso, de dois a três meses de férias graças às diversas festas...* Estamos combinados?

O escrivão aquiesceu. Sem que o juiz insistisse, ele compreendeu que deveria se esforçar na pontualidade.

Um breve dossiê intrigou Paser. O guardião-chefe encarregado da vigilância da Esfinge de Gizé havia acabado de ser transferido para as docas. Um brutal revés na carreira: o homem devia ter cometido uma falta grave. Acontece que a falta não estava indicada, contrariando o costume. No entanto, o juiz principal da província havia aposto o seu selo; só faltava o de Paser, pois o soldado morava na sua circunscrição. Uma simples formalidade que ele deveria cumprir sem pensar.

— O cargo de guardião-chefe da Esfinge não é cobiçado?
— Candidatos não faltam — admitiu o escrivão —, mas o titular atual os desencoraja.
— Por quê?
— É um soldado experiente com uma folha de serviço notável e, ainda por cima, um bom homem. Ele zela pela Esfinge com extremo cuidado, mesmo que esse velho leão de pedra seja suficientemente impressionante para se defender sozinho. Quem pensaria em atacá-lo?
— Cargo honorífico, é o que parece.
— Totalmente. O guardião-chefe recrutou outros veteranos para lhes proporcionar uma pequena renda; os cinco garantem a vigilância da noite.
— Estava a par da transferência dele?

---

* Esse era o ritmo normal de trabalho dos egípcios.

— Transferência... Está brincando?
— Eis o documento oficial.
— Bem surpreendente. Que falta ele cometeu?
— O seu raciocínio é o meu; não está especificada.
— Não se preocupe com isso; sem dúvida é uma decisão militar cuja lógica não entendemos.

Vento do Norte soltou um relincho característico: o burro indicava um perigo. Paser levantou-se e saiu. Ele se viu cara a cara com um enorme babuíno que o dono segurava numa coleira. Com um olhar agressivo, testa maciça, peito coberto de uma capa de pelos, o macaco tinha uma reputação de ferocidade não usurpada. Não era raro que uma fera sucumbisse sob seus golpes e mordidas e já se tinha visto leões fugirem com a aproximação de uma tropa de babuínos furiosos.

O dono, um núbio de músculos salientes, impressionava tanto quanto o animal.

— Espero que o segure bem.
— Este babuíno policial* está às suas ordens, juiz Paser, como também estou.
— Você é Kem.

O núbio concordou com a cabeça.

— Você é falado no bairro; parece que se movimenta muito para um juiz.
— Não gosto do seu tom de voz.
— Terá de se acostumar.
— Claro que não. Ou você me demonstra o respeito devido a um superior, ou será demitido.

Os dois homens se desafiaram longamente com o olhar; o cachorro do juiz e o macaco do policial agiram do mesmo modo.

— O seu antecessor me deixava com os movimentos livres.
— As coisas mudaram.
— Está errado; ao andar pelas ruas com o meu babuíno, eu desencorajo os ladrões.
— Pensaremos no assunto. Sua folha corrida?
— É melhor lhe prevenir: o meu passado é sombrio. Pertenci ao corpo de arqueiros encarregado de proteger uma das fortalezas do extremo Sul. Eu me

---

* Podemos ver um impressionante babuíno policial prendendo um ladrão num baixo-relevo da tumba de Tepemankh, no Museu do Cairo.

alistei, por amor ao Egito, como muitos jovens da minha tribo. Fui feliz por muitos anos; sem querer, descobri um tráfico de ouro entre oficiais. A hierarquia não me ouviu; numa rixa, matei um dos ladrões, meu superior direto. Fui julgado e condenado a ter o nariz decepado. Este que tenho atualmente é de madeira pintada. Não temo mais nenhum golpe. No entanto, os juízes reconheceram a minha lealdade; por isso me deram um cargo na polícia. Se quiser verificar, o meu dossiê está classificado nos arquivos do escritório militar.

— Pois bem, vamos lá.

Kem não esperava essa reação. Enquanto o burro e o escrivão tomavam conta do escritório, o juiz e o policial, acompanhados do babuíno e do cão, que continuavam a se observar, dirigiram-se ao centro administrativo dos exércitos.

— Há quanto tempo reside em Mênfis?

— Um ano — respondeu Kem. — Tenho saudades do Sul.

— Conhece o responsável pela segurança da Esfinge de Gizé?

— Já cruzei com ele, duas ou três vezes.

— Ele lhe inspira confiança?

— É um veterano famoso; a sua reputação chegou até a minha fortaleza. Não se confia um cargo honorífico a qualquer um.

— Ela corria algum perigo?

— Nenhum! Quem atacaria a Esfinge? Trata-se de uma guarda de honra cujos membros devem, principalmente, controlar o avanço da areia sobre o monumento.

Os transeuntes afastavam-se diante do quarteto; todos conheciam a rapidez da ação do babuíno, capaz de enfiar as presas na perna de um ladrão e de lhe quebrar o pescoço antes da intervenção do dono. Quando Kem e o macaco patrulhavam, as más intenções desapareciam.

— Sabe o endereço desse veterano?

— Ele mora numa casa funcional, perto da caserna principal.

— A minha ideia não foi boa; vamos voltar ao escritório.

— Não quer mais verificar o meu dossiê?

— Era o dele que eu queria consultar; mas ele não me dirá nada a mais. Eu o aguardo amanhã de manhã, ao alvorecer. Qual é o nome do seu babuíno?

— Matador.

CAPÍTULO 6

Ao pôr do sol, o juiz fechou o escritório e foi levar o cachorro para passear na beira do Nilo. Deveria insistir nesse minúsculo dossiê que poderia concluir colocando o seu selo? Levantar obstáculos a um banal processo administrativo não tinha nenhum sentido. Seria realmente banal? Um homem do campo, pelo contato com a natureza e com os animais, desenvolvia a sua intuição; Paser experimentava uma sensação estranha, quase preocupante, de que faria uma investigação, mesmo que fosse rápida, para apoiar sem remorsos essa transferência.

Bravo era brincalhão, mas não gostava de água. Ele saltitava a uma boa distância do rio, onde passavam os barcos de carga, veleiros rápidos e pequenas barcas. Alguns eram de passeio ou faziam entregas. Já outros saíam em viagens. O Nilo não só alimentava o Egito, mas também lhe oferecia uma via de circulação fácil e rápida, na qual os ventos e as correntes se completavam de maneira miraculosa. Grandes barcos, com tripulação experiente, saíam de Mênfis em direção ao mar; algumas pessoas empreendiam grandes expedições para terras longínquas. Paser não os invejava; a sorte deles lhe parecia cruel, pois os levava para longe de um país do qual ele amava cada pedacinho de terra, cada colina, cada caminho do deserto, cada povoado. Todos os egípcios temiam morrer no estrangeiro; a lei estipulava que o seu corpo teria de ser repatriado para que ele passasse à eternidade ao lado dos seus ancestrais, sob a proteção dos deuses.

Bravo soltou uma espécie de ganido; um macaquinho-verde, ligeiro como o vento, o havia molhado, aspergindo-lhe água na parte traseira. Mortificado e ofendido, o cachorro lhe mostrou os dentes, sacudindo-se; assustado, o extrovertido bichinho pulou para os braços da dona, uma jovem de uns 20 anos.

— Ele não é mau — afirmou Paser —, mas detesta ser molhado.

— O nome da minha macaca só podia ser este: Travessa. Faz traquinagens todo o tempo, sobretudo com os cachorros. Eu tento admoestá-la, sem sucesso.

A voz era tão doce que acalmou Bravo; farejando a perna da dona da macaca, ele a lambeu.

— Bravo!

— Deixe-o; acho que ele me aprovou e fico feliz por isso.

— Será que Travessa vai aceitar a minha amizade?

— Para saber, aproxime-se.

Paser ficou paralisado: não ousava avançar. No povoado, algumas moças rondavam-no sem que ele se preocupasse com isso; obcecado com os estudos e a aprendizagem da profissão, desprezava namoricos e sentimentos. A prática da lei amadureceu-o antes do tempo, porém, diante dessa mulher, sentia-se desarmado.

Ela era bonita.

Bonita como uma aurora de primavera, como um lótus que eclode, como uma onda cintilante no meio do Nilo. Um pouco mais baixa do que ele, os cabelos puxando para o louro, o rosto muito puro de linhas suaves, tinha um olhar sincero e olhos de um azul de verão. No pescoço esguio usava um colar de lápis-lazúli, nos punhos e nos tornozelos, pulseiras de cornalina. A túnica, de linho, deixava imaginar seios firmes e erguidos, quadris sem excesso de gordura modelados na perfeição, pernas longas e finas. Os seus pés e mãos encantavam os olhos pela delicadeza e elegância.

— Está com medo? — perguntou ela, intrigada.

— Não... claro que não.

Aproximar-se dela seria contemplá-la de perto, respirar o seu perfume, quase tocá-la... E ele não tinha coragem para isso.

Compreendendo que ele não sairia do lugar, ela deu três passos na sua direção e lhe apresentou a macaquinha-verde. Com mão trêmula, ele acariciou a testa do animal. Com um dedo ágil, Travessa lhe coçou o nariz.

— É a sua maneira de identificar um amigo.

Bravo não protestou; entre o cão e o macaco, a trégua estava estabelecida.

— Eu a comprei num mercado onde vendiam produtos da Núbia; parecia tão infeliz, tão perdida que não resisti.

No seu punho esquerdo havia um objeto estranho.

— O meu relógio portátil o intriga,* já que me é indispensável para que possa exercer a minha profissão? Eu me chamo Neferet e sou médica.

Neferet, "a bela, a perfeita, a realizada...". Que outro nome ela poderia ter? A pele dourada não parecia real; cada palavra que ela pronunciava parecia um dos cânticos envolventes que se ouvia, ao pôr do sol, no campo.

— Posso perguntar o seu nome?

Era imperdoável. Ao não se apresentar, ele se mostrara de uma falta de polidez condenável.

— Paser... Sou um dos juízes da província.

— Você nasceu aqui?

— Não, na região tebana. Acabei de chegar a Mênfis.

— Eu também nasci lá!

Ela sorriu, radiante.

— O seu cachorro já terminou o passeio?

— Não, não! Ele é incansável.

— Vamos andar, quer? Preciso tomar ar; a semana que está terminando foi exaustiva.

— Você já exerce a medicina?

— Ainda não; estou terminando o meu quinto ano de aprendizagem. Primeiro aprendi farmácia e a preparação de remédios, depois pratiquei veterinária no templo de Dendera. Ensinaram-me a verificar a pureza do sangue dos animais oferecidos em sacrifício e a tratar todas as espécies de bichos, do gato ao touro. Os erros foram duramente punidos: o bastão, como com os rapazes!

Paser sofreu ao pensar no suplício infligido ao corpo encantador.

— A severidade dos nossos velhos mestres é a melhor educação — avaliou ela. — Quando o ouvido das costas está aberto, não esquece mais os ensinamentos. Depois, fui admitida na escola de medicina de Saís, onde recebi o título de "encarregada daqueles que sofrem", depois de haver estudado e praticado diversas especialidades: medicina dos olhos, do abdome, do ânus, da cabeça, dos órgãos ocultos, dos líquidos dissolvidos nos humores e cirurgia.

— O que ainda exigem de você?

---

* O Egito havia inventado a primeira forma de relógio de pulso, um relógio de água portátil, destinado para especialistas (astrônomos e médicos), para quem a contagem do tempo era necessária.

— Eu poderia ser especialista, mas é o nível mais baixo; eu me contentaria com isso se não fosse capaz de ser generalista. O especialista só vê um aspecto da doença, uma manifestação limitada da verdade. Uma dor num lugar específico não significa que se conhece a origem da doença. Um especialista só pode fazer um diagnóstico parcial. Tornar-se generalista é o verdadeiro ideal de um médico; mas a prova que se deve passar é tão dura que a maioria desiste.

— Como posso ajudá-la?

— Tenho de enfrentar os meus mestres sozinha.

— Tomara que tenha sucesso!

Eles transpuseram um canteiro de centáureas-azuis, onde Bravo brincou, e sentaram-se à sombra de um salgueiro-vermelho.

— Falei demais — deplorou ela —, não tenho esse hábito. Será que você atrai confissões?

— Elas fazem parte do meu trabalho. Roubos, pagamentos atrasados, contratos de venda, brigas de famílias, adultérios, golpes e ferimentos, tributos injustos, calúnias e mil outros delitos, eis o cotidiano que me espera. Cabe a mim conduzir investigações, verificar os depoimentos, reconstituir os fatos e julgá-los.

— É estafante!

— A sua profissão também é. Você gosta de curar, eu já gosto de que a justiça seja feita; poupar os nossos esforços seria uma traição.

— Detesto me aproveitar das situações, mas...

— Fale, por favor.

— Um dos meus fornecedores de ervas medicinais desapareceu. É um homem rude, mas honesto e competente; junto com alguns colegas, apresentamos queixa recentemente. Poderia acelerar as buscas?

— Vou fazer todo o possível; qual é o nome dele?

— Kani.

— Kani?

— Você o conhece?

— Ele foi recrutado à força pelo intendente da propriedade de Qadash. Já foi inocentado.

— Graças a você?

— Eu investiguei e julguei.

Ela o beijou nas duas faces.

Paser, que não era de natureza sonhadora, sentiu-se transportado a um paraíso reservado aos justos.

— Qadash... o famoso dentista?
— Ele mesmo.
— Ele foi um bom profissional, é o que dizem, mas devia ter se aposentado há muito tempo.

A macaca-verde bocejou e deitou-se no ombro de Neferet.

— Preciso ir embora; gostei de conversar com você. Com certeza não teremos mais a oportunidade de nos ver; eu lhe agradeço de todo o coração por haver salvado Kani.

Ela não caminhava, dançava; tinha um passo leve, um andar iluminado.

Paser permaneceu por muito tempo embaixo do salgueiro-vermelho para gravar na memória os mínimos gestos dela, o mais ínfimo dos seus olhares, a cor da sua voz.

Bravo pôs a pata direita em cima do joelho do dono.

— Você compreendeu... Estou loucamente apaixonado.

CAPÍTULO 7

Kem e o seu babuíno compareceram ao encontro marcado.
— Está decidido a me conduzir à casa do guardião-chefe da Esfinge de Gizé? — perguntou Paser.
— Às suas ordens.
— Esse não me agrada mais do que outro; a ironia não é menos mordaz do que a agressividade.
O núbio ficou irritado com a observação do juiz.
— Não tenho a intenção de me curvar diante de você.
— Seja um bom policial e nos entenderemos.
O babuíno e o dono fitaram Paser; nos dois pares de olhos havia uma fúria contida.
— Vamos.
Naquele começo de manhã, as ruas se animavam: as donas de casa trocavam veementes discursos, os carregadores de água distribuíam o precioso líquido e os artesãos abriam as suas lojinhas. Graças ao babuíno, a multidão afastava-se.
O guardião-chefe morava numa casa semelhante à de Branir, porém não tão encantadora. Uma menina brincava com uma boneca de madeira na soleira; quando viu o grande macaco, ficou com medo e entrou em casa gritando. A mãe saiu imediatamente, furiosa.
— Por que assustaram a criança? Saia daqui, monstro!
— Você é a esposa do guardião-chefe da Esfinge?
— Com que direito me interrogam?
— Sou o juiz Paser.

A seriedade do magistrado e a atitude do babuíno convenceram a matrona a se acalmar.

— Ele não mora mais aqui; o meu marido também é um veterano. O exército nos atribuiu esta moradia.

— Sabe para onde ele foi?

— A mulher dele parecia contrariada; ela me falou de uma casa do subúrbio sul, quando nos cruzamos por ocasião da sua mudança.

— Nada mais preciso?

— Por que eu mentiria?

O babuíno puxou a coleira; a matrona recuou e chocou-se contra a parede.

— Nada mesmo?

— Não, juro que não!

*

Obrigado a levar a filha à escola de dança, o escrivão Iarrot havia conseguido autorização para sair do escritório no meio da tarde, mas com a promessa de que entregaria na sede do governo da província os relatórios dos casos solucionados pelo juiz. Em poucos dias, Paser havia resolvido mais problemas do que o seu antecessor em seis meses.

Quando o sol declinou, Paser acendeu várias lamparinas; ele fez questão de se desembaraçar o mais rápido possível de uma dezena de conflitos com o fisco e arbitrou todos eles em favor do contribuinte. Todos, exceto um concernente a um transportador chamado Denés. O juiz principal da província havia acrescentado, com a própria mão, no dossiê: "Para ser arquivado."

Acompanhado do burro e do cão, Paser foi visitar o mestre, que não tivera tempo de consultar desde a sua mudança. No caminho, ele se questionou sobre o curioso destino do guardião-chefe, que, depois de haver deixado um emprego de prestígio, perdera a sua casa funcional. O que escondia essa cascata de aborrecimentos? O juiz havia pedido a Kem para encontrar a pista do veterano. Enquanto não o interrogasse, Paser não aprovaria a transferência.

Por várias vezes, Bravo havia coçado o olho direito com a sua pata esquerda; ao examiná-lo, Paser constatou uma nítida irritação. O velho médico saberia curá-lo.

A casa estava iluminada; Branir gostava de ler à noite, quando os ruídos da cidade haviam desaparecido. Paser empurrou a porta de entrada, desceu para o vestíbulo seguido do seu cão e parou, perplexo. Branir não estava sozinho. Conversava com uma mulher, cuja voz o juiz reconheceu imediatamente. Ela, ali!

O cão se enfiou entre as pernas do dono e solicitou carícias.

— Entre, Paser!

Tenso, o juiz aceitou o convite. Ele só tinha olhos para Neferet, sentada de pernas cruzadas em frente ao velho médico e segurando entre o polegar e o indicador um fio de linho em cuja ponta oscilava um pedaço de granito talhado em losango.*

— Neferet, a minha melhor aluna; o juiz Paser. Já que as apresentações foram feitas, aceita um pouco de cerveja fresca?

— A sua melhor aluna...

— Já nos conhecemos — disse ela, achando graça.

Paser agradeceu a sua sorte; revê-la deixava-o satisfeito.

— Em breve, Neferet vai enfrentar a última prova antes de poder exercer a sua arte — lembrou Branir. — Por isso, repetimos os exercícios de radiestesia que lhe serão necessários para fazer os diagnósticos. Estou convencido de que ela será uma excelente médica, pois sabe ouvir. Quem souber ouvir, agirá bem. Ouvir é melhor do que qualquer coisa, não há tesouro maior. Só o coração nos oferece isso.

— O conhecimento do coração não é o segredo do médico? — perguntou Neferet.

— Isso lhe será oferecido se for julgada digna.

— Gostaria de descansar.

— Você deve descansar.

Bravo coçou o olho; Neferet notou o seu movimento.

— Acho que ele está sofrendo — disse Paser.

O cão se deixou examinar.

— Não é sério — concluiu ela —, um simples colírio vai curá-lo.

Branir foi buscar um imediatamente; as afecções oftálmicas eram frequentes e remédios não faltavam. A ação do produto foi rápida; o olho de Bravo desinchou enquanto a jovem o acariciava. Pela primeira vez Paser teve ciúmes do seu cão. Ele procurou um meio de retê-la, mas teve de se contentar em se despedir quando ela partiu.

Branir serviu uma excelente cerveja, fabricada na véspera.

---

* Um pêndulo. Também conhecemos varinhas de vedor e sabemos que alguns faraós, como Sethi I, foram grandes radiestesistas, capazes de encontrar água no deserto.

— Você me parece cansado; não deve lhe faltar trabalho.
— Entrei em conflito com um tal Qadash.
— O dentista de mãos vermelhas... um homem atormentado e mais vingativo do que aparenta.
— Acho que ele é culpado de trocar um agricultor de função.
— Tem provas substanciais?
— Simples intuição.
— Seja rigoroso nas suas atitudes, pois os seus superiores não perdoarão um erro.
— Sempre dá aulas a Neferet?
— Transmito-lhe as minhas experiências, pois confio nela.
— Ela nasceu em Tebas.
— É filha única de um fabricante de ferrolhos e de uma tecelã, eu a conheci quando tratava deles. Ela me fez mil perguntas e encorajei a sua vocação nascente.
— Uma mulher, médica... Será que não terá de enfrentar obstáculos?
— Inimigos também; mas a coragem dela não é menor do que a ternura. O médico-chefe da corte, ela sabe, espera que ela fracasse.
— Um adversário respeitável!
— Ela está consciente disso; uma das suas maiores qualidades é a tenacidade.
— Ela é... casada?
— Não.
— Noiva?
— Nada de oficial que eu saiba.

*

Paser passou a noite em claro. Não parava de pensar nela, de ouvir a sua voz, de respirar o seu perfume, de arquitetar mil e uma estratégias para revê-la, sem encontrar uma solução satisfatória. E a mesma angústia voltava todo o tempo: ele lhe era indiferente? Não havia notado nenhum entusiasmo em relação a ele, apenas um interesse distante pela sua função. Até mesmo a justiça adquiria um gosto amargo; como continuar a viver sem ela, como aceitar a sua ausência? Paser nunca pensou que o amor fosse tamanha enxurrada, capaz de arrastar diques e invadir todo o ser.

Bravo percebeu o desespero do dono; pelo olhar, transmitiu-lhe um afeto que, ele o sentia muito bem, já não era suficiente. Paser se recriminou por deixar o cão infeliz; preferia poder se contentar com essa amizade sem nenhum senão, mas não conseguia resistir aos olhos de Neferet, ao seu rosto límpido, ao turbilhão no qual ela o arrastava.

Como agir? Se se calasse, ele se condenaria a sofrer; se declarasse a sua paixão, correria o risco de ser rejeitado e de entrar em desespero. Devia convencê-la, seduzi-la, mas de que armas ele dispunha, sendo um pequeno juiz de bairro sem fortuna?

O nascer do sol não acalmou os seus tormentos, mas incitou-o a se atordoar no papel de magistrado. Alimentou Bravo e Vento do Norte e lhes confiou o escritório, certo de que o escrivão se atrasaria. Munido de um cesto de papiro contendo tabuinhas, estojo para pincéis e tinta já preparada, ele tomou a direção das docas.

Vários barcos estavam no cais; os próprios marinheiros descarregavam-no sob a orientação de um quartel-mestre. Depois de prender uma prancha de desembarque na proa, colocavam perchas nos ombros, às quais prendiam com cordas, sacos, cestos, alcofas e depois desciam o plano inclinado. Os mais fortes carregavam pesados pacotes nas costas.

Paser dirigiu-se ao quartel-mestre.

— Onde posso encontrar Denés?

— O patrão? Ele pode estar em qualquer lugar!

— As docas pertencem a ele?

— As docas, não, mas uma grande quantidade de barcos! Denés é o mais importante dos transportadores de Mênfis e um dos homens mais ricos da cidade.

— Será que tenho uma chance de encontrá-lo?

— Ele só sai com a chegada de um barco de carga muito grande... Vá à doca central. Uma das suas embarcações acaba de aportar.

Com uma centena de côvados, o barco enorme poderia transportar mais de seiscentos e cinquenta toneladas. De fundo chato, era feito de várias pranchas cortadas com perfeição e unidas como tijolos; as da beirada do casco eram bem espessas e presas por correias de couro. Uma vela de dimensões consideráveis havia sido içada num mastro trípode, desmontável e firmemente preso com cabos. O capitão havia mandado retirar o gradeamento de junco amarrado na proa e baixar a âncora redonda.

Quando Paser quis subir a bordo, um marinheiro lhe barrou a passagens.

— Você não pertence à tripulação.

— Juiz Paser.

O marinheiro afastou-se; o juiz começou a subir pela prancha de embarque e foi até a cabine do capitão, um quinquagenário ranzinza.

— Eu queria ver Denés.

— O patrão, a esta hora? Nem pense nisso!

— Tenho uma queixa formal.

— Sobre o quê?

— Denés recebe um tributo sobre o descarregamento de um barco que não lhe pertence, o que é ilegal e injusto.

— Ah, a velha história! É um privilégio do patrão, aceito pelo governo; todos os anos é feita uma queixa, por hábito. Isso não tem importância: pode jogá-la no rio.

— Onde ele mora?

— Numa vila, atrás das docas, na entrada do bairro dos palácios.

Sem o burro, Paser sentiu alguma dificuldade em se localizar; sem o babuíno policial, teve de enfrentar tropas de comadres em grandes discussões sobre os mercadores ambulantes.

A imensa vila de Denés era cercada de altos muros e a monumental entrada vigiada por um porteiro armado de um bastão. Paser apresentou-se e pediu para ser recebido. O porteiro chamou um intendente, que levou o pedido e foi buscar o juiz uns dez minutos depois.

Ele não teve tempo de apreciar a beleza do jardim, o encanto do lago para divertimento e a suntuosidade dos canteiros de flores, pois foi conduzido diretamente até Denés, que tomava o desjejum numa sala ampla, de quatro pilares, com as paredes decoradas com cenas de caçadas.

Com uns 50 anos, o transportador era um homem maciço, de pesada estrutura, cujo rosto quadrado era ornado por uma fina barba branca. Sentado numa cadeira funda com os pés de patas de leão, ele estava sendo untado com um óleo por um servo apressado, enquanto um segundo servo cuidava das suas unhas. Um terceiro o penteava, um quarto lhe esfregava os pés com um unguento perfumado e um quinto anunciava o cardápio.

— Juiz Paser! Que bons ventos o trazem?

— Uma queixa.

— Já tomou o desjejum? Eu ainda não.

Denés mandou os servos da toalete retirarem-se; imediatamente entraram dois cozinheiros trazendo pão, cerveja, um pato assado e bolos de mel.

— Sirva-se.

— Obrigado.

— Um homem que não se alimenta bem de manhã não pode ter um bom dia de trabalho.

— Uma séria acusação foi feita contra você.

— Isso me surpreende!

Faltava nobreza na voz de Denés; ela se tornava aguda, traduzindo um nervoso que contrastava com a reservada segurança do personagem.

— Você recebe um tributo iníquo sobre os descarregamentos e é acusado de cobrar um imposto ilegal dos ribeirinhos de dois desembarcadouros do Estado que você usa com frequência.

— Velhos hábitos! Não se preocupe com isso. O seu antecessor não dava mais importância ao fato do que o juiz principal da província. Esqueça e coma um filé de pato.

— Temo que seja impossível.

Denés parou de mastigar.

— Não tenho tempo de cuidar disso. Fale com a minha esposa; ela vai lhe provar que está batalhando à toa.

O transportador bateu palmas e surgiu um intendente.

— Leve o juiz à senhora Nenofar.

Denés concentrou-se no seu desjejum.

*

A senhora Nenofar era uma mulher de negócios. Escultural, bem-apessoada, petulante, vestida na última moda, com uma peruca negra de tranças tão pesada quanto imponente, ela usava um peitoral de turquesa, um colar de ametista, pulseiras de prata extremamente caras e uma rede de contas verdes sobre a longa túnica. Proprietária de terras vastas e produtivas, de várias casas e de umas vinte fazendas, dirigia uma equipe de agentes comerciais que vendiam uma grande quantidade de produtos no Egito e na Síria. Controladora das lojas reais, inspetora do Tesouro, intendente dos tecidos do palácio, Nenofar não havia resistido ao charme de Denés, com uma fortuna bem menor do que a dela. Julgando-o um administrador medíocre, ela o havia nomeado para comandar o transporte de mercadorias. Desse modo, o marido viajava muito, mantinha uma grande rede de relações e se entregava ao seu prazer favorito, a discussão sem fim sobre um bom vinho.

Ela considerou com desdém o rapaz que ousava se aventurar no seu feudo. Soubera, por boatos, que o camponês ocupava a cadeira do magistrado recentemente falecido, com quem ela mantinha excelentes relações. Sem dúvida lhe fazia uma visita de polidez: excelente ocasião para enquadrá-lo.

Sem ser bonito, ele tinha boa aparência; o rosto era fino e sério, o olhar, profundo. Ela notou, descontente, que ele não se inclinava como um inferior diante de uma pessoa mais importante.

— Você foi nomeado para Mênfis?

— Exato.

— Parabéns; esse posto promete uma brilhante carreira. Por que quer falar comigo?

— Trata-se de um tributo indevidamente cobrado que...

— Estou a par, o Tesouro também.

— Então reconhece a legitimidade da queixa.

— Ela é feita todos os anos e imediatamente anulada; tenho direito adquirido.

— Ele não está de acordo com a lei e menos ainda com a justiça.

— Você deveria ter sido mais bem informado sobre a extensão das minhas funções; como inspetora do Tesouro, eu mesma anulo esse tipo de queixa. Os interesses comerciais do país não devem sofrer com um processo antiquado.

— Está ultrapassando os seus direitos.

— Belas palavras sem sentido! Você não sabe nada da vida, rapaz.

— Queria se abster de qualquer familiaridade; devo lembrá-la de que a interrogo oficialmente?

Nenofar não levou o aviso na brincadeira. Um juiz, por mais modesto que fosse, não deixava de ter poderes.

— Está bem instalado em Mênfis?

Paser não respondeu.

— Disseram-me que a sua casa não é confortável; como nos tornaremos amigos por força das situações, poderia alugar uma vila agradável para você por preço módico.

— Eu me contento com o alojamento que me foi destinado.

Nenofar ficou com um sorriso congelado nos lábios.

— Essa queixa é grotesca, acredite.

— Reconheceu os fatos.

— Não acredito que vá se opor à hierarquia!

— Se ela estiver errada, não hesitarei um minuto.

— Cuidado, juiz Paser; você não é todo-poderoso.

— Estou consciente disso.

— Está decidida a examinar essa queixa?

— Eu a convocarei ao meu escritório.

— Queira se retirar.

Paser obedeceu.

Furiosa, a senhora Nenofar irrompeu no apartamento do marido. Denés experimentava uma nova tanga de panos largos.

— O pequeno juiz foi domado?

— Ao contrário, imbecil! Ele é uma verdadeira fera.

— Você é bem pessimista; vamos oferecer-lhe um presente.

— É inútil. Em vez de se pavonear, cuide dele. Temos de dominá-lo o mais rápido possível.

CAPÍTULO 8

— É aqui — declarou Kem.
— Tem certeza? — perguntou Paser, estupefato.
— Sem sombra de dúvida; esta é mesmo a casa do guardião-chefe da Esfinge.
— Por que essa certeza?
O núbio deu um sorriso cruel.
— As línguas se soltaram graças ao meu babuíno. No momento em que mostra as presas, os mudos falam.
— Esses métodos...
— Eles são eficazes. Queria um resultado, você o tem.

Os dois homens contemplaram o bairro do subúrbio mais miserável da grande cidade. Ali ninguém passava fome, como em todo o Egito, mas vários casebres estavam em mau estado e a higiene deixava a desejar. Era onde moravam os sírios esperando um trabalho, camponeses que vieram fazer fortuna na cidade e rapidamente se desiludiram, viúvas sem grandes recursos. Não era um bairro adequado para o guardião-chefe da mais famosa esfinge do Egito.

— Vou interrogá-lo.
— O lugar não é muito seguro; não devia aventurar-se sozinho.
— Como queira.

Perplexo, Paser constatou que as portas e as janelas se fechavam à sua passagem. A hospitalidade, tão cara ao coração dos egípcios, não parecia ser comum naquele enclave. Nervoso, o babuíno avançava num passo irregular. O núbio não cessava de examinar os telhados.

— Do que tem medo?

— De um arqueiro.

— Por que cometeriam um atentado contra nós?

— A investigação é sua; se chegamos aqui, é porque o caso é suspeito. No seu lugar, eu desistiria.

A porta, de madeira de palmeira, parecia sólida. Paser bateu.

Alguém se mexeu no interior, mas não respondeu.

— Abra, sou o juiz Paser.

Fez-se silêncio. Forçar a entrada de um domicílio sem autorização era um delito; o juiz debatia-se com a sua consciência.

— Acha que o seu babuíno...

— Matador é juramentado; o alimento dele é fornecido pelo governo e temos de prestar contas das suas intervenções.

— Na teoria; na prática, é outra.

— Ainda bem — avaliou o núbio.

A porta não resistiu ao grande macaco por muito tempo, cuja força deixou Paser estupefato e ainda bem que Paser estava do lado da lei.

Os dois pequenos cômodos estavam mergulhados na escuridão por causa das esteiras que obstruíam as janelas. Piso de terra batida, um baú de roupas, outro de louças, uma esteira para se sentar, um estojo de toalete: um todo modesto, mas limpo.

Num canto do segundo cômodo estava encafuada uma mulher pequena de cabelos brancos, vestida com uma túnica marrom.

— Não me batam — implorou ela —, eu não disse nada, eu juro!

— Fique tranquila; quero ajudá-la.

Ela aceitou a mão do juiz e levantou-se; de repente, os seus olhos se encheram de horror.

— O macaco! Ele vai retalhar-me!

— Não — tranquilizou-a Paser —, ele pertence à polícia. Você é a esposa do guardião-chefe da Esfinge?

— Sou...

A voz, baixa, mal era audível. Paser convidou a interlocutora a sentar-se na esteira e tomou lugar na frente dela.

— Onde está o seu marido?

— Ele... ele foi viajar.

— Por que deixaram a casa funcional?

— Porque ele foi demitido.

— Estou cuidando da regularização da transferência dele — revelou Paser —; os documentos oficiais não mencionam a demissão.

— Talvez eu esteja enganada...

— O que aconteceu? — perguntou o juiz com delicadeza. Saiba que não sou seu inimigo, se eu puder lhe ser útil, assim o farei.

— Quem o enviou?

— Ninguém. Estou investigando por minha própria iniciativa para não homologar uma decisão que não compreendo.

Os olhos da velha senhora ficaram molhados de lágrimas.

— Você é... sincero?

— Pela vida do faraó.

— O meu marido morreu.

— Tem certeza?

— Os soldados me garantiram que ele seria enterrado de acordo com os rituais. Ordenaram que me mudasse e me instalasse aqui. Terei direito a uma pequena pensão até o fim dos meus dias, com a condição de me calar.

— O que lhe revelaram sobre as circunstâncias da morte?

— Um acidente.

— Saberei a verdade.

— De que adiantaria?

— Deixe-me pô-la em segurança.

— Ficarei aqui esperando a morte. Vá embora, eu lhe suplico.

*

Nebamon, médico-chefe da corte do Egito, podia orgulhar-se. Com mais de 60 anos, continuava a ser um homem muito bonito; a lista das suas conquistas ainda aumentaria por muito tempo. Coberto de títulos e de distinções honoríficas, passava mais tempo em recepções e banquetes do que no consultório, onde jovens médicos ambiciosos trabalhavam para ele. Cansado do sofrimento alheio, Nebamon havia escolhido uma especialidade agradável e rentável: a cirurgia estética. Só Nebamon podia dar uma nova juventude e preservar os encantos das belas damas que desejavam fazer desaparecer algum defeito para continuarem sedutoras e deixarem as rivais morrendo de inveja.

O médico-chefe pensava na magnífica porta de pedra que, por um favor especial do faraó, ornamentaria a entrada da sua tumba; o próprio soberano havia pintado o umbral de azul-escuro para desespero dos cortesãos, que sonhavam com esse privilégio. Adulado, rico, famoso, Nebamon cuidava de príncipes estrangeiros dispostos a despender honorários bem elevados; antes de aceitar as suas solicitações, ele fazia longas investigações e só consultava pacientes atingidos por doenças benignas e fáceis de curar. Um fracasso mancharia a sua reputação.

A sua secretária particular anunciou a chegada de Neferet.

— Mande-a entrar.

A jovem deixara Nebamon irritado porque se recusara a fazer parte da sua equipe. Ofendido, ele se vingaria. Se ela conseguisse o direito de exercer a medicina, ele cuidaria para privá-la de todo poder administrativo e afastá-la da corte. Alguns diziam que ela possuía um dom inato para a medicina e que o seu dom para a radiestesia lhe permitia ser rápida e precisa; por isso, ele lhe daria uma última chance antes de iniciar as hostilidades e isolá-la numa vida medíocre. Ou ela lhe obedeceria, ou ele a arruinaria.

— Você me chamou.

— Tenho uma proposta a lhe fazer.

— Parto para Saís depois de amanhã.

— Estou a par, mas a sua intervenção será breve.

Neferet era, realmente, muito bonita; Nebamon sonhava com uma amante tão jovem e atraente como ela, que pudesse exibir na melhor sociedade. Mas a natural nobreza da moça e a transparência que emanava dela o impediam de dirigir-lhe alguns elogios bobos, normalmente tão eficientes; seduzi-la seria uma tarefa difícil, porém especialmente excitante.

— A minha cliente é um caso interessante — prosseguiu ele —, uma burguesa, família numerosa e rica, de boa reputação.

— O que acontece com ela?

— Um acontecimento feliz: ela se casou.

— Isso é uma doença?

— O marido fez uma exigência: remodelar as partes do corpo dela que o desagradam. Alguns traços serão fáceis de modificar; tiraremos gordura aqui e acolá, conforme as instruções do esposo. Afinar as coxas, diminuir as bochechas e pintar os cabelos serão brincadeiras de criança.

Nebamon não especificou que havia recebido, em troca da intervenção, dez jarros de unguentos e de perfumes raros: uma fortuna que excluía um fracasso.

— A sua colaboração me deixaria muito feliz, Neferet; a sua mão é bem firme. Além do mais, farei por escrito um relatório elogioso que lhe será útil. Aceita ver a minha paciente?

Ele havia adotado a sua voz mais sedutora; sem dar tempo a Neferet de responder, ele introduziu a senhora Silkis.

Aflita, ela escondia o rosto.

— Não quero que me olhem — disse ela com uma voz de menininha aflita —, sou muito feia!

O corpo estava cuidadosamente dissimulado numa túnica ampla, pois a senhora Silkis tinha formas bem protuberantes.

— Como se alimenta? — perguntou Neferet.

— Eu... eu não presto atenção.

— Gosta de bolos?

— Muito.

— Comer menos seria benéfico; posso examinar o seu rosto?

A delicadeza de Neferet venceu as reticências de Silkis; ela retirou as mãos.

— Você parece bem jovem.

— Tenho 20 anos.

O rosto de boneca era, é claro, um pouco bochechudo, mas não inspirava horror nem repugnância.

— Por que não se aceita como é?

— O meu marido tem razão, sou horrorosa! Preciso agradá-lo.

— Não é muita submissão?

— Ele é tão forte... E eu prometi!

— Convença-o de que está errado.

Nebamon sentiu a raiva invadi-lo.

— Não temos de julgar as motivações dos pacientes — interveio, secamente. — O nosso papel consiste em satisfazer os seus desejos.

— Recuso-me a fazer esta jovem sofrer inutilmente.

— Saia daqui!

— Com prazer.

— Está errada em se comportar assim, Neferet.

— Creio ser fiel ao ideal do médico.

— Você não sabe nada e não vai conseguir nada! A sua carreira está acabada.

★

O escrivão Iarrot pigarreou; Paser ergueu a cabeça.

— Algum problema?

— Uma convocação.

— Para mim?

— Para você. O decano do pórtico quer vê-lo imediatamente.

Obrigado a obedecer, Paser largou o pincel e a paleta.

Na frente do palácio real, assim como em cada templo, era construído um pórtico de madeira onde um magistrado fazia justiça. Ele ouvia as queixas, distinguia a verdade da iniquidade, protegia os fracos e os salvava dos poderosos.

O decano morava em frente à residência do soberano; o vestíbulo, sustentado por quatro pilares e encostado na fachada, tinha a forma de um grande quadrilátero, no fundo do qual ficava a sala de audiências. Quando o vizir ia ver o faraó, não deixava de conversar com o decano do pórtico.

A sala de audiências estava vazia. Sentado numa cadeira de madeira dourada, usando uma tanga com avental, o magistrado exibia uma expressão carrancuda. Todos conheciam a firmeza do seu caráter e o rigor das suas afirmações.

— Você é o juiz Paser?

O juiz se inclinou com respeito; enfrentar o juiz principal da província o angustiava. Essa brusca convocação e esse frente a frente não pressagiavam nada de bom.

— Início de carreira ruidoso — julgou o decano. — Está satisfeito?

— Será que estarei algum dia? Meu mais caro desejo seria que a humanidade se tornasse sábia e que os escritórios dos juízes desaparecessem; mas esse sonho de criança se desvanece.

— Já ouvi falar muito de você, embora esteja instalado há pouco tempo em Mênfis. Está bem consciente dos seus deveres?

— Eles são toda a minha vida.

— Você trabalha muito e rápido.

— Não tanto quanto eu gostaria; quando eu entender melhor as dificuldades da minha tarefa, vou mostrar-me mais eficiente.

— Eficiente... O que significa esse termo?

— Tornar a justiça igual para todos. Não é esse o nosso ideal e a nossa regra?

— Quem disse o contrário?

A voz do decano estava rouca. Ele se ergueu e começou a dar voltas pela sala.

— Não gostei das suas observações sobre o dentista Qadash.

— Suspeito dele.

— Onde está a prova?
— O meu relatório explica que não a consegui; por isso não tomei nenhuma atitude contra ele.
— Nesse caso, por que essa agressividade inútil?
— Para atrair a sua atenção sobre ele; sem dúvida, as suas informações são mais completas do que as minhas.
O decano parou, furioso.
— Atenção, juiz Paser! Estaria insinuando que eu enterrei um dossiê?
— Longe de mim essa ideia; se achar necessário, prosseguirei as minhas investigações.
— Esqueça Qadash. Por que persegue Denés?
— No caso dele, o delito é flagrante.
— A queixa formal apresentada contra ele não estava acompanhada de uma recomendação?
— "Para ser arquivada", é verdade; foi por isso que lhe dei prioridade. Jurei a mim mesmo não aceitar esse tipo de prática com toda a energia.
— Sabia que fui eu o autor desse... conselho?
— Uma pessoa importante deve dar o exemplo e não se aproveitar da sua riqueza para explorar os humildes.
— Está esquecendo as necessidades econômicas.
— No dia em que passarem à frente da justiça, o Egito estará condenado à morte.
A réplica de Paser abalou o decano do pórtico. Na sua juventude, ele também havia emitido essa opinião com a mesma impetuosidade. Depois haviam aparecido os casos difíceis, as promoções, as necessárias conciliações, os arranjos, as concessões à hierarquia, a idade madura...
— O que reprova em Denés?
— Já sabe o que é.
— Acha que o comportamento justifica uma condenação?
— A resposta é evidente.
O decano do pórtico não podia revelar a Paser que havia acabado de conversar com Denés e que o transportador lhe havia pedido para transferir o jovem juiz.
— Está decidido a continuar a investigação?
— Estou.
— Sabe que posso mandá-lo de volta imediatamente para o seu povoado?
— Eu sei.

— Essa perspectiva não modifica o seu ponto de vista?
— Não.
— Você é inacessível a todas as formas de argumento?
— Trata-se de uma tentativa de influência. Denés é um trapaceiro; ele goza de privilégios injustificáveis. Uma vez que o caso dele é da minha competência, por que o negligenciaria?

O decano refletiu. Em geral, arbitrava sem hesitar, com a convicção de servir o país; a atitude de Paser lhe trazia tantas lembranças que ele se via no lugar desse jovem juiz desejoso de cumprir a sua função sem fraquezas. O futuro se encarregaria de dissipar as suas ilusões, mas ele estaria errado de tentar o impossível?

— Denés é um homem rico e poderoso; a esposa dele é uma mulher de negócios renomada. Graças aos dois, o transporte de materiais é efetuado de maneira regular e satisfatória; o que adiantaria perturbá-lo?

— Não me ponha no papel de acusado. Se Denés for condenado, os barcos de carga não deixarão de subir e descer o Nilo.

Depois de um longo silêncio, o juiz sentou-se.

— Faça o seu trabalho como achar que deve, Paser.

CAPÍTULO 9

Neferet meditava há dois dias num quarto da famosa escola de medicina de Saís, no Delta, onde os futuros médicos eram submetidos a uma prova cuja natureza nunca foi revelada. Muitos fracassavam; num país onde frequentemente se vivia até os 80 anos, o setor de saúde fazia questão de recrutar elementos de valor.

Será que a jovem realizaria o seu sonho de lutar contra a doença? Ela conheceria muitas derrotas, mas não desistiria de combater o sofrimento. E ainda precisaria satisfazer as exigências do tribunal de medicina de Saís.

Um sacerdote trouxera-lhe carne-seca, tâmaras, água e papiros médicos que ela havia lido e relido; algumas noções começavam a se embaralhar. Ora insegura, ora confiante, ela se refugiara na meditação, contemplando o imenso jardim em volta da escola, plantado de alfarrobeiras.*

Assim que o sol se pôs, o guardião da mirra, farmacêutico especializado em fumigações, foi buscá-la. Conduziu-a ao laboratório na presença de vários colegas. Cada um deles pediu que Neferet executasse uma receita, preparasse remédios, avaliasse a toxicidade de uma droga, identificasse substâncias complexas, relatasse em detalhes a colheita de algumas plantas, da goma-arábica** e do mel. Por várias vezes ela ficou confusa e teve de recorrer ao mais fundo da memória.

---

* O fruto dessa árvore, a alfarroba, é uma vagem que possui um suco adocicado que, aos olhos dos egípcios, encarnava a doçura por excelência.
** Resina extraída de algumas espécies africanas, usada na indústria farmacêutica e alimentícia e na cola do mesmo nome. (N. T.)

Ao fim de um interrogatório de cinco horas, quatro farmacêuticos entre os cinco votaram positivamente. O oponente explicou a sua atitude: Neferet se havia enganado em duas dosagens. Sem levar em conta o cansaço da moça, ele exigiu sondar mais os seus conhecimentos. Se ela se recusasse, deveria ir embora de Saís.

Neferet aguentou bem. Sem perder a sua docilidade habitual, ela passou pelos ataques do detrator. Foi ele quem desistiu primeiro.

Sem receber nenhum elogio, ela se retirou para o seu quarto e dormiu assim que se deitou na esteira.

*

O farmacêutico, que tão implacavelmente a havia testado, acordou-a ao raiar do dia.

— Você tem o direito de continuar; vai prosseguir?

— Estou à sua disposição.

— Tem meia hora para as abluções e o desjejum. Já vou avisando: a prova seguinte será perigosa.

— Não tenho medo.

— Pense bem.

No umbral do laboratório, o farmacêutico reiterou o aviso:

— Não leve a minha advertência na brincadeira.

— Não vou desistir.

— Como queira; pegue isto.

Ele lhe entregou um bastão bifurcado.

— Entre no laboratório e prepare um remédio com os ingredientes que encontrar.

O farmacêutico fechou a porta atrás de Neferet. Numa mesa baixa havia frascos, copelas e jarras; no canto mais afastado, embaixo da janela, um cesto fechado. Ela se aproximou. As fibras da tampa eram suficientemente espaçadas para que ela pudesse ver o conteúdo.

Apavorada, Neferet recuou.

Uma víbora cornuda.

A sua picada era mortal, mas o veneno fornecia a base de remédios muito ativos contra as hemorragias, os distúrbios nervosos e as doenças cardíacas. Por isso ela compreendeu o que o farmacêutico esperava.

Depois de normalizar a respiração, ela levantou a tampa com uma das mãos que não tremia. Prudente, a víbora não saiu imediatamente do abrigo;

concentrada, imóvel. Neferet olhou-a passar por cima da beirada do cesto e rastejar no chão. Medindo um metro, o réptil se deslocava rápido; os dois chifres pareciam sair da sua fronte, ameaçadores.

Neferet apertou o bastão com toda a força, colocou-se à esquerda da serpente e tentou prender a cabeça dela na forquilha. Por um instante fechou os olhos; se não houvesse conseguido, a víbora subiria pelo bastão e a picaria.

O corpo agitava-se furiosamente. Ela havia conseguido.

Neferet ajoelhou-se e pegou a víbora por trás da cabeça. Faria com que cuspisse o precioso veneno.

*

No barco que a levava para Tebas, Neferet não teve tempo de descansar. Vários médicos a bombardearam com perguntas sobre as suas respectivas especialidades que ela havia praticado durante os seus estudos.

Neferet adaptava-se às novas situações; não vacilava nas circunstâncias mais imprevistas, aceitava os sobressaltos do mundo, a diversidade das pessoas e não se interessava muito por si mesma para melhor perceber as forças e os mistérios. Gostaria de ser feliz, mas a adversidade não a desencorajava; por intermédio dessa adversidade, a jovem buscava uma felicidade futura, escondida no seu infortúnio.

Em nenhum momento sentiu animosidade contra aqueles que a atormentavam; eles não a estavam construindo, não lhe provavam a solidez da sua vocação?

Rever Tebas, a sua cidade natal, foi um intenso prazer; o céu lhe pareceu mais azul do que em Mênfis, o ar mais suave. Algum dia voltaria a viver ali, perto dos pais, e voltaria a passear nos campos da sua infância. Ela pensou na sua macaca que havia confiado a Branir, esperando que respeitasse o velho mestre e se mostrasse menos travessa.

Dois sacerdotes de cabeça raspada abriram-lhe a porta da fortificação; por trás dos altos muros haviam sido construídos vários santuários. Ali eram os domínios da deusa Mut, cujo nome significava "mãe" e "morte" ao mesmo tempo, onde os médicos recebiam a sua investidura.

O superior recebeu a jovem.

— Recebi os relatórios da escola de Saís; se quiser, pode continuar.

— Eu quero.

— A decisão final não pertence aos humanos. Recolha-se, pois vai comparecer diante de um juiz que não é deste mundo.

O superior pôs no pescoço de Neferet uma corda com treze nós e pediu que se ajoelhasse.

— O segredo do médico* — revelou ele — é o conhecimento do coração; dele partem os vasos visíveis e invisíveis que vão para todos os órgãos e para todos os membros. É por isso que o coração fala em todo o corpo; quando auscultar um paciente, pondo a sua mão na cabeça dele, no pescoço, nos braços, nas pernas ou em qualquer outro lugar do corpo, procure primeiro pela voz do coração e as pulsações. Assegure-se de que está firme na sua base, que não saiu do lugar, que não está fraco e que dança normalmente. Saiba que o corpo é percorrido por canais que veiculam energias sutis, assim como o ar, o sangue, a água, as lágrimas, o esperma e as matérias fecais; fique atenta à pureza dos vasos e da linfa. Quando a doença aparece, traduz um mau funcionamento além dos efeitos, investigue a causa. Seja sincera com os seus pacientes e dê a eles um dos três diagnósticos possíveis: uma doença que conheço e que vou tratar; uma doença com a qual terei de lutar e uma doença contra a qual nada posso fazer. Vá e siga o seu destino.

*

O santuário estava em silêncio.

Sentada nos calcanhares, com as mãos nos joelhos, os olhos fechados, Neferet esperava. O tempo não existia mais. Recolhida, ela controlava a ansiedade. Como não confiar na confraria dos sacerdotes-médicos, que, desde as origens do Egito, consagravam a vocação daqueles que curavam?

Dois sacerdotes ergueram-na; diante dela se abriu uma porta dupla de cedro que dava acesso a uma capela. Os dois homens não a acompanharam. Ausente de si mesma, além do medo e da esperança, Neferet entrou numa sala oblonga, mergulhada nas trevas.

As pesadas portas se fecharam atrás dela.

Imediatamente, Neferet sentiu uma presença; alguém estava agachado na escuridão e a observava. Com os braços ao longo do corpo, a respiração sufocada, a jovem não se deixou vencer pelo pânico. Sozinha, ela chegara até ali; sozinha se defenderia.

De repente, um raio de luz desceu do teto do templo e iluminou uma estátua de diorito encostada na parede do fundo. Ela representava a deusa

---

* O texto do "segredo do médico" era conhecido por todos os praticantes da medicina e era a base da sua ciência.

Sekhmet de pé e como se estivesse andando, a leoa terrível que, todo fim de ano, tentava destruir a humanidade disseminando hordas de miasmas, de doenças e de germes nocivos. Elas percorriam a Terra para espalhar a desgraça e a morte. Só os médicos poderiam se opor à temível divindade que também era a sua padroeira; só ela lhes ensinava a arte de curar e o segredo dos remédios.

Nenhum mortal, haviam dito a Neferet, contemplava a deusa Sekhmet de frente, sob pena de perder a vida.

Ela deveria ter baixado os olhos, desviado o olhar da extraordinária estátua, do rosto da leoa furiosa,* mas enfrentou-a.

Neferet olhou para Sekhmet.

Ela pediu à divindade que decifrasse a sua vocação, que descesse ao fundo do seu coração e julgasse a sua autenticidade. O raio de luz ampliou-se, iluminando toda a figura de pedra, cuja força derrubou a jovem.

E o milagre ocorreu: a leoa aterradora sorriu.

*

O colégio dos médicos de Tebas estava reunido numa ampla sala de pilares; no centro havia uma piscina. O superior aproximou-se de Neferet.

— Tem a firme intenção de curar os doentes?

— A deusa foi testemunha do meu juramento.

— O que recomendamos aos outros deve, primeiro, ser aplicado a nós mesmos.

O superior apresentou uma taça cheia de um líquido avermelhado.

— Aqui está um veneno. Depois de bebê-lo, você deverá identificá-lo e fazer um diagnóstico. Se estiver correto, poderá recorrer ao antídoto certo. Se estiver errado, você morrerá. A lei de Sekhmet terá preservado o Egito de uma médica nada boa.

Neferet aceitou a taça.

— Você é livre para recusar-se a beber e deixar esta assembleia.

Ela bebeu lentamente o líquido de gosto amargo, já tentando detectar a sua natureza.

---

* Os árabes não destruíram essa estátua de Sekhmet porque os aterrorizava. Eles a denominavam "a ogra de Karnak". Ainda hoje podemos admirá-la, numa das capelas do templo de Ptah.

*

A procissão fúnebre, seguida de carpideiras, passou ao longo dos muros do templo e tomou a direção do rio. Um boi puxava o trenó no qual havia sido colocado o sarcófago.

Do teto do templo, Neferet assistiu ao jogo da vida e da morte.

Esgotada, ela apreciava as carícias do sol na sua pele.

— Você sentirá frio ainda por algumas horas; não ficará nenhum resquício de veneno no seu organismo. A sua rapidez e precisão impressionaram muito todos os nossos colegas.

— Vocês me teriam salvado se eu me enganasse?

— Quem cuida do próximo deve ser impiedoso consigo mesmo. Assim que estiver restabelecida, voltará a Mênfis para ocupar o seu primeiro posto. Não faltarão ciladas no seu caminho. Uma terapeuta tão jovem e tão bem-dotada despertará inveja. Não seja cega nem ingênua.

Andorinhas brincavam acima do templo. Neferet pensou no seu mestre Branir, o homem que lhe havia ensinado tudo e a quem ela devia a vida.

CAPÍTULO 10

Paser sentia cada vez mais dificuldade em se concentrar no trabalho; ele via o rosto de Neferet em cada hieróglifo.

O escrivão lhe trouxe vinte tabuinhas de argila.

— A lista dos artesãos engajados no arsenal no último mês; precisamos verificar se nenhum deles possui ficha criminal.

— Qual é o meio mais rápido de saber?

— Consultar os registros da grande prisão.

— Poderia cuidar disso?

— Só amanhã; preciso voltar mais cedo para casa, pois estou organizando uma festa para o aniversário da minha filha.

— Divirta-se bastante, Iarrot.

O escrivão saiu, Paser leu e releu o texto que havia escrito para intimar Denés e comunicar-lhe as acusações. Os seus olhos ficaram embaçados. Cansado, alimentou Vento do Norte, que se deitou em frente à porta do escritório, e ele foi dar uma volta com Bravo. Os seus passos o levaram-no a um bairro calmo, para os lados da escola de escribas, onde a futura elite do país aprendia a sua profissão.

Uma batida de porta quebrou o silêncio, seguida de vozes altas e um fundo de música, na qual se misturavam flauta e tamborim. O cão ergueu as orelhas; intrigado, Paser parou. A discussão inflamava-se; às ameaças sucederam-se socos e gritos de dor. Bravo, que detestava a violência, encostou-se na perna do dono.

A uma centena de metros do lugar onde ele estava, um jovem, vestido com uma roupa de escriba, escalou o muro da escola, pulou na ruela e correu até perder o fôlego na direção do juiz, declamando as palavras de uma canção obscena à glória das prostitutas. Quando ele passou em frente ao juiz, o seu rosto foi iluminado por um raio de lua.

— Suti!

O fugitivo parou bruscamente e virou-se.

— Quem me chamou?

— Exceto por mim, o lugar está deserto.

— Não ficará assim por muito tempo; querem estripar-me! Venha, vamos correr!

Paser aceitou o convite. Bravo, louco de alegria, lançou-se na correria. O cão ficou um pouco surpreso com a resistência dos dois homens, que, dez minutos depois, pararam para recuperar o fôlego.

— Suti... é você mesmo?

— Tanto quanto você é Paser! Um esforço a mais e estaremos em segurança.

O trio refugiou-se num armazém vazio, à beira do Nilo, longe da zona patrulhada por guardas armados.

— Esperava que nos víssemos em breve, mas em outras circunstâncias.

— Essa circunstância é tremendamente feliz, garanto! Consegui evadir-me dessa prisão.

— Prisão? A grande escola de escribas de Mênfis?

— Ali eu teria morrido de tédio.

— No entanto, quando deixou o povoado há cinco anos, você queria tornar-se um letrado.

— Eu teria inventado qualquer coisa para conhecer a cidade. O único sofrimento foi abandonar você, meu único amigo entre aqueles camponeses.

— Não éramos felizes lá?

Suti deitou-se no chão.

— Bons momentos, tem razão... Mas nós crescemos! Divertir-se no povoado, viver a verdadeira vida, não era possível. Eu sonhava com Mênfis.

— Realizou esse sonho?

— No início, fui paciente; aprender, trabalhar, ler, escrever, ouvir o ensinamento que abre a mente, conhecer tudo o que existe, o que o Criador fez, o que Toth transcreveu, o céu com os seus elementos, a Terra e o seu conteúdo, o que ocultam as montanhas, o que carrega a inundação, o que cresce no dorso da terra...* Que tédio! Por sorte, logo comecei a frequentar as casas de cerveja.

— Os locais de libertinagem?

— Não seja moralista, Paser.

— Você gostava dos escritos mais do que eu.

— Ah, os livros e as máximas de sabedoria! Faz cinco anos que me martelam os ouvidos com isso. Quer que eu também banque o professor? "Ame os livros como à sua mãe, nada os supera; os livros dos sábios são as pirâmides, os estojos com o material de escrita são os seus filhos. Ouça os conselhos dos mais sábios do que você, leia as suas palavras que permanecem vivas nos livros; torne-se um homem instruído, não seja preguiçoso nem desocupado, ponha o conhecimento no seu coração." Recitei bem a lição?

— Ela é magnífica!

— Miragens para cegos!

— O que aconteceu hoje à noite?

Suti caiu na gargalhada. O menino agitado e irrequieto, a alma do povoado, tornara-se um homem de um físico impressionante. Tinha cabelos longos e pretos, rosto franco, olhar direto e falava alto; parecia movido por um fogo devorador.

— Esta noite organizei uma festinha.

— Na escola?

— É claro, na escola! A maioria dos meus condiscípulos é apagada, triste e sem personalidade; eles precisavam tomar vinho e cerveja para esquecer os queridos estudos. Tocamos música, nos embebedamos, vomitamos e cantamos. Os melhores alunos tamborilavam na barriga e se enfeitaram com guirlandas de flores.

Suti se sentou.

— A festa desagradou os vigilantes; eles irromperam na sala com bastões. Eu me defendi, mas os meus colegas denunciaram-me. Tive de fugir.

Paser parecia aterrorizado.

— Você será expulso da escola.

— Melhor! Não fui feito para ser escriba. Não causar danos a ninguém, não atormentar de propósito, não deixar o próximo na pobreza e no sofrimento... Deixo essas utopias para os sábios! Eu anseio para viver uma aventura, Paser, uma grande aventura!

---

* Suti cita o início de um dos livros da sabedoria que o aprendiz de escriba lia e copiava.

— Qual?

— Ainda não sei... Sim, já sei: o exército. Viajar e conhecer outros países, outros povos.

— Vai arriscar a sua vida.

— Ela me será mais preciosa depois do perigo. Por que construir uma vida, já que a morte a destruirá? Acredite, Paser, é preciso viver cada dia e aproveitar o prazer onde se apresenta. Nós, que somos menos do que uma borboleta, devemos saber, ao menos, voar de flor em flor.

Bravo rosnou.

— Alguém se aproxima; temos de sair daqui.

— A minha cabeça está rodando.

Paser estendeu o braço; Suti agarrou-se a ele para se levantar.

— Apoie-se em mim.

— Você não mudou, Paser. Continua a ser uma rocha.

— Você é meu amigo, eu sou seu amigo.

Eles saíram do entreposto, circundaram-no e enveredaram por um labirinto de ruelas.

— Eles não me acharão, graças a você.

O ar da noite curou a embriaguez de Suti.

— Eu não sou mais escriba. E você?

— Nem ouso confessar a você.

— Está sendo procurado pela polícia?

— Não exatamente.

— Contrabandista?

— Também não.

— Então, você rouba as pessoas honestas!

— Sou juiz.

Suti parou, pegou Paser pelos ombros e olhou-o direto nos olhos.

— Está zombando de mim.

— Eu seria incapaz de fazer isso.

— É verdade. Juiz... Por Osíris, é inacreditável! Você manda prender os culpados?

— Tenho esse poder.

— Pequeno ou grande juiz?

— Pequeno, mas em Mênfis. Vou levá-lo para a minha casa; lá você ficará em segurança.

— Não está violando a lei?

— Nenhuma queixa foi apresentada contra você.

— E se houvesse uma?

— A amizade é uma lei sagrada; se a traísse, eu me tornaria indigno da minha função.

Os dois homens trocaram cortesias:

— Você sempre poderá contar comigo, Paser; juro pela minha vida.

— Isso não passa de uma repetição inútil, Suti; no dia em que, no povoado, misturamos o nosso sangue, nós nos tornamos mais do que irmãos.

— Diga-me... Tem policiais sob as suas ordens?

— Dois: um núbio e um babuíno, temíveis, tanto um quanto o outro.

— Isso me faz sentir um frio na espinha.

— Fique tranquilo: a escola de escribas vai limitar-se a expulsá-lo. Trate de não cometer nenhum delito grave; o caso ficaria fora da minha alçada.

— Como foi bom reencontrá-lo, Paser!

O cachorro pulava em volta de Suti, que o desafiou para uma corrida, para grande alegria do animal; o fato de se gostarem um do outro agradava Paser. Bravo sabia julgar as pessoas, e Suti tinha um grande coração. É bem verdade que Paser não aprovava a maneira de pensar de Suti nem o seu modo de vida e temia que eles o levassem a lamentáveis excessos. E ele sabia que Suti pensava a mesma coisa a seu respeito. Ao se aliarem, conseguiriam extrair algumas verdades nos seus respectivos caracteres.

Como o burro não demonstrou nenhuma opinião desfavorável, Suti passou pela soleira da casa de Paser; sem se demorar no escritório, onde papiros e tabuinhas lhe traziam más recordações, foi para o andar de cima.

— Não é nenhum palácio — constatou ele —, mas aqui o ar é respirável. Você vive sozinho?

— Não totalmente; Bravo e Vento do Norte estão ao meu lado.

— Eu estava me referindo a uma mulher.

— Estou sobrecarregado de trabalho e...

— Paser, meu amigo! Será que você ainda é um rapaz... inocente?

— Receio que sim.

— Vamos remediar isso! Esse não é o meu caso. No povoado eu não consegui por causa da vigilância de algumas megeras. Aqui em Mênfis é o paraíso! Fiz amor pela primeira vez com uma pequena núbia que já tivera mais amantes do que poderia contar nos dedos das mãos. Quando o prazer me invadiu, achei que ia morrer de felicidade. Ela me ensinou a fazer carinho, a esperar que ela gozasse e a recuperar as forças para jogos em que ninguém perdia. A segunda foi a noiva do porteiro da escola; antes de se tornar fiel, ela queria provar um menino recém-saído da adolescência. A gulodice dela deixou-me totalmente satisfeito. A moça tinha seios magníficos e nádegas belas como as ilhas do Nilo antes da cheia. Ela me ensinou artes delicadas e gritamos juntos. Depois, eu me diverti com duas sírias de um prostíbulo. Não há nada que substitua essa experiência, Paser; as mãos delas eram mais suaves do que um bálsamo e até os pés sabiam tocar a minha pele para fazê-la vibrar.

Suti deu mais uma ruidosa gargalhada; Paser foi incapaz de manter um semblante solene e compartilhou da alegria do amigo.

— Sem me vangloriar, estabelecer a lista das minhas conquistas seria enfadonho. É mais forte do que eu: não posso ficar sem o calor de um corpo de mulher. A castidade é uma doença vergonhosa que se deve curar com energia. Amanhã mesmo vou cuidar do seu caso.

— Hum, bom...

Um lampejo malicioso brilhou no olhar de Suti.

— Você se recusa?

— O trabalho, os dossiês...

— Você nunca soube mentir, Paser. Está apaixonado e se guarda para a sua amada.

— Normalmente, sou eu quem formula as acusações.

— Isso não é uma acusação! Eu não acredito no grande amor, mas, com você, tudo é possível. Ser juiz e, ao mesmo tempo, meu amigo é uma boa demonstração. Como se chama essa maravilha?

— Eu... Ela não sabe de nada. Provavelmente, estou me iludindo.

— Casada?

— Nem pense nisso!

— Penso, justamente! Falta uma boa esposa no meu catálogo. Não vou forçar o destino, pois tenho moral, mas se a oportunidade se apresentar não a recusarei.

— A lei pune a adúltera.

— Desde que ela fique sabendo. No amor, com exceção dos folguedos sexuais, a primeira qualidade é a discrição. Não vou torturá-lo a respeito da sua promessa; descobrirei tudo por mim mesmo e, se necessário, lhe darei uma ajuda.

Suti deitou-se numa esteira, com uma almofada sob a cabeça.

— Você é mesmo juiz?

— Tem a minha palavra.

— Nesse caso, um conselho me seria precioso.

Paser já esperava por uma catástrofe desse gênero; ele invocou Toth, com a esperança de que o delito cometido por Suti fosse da sua competência.

— É uma história idiota — revelou o amigo. — Seduzi uma jovem viúva na semana passada; de 30 anos, corpo flexível, lábios provocantes. Uma infeliz maltratada por um marido cuja morte foi uma dádiva. Ela foi tão feliz nos meus braços que me confiou uma missão comercial: um leitão para negociar no mercado.

— Uma proprietária de fazenda?

— Uma simples criação de aves.

— Contra o que você o leitão?

— Essa é a tragédia: contra nada. Ontem à noite, o pobre animal foi assado na nossa festa. Confio no meu charme, mas a jovem viúva é avarenta e muito ligada ao seu patrimônio. Se eu chegar de mãos vazias, corro o risco de ser acusado de roubo.

— O que mais?

— Umas ninharias. Algumas dívidas por aí; o leitão é a minha maior preocupação.

— Durma tranquilo.

Paser levantou-se.

— Aonde você vai?

— Vou descer até o escritório para consultar alguns dossiês; sem dúvida deve haver uma solução.

CAPÍTULO 11

Suti não gostava de acordar cedo, mas foi obrigado a sair da casa do juiz antes do amanhecer. Embora incluísse alguns riscos, o plano de Paser parecia-lhe excelente. O amigo teve de derramar uma jarra de água fresca na sua cabeça para que ele recobrasse a consciência.

Suti foi para o centro da cidade, onde o grande mercado estava sendo preparado; camponeses e camponesas vendiam ali os produtos do campo, num concerto de negociações e discussões. Em pouco tempo chegariam os primeiros clientes. Ele se enfiou entre os horticultores e se agachou a alguns metros do seu objetivo, um cercado com aves. O tesouro que ele queria pegar estava bem ali: um magnífico galo. Os egípcios não o consideravam o rei do galinheiro, mas uma ave doméstica estúpida, muito compenetrada da sua importância.

O rapaz esperou que a presa passasse ao seu alcance e, num gesto rápido, pegou-a, apertando-lhe o pescoço para que não soltasse um grito inoportuno. A empresa era arriscada; se fosse pego, a porta da prisão lhe seria escancarada. Evidentemente, Paser não havia indicado o comerciante ao acaso; acusado de fraude, este último deveria ter dado o valor de um galo à vítima. O juiz não havia diminuído a pena, mas modificado um pouco o processo. Suti substituiria a vítima, que era o governo.

Com o galo embaixo do braço, ele chegou sem problemas à propriedade da jovem mulher que alimentava as suas galinhas.

— Surpresa — anunciou ele, exibindo o galináceo.

Ela virou-se, radiante.

— Ele é magnífico! Você negociou bem.

— Não foi fácil, confesso.
— Tenho certeza: um galo deste tamanho vale ao menos três leitões.
— Quando o amor nos guia, sabemos ser convincentes.
Ela largou o saco de grãos, pegou o galo e o pôs entre as galinhas.
— Você é muito convincente, Suti; sinto um doce calor me subindo por dentro, que quero compartilhar com você.
— Quem recusaria um convite desse?
Abraçados, eles se dirigiram ao quarto da viúva.

*

Paser sentia-se mal; uma languidez o oprimia e o privava do dinamismo habitual. Entorpecido, lento, não encontrava consolo nem mesmo na leitura dos grandes autores do passado que, antes, encantavam as suas noites. Ele havia conseguido ocultar a sua desesperança do escrivão Iarrot, mas não conseguiu dissimulá-la do seu mestre:
— Será que você está doente, Paser?
— Um cansaço sem importância.
— Talvez devesse trabalhar menos.
— Tenho a impressão de que me sobrecarregam de dossiês.
— Eles o estão pondo à prova para descobrir os seus limites.
— Eles já foram ultrapassados.
— Não é certeza; e se o excesso de trabalho não for a causa do seu estado?
Sombrio, Paser não respondeu.
— A minha melhor aluna foi bem-sucedida — revelou o velho médico.
— Neferet?
— Tanto em Saís quanto em Tebas, ela se saiu bem nas provas.
— Então ela já é uma médica.
— Para a nossa grande alegria é verdade.
— Onde ela vai exercer a medicina?
— Em Mênfis, num primeiro momento; eu a convidei para um modesto banquete, amanhã à noite, para comemorar o seu sucesso. Não quer participar?

*

Denés pediu que o deixassem em frente ao escritório do juiz Paser; a magnífica liteira, pintada de azul e vermelho, havia deslumbrado os passantes. A entrevista marcada, por mais delicada que fosse, provavelmente seria menos penosa do que o recente confronto com a esposa. A senhora Nenofar havia chamado o marido de incapaz, de boçal e de cabeça de pardal;* a sua intervenção perante o decano do pórtico não se havia revelado inútil? Enfrentando a tempestade, Denés havia tentado justificar-se; em geral, esse procedimento se traduzia num sucesso total. Por que, desta vez, o velho magistrado não o havia escutado? Ele não só não havia transferido o pequeno juiz, como o autorizara a lhe enviar uma intimação formal, como a qualquer habitante de Mênfis! Por causa da falta de perspicácia de Denés, ele e a esposa se viam reduzidos à condição de suspeitos, submetidos à condenação de um magistrado sem futuro, vindo da província com a intenção de fazer respeitar a lei ao pé da letra. Uma vez que o transportador mostrava-se tão brilhante nas discussões de negócios, ele que cativasse Paser e fizesse parar o processo! A grande vila havia ressoado por muito tempo com os gritos da senhora Nenofar, que não suportava ser contrariada. As más notícias embaçavam a sua pele.

Vento do Norte barrou a passagem. Como Denés quis afastá-lo com uma cotovelada, o burro mostrou os dentes. O transportador recuou.

— Tirem este animal do meu caminho! — exigiu.

O escrivão Iarrot saiu do escritório e puxou o quadrúpede pelo rabo; mas Vento do Norte só obedecia à voz de Paser. Denés passou ao largo do burro para não sujar os seus trajes caros.

Paser estava inclinado sobre um papiro.

— Sente-se, por favor.

Denés procurou uma cadeira, mas nenhuma lhe convinha.

— Admita, juiz Paser, que me mostro conciliador ao responder à sua intimação.

— Você não tinha opção.

— A presença de uma terceira pessoa é indispensável?

Iarrot levantou-se, prestes a sair de campo.

— Gostaria de voltar mais cedo para casa. A minha filha...

— Escrivão, você vai anotar quando eu lhe pedir.

---

* Devido à sua perpétua agitação e à tendência a se multiplicar abundantemente, o pardal era considerado um dos símbolos do mal.

Iarrot acomodou-se num canto da sala, com a esperança de que se esquecessem da sua presença. Denés não se deixaria tratar assim sem reagir. Se fizesse represálias contra o juiz, o escrivão seria levado na tormenta.

— Sou muito ocupado, juiz Paser; você não figurava na lista das entrevistas que eu havia marcado para hoje.

— Você figurava na minha, Denés.

— Não devíamos enfrentar-nos assim; você deve resolver um pequeno problema administrativo e eu devo me desvencilhar o mais rápido possível. Por que não nos entendermos?

O tom de voz tornara-se reconciliador; Denés sabia pôr-se à altura dos seus interlocutores e bajulá-los. Quando a atenção deles diminuía, ele dava os golpes decisivos.

— Está enganado, Denés.

— Como?

— Não estamos discutindo uma transação comercial.

— Deixe-me contar-lhe uma fábula: um cabrito indisciplinado saiu de perto do rebanho onde estava protegido; um lobo ameaçou-o. Quando viu a boca se abrir, ele declarou: "Senhor lobo, sem dúvida serei um banquete, mas, antes, posso distraí-lo. Por exemplo, eu sei dançar. Não acredita? Toque a flauta e verá." De humor brincalhão, o lobo aceitou. Ao dançar, o cabrito alertou os cães, que avançaram para cima do lobo e obrigaram-no a fugir. A fera aceitou a derrota; "sou um caçador", pensou, "e banquei o músico. O que se há de fazer?".*

— Qual é a moral da fábula?

— Cada um deve ficar no seu lugar. Quando alguém quer desempenhar um papel que não conhece bem, corre o risco de dar um passo em falso e lamentar amargamente.

— Estou impressionado.

— Fico feliz por isso; ficamos por aqui?

— No que se refere à fábula, sim.

— Você é mais compreensivo do que eu imaginava; não vai ficar estagnado por muito tempo neste escritório miserável. O decano do pórtico é um excelente amigo. Quando ele souber que julgou a situação com tato e inteligência,

---

* Essa fábula era um clássico. Esopo se inspirou nas fábulas egípcias, que tiveram o seu último avatar em La Fontaine.

pensará em você para um cargo mais importante. Se ele perguntar a minha opinião, ela será bem favorável.

— É bom ter amigos.

— Em Mênfis, é essencial; você está no caminho certo.

A fúria da senhora Nenofar era injustificada; ela temia que Paser não fosse igual aos outros e se havia enganado. Denés conhecia bem os seus semelhantes; com exceção de alguns sacerdotes enclausurados nos templos, só tinham como objetivo satisfazer os próprios interesses.

O transportador deu as costas para o juiz e preparou-se para sair.

— Aonde vai?

— Receber um barco que está chegando do Sul.

— Ainda não terminamos.

O negociante se virou.

— Eis os pontos de acusação: recebimento de um tributo iníquo e de um imposto não prescrito pelo faraó. A multa será pesada.

Denés empalideceu de raiva; a voz assobiava:

— Ficou louco?

— Anote, escrivão: injúria ao magistrado.

O transportador avançou para cima de Iarrot, arrancou-lhe a tabuinha e esmagou-a com o pé, irado.

— Não faça nada!

— Destruição de material pertencente à justiça — observou Paser. — Está agravando o seu caso.

— Já chega!

— Pegue este papiro; nele vai encontrar os detalhes jurídicos e o montante da pena. Não reincida, senão uma ficha criminal em seu nome será aberta nos registros da grande prisão.

— Você não passa de um cabrito e será devorado!

— Na fábula, o lobo é que é vencido.

Quando Denés atravessou o escritório, o escrivão Iarrot escondeu-se atrás de um baú de madeira.

*

Branir terminara de preparar uma refeição refinada. Ele havia retirado as ovas das mugens-fêmeas,* compradas num dos melhores peixeiros de Mênfis e,

---

* Grande peixe comestível.

conforme a receita do caviar egípcio, as havia lavado numa água ligeiramente salgada antes de espremê-las entre duas pranchetas e secado na corrente de ar. A butarga* ficaria suculenta. Costelas de boi grelhadas servidas com purê de favas, figos e bolos completariam o cardápio, sem esquecer o *grand cru* proveniente do Delta. Em toda a casa havia guirlandas de flores.

— Sou o primeiro? — perguntou Paser.
— Ajude-me a arrumar os pratos.
— Eu me peguei de frente com Denés; o meu dossiê é substancial.
— A que o condenou?
— Uma alta multa.
— Você fez um inimigo respeitável.
— Eu apliquei a lei.
— Seja prudente.

Paser não teve tempo de protestar; a visão de Neferet fez com que esquecesse Denés, o escrivão Iarrot, o escritório e os dossiês.

Usando uma túnica de alças de um azul muito pálido que deixava os ombros nus, ela havia maquiado os olhos de verde. Frágil e ao mesmo tempo segura, ela iluminou a casa do anfitrião.

— Estou atrasada.
— Ao contrário — disse Branir —, tivemos tempo de terminar a butarga. O padeiro acabou de entregar o pão fresco; podemos ir para a mesa.

Neferet havia posto uma flor de lótus nos cabelos; fascinado, Paser não cessava de contemplá-la.

— O seu sucesso deu-me uma grande alegria — confessou Branir — e, já que você é médica, eu lhe dou este talismã. Ele a protegerá, como me protegeu; mantenha-o sempre com você.
— Mas... e você?
— Na minha idade, os demônios não têm mais influência.

Ele passou no pescoço da jovem uma fina corrente de ouro em que estava pendurada uma magnífica turquesa.

— Esta pedra veio das minas da deusa Hathor, no deserto oriental, e preserva a juventude da alma e a alegria do coração.

Neferet inclinou-se diante do mestre, com as mãos unidas em sinal de veneração.

— Eu também queria parabenizá-la — disse Paser. — Mas não sei como...
— Esse simples pensamento me basta — afirmou ela, sorrindo.

---

* Ovas de peixe prensadas e em conserva. (N. T.)

— No entanto, faço questão de oferecer-lhe um modesto presente.

Paser entregou-lhe uma tornozeleira de contas coloridas. Neferet tirou a sandália direita, passou a joia pelo pé descalço e enfeitou o tornozelo.

— Graças a você, eu me sinto mais bonita.

Essas poucas palavras deram ao juiz uma louca esperança; pela primeira vez teve a impressão de que ela notava que ele existia.

O banquete foi efusivo. Descontraída, Neferet relatou os aspectos do seu difícil percurso que não eram segredo; Branir garantiu que tudo continuava igual. Paser mordiscava, mas comia Neferet com os olhos e bebia as suas palavras. Na companhia do mestre e da mulher que amava, ele passou uma noite feliz, atravessada por raios de angústia; Neferet iria rejeitá-lo?

*

Enquanto o juiz trabalhava, Suti passeava com o burro e o cachorro, fazia amor com a proprietária da criação de galinhas, lançava-se em novas conquistas, mais prometedoras, e desfrutava da animação de Mênfis. Discreto, ele não perturbava o amigo; não dormira nem uma vez na casa dele desde que se encontraram. Paser mostrara-se irredutível num único ponto; excitado com o sucesso da operação "leitão", Suti havia dito querer repeti-la. O juiz opusera-se firmemente. Como a amante mostrava-se generosa, Suti não havia insistido.

O babuíno apareceu na porta. Quase tão grande quanto um homem, ele tinha uma cara de cachorro e presas de animal selvagem. Os braços, as pernas e a barriga eram brancos, sendo que os pelos tingidos de vermelho cobriam os ombros e o dorso. Atrás dele estava Kem, o núbio.

— Finalmente apareceu!

— A investigação foi longa e difícil. Iarrot saiu?

— A filha dele está doente. O que conseguiu saber?

— Nada.

— Como nada? Não dá para acreditar!

O núbio apalpou o nariz de madeira para se assegurar de que estava bem no lugar.

— Consultei os meus melhores informantes. Nenhuma indicação sobre o destino do guardião-chefe da Esfinge de Gizé. Mandaram-me falar com o chefe da polícia, como se um castigo houvesse sido aplicado com o maior rigor.

— Então, irei ver esse importante personagem.

— Não aconselho; ele não gosta de juízes.
— Eu serei amável.

*

Mentmosé, chefe da polícia, possuía duas vilas: uma em Mênfis, onde residia a maior parte do tempo, outra em Tebas. Baixo, gordo, de rosto redondo, inspirava confiança; mas o nariz pontudo e a voz fanhosa desmentiam a aparência bonachona. Solteiro, Mentmosé, desde que era bem jovem, só pensara na carreira e nas honras; a sorte o havia acompanhado, oferecendo-lhe uma sucessão de mortes oportunas. Quando ele havia sido destinado para a vigilância dos canais, o responsável pela segurança da sua província quebrara o pescoço ao cair de uma escada; sem nenhuma qualificação especial, mas pronto a se apresentar, Mentmosé conseguiu o cargo. Sabendo tirar partido, de maneira maravilhosa, do trabalho do seu antecessor, ele havia rapidamente forjado para si mesmo uma excelente reputação. Alguns se sentiriam satisfeitos com essa promoção, mas a ambição o corroía; como não sonhar com a direção da polícia fluvial? Infelizmente, um homem jovem e empreendedor estava à frente dela. Ao lado dele, Mentmosé parecia insignificante. Porém, o incômodo funcionário havia morrido afogado numa operação de rotina, deixando o campo livre para Mentmosé, que se candidatou imediatamente, apoiado pelos seus inúmeros relacionamentos. Eleito, passando a frente de concorrentes mais sérios, porém menos ardilosos, ele havia aplicado o seu método frutuoso: apropriar-se dos esforços do outro para benefício pessoal. Já ocupando um cargo alto na hierarquia, ele sonhava com o topo, totalmente inacessível, pois o chefe da polícia, na flor da idade, transbordava nas suas atividades e em tudo tinha sucesso. O seu único fracasso foi um acidente de carro de guerra no qual ele morreu, esmagado pelas rodas. Mentmosé imediatamente pediu o cargo, apesar de oponentes notórios; especialmente hábil em se valorizar e em chamar a atenção para a sua folha de serviço, ele havia conseguido a vitória.

Instalado no pináculo, Mentmosé preocupava-se, sobretudo em ali permanecer; por isso cercava-se de medíocres, incapazes de substituí-lo. Assim que percebia alguém de personalidade forte, ele o afastava. Agir em segredo, manipular indivíduos sem que eles soubessem e fazer intrigas eram os seus passatempos favoritos.

Ele estudava as nomeações para o corpo da polícia do deserto quando o intendente o avisou da visita do juiz Paser. Normalmente, Mentmosé mandava os pequenos magistrados serem atendidos pelos seus subordinados, mas o juiz em questão o intrigava. Ele não havia melindrado Denés, cuja fortuna permitia comprar qualquer um? O jovem juiz em breve afundaria, vítima das próprias ilusões, mas talvez Mentmosé pudesse tirar alguma vantagem dos atos dele. Quem tinha a audácia de importunar provava ter muita determinação.

O chefe da polícia recebeu Paser na sala da sua vila onde expunha as condecorações, colares de ouro, pedras semipreciosas e bastões de madeira dourados.

— Obrigado por receber-me.

— Sou um auxiliar devotado da justiça; está gostando de Mênfis?

— Preciso conversar sobre um caso estranho.

Mentmosé mandou servir uma cerveja de primeira qualidade e ordenou ao intendente que não os incomodasse.

— Explique-se.

— É impossível para mim ratificar uma transferência sem saber o que aconteceu com o interessado.

— Evidente; de quem se trata?

— Do antigo guardião-chefe da Esfinge de Gizé.

— Um cargo honorífico, se não me engano, reservado a veteranos.

— Neste caso preciso, o veterano foi transferido.

— Teria cometido alguma falta grave?

— O meu dossiê não faz menção a isso. Além do mais, o homem foi obrigado a sair da casa funcional e se refugiar no bairro mais pobre da cidade.

Mentmosé pareceu contrariado:

— Estranho, de fato.

— E há algo mais grave: interroguei a esposa dele, e ela afirmou que o marido morreu. Porém ela não viu o cadáver e não sabe onde ele foi enterrado.

— Por que ela está convencida da morte dele?

— Alguns soldados lhe deram a triste notícia; também ordenaram que ficasse calada se quisesse receber uma pensão.

O chefe da polícia tomou lentamente uma taça de cerveja; esperava uma menção ao caso Denés e acabava descobrindo um desagradável enigma.

— Brilhante investigação, juiz Paser; a sua nascente reputação não foi obtida ilegitimamente.

— Tenho a intenção de continuar.

— De que maneira?

— Temos de achar o corpo e descobrir a causa da morte.

— Tem razão.
— A sua ajuda é indispensável para mim: como dirige a polícia das cidades e dos povoados, a do rio e a do deserto, facilitaria a minha investigação.
— Infelizmente é impossível.
— Isso me deixa surpreso.
— Os seus indícios são muito vagos; além do mais, no centro do caso estão um veterano e alguns soldados. Em outras palavras, o exército.
— Já pensei nisso. E por essa razão solicito o seu apoio. Se exigir explicações, a hierarquia militar será obrigada a responder.
— A situação é mais complicada do que imagina; o exército preocupa-se com a sua independência em relação à polícia. Não tenho o hábito de invadir os domínios militares.
— No entanto, conhece-os bem.
— Boatos em excesso. Temo que esteja enveredando por um caminho perigoso.
— É impossível eu deixar de lado uma morte não explicada.
— Aprovo.
— O que me aconselha?

Mentmosé refletiu longamente. O jovem magistrado não ia recuar; sem dúvida não seria fácil manipulá-lo. Só investigações profundas iriam permitir conhecer os seus pontos fracos e usá-los no momento certo.

— Fale com o homem que nomeou os veteranos para os postos honoríficos: o general Asher.

CAPÍTULO 12

O devorador de sombras* movimentava-se como um gato na noite. Sem fazer barulho, evitando os obstáculos, ele passava ao longo dos muros e se confundia com as trevas. Ninguém se podia vangloriar de tê-lo notado. E quem poderia suspeitar dele?

O mais pobre de todos os bairros de Mênfis estava adormecido. Ali não havia porteiros, nem vigilantes como os diante das ricas vilas. O homem escondia o rosto sob uma máscara de chacal em madeira** com maxilar articulado, e entrou na casa da mulher do guardião-chefe da Esfinge.

Quando recebia uma ordem, ele não a discutia; há muito tempo os sentimentos haviam abandonado o seu coração. Falcão humano,*** ele surgia na escuridão, de onde tirava a sua força.

A velha senhora acordou sobressaltada; a horrível visão cortou-lhe a respiração. Ela soltou um grito lancinante e caiu morta. O assassino nem precisou usar uma arma e maquiar o crime. A tagarela não falaria mais.

*

---

* Tradução literal da expressão egípcia que significava "assassino".

** Tipo de máscara usada pelos sacerdotes que desempenhavam o papel dos deuses na celebração dos rituais.

*** Expressão egípcia que corresponde ao nosso "lobisomem".

O general Asher acertou o aspirante com um soco nas costas; o soldado caiu no pátio poeirento da caserna.

— Os molengas não merecem melhor sorte.

Um arqueiro saiu das fileiras.

— Ele não cometeu nenhuma falta, general.

— Você fala demais; pare imediatamente o treinamento. Quinze dias de prisão no quartel e uma longa temporada numa fortaleza do Sul lhe ensinarão a disciplina.

O general ordenou ao pelotão que corresse durante uma hora, com arcos, aljavas, escudos e sacos de alimentos; quando saísse em campanha, encontraria condições piores. Se algum dos soldados parasse, exausto, ele o puxaria pelos cabelos e o obrigaria a retomar o ritmo. O reincidente apodreceria na prisão.

Asher tinha experiência suficiente para saber que só uma formação impiedosa levava à vitória; cada sofrimento suportado e cada gesto controlado davam ao combatente uma chance suplementar de sobreviver. Depois de uma carreira bem cumprida nos campos de batalha da Ásia, Asher, herói de façanhas de grande repercussão, havia sido nomeado intendente dos cavaleiros, chefe dos recrutas e encarregado de formar os soldados na caserna principal de Mênfis. Com uma alegria cruel, ele se entregava pela última vez a essa função; uma nova nomeação havia sido oficializada na véspera e, doravante, ele seria dispensado dessa obrigação. Como mensageiro do faraó para o estrangeiro, transmitiria as ordens reais às guarnições de elite instaladas nas fronteiras, poderia servir de condutor do carro de Sua Majestade e, à direita do rei, desempenhar o papel de porta-estandarte.

Baixo, Asher tinha um físico que não agradava: cabeça raspada, ombros cobertos por pelos pretos e duros, torso largo, pernas curtas e musculosas. Uma cicatriz lhe cortava o peito do ombro até o umbigo, lembrança de uma lâmina que, por pouco, não lhe cortara a vida. Sacudido por uma gargalhada interminável, ele havia estrangulado o agressor com as mãos. O rosto, vincado de rugas, parecia com o de um roedor.

Depois dessa última manhã passada na caserna favorita, Asher pensou no banquete organizado em sua honra. Ele se dirigia para a sala de banhos, quando um oficial de ligação se dirigiu a ele segundo as normas:

— Perdoe-me por importuná-lo, general; um juiz gostaria de falar-lhe.

— Quem é ele?

— Nunca o vi.

— Mande-o embora.

— Ele diz que é urgente e importante.
— Qual o motivo?
— Confidencial. Só concerne ao senhor.
— Traga-o aqui.

Paser foi levado até o centro do pátio onde estava o general, com as mãos cruzadas nas costas. À esquerda, os recrutas praticavam exercícios de musculação; à direita, treinamento de tiro ao alvo.

— Qual é o seu nome?
— Paser.
— Detesto os juízes.
— O que reprova neles?
— Eles bisbilhotam em tudo que é lugar.
— Estou investigando um desaparecimento.
— Isso não faz parte dos regimentos sob o meu comando.
— Mesmo a guarda de honra da Esfinge?
— O exército é o exército, mesmo quando cuida dos veteranos. A guarda da Esfinge foi assumida sem falhas.
— Segundo a esposa, o antigo guardião-chefe teria morrido; no entanto, a hierarquia pede que eu regularize a sua transferência.
— Pois bem, regularize! Não se contestam as diretrizes da hierarquia.
— Neste caso, sim.

O general rugiu:
— Você é jovem e sem experiência. Dê o fora.
— Não estou sob as suas ordens, general, e quero saber a verdade sobre esse guardião-chefe. Foi o senhor mesmo que o nomeou para o posto?
— Preste atenção, pequeno juiz, ninguém importuna o general Asher!
— O senhor não está acima das leis.
— Você não sabe quem eu sou. Um passo em falso a mais e vou esmagá-lo como um inseto.

Asher deixou Paser no centro do pátio. A sua reação surpreendeu o juiz; por que tanta veemência, se ele não tinha nada a se reprovar?

Quando Paser passava pela porta da caserna, o arqueiro preso no quartel interpelou-o:
— Juiz Paser...
— O que quer?
— Talvez eu possa ajudá-lo; o que está procurando?
— Informações sobre o antigo guardião-chefe da Esfinge.

— O seu dossiê militar encontra-se classificado nos arquivos da caserna, siga-me.

— Por que age assim?

— Se descobrir algum indício esmagador contra Asher, o senhor o acusaria?

— Sem hesitação.

— Então, venha. O arquivista é meu amigo; ele também detesta o general.

O arqueiro e o arquivista tiveram uma breve conversa.

— Para consultar os arquivos da caserna — informou este último —, precisaria de uma autorização do escritório do vizir. Vou sair por quinze minutos para buscar a minha refeição na cantina. Se ainda estiver no local quando eu voltar, serei obrigado a dar o alerta.

Cinco minutos para compreender a classificação, mais três para pôr a mão no rolo de papiro certo, o restante para ler o documento, memorizá-lo, guardá-lo no arquivo e desaparecer.

*

A carreira do guardião-chefe havia sido exemplar: nenhuma sombra no quadro. O fim do papiro oferecia uma informação interessante; o veterano dirigia uma equipe de quatro homens, os dois mais velhos postados nas laterais da Esfinge, os outros dois embaixo da grande rampa que levava à pirâmide de Quéfren, do lado de fora do muro. Já que possuía o nome deles, se os interrogasse, provavelmente conseguiria a chave do enigma.

Emocionado, Kem entrou no escritório.

— Ela morreu.

— De quem está falando?

— Da viúva do guardião. Hoje de manhã, patrulhei o bairro; Matador percebeu alguma coisa de anormal. A porta da casa estava entreaberta. Descobri o corpo.

— Vestígios de violência?

— Nenhum, por menor que fosse. Ela sucumbiu à velhice e à tristeza.

Paser pediu ao escrivão para se certificar de que o exército cuidaria das exéquias; caso contrário, o próprio juiz pagaria as despesas dos funerais. Mesmo que não fosse responsável pela morte da pobre mulher, não havia atormentado os seus últimos momentos?

— Fez algum progresso? — perguntou Kem.

— De maneira decisiva, espero; no entanto, o general Asher não me ajudou em nada. Eis os quatro nomes dos veteranos que estavam sob o comando do guardião-chefe; consiga o endereço deles.

O escrivão Iarrot chegou no momento em que o núbio saía.

— A minha mulher me persegue — confessou Iarrot, com a fisionomia abatida. — Ontem, ela se recusou a preparar o jantar! Se isso continuar, vai proibir-me de dormir na sua cama. Felizmente a minha filha dança cada vez melhor.

Irritado e resmungando, ele classificou as tabuinhas com má vontade.

— Já ia esquecendo... investiguei os artesãos que querem trabalhar no arsenal. Só um deles me intriga.

— Um delinquente?

— Um homem envolvido com o tráfico de amuletos.

— Quais os antecedentes?

Iarrot exibiu um ar satisfeito.

— Ele deve interessá-lo. Trata-se de um marceneiro eventual; trabalho como intendente nas terras do dentista Qadash.

Na sala de espera de Qadash, onde não havia sido fácil ser admitido, Paser estava sentado ao lado de um homem baixo, um tanto nervoso. Os cabelos e o bigode pretos, cuidadosamente cortados, a pele baça, o rosto magro e alongado juncado de pintas lhe davam uma aparência lúgubre e carrancuda.

O juiz cumprimentou-o.

— Momento penoso, não é?

O homem baixinho concordou.

— Sente muita dor?

Ele respondeu com um gesto de mão evasivo.

— É a minha primeira dor de dente — confessou Paser. — Já foi tratado por algum dentista?

Qadash apareceu.

— Juiz Paser! Está com dor?

— Infelizmente, sim!

— Conhece Chechi?

— Não tive a honra.

— Chechi é um dos cientistas mais brilhantes do palácio; na química, ele não tem rivais. Por isso encomendo para ele emplastros e obturações;

justamente ele veio me propor uma novidade. Fique tranquilo, não vai demorar.

Apesar da sua dificuldade de elocução, Qadash mostrara-se atencioso, como se recebesse um amigo de longa data. Se o tal Chechi se mostrasse tão pouco loquaz, a conversa deveria ser rápida. De fato, o dentista chamou-o dez minutos depois.

— Sente-se nesta cadeira dobrável e incline a cabeça para trás.

— O seu químico não é muito falante.

— Tem um caráter ensimesmado, mas é uma pessoa direita com quem se pode contar. O que está sentindo?

— Uma dor difusa.

— Vamos ver isso.

Usando um espelho que ele expunha a um raio de sol, Qadash examinou a dentição de Paser.

— Já fez alguma consulta?

— Uma única vez, no povoado. Um dentista ambulante.

— Estou vendo uma cárie minúscula. Vou consolidar o dente com uma obturação eficaz: resina de terebinto,* terra da Núbia, mel, fragmentos de mó, colírio verde e pedacinhos de cobre. Se ele balançar, vou ligá-lo ao molar vizinho com um fio de ouro... Não, não será necessário. Você tem dentes sadios e fortes. Em compensação, tome cuidado com as suas gengivas. Contra a piorreia, vou prescrever bochecho composto de coloquíntida, goma, anis e frutos entalhados de sicômoro; deve deixá-lo do lado de fora por uma noite para que se impregne de orvalho. Também deverá esfregar as gengivas com uma pasta composta de cinamomo, mel, goma e óleo. E não se esqueça de mascar aipo com frequência; não só é uma planta revigorante e que estimula o apetite, como também firma os dentes. Agora, vamos falar sério; o seu estado não necessitava de uma consulta urgente. Por que queria me ver com tanta premência?

Paser levantou-se, feliz por livrar-se dos diversos instrumentos que o dentista usava normalmente.

— O seu intendente.

— Despedi esse incapaz.

— Eu queria falar do anterior.

---

* O terebinto é uma pistácia que fornece uma resina usada, na época, em medicina e nos ingredientes rituais.

Qadash lavou as mãos.

— Não me lembro dele.

— Faça um esforço de memória.

— Não, de verdade...

— Você é colecionador de amuletos?*

Embora cuidadosamente limpas, as mãos do dentista continuavam vermelhas.

— Possuo alguns, como qualquer um, mas não lhes dou nenhuma importância.

— Os mais bonitos têm grande valor.

— Sem dúvida...

— O seu ex-intendente interessava-se por eles; chegou até a roubar alguns belos espécimes. Daí a minha preocupação: você foi vítima dele?

— Cada vez há mais ladrões, pois há mais e mais estrangeiros em Mênfis. Em breve, esta cidade não será mais egípcia. O vizir Bagey é o grande responsável, com a sua obsessão pela probidade. O faraó tem tanta confiança nele que ninguém pode criticá-lo. Você, menos do que os outros, pois ele é o seu chefe. Por sorte, a sua modesta posição no governo evita que o encontre.

— Ele é tão aterrador?

— Intratável; os juízes que esqueceram isso foram demitidos, mas todos eles haviam cometido erros. Recusando-se a expulsar os estrangeiros com o pretexto de justiça, o vizir apodrece o país. Você prendeu o mau ex-intendente?

— Ele quer ser engajado no arsenal, mas uma verificação de rotina fez ressurgir o seu passado. Na verdade, uma triste história: ele vendia amuletos roubados de um fabricante, foi denunciado e despedido pelo sucessor que você escolheu.

— Para quem ele roubava?

— Ele não sabe. Se tivesse tempo, eu faria um exame detalhado; mas não disponho de nenhuma pista e muitos outros casos me ocupam! O essencial é que não tenha sofrido com a desonestidade dele. Obrigado pelos seus bons cuidados, Qadash.

---

* Estatuetas, na maioria das vezes de faiança, que representavam divindades, símbolos, como a cruz da vida ou o coração etc. Os egípcios gostavam de usá-los para se proteger das forças nocivas.

*

O chefe da polícia reunira na sua casa os seus principais colaboradores; essa sessão de trabalho não seria mencionada em nenhum documento oficial. Mentmosé havia estudado os relatórios deles sobre Paser.

— Nenhum vício secreto, nenhuma paixão ilícita, nenhuma amante, nenhuma rede de relações... Vocês me fizeram o retrato de um semideus! As suas investigações não têm nada.

— O pai espiritual, um tal de Branir, mora em Mênfis; Paser vai frequentemente à casa dele.

— É um velho médico aposentado, inofensivo e sem poder!

— Ele era escutado pela corte — objetou um policial.

— Há muito tempo não é mais — ironizou Mentmosé. — Não existe uma vida sem manchas; a de Paser não difere de qualquer outra!

— Ele se dedica ao trabalho — afirmou um outro policial — e não recua diante de personalidades, como Denés ou Qadash.

— Um juiz íntegro e corajoso: quem acreditaria nessa fábula? Trabalhem com mais seriedade e tragam-me elementos plausíveis.

Mentmosé meditou à beira do lago onde gostava de pescar. Experimentava a desagradável sensação de não controlar uma situação fugidia, de contornos incertos e temia cometer um erro que toldasse o seu renome.

Será que Paser era um ingênuo perdido nos meandros de Mênfis ou seria um caráter fora do comum, decidido a traçar um caminho de retidão sem se preocupar com os perigos e os inimigos? Em ambos os casos, estava condenado ao fracasso.

Restava uma terceira possibilidade, muito preocupante: que o pequeno juiz fosse o emissário de outra pessoa, de algum cortesão astuto à frente de uma conspiração da qual Paser fosse a parte visível. Furioso com a ideia de que um imprudente ousasse desafiá-lo no seu próprio terreno, Mentmosé chamou o intendente e ordenou que preparasse o seu cavalo e o carro. Uma caça à lebre, no deserto, era necessária; matar alguns animais apavorados lhe relaxaria os nervos.

CAPÍTULO 13

A mão direita de Suti subiu ao longo das costas da amante, afagou-lhe o pescoço, desceu novamente e acariciou-lhe os quadris.

— De novo — suplicou ela.

O jovem não se fez mais de rogado. Gostava de dar prazer. A sua mão tornou-se mais insistente.

— Não... não quero!

Suti continuou, felino; conhecia os gostos da companheira e satisfazia-os sem moderação. Ela fingiu resistir, virou-se e abriu-se para receber o amante.

— Está contente com o galo?

— As galinhas estão radiantes. Você é uma bênção, querido.

Saciada, a proprietária do galinheiro preparou um substancial almoço e arrancou-lhe a promessa de voltar no dia seguinte.

Ao cair da noite, depois de dormir duas horas no porto, à sombra de um cargueiro, ele foi para a casa de Paser. O juiz havia acendido as lamparinas; sentado na posição de escriba, com o cão apoiado na perna esquerda, ele escrevia. Vento do Norte deixou Suti passar e este o gratificou com um carinho.

— Acho que vou precisar de você — disse o juiz.

— Uma história de amor?

— Pouco provável.

— Não me diga que se trata de uma manobra policial.

— Receio que sim.

— Perigosa?

— É possível.
— Interessante. Posso saber mais ou você vai lançar-me às cegas?
— Armei uma cilada para um dentista chamado Qadash.

Suti soltou um assobio de admiração.

— Uma celebridade! Ele só cuida dos ricos. Do que é culpado?
— O comportamento dele intriga-me. Eu deveria usar o policial núbio, mas ele está ocupado em outro lugar.
— Vou ter de roubar?
— Nem pense nisso! Apenas seguir Qadash, se ele sair de casa e se comportar de maneira estranha.

*

Suti subiu numa pérsea, de onde ele via a entrada da via do dentista e o acesso às construções anexas. Aquela noite de quietude agradava-o; finalmente sozinho, desfrutava o ar noturno e a beleza do céu. Depois que as lamparinas foram apagadas e que o silêncio cobriu a grande morada, um vulto saiu furtivamente usando a porta das estrebarias. O homem usava uma capa; os cabelos brancos e a silhueta eram mesmo do dentista que Paser lhe havia descrito.

Segui-lo foi fácil. Embora nervoso, Qadash andava devagar e não se virava. Ele se dirigiu para um bairro em reconstrução. Antigos prédios administrativos, vetustos, haviam sido destruídos; um amontoado de tijolos obstruía a passagem. O dentista contornou uma montanha de escombros e desapareceu. Suti escalou-a, tomando cuidado para não fazer nenhum tijolo rolar, o que trairia a sua presença. Ao chegar no topo, viu uma fogueira com três homens em volta, um deles era Qadash.

Eles tiraram as capas e ficaram nus, exceto por um cilindro de couro que lhes ocultava o pênis; nos cabelos haviam espetado três penas. Brandindo um curto bastão de arremesso em cada mão, eles dançavam fingindo lutar entre si. Mais jovens que Qadash, os seus parceiros dobraram repentinamente as pernas e deram um salto, soltando um grito horrível. Embora tivesse dificuldade em acompanhar a cadência, o dentista mostrava bastante entusiasmo.

A dança durou mais de uma hora; de repente, um dos participantes retirou o cilindro de couro e exibiu a sua virilidade, imitado, em seguida, pelos amigos. Como Qadash dava sinais de cansaço, eles o fizeram tomar vinho de palmeira antes de arrastá-lo num novo frenesi.

★

Paser ouviu o relato de Suti com a maior atenção.
— Estranho.
— Você não conhece os costumes líbios; esse tipo de festividade é bem típico.
— Qual o objetivo?
— Virilidade, fecundidade, capacidade para seduzir... Ao dançarem, conseguem uma nova energia. Para Qadash, parece difícil de ser obtida.
— Então, o nosso dentista devia sentir-se diminuído.
— Segundo o que observei, ele tinha razão para isso. Porém, o que há de ilegal nesse comportamento?
— *A priori*, nada; ele, que diz detestar os estrangeiros, no entanto não esquece as suas raízes líbias e mergulha em costumes que a alta sociedade, base da sua clientela, desaprovaria veementemente.
— Ao menos eu fui útil?
— Insubstituível.
— Da próxima vez, juiz Paser, mande-me espionar uma dança de mulheres.

★

Usando a sua força de persuasão, Kem e o babuíno policial haviam percorrido Mênfis e os subúrbios em todos os sentidos para encontrar a pista dos quatro subordinados do guardião-chefe desaparecido.

O núbio esperou que o escrivão saísse para conversar com o juiz; Iarrot não lhe inspirava confiança. Quando o grande macaco entrou no escritório, Bravo se refugiou embaixo da cadeira do seu dono.
— Dificuldades, Kem?
— Consegui os endereços.
— Sem violência?
— Nenhum resquício de brutalidade.
— Amanhã de manhã interrogaremos as quatro testemunhas.
— Todas elas desapareceram.

Estupefato, Paser largou o pincel.

Recusando-se a endossar um documento administrativo banal, ele não imaginava que levantaria a tampa de um caldeirão cheio de mistérios.
— Nenhuma pista?

— Dois deles partiram para viver no Delta, os dois outros na região tebana. Tenho o nome dos povoados.
— Prepare o seu saco de viagem.

*

À noite, Paser foi à casa do seu mestre. Enquanto se dirigia para lá, ele teve a impressão de estar sendo seguido; diminuindo o passo, virou-se duas ou três vezes, porém não viu mais o homem que havia notado. Sem dúvida se havia enganado.

Sentado em frente a Branir, no terraço florido da casa, ele saboreou a cerveja fresca enquanto escutava o ruído da cidade grande adormecer. Aqui e acolá algumas luzes assinalavam os notívagos ou os escribas atarefados.

O mundo parecia parar na companhia de Branir; Paser gostaria de guardar aquele momento como uma joia, de conservá-lo apertado na palma da mão, impedindo que se dissolvesse na escuridão do tempo.

— A nomeação de Neferet já saiu?
— Ainda não, mas é iminente. Ela está ocupando um quarto na escola de medicina.
— Quem decide?
— Uma assembleia de médicos, dirigida pelo médico-chefe Nebamon. Neferet será chamada para ocupar uma função fácil, depois a dificuldade aumentará com a experiência. Você ainda me parece sombrio, Paser; podia jurar que perdeu a alegria de viver.

Paser resumiu os fatos.
— Muitas coincidências preocupantes, não é?
— Qual a sua hipótese?
— É muito cedo para formular uma hipótese. Uma falta foi cometida, isso é certeza; mas de que natureza e qual a amplidão? Estou preocupado, talvez sem razão; às vezes, hesito em continuar, mas não posso assumir uma responsabilidade, por menor que seja, sem que esteja de pleno acordo com a minha consciência.
— O coração monta os planos e guia o indivíduo; quanto ao caráter, ele mantém o que foi adquirido e preserva a visão do coração.*

---

* Branir transmite ao discípulo as palavras dos sábios reunidas em "Ensinamentos", sob a forma de máximas.

— O meu caráter não vai enfraquecer; vou explorar o que descobri.

— Jamais perca de vista a felicidade do Egito, não se preocupe com o seu bem-estar. Se a sua ação for justa, ele virá como complemento.

— Se admitimos o desaparecimento de um homem sem nos insurgimos, se um documento oficial equivale a uma mentira, a grandeza do Egito não está ameaçada?

— Os seus receios têm fundamento.

— Se o seu espírito estiver com o meu, enfrentarei os piores perigos.

— Coragem não lhe falta; torne-se mais lúcido e saiba evitar certos obstáculos. Bater de frente com eles só lhe trará feridas. Contorne-os, aprenda a usar a força do adversário, seja flexível como o junco e paciente como o granito.

— Paciência não é o meu forte.

— Construa-a, como um arquiteto ao trabalhar um material.

— Não me aconselha a ir ao Delta?

— A sua decisão já foi tomada.

*

Deslumbrante na sua túnica de linho plissada e com franjas coloridas, manicurado com arte, altivo, Nebamon abriu a sessão plenária realizada na grande sala da escola de medicina de Mênfis. Uma dezena de médicos renomados, sendo que nenhum deles havia sido considerado responsável pela morte de um doente, devia confiar uma primeira missão aos jovens médicos aprovados. Em geral marcadas de condescendência, as decisões não davam motivo a nenhuma contestação. Mais uma vez, a missão seria rapidamente despachada.

— Agora, o caso Neferet — anunciou um cirurgião. — Observações elogiosas de Mênfis, de Saís e de Tebas. Um elemento brilhante, até mesmo excepcional.

— Sim, mas é uma mulher — objetou Nebamon.

— Ela não é a primeira!

— Neferet é inteligente, admito, mas falta-lhe energia; a experiência pode fazer os seus conhecimentos teóricos em pedaços.

— Ela fez vários estágios sem falhas! — lembrou um clínico.

— Os estágios são supervisionados — disse Nebamon, afável. — Quando ficar sozinha com os doentes, será que não vai perder o pé? A sua capacidade de resistência me preocupa; eu me pergunto se ela não perdeu o rumo ao seguir o nosso caminho.

— O que propõe?

— Uma prova dura e doentes difíceis; caso domine a situação, nós nos felicitaremos por isso. Caso contrário, tomaremos providências.

Sem elevar a voz, Nebamon conseguiu a adesão dos colegas. Reservava para Neferet a mais desagradável surpresa da sua profissão nascente. Quando a sua carreira estivesse acabada, ele a tiraria do fosso e a acolheria no seu regaço, reconhecida e submissa.

*

Aterrorizada, Neferet isolou-se para chorar.

Nenhum esforço a desencorajava, mas não esperava tornar-se responsável por uma enfermaria militar onde ficavam os soldados de volta da Ásia, doentes e feridos. Trinta homens estavam deitados em esteiras; alguns estertoravam, outros deliravam, outros ainda estavam à beira da morte. O responsável sanitário da caserna não dera nenhuma instrução à jovem, limitando-se a abandoná-la ali. Ele obedecia ordens.

Neferet controlou-se. Qualquer que fosse a causa desse trote, deveria fazer o seu trabalho e tratar daqueles sofredores. Depois de examinar a farmácia da caserna, ela recuperou a confiança. A tarefa mais urgente consistia em aliviar as dores violentas; por isso, ela moeu raízes de mandrágora, um fruto carnudo de folhas longas e flores verdes, amarelas e laranja, para extrair uma substância muito ativa usada como analgésico e, ao mesmo tempo, como narcótico. Em seguida, misturou aneto aromatizante, suco de tâmaras, suco de uva e pôs o produto para esterilizar no vinho; por quatro dias consecutivos ela faria os doentes tomarem essa poção.

Ela chamou um jovem recruta que limpava o pátio da caserna:

— Você vai me ajudar.

— Eu? Mas...

— Eu o nomeio enfermeiro.

— O comandante...

— Vá vê-lo imediatamente e diga-lhe que trinta homens irão morrer se me recusar o seu auxílio.

O oficial concordou; o jogo cruel do qual era obrigado a participar não o agradava.

Ao entrar na enfermaria, o aspirante por pouco não desmaiou; Neferet reanimou-o.

— Levante devagar a cabeça deles para que eu os faça tomar o remédio; em seguida, nós os lavaremos e limparemos o local.

No início, ele fechou os olhos e prendeu a respiração; mais tranquilo com a calma de Neferet, o enfermeiro novato esqueceu a repugnância e ficou feliz ao ver que a poção agia rapidamente. Os estertores e gritos pararam; muitos soldados adormeceram.

Um deles agarrou a perna direita da jovem.

— Solte-me.

— Certamente não, querida; uma presa como esta não se abandona. Eu lhe darei prazer.

O enfermeiro soltou a cabeça do paciente, que caiu pesadamente no chão, e o deixou prostrado com um soco; os dedos dele amoleceram, Neferet libertou.

— Obrigada.

— Você... você não ficou com medo?

— Claro que sim.

— Se quiser, anestesio todos da mesma maneira!

— Só se for necessário.

— Que doença eles têm?

— Disenteria.

— É grave?

— É uma doença que eu conheço e que posso curar.

— Na Ásia, eles tomam água contaminada; eu prefiro varrer a caserna.

Assim que a higiene perfeita foi estabelecida, Neferet administrou poções à base de coentro* aos pacientes para acalmar os espasmos e purificar os intestinos. Em seguida, ela moeu raízes de romã com levedo de cerveja, filtrou o composto num pedaço de pano e deixou descansar por uma noite. O fruto amarelo, cheio de sementes achatadas de um vermelho brilhante, fornecia um remédio eficaz contra a diarreia e a disenteria.

Neferet tratou os casos mais agudos com um clister composto de mel, mucilagem** fermentada, cerveja doce e sal, que ela injetava no ânus com um chifre de cobre que tinha uma extremidade mais fina em forma de bico. Cinco

---

* Planta cujo fruto seco tem propriedades aromáticas.
** Substância vegetal usada como espessante.

dias de cuidados intensivos deram excelentes resultados. Leite de vaca e mel, únicos alimentos permitidos, terminaram de recuperar os doentes.

*

O médico-chefe Nebamon, de bom humor, visitou as instalações sanitárias da caserna seis dias depois de Neferet assumir a função. Ele se declarou satisfeito e para terminar a inspeção foi à enfermaria, onde haviam sido isolados os soldados atingidos pela disenteria durante a última campanha da Ásia. Com os nervos à flor da pele, exausta, a jovem suplicaria para lhe dar um outro posto e aceitaria trabalhar na sua equipe.

Um recruta varria a entrada da enfermaria, cuja porta estava escancarada; uma corrente de ar purificava o local, vazio e pintado com cal.

— Devo ter me enganado — disse Nebamon ao soldado. — Sabe onde está trabalhando a médica Neferet?

— Primeiro escritório à esquerda.

A jovem escrevia uns nomes num papiro.

— Neferet! Onde estão os doentes?

— Em convalescença.

— Impossível!

— Aqui está a lista dos pacientes, o tipo do tratamento e a data da saída da enfermaria.

— Mas como...

— Eu lhe agradeço por haver me confiado essa tarefa, que me permitiu comprovar a eficiência da nossa medicação.

Ela se expressava sem animosidade, com um brilho suave no olhar.

— Acho que me enganei.

— Do que está falando?

— Comportei-me como um imbecil.

— Não é essa a sua reputação, Nebamon.

— Ouça, Neferet...

— Amanhã receberá um relatório completo. Poderia ter a gentileza de indicar a minha próxima função o mais rapidamente possível?

*

Mentmosé estava furioso. Na grande vila, nenhum servo ousaria se mexer enquanto a raiva contida do chefe da polícia não se acalmasse.

Nos momentos de extrema tensão, ele sentia uma comichão na cabeça e coçava-se até sangrar. Aos seus pés havia pedaços de papiro, miseráveis restos dos relatórios rasgados dos seus subordinados.

Nada.

Nenhum indício consistente, nenhum erro notório, nenhum indício de malversação: Paser comportava-se como um juiz honesto; portanto perigoso. Mentmosé não tinha o costume de subestimar o adversário; aquele pertencia a uma espécie temível e não seria fácil contrariá-lo. Nenhuma ação decisiva antes de responder à pergunta: quem o manipulava?

CAPÍTULO 14

O vento inflava a grande vela do barco de apenas um mastro que navegava nas extensas águas do Delta. O piloto manejava o leme com habilidade e aproveitava a corrente, enquanto os passageiros, o juiz Paser, Kem e o babuíno policial repousavam na cabine construída no meio da embarcação. As bagagens estavam em cima, no teto da cabine. Na proa, o capitão sondava a profundidade com uma vara comprida e dava ordens à tripulação. Desenhado na proa e na popa, o olho de Hórus protegia a navegação.

Paser saiu da cabine e, apoiado nos cotovelos na amurada do barco, apreciava a paisagem que via. Como o vale era longe, com suas culturas apertadas entre dois desertos! Ali, o rio se dividia em braços e em canais que irrigavam as cidades, os povoados, os palmeirais, os campos e os vinhedos; centenas de pássaros, andorinhas, poupas, garças-reais brancas, gralhas, cotovias, aves canoras, corvos-marinhos, pelicanos, gansos selvagens, patos, grous e cegonhas, percorriam o céu de um azul suave, às vezes nevoento. O juiz tinha a sensação de contemplar um mar povoado de juncos e papiros; acima da água, nos outeiros, pequenos bosques de salgueiros e acácias protegiam casas brancas e térreas. Não se trataria do pântano primordial de que os antigos autores falavam, da encarnação terrestre do oceano que cercava o mundo e de onde, todas as manhãs, saía o novo sol?

Caçadores de hipopótamos fizeram sinal ao barco para mudar a rota; eles perseguiam um macho. Ferido, ele havia mergulhado e poderia ressurgir bruscamente, fazendo uma embarcação virar, mesmo de bom tamanho. O monstro lutaria ferozmente.

O capitão não desprezou o aviso; enveredou pelas "águas de Rá", que formavam o braço mais oriental do Nilo na direção do nordeste. Perto de Bubastis, a cidade da deusa Bastet, simbolizada por uma gata, ele seguiu pelo "canal de água doce", ao longo do uádi Tumilat, em direção aos Lagos Amargos. O vento soprava forte; à direita, além de uma lagoa onde búfalos se banhavam, havia um vilarejo protegido por tamargueiras.

O barco atracou; providenciaram uma ponte de desembarque. Como não era um bom marinheiro, Paser desembarcou vacilando. À visão do babuíno, um grupo de crianças fugiu. Os seus gritos alertaram os camponeses, que foram ao encontro dos recém-chegados, empunhando os forcados.

— Não têm o que temer; sou o juiz Paser, acompanhado de forças policiais.

Os forcados foram abaixados e o magistrado foi conduzido até o chefe da localidade, um velho carrancudo.

— Gostaria de conversar com o veterano que voltou para casa há algumas semanas.

— Na Terra? Impossível.

— Ele morreu?

— Alguns soldados transportaram o seu corpo. Nós o enterramos no cemitério.

— Qual a causa da morte?

— Velhice.

— Examinaram o cadáver?

— Estava mumificado.

— O que disseram os soldados?

— Não falaram nada.

Violar uma múmia teria sido um sacrilégio. Paser e os companheiros voltaram para o barco e partiram em direção ao povoado onde residia o segundo veterano.

— Terão de caminhar pelo pântano — explicou o capitão. — Existem ilhotas perigosas por estes lados. Tenho de me manter afastado da margem.

O babuíno não gostava de água; Kem falou por um longo tempo com ele e conseguiu convencê-lo a se aventurar por um caminho aberto nos juncos. Inquieto, o macaco virava-se todo o tempo e olhava à direita e à esquerda. O juiz ia na frente, impaciente, na direção de umas casinhas agrupadas no topo de um outeiro. Kem observava as reações do animal; confiante na própria força, ele não se comportava assim sem razão.

O babuíno soltou um grito estridente, empurrou o juiz e agarrou a cauda de um pequeno crocodilo que serpenteava na água lamacenta. No momento em que o sáurio abriu a boca, ele o puxou para trás. "O grande peixe", como o chamavam os ribeirinhos, surpreendia e matava carneiros e cabras que iam beber nos charcos.

O crocodilo se debateu, mas era muito jovem e muito pequeno para resistir à fúria do cinocéfalo que o arrancou do lodo e o projetou a vários metros.

— Agradeça a ele — disse Paser ao núbio. — Vou pensar numa promoção.

O chefe do povoado estava sentado numa cadeira baixa formada de um plano inclinado e encosto arredondado, onde ele apoiava as costas. Bem acomodado à sombra de um sicômoro, ele saboreava uma copiosa refeição composta de frango, cebolas e um cântaro de cerveja, colocados numa cesta de fundo plano.

Ele convidou os visitantes para compartilharem a refeição; o babuíno, cuja façanha já corria de boca em boca através dos pântanos, comeu vorazmente uma coxa de frango.

— Estamos procurando um soldado veterano reformado que veio até aqui.

— Infelizmente, juiz Paser, nós só o vimos como uma múmia! O exército encarregou-se do transporte e pagou as despesas do sepultamento. O nosso cemitério é modesto, mas lá a eternidade não é menos feliz do que qualquer outro lugar.

— Disseram-lhe a causa da morte?

— Os soldados não foram nada loquazes, mas eu insisti. Parece que foi um acidente.

— De que tipo?

— Não sei nada mais além disso.

No barco que o levava de volta a Mênfis, Paser não escondeu a sua decepção:

— Fracasso total: o guardião-chefe desapareceu, dois dos seus subordinados morreram, os dois outros provavelmente também foram mumificados.

— Desistiu de fazer mais uma viagem?

— Não, Kem; quero tirar isso a limpo.

— Ficarei feliz em rever Tebas.

— Qual é o seu palpite?

— Que todos esses homens estão mortos e que não conseguirá descobrir a chave do enigma, e isso é bom.

— Não quer saber a verdade?

— Quando é muito perigosa, prefiro ignorá-la. Ela já me custou o nariz; essa poderá nos tirar a vida.

*

Quando Suti voltou, ao amanhecer, Paser já estava trabalhando com o cão aos seus pés.

— Você não dormiu? Nem eu. Preciso descansar... a proprietária do galinheiro me deixa esgotado. Ela é insaciável e ávida de excentricidades. Trouxe biscoitos quentes; o padeiro acabou de prepará-los.

Bravo foi o primeiro a ser servido; os dois amigos tomaram juntos o desjejum. Embora caindo de sono, Suti percebeu que Paser estava angustiado.

— Ou o cansaço, ou uma preocupação séria; é a sua desconhecida inacessível?

— Não posso falar sobre isso.

— Segredo da investigação até para mim? Deve ser muito sério.

— Estou marcando passo, Suti, mas tenho certeza de que pus o dedo num caso criminal.

— Com... um assassino?

— É provável.

— Fique atento, Paser; os crimes são raros no Egito. Não está cutucando um animal feroz? Você corre o risco de contrariar pessoas importantes.

— Ossos do ofício.

— O crime não é da alçada do vizir?

— Desde que seja provado.

— De quem suspeita?

— Só tenho certeza de uma coisa: alguns soldados colaboraram numa conspiração. Soldados que devem obedecer ao general Asher.

Suti deu um assobio, admirado.

— Você está indo muito alto! Um complô militar?

— Não está excluído.

— Qual a intenção?

— Não sei.

— Eu sou o seu homem, Paser!

— O que quer dizer?

— O meu engajamento no exército não é um sonho. Logo me tornarei um excelente soldado, um oficial e, quem sabe, um general! Em todo caso, um herói. Saberei tudo sobre Asher. Se ele for culpado de um delito qualquer, ficarei sabendo e, então, você saberá.

— É muito arriscado.

— Ao contrário, é excitante! Finalmente, a aventura que eu tanto desejava! E se nós dois salvarmos o Egito? Quem diz complô militar, diz tomada de poder por uma casta.

— Grande projeto, Suti, mas não estou certo de que a situação seja tão desesperadora.

— O que você sabe sobre ela? Deixe-me agir!

*

Um tenente da divisão de carros de guerra, acompanhado de dois arqueiros, apresentou-se no escritório de Paser no meio da manhã. O homem era rude e discreto:

— Fui enviado para regularizar uma transferência de posto submetida à sua aprovação.

— Seria a do ex-guardião-chefe da Esfinge?

— Afirmativo.

— Recuso-me a apor o meu selo enquanto esse veterano não comparecer diante de mim.

— Precisamente, tenho por missão levá-lo aonde ele está para fechar esse dossiê.

Suti dormia a sono solto, Kem patrulhava, o escrivão ainda não havia chegado. Paser afastou a impressão de perigo; que corporação, mesmo que fosse o exército, ousaria atentar contra a vida de um juiz? Ele aceitou subir a bordo do carro do oficial, depois de acariciar Bravo, que estava com um olhar de preocupação.

O veículo atravessou os subúrbios a toda velocidade, saiu de Mênfis, seguiu por um caminho que passava ao longo das plantações e enfiou-se no deserto. Ali tronavam as pirâmides do Antigo Império, cercadas de tumbas magníficas nas quais pintores e escultores haviam expressado um talento inigualável. A pirâmide escalonada de Saqqara, obra de Djeser e de Imhotep, dominava a paisagem; os gigantescos degraus de pedra formavam uma escada para o céu, permitindo que a alma do rei subisse na direção do sol e dele descesse. Apenas o topo do monumento era visível, pois o muro com redentes, aberto por uma única porta permanentemente vigiada, o isolava do mundo profano. No grande pátio interno, o faraó passaria pelos rituais de regeneração quando a sua força e a sua capacidade de governar estivessem desgastadas.

Paser respirou a plenos pulmões aquele ar do deserto, intenso e seco; amava aquela terra vermelha, aquele mar de rochas abrasadas e areias douradas, aquele vazio repleto de vozes dos ancestrais. Ali, o homem se desfazia do supérfluo.

— Aonde me levam?

— Chegamos.

O carro parou em frente a uma casa com minúsculas janelas, afastada de qualquer aglomerado; havia vários sarcófagos apoiados nos muros. O vento levantava nuvens de poeira. Nenhum arbusto, nenhuma flor; ao longe, pirâmides e tumbas. Uma colina rochosa impedia a visão dos palmeirais e das plantações. Na fronteira da morte, no meio da solidão, o local parecia abandonado.

— É aqui.

O oficial bateu palmas.

Intrigado, Paser desceu do carro. O lugar era ideal para uma emboscada e ninguém sabia onde ele estava. Ele pensou em Neferet; morrer sem revelar a sua paixão a ela seria um fracasso eterno.

A porta da casa se abriu com um rangido. Na soleira apareceu um homem magro, com a pele muito branca, mãos intermináveis e pernas finas. No rosto alongado sobressaíam sobrancelhas pretas e espessas que se juntavam em cima do nariz; os lábios finos pareciam sem sangue. No avental de pele de cabra havia manchas marrons.

Os olhos negros fitaram Paser. O juiz nunca se submetera a um olhar como aquele, intenso, glacial, afiado como uma lâmina. Ele o enfrentou.

— Djui é o mumificador oficial — explicou o tenente da divisão de carros de guerra.

O interpelado inclinou a cabeça.

— Siga-me, juiz Paser.

Djui afastou-se para deixar passar o oficial, seguido do magistrado, que descobriu o ateliê de embalsamamento, onde, numa mesa de pedra, ele mumificava os corpos. Ganchos de ferro, facas de obsidiana e pedras afiadas estavam presos na parede; nas prateleiras havia potes de óleo e de unguentos e sacos cheios do natrão, indispensável à mumificação. De acordo com a lei, o mumificador devia morar fora da cidade e pertencia a uma casta temida, formada de pessoas selvagens e silenciosas.

Os três homens desceram os primeiros degraus da escada que levava a um imenso porão. Eram degraus gastos e escorregadios. Djui segurava uma tocha cujo fogo vacilava. Pelo chão havia múmias de tamanhos diversos. Paser estremeceu.

— Recebi um relatório a respeito do ex-guardião-chefe da Esfinge — explicou o tenente. — O pedido lhe foi transmitido por engano. Na realidade, ele morreu num acidente.

— Acidente terrível, na verdade.

— Por que essa observação?

— Porque esse acidente matou, no mínimo, três veteranos, se não mais.

O oficial assumiu ares de importância:

— Não fui posto a par.

— Quais as circunstâncias da tragédia?

— Faltam pormenores. Encontramos o guardião-chefe morto no local, e o cadáver foi encaminhado para cá. Infelizmente, um escriba enganou-se; em vez de escrever inumação, ele pediu a mutação. Simples erro administrativo.

— E o corpo?

— Fiz questão de mostrar-lhe para pôr um fim nesse caso lamentável.

— Evidentemente, ele foi mumificado?

— Evidentemente.

— O corpo foi depositado no sarcófago?

O tenente pareceu perdido. Ele olhou para o mumificador, que balançou a cabeça negativamente.

— Então, os últimos rituais não foram celebrados — concluiu Paser.

— Exato, mas...

— Pois bem, mostre-me a múmia.

Djui levou o juiz e o oficial até a parte mais profunda do porão. Ele indicou o cadáver do guardião-chefe, de pé, numa anfractuosidade, envolvido por bandagens. Nele havia um número escrito em tinta vermelha.

O mumificador apresentou ao tenente a etiqueta que seria colocada na múmia.

— Só lhe resta apor o seu selo — sugeriu o oficial ao magistrado.

Djui se mantinha atrás de Paser.

A iluminação vacilava cada vez mais.

— Esta múmia deve permanecer aqui, tenente, e neste estado. Se desaparecer, ou se for degradada, eu o responsabilizarei.

CAPÍTULO 15

— Poderia indicar-me o lugar onde Neferet trabalha?
— Você parece preocupado — observou Branir.
— É muito importante — insistiu Paser. — Talvez eu tenha uma prova material, mas não posso explorá-la sem a colaboração de um médico.
— Eu a vi ontem à noite. Ela sustou brilhantemente uma epidemia de disenteria e curou trinta soldados em menos de uma semana.
— Soldados? Que missão lhe foi confiada?
— Uma prova imposta por Nebamon.
— Vou espancá-lo até que ele vomite.
— Isso está de acordo com os deveres de um juiz?
— Esse tirano merece ser condenado.
— Ele se limitou a exercer a sua autoridade.
— Sabe muito bem que não. Diga-me a verdade: a que nova provação esse incapaz a submeteu?
— Parece que ele se retratou; Neferet ocupa um cargo de farmacêutica.

*

Perto do templo da deusa Sekhmet, os laboratórios* farmacêuticos tratavam de centenas de plantas que serviam de base às preparações magistrais. Entregas

---

* Os laboratórios encarregados de fazer experiências e fabricar diferentes tipos de remédios ficavam perto dos templos. O estudo desses remédios ainda está no início devido às dificuldades de tradução dos termos técnicos.

cotidianas garantiam o frescor das poções expedidas aos médicos das cidades e do campo. Neferet vigiava a boa execução das receitas. Tratava-se de um retrocesso em relação à função anterior; Nebamon apresentara-a como uma fase obrigatória e um tempo de descanso antes de tratar de novo dos doentes. Fiel à sua linha de conduta, a jovem não havia protestado.

Ao meio-dia, os farmacêuticos saíram do laboratório e foram para a cantina. Eles conversavam naturalmente entre colegas, faziam referências aos novos remédios, lamentavam os fracassos. Dois especialistas conversavam com Neferet, que sorria; Paser teve a certeza de que eles lhe faziam a corte.

O seu coração bateu mais rápido; ele ousou interrompê-los:

— Neferet...

Ela se deteve.

— Quer falar comigo?

— Branir falou-me a respeito das injustiças que você sofreu. Elas me revoltam.

— Tive a felicidade de curar. O resto não tem importância.

— A sua ciência me é indispensável.

— Está doente?

— Uma investigação delicada que exige a colaboração de um médico. Uma simples *expertise*, nada mais.

★

Kem conduzia o carro com mão segura; agachado, o babuíno evitava olhar o caminho. Neferet e Paser estavam lado a lado, os punhos presos ao veículo por tiras de couro para evitar uma queda. À mercê dos solavancos, seus corpos se tocavam. Neferet parecia indiferente, sendo que Paser sentia uma alegria secreta e intensa. Desejava que a curta viagem fosse interminável e a pista, cada vez pior. Quando a sua perna direita tocou na da jovem, ele não a retirou; temia uma reprimenda, mas ela não veio. Estar tão perto dela, sentir o seu perfume, acreditar que ela aceitava esse contato... O sonho era sublime.

Dois soldados montavam guarda em frente ao ateliê de mumificação.

— Sou o juiz Paser. Deixem-nos passar.

— As ordens são formais: ninguém entra. O local foi requisitado.

— Ninguém pode opor-se à justiça. Esqueceu que estamos no Egito?

— As nossas ordens...

— Afastem-se!

O babuíno levantou-se e mostrou os dentes; de pé, olhos fixos, braços dobrados, ele estava pronto para pular. Kem ia soltando a corrente aos poucos. Os dois soldados cederam. Kem empurrou a porta com um pontapé.

Sentado à mesa de mumificação, Djui comia peixe seco.

— Guie-nos — ordenou Paser.

Kem e o babuíno, desconfiados, revistaram o cômodo escuro enquanto o juiz e a médica desciam ao porão, iluminados por Djui.

— Que lugar horrível — murmurou Neferet. — Eu gosto tanto de ar puro e de luz!

— Para ser honesto, eu não me sinto nada à vontade.

Sem modificar o andar habitual, o mumificador apoiava os pés nas suas marcas dos degraus.

A múmia estava no mesmo lugar; Paser constatou que ninguém havia tocado nela.

— Eis o seu paciente, Neferet. Vou desenfaixá-lo sob a sua orientação.

O juiz retirou as bandagens com cuidado; apareceu um amuleto em forma de olho apoiado na testa. No pescoço, um ferimento profundo, sem dúvida causado por uma flecha.

— Podemos parar por aqui; na sua opinião, qual é a idade do morto?

— Uns 20 anos — avaliou Neferet.

*

Mentmosé perguntava-se como resolver os problemas de circulação que atrapalhavam a vida cotidiana dos menfitas: burros em excesso, bois em excesso, carros em excesso, vendedores ambulantes em excesso, passantes em excesso atravancavam as ruelas e impediam a passagem. Todos os anos, ele redigia alguns decretos, cada um mais inaplicável do que o outro, e nem chegava a submetê-los ao vizir. Ele se limitava a prometer melhorias, nas quais ninguém acreditava. De tempos em tempos, uma incursão da polícia acalmava os ânimos; desimpedia-se uma rua ou proibia-se o estacionamento durante alguns dias, infligia-se multas ao contraventor e, depois, os maus hábitos levavam a melhor.

Mentmosé fazia a responsabilidade cair sobre os ombros dos seus subordinados e se abstinha de lhes dar os meios de eliminar as dificuldades. Mantendo-se fora da confusão e nela mergulhando os seus colaboradores, ele preservava a sua excelente reputação.

Quando anunciaram a presença do juiz Paser na sala de espera, saiu do escritório para saudá-lo. Considerações desse tipo atraíam para ele muitas simpatias.

O rosto sombrio do magistrado não pressagiava nada de bom.

— A minha manhã está sobrecarregada, mas estou pronto a recebê-lo.

— Creio que seja indispensável.

— Parece transtornado.

— E estou.

Mentmosé coçou a testa. Levou o juiz ao seu escritório e expulsou o seu secretário particular. Tenso, sentou-se numa magnífica cadeira com patas de touro. Paser permaneceu de pé.

— Sou todo ouvidos.

— Um tenente da divisão de carros levou-me à casa de Djui, o mumificador oficial do exército. Ele me mostrou a múmia do homem que estou procurando.

— O ex-guardião-chefe da Esfinge? Então ele morreu.

— Ao menos tentaram fazer-me acreditar nisso.

— O que quer dizer?

— Como os últimos rituais não haviam sido celebrados, desenfaixei a parte superior da múmia com a supervisão da médica Neferet. O corpo é o de um homem de 20 anos, sem dúvida mortalmente ferido por uma flecha. Visivelmente, não se trata de um veterano.

O chefe da polícia pareceu perplexo:

— Essa história é inacreditável.

— Além do mais — continuou o juiz, imperturbável —, dois soldados tentaram proibir-me o acesso ao ateliê de embalsamamento. Quando saí, eles haviam desaparecido.

— Qual o nome do tenente da divisão de carros?

— Não sei.

— É uma séria lacuna.

— Não acha que ele mentiu para mim?

A contragosto, Mentmosé aquiesceu.

— Onde está o cadáver?

— Na casa de Djui e sob a sua guarda. Redigi um relatório detalhado com os testemunhos da médica Neferet, do mumificador e do meu policial, Kem.

Mentmosé franziu as sobrancelhas.

— Está satisfeito com ele?

— É exemplar.

— O passado dele não intercede a seu favor.
— Ele é um ajudante eficiente.
— Não se fie nele.
— Vamos voltar à múmia, pode ser?

O chefe da polícia detestava esse tipo de situação em que não dominava o jogo.

— Os meus homens irão buscá-la e nós a examinaremos; é preciso descobrir a identidade dela.
— Também será preciso saber se estamos diante de uma morte consecutiva a uma ação militar ou de um crime.
— Um crime? Não está pensando nisso, está?
— Do meu lado, continuarei a investigação.
— Em que direção?
— Sou obrigado a manter silêncio.
— Desconfia de mim?
— Pergunta inoportuna.
— Estou tão perdido quanto você nesse imbróglio. Não devíamos trabalhar em perfeito acordo?
— Prefiro a independência da justiça.

*

A fúria de Mentmosé fez tremer as paredes das instalações da polícia. Cinquenta altos funcionários foram punidos e privados de inúmeras vantagens materiais. Pela primeira vez desde a conquista do topo da hierarquia policial, ele não havia sido informado de maneira correta. Tal falha não condenaria o seu sistema? Ele não se deixaria abater sem lutar.

Infelizmente, parecia que o exército era o instigador dessas manobras cujas razões eram incompreensíveis. Avançar nesse terreno implicava riscos que Mentmosé não correria; se o general Asher, que suas promoções recentes tornavam intocável, fosse o cabeça, o chefe da polícia não teria nenhuma chance de derrubá-la.

Dar livre curso ao pequeno juiz apresentava inúmeras vantagens. O único envolvido era ele mesmo e, com o entusiasmo da juventude, não se cercava de nenhuma precaução. Ele corria o risco de forçar portas proibidas e de desrespeitar leis que ignorava. Seguindo-o de perto, Mentmosé poderia explorar, na sombra, os resultados da investigação. Era melhor fazer um aliado objetivo, até o dia em que não precisasse mais dele.

Subsistia uma pergunta irritante: por que aquela encenação? O autor havia subestimado Paser, convencido de que a estranheza do lugar, o ambiente sufocante e a presença opressiva da morte impediriam o juiz de examinar a múmia e o obrigariam a desaparecer depois de apor o seu selo. O resultado obtido havia sido o inverso; em vez de se desinteressar pelo caso, o magistrado percebera a sua amplidão.

Mentmosé tentou se tranquilizar: o desaparecimento de um modesto veterano, titular de um posto honorífico, não poderia, de jeito nenhum, abalar o Estado! Sem dúvida, tratava-se de um crime sórdido cometido por algum soldado protegido de um militar do alto escalão, como Asher ou um dos seus acólitos. Era nessa direção que se devia procurar.

CAPÍTULO 16

No primeiro dia de primavera, o Egito prestou honras aos mortos e aos ancestrais. Na saída de um inverno um tanto quanto clemente, as noites se tornaram subitamente frescas por causa do vento do deserto que soprava em rajadas. Em todas as grandes necrópoles, as famílias veneraram a memória dos mortos, depositando flores nas capelas das tumbas, abertas para o exterior. Nenhuma fronteira estanque separava a vida da morte; por isso, os vivos participavam de um banquete com os mortos, cujas almas se encarnavam na chama de uma lamparina. A noite iluminou-se, celebrando o encontro deste mundo com o Além. Em Ábidos,* a cidade santa de Osíris, onde eram celebrados os mistérios da ressurreição, os sacerdotes colocaram pequenas barcas na superestrutura das tumbas, relembrando a viagem para o paraíso.

Depois de acender o fogo diante das mesas de oferendas dos templos principais de Mênfis, o faraó dirigiu-se para Gizé. Como todos os anos, na mesma data, Ramsés, o Grande, preparou-se para entrar sozinho na Grande Pirâmide e se recolher diante do sarcófago de Quéops. No coração do imenso monumento, o rei buscava a força necessária para unir as Duas Terras, o Alto e o Baixo Egito, e torná-las prósperas. Ele contemplaria a máscara de ouro do construtor e o côvado do mesmo metal, inspiradores da sua ação. Quando chegasse a ocasião, ele tomaria nas mãos o testamento dos deuses e iria apresentá-lo ao país, no ritual da sua regeneração.

A lua cheia iluminava o planalto onde se erguiam as três pirâmides.

---

* Em Ábidos, no Médio Egito, ainda se pode visitar o admirável templo de Osíris.

Ramsés passou pela porta do muro que cercava Quéops, protegido por um corpo de elite. O rei vestia apenas uma simples tanga branca e um largo colar de ouro. Os soldados inclinaram-se e tiraram os ferrolhos. Ramsés, o Grande atravessou a soleira de granito e seguiu por uma via calçada ascendente, coberta de pedras de calcário. Logo chegaria diante da entrada da Grande Pirâmide, cujo mecanismo secreto ele era o único a conhecer e que revelaria ao seu sucessor.

A cada ano o rei vivia esse encontro com Quéops e o ouro da imortalidade mais intensamente. Reinar no Egito era uma tarefa exaltante, mas cansativa; os rituais davam a energia necessária ao soberano.

Ramsés subiu lentamente a grande galeria e entrou na sala do sarcófago, sem saber que o centro energético do país se havia transformado num inferno estéril.

*

Era dia de festa nas docas; os barcos estavam enfeitados de flores, a cerveja corria à solta, os marinheiros dançavam com jovens que não se faziam de rogadas, os músicos ambulantes alegravam a numerosa multidão. Depois de um breve passeio com o seu cão, Paser afastava-se da agitação quando uma voz conhecida o interpelou:

— Juiz Paser! Já vai embora?

O rosto grosseiro e quadrado de Denés, ornado com uma fina barba branca, emergiu da massa de participantes dos festejos. O transportador empurrou os vizinhos e aproximou-se do magistrado.

— Que belo dia! Todo mundo diverte-se, as preocupações são até esquecidas.

— Não gosto do barulho.

— Você é muito sério para a sua idade.

— É difícil modificar o caráter.

— A vida vai se encarregar disso.

— Você parece bem alegre.

— Os negócios vão bem, as mercadorias circulam sem atrasos, os meus empregados obedecem-me à risca: Do que eu poderia queixar-me?

— Parece que não ficou com raiva de mim.

— Fez o seu dever, como posso censurá-lo? E, além do mais, há essa boa notícia.

— Qual?

— Por ocasião dessa festa, várias condenações menores foram anuladas pelo palácio. É um velho costume menfita, mais ou menos esquecido. Tive a sorte de estar entre os felizes beneficiados.

Paser empalideceu. Mal conseguia controlar a raiva.

— O que você fez?

— Eu lhe disse: a festa, nada mais do que a festa! No seu dossiê de acusação, esqueceu-se de especificar que o meu caso deveria ficar fora dessa clemência. Seja um bom jogador: você ganhou, eu não perdi.

Loquaz, Denés tentava compartilhar a sua alegria:

— Não sou seu inimigo, juiz Paser. Às vezes, adquirimos maus hábitos nos negócios. A minha mulher e eu achamos que teve razão em nos dar uma boa lição; nós a levaremos em conta.

— Está sendo sincero?

— Estou. Com licença, estou sendo aguardado.

Paser havia sido impaciente e vaidoso, muito apressado em fazer justiça, não dando a atenção necessária à carta. Contrito, o juiz viu o seu caminho obstruído por uma parada militar encabeçada pelo general Asher, triunfante.

*

— Se o convoquei, juiz Paser, foi para lhe dar notícias da minha investigação.

Mentmosé estava seguro de si.

— A múmia é de um jovem recruta morto na Ásia num combate; atingido por uma flecha, o soldado morreu na hora. Por causa de uma quase homonímia, o dossiê dele foi confundido com o guardião-chefe da Esfinge. Os escribas responsáveis alegam inocência; na realidade, ninguém tentou enganá-lo. Imaginamos um complô onde só havia um equívoco administrativo. Cético? Está errado. Verifiquei todos os pontos.

— Não duvido da sua palavra.

— Fico feliz por isso.

— No entanto, o guardião-chefe ainda não foi encontrado.

— É estranho, concordo; e se ele estivesse escondido para escapar do controle do exército?

— Dois veteranos, sob as ordens dele, morreram num *acidente.*

Paser havia enfatizado esse termo; Mentmosé coçou a cabeça.

— O que há de suspeito?

— O exército saberia e você teria sido avisado.

— Claro que não. Esse tipo de incidente não me diz respeito.

O juiz tentava encostar o chefe da polícia na parede. Segundo Kem, ele era capaz de tramar esse conluio para fazer uma ampla limpeza na sua própria administração, da qual alguns funcionários começavam a criticar os métodos.

— Não estamos dramatizando a situação? Esse caso é uma sequência de circunstâncias infelizes.

— Dois veteranos e a mulher do guardião-chefe morreram, ele mesmo desapareceu; eis os fatos. Não poderia pedir às autoridades militares que lhe passassem o relatório sobre... o *acidente*?

Mentmosé olhou fixo para a ponta do seu pincel.

— Esse procedimento seria considerado inconveniente. O exército não gosta muito da polícia e...

— Eu mesmo cuidarei disso.

Os dois homens despediram-se de maneira glacial.

— O general Asher acabou de partir para o exterior numa missão — disse o escriba do exército ao juiz Paser.

— Daqui a quanto tempo ele volta?

— Segredo militar.

— Na ausência dele, a quem devo me dirigir para obter um relatório sobre o acidente que ocorreu recentemente perto da Grande Esfinge?

— Certamente, eu mesmo posso ajudá-lo. Ah, já ia esquecendo! O general Asher confiou-me um documento que eu deveria enviar-lhe sem demora. Uma vez que está aqui, eu o entrego em mãos. Assine o registro.

Paser retirou o cordão de linho que mantinha o papiro enrolado.

O texto relatava as lamentáveis circunstâncias que haviam causado a morte do guardião-chefe da Esfinge de Gizé e de seus quatro subordinados, em consequência de uma inspeção de rotina. Os cinco veteranos haviam subido na cabeça da estátua gigante para verificar se a pedra estava em bom estado e indicar eventuais degradações causadas pelo vento de areia. Um deles, desajeitado, escorregou e arrastou os companheiros numa queda fatal. Os veteranos haviam sido inumados nos seus povoados de origem, dois no Delta, dois no Sul. Quanto ao corpo do guardião-chefe, devido ao caráter honorífico do seu posto, ele estava sendo conservado numa capela do exército e teria uma mumificação longa e cuidadosa. Na volta da Ásia, o próprio general Asher dirigiria os funerais.

Paser assinou o registro, atestando que havia recebido o documento.

— Outras formalidades a cumprir?

— Não será necessário.

*

Paser lamentou haver aceito o convite de Suti. Antes de se alistar, o amigo quis festejar o acontecimento no prostíbulo mais famoso de Mênfis. O juiz pensava todo o tempo em Neferet, no rosto ensolarado que iluminava os seus sonhos. Perdido entre os frequentadores maravilhados com o lugar, Paser não se interessava pelas dançarinas nuas, jovens núbias de formas esbeltas.

Os clientes estavam sentados em almofadas macias; na frente deles havia jarras de vinho e de cerveja.

— Não se pode tocar nas mocinhas — explicou Suti, alegre —, elas estão ali para nos excitar. Fique tranquilo, Paser, a dona do lugar fornece um contraceptivo de excelente qualidade, feito com espinhos de acácia moídos, mel e tâmaras.

Todos sabiam que os espinhos de acácia possuíam ácido láctico, que destruía o poder fecundador do esperma; desde os primeiros jogos amorosos, os adolescentes usavam esse recurso simples para se entregarem ao prazer.

Quinze jovens, cobertas por um véu de linho transparente, saíram dos quartinhos dispostos em torno da sala central. Muito maquiadas, com os olhos sublinhados por grossos traços de pintura, lábios pintados de vermelho, uma flor de lótus nos cabelos soltos, pesadas pulseiras nos punhos e nos tornozelos, elas se aproximaram dos frequentadores cativados. Os casais formaram-se por instinto e desapareceram nos quartinhos, isolados uns dos outros por cortinas.

Como havia rejeitado a oferta de duas encantadoras dançarinas, Paser ficou sozinho em companhia de Suti, que não queria abandoná-lo.

Em seguida, apareceu uma mulher de uns 30 anos usando apenas um cinto de conchas e contas coloridas. Os adereços entrechocavam-se quando ela dançava num ritmo lento, tocando a lira. Fascinado, Suti observou as suas tatuagens: uma flor-de-lis na coxa esquerda, próxima ao púbis, e um deus Bés acima dos pelos negros do seu sexo para afastar as doenças venéreas. Com uma pesada peruca de cachos claros, Sababu, proprietária do prostíbulo, era mais fascinante do que a mais bela das suas meninas. Dobrando as longas pernas depiladas, dava passos lascivos antes de efetuar uma série com os pés em ponta, sem perder o ritmo da melodia. Untada de ládano,* ela espalhava um perfume envolvente.

Quando se aproximou dos dois homens, Suti não conseguiu controlar a sua admiração:

— Você me agrada — disse ela —, e acho que também o agrado.

— Não vou abandonar o meu amigo.

— Deixe-o tranquilo; não vê que ele está apaixonado? A alma dele não está aqui. Venha comigo.

Sababu arrastou Suti para o quartinho mais espaçoso. Ela o fez sentar-se numa cama baixa, coberta de almofadas multicoloridas, ajoelhou-se e beijou-o. Ele quis pegá-la pelos ombros, mas ela o afastou delicadamente.

— Temos a noite inteira, não se apresse. Aprenda a reter o prazer, a fazê-lo crescer dentro de você, a desfrutar o fogo que circula no seu sangue.

Sababu tirou o cinto de conchas e deitou-se de barriga para baixo.

— Massageie as minhas costas.

Suti prestou-se ao jogo por alguns minutos; a visão daquele corpo admirável conservado com todo o cuidado e o contato com a pele perfumada impediram de se conter por mais tempo. Percebendo a intensidade do seu desejo, Sababu não se opôs mais. Cobrindo-a de beijos, amou-a impetuosamente.

*

— Você me fez sentir prazer. Não se parece com a maioria dos meus clientes; eles bebem demais, tornam-se flácidos e moles.

— Não prestar homenagem ao seu encanto seria ofender o espírito.

Suti acariciava-lhe os seios, atento à menor das reações dela; graças às mãos sábias do amante, Sababu voltava a ter sensações esquecidas.

— Você é escriba?

— Em breve serei soldado. Antes de me tornar um herói, quero conhecer as mais doces aventuras.

— Nesse caso, devo lhe dar tudo.

Hesitante, com pequenos toques da língua, Sababu fez o desejo de Suti renascer. Eles se abraçaram e, pela segunda vez, gozaram juntos, liberando um grito. Olhos nos olhos, retomaram o fôlego.

---

* Óleo aromático extraído de uma resina.

— Você me seduziu, meu carneiro, pois você ama o amor.
— Existe ilusão mais bela?
— No entanto, você é bem real.
— Como se tornou dona de um prostíbulo?
— Por desprezo aos falsos nobres e às personalidades com discursos hipócritas. Eles são como você e eu, submissos às exigências do sexo e às paixões. Se soubesse...
— Conte-me.
— Quer roubar os meus segredos?
— Por que não?

Apesar da experiência, apesar de tantos corpos de homens, bonitos e feios, Sababu achava difícil resistir às carícias do seu novo amante. Ele lhe despertava uma vontade de vingar-se de um mundo onde tantas vezes havia sido humilhada.

— Quando for um herói, terá vergonha de mim?
— Ao contrário! Estou convencido de que você recebe muitas pessoas importantes.
— Você está certo.
— Como deve ser divertido...

Ela colocou o dedo mínimo na boca do rapaz.

— Só o meu diário íntimo está a par. Se estou tranquila, é por causa dele.
— Anota os nomes dos seus clientes?
— Os nomes, os hábitos e as confidências.
— Um verdadeiro tesouro!
— Se me deixarem em paz, não o usarei. Quando ficar velha, vou reler as minhas lembranças.

Suti deitou-se em cima dela.

— Continuo curioso. Dê-me ao menos um nome.
— Impossível.
— Para mim, só para mim.

O rapaz beijou a ponta dos seios da moça. Estremecendo, ela se ergueu apoiando-se nas pernas.

— Um nome, só um nome.
— Eu poderia falar de um modelo de virtude. Quando eu divulgar os seus vícios, a carreira dele estará acabada.
— Como se chama?
— Paser.

Suti se afastou do corpo deslumbrante da amante.

— De que missão você foi encarregada?
— Espalhar boatos.
— Você o conhece?
— Nunca o vi.
— Está errada.
— Como...
— Paser é o meu melhor amigo. Está aqui na sua casa esta noite, mas só pensa na mulher por quem está apaixonado e na causa que ele defende. Quem lhe deu a ordem de sujar a reputação dele?

Sababu ficou em silêncio.

— Paser é juiz — continuou Suti —, o mais honesto dos juízes. Desista de caluniá-lo; você é bem poderosa para se preocupar.

— Não lhe prometo nada.

CAPÍTULO 17

Sentados lado a lado à beira do Nilo, Paser e Suti assistiram ao nascimento do dia. Vencedor das trevas e da serpente monstruosa que havia tentado destruí-lo durante a sua viagem noturna, o novo sol irrompeu no deserto, ensanguentando o rio e fazendo os peixes pular de alegria.

— Você é um juiz sério, Paser?
— Do que me acusa?
— Um magistrado que gosta demais de se divertir corre o risco de ter a mente confusa.
— Foi você quem me levou àquele prostíbulo. Enquanto se distraía, eu pensava nos meus dossiês.
— Ou melhor, na sua bem-amada, não?

O rio cintilava. O sangue da aurora já desaparecia, dando lugar ao dourado das primeiras horas.

— Quantas vezes já foi a esse antro de prazeres proibidos?
— Você bebeu, Suti.
— Nunca viu Sababu?
— Nunca.
— No entanto, ela estava pronta para contar, a quem quisesse ouvi-la, que você está entre os seus melhores clientes.

Paser empalideceu. Preocupava-se mais com a opinião de Neferet do que com a sua reputação, enlameada para sempre.

— Ela foi subornada.
— Exato.
— Por quem?

— Fizemos amor tão bem que ela gostou de mim. E falou-me de uma conspiração na qual estava envolvida, mas não do mandante. Na minha opinião, é fácil identificá-lo; esse é o método habitual do chefe da polícia, Mentmosé.
— Eu me defenderei.
— Não precisa. Eu a convenci a ficar calada.
— Não vamos sonhar, Suti. Na primeira oportunidade ela nos trairá, a você e a mim.
— Não estou convencido disso. Essa moça tem moral.
— Permita-me ser cético.
— Em certas circunstâncias, uma mulher não mente.
— Mesmo assim, quero conversar com ela.

*

Pouco antes do meio-dia, o juiz Paser apresentou-se à porta do prostíbulo acompanhado de Kem e do babuíno. Assustada, uma jovem núbia escondeu-se embaixo das almofadas; uma das suas colegas, menos medrosa, ousou enfrentar o magistrado.
— Eu queria ver a proprietária.
— Eu não passo de uma empregada e...
— Onde está a senhora Sababu? Não minta. Um falso testemunho levará você à prisão.
— Se eu lhe disser, ela baterá em mim.
— Se se calar, eu a culparei por obstrução à justiça.
— Não fiz nada de mal!
— Ainda não foi acusada; diga-me a verdade.
— Ela foi para Tebas.
— Deixou alguma indicação?
— Não.
— Quando ela voltará?
— Não sei.
Então, a prostituta preferira fugir e esconder-se.
Doravante, o juiz correria perigo ao menor passo em falso. Agiam contra ele na surdina. Alguém, sem dúvida Mentmosé, havia pago a Sababu para manchar a sua reputação; se a prostituta cedesse à ameaça, não hesitaria em difamá-lo. O juiz devia a sua salvação provisória ao poder de sedução de Suti.
Às vezes, avaliou Paser, a libertinagem não era de todo condenável.

*

Depois de longa reflexão, o chefe da polícia tomou uma decisão cheia de consequências: pedir uma audiência particular ao vizir Bagey. Nervoso, ele havia repetido várias vezes a sua declaração em frente a um espelho de cobre, para estudar as expressões do rosto. Como todos, ele conhecia a intransigência do primeiro-ministro do Egito. Econômico nas palavras, Bagey tinha horror de perder. A sua função obrigava-o a receber todas as queixas, de onde quer que viessem, desde que fossem fundamentadas; importunos, falsificadores e mentirosos lamentavam amargamente a atitude tomada. Diante do vizir, cada palavra e cada atitude eram importantes.

Mentmosé foi ao palácio no fim da manhã. Às sete horas, Bagey havia conversado com o rei; depois, dera instruções aos principais colaboradores e consultara os relatórios vindos das províncias. Em seguida, havia sido aberta a audiência cotidiana, durante a qual foram tratados os vários casos que os outros tribunais não conseguiram resolver. Antes de um almoço frugal, o vizir concedia algumas conversas particulares, quando justificadas pela urgência.

Ele recebeu o chefe da polícia num escritório austero, cuja decoração despojada não lembrava a grandeza da sua função: uma cadeira com encosto, uma esteira, baús de guardados e escaninhos de papiros. Podia-se pensar que se estava diante de um simples escriba se Bagey não estivesse vestido com uma longa túnica de tecido grosso, só com os ombros à mostra. No pescoço usava um colar no qual estava pendurado um enorme coração de cobre, que lembrava a sua inesgotável capacidade em ouvir queixas e reclamações.

Alto, encurvado, de rosto comprido marcado por um nariz proeminente, cabelos encaracolados e olhos azuis, o vizir Bagey, de 60 anos, era um homem que não tinha o corpo flexível. Nunca praticara esportes e a sua pele era muito sensível ao sol. As mãos, finas e elegantes, tinham a noção do desenho; depois de ter sido artesão, tornara-se professor na sala de escrita, depois um geômetra experiente. Nessa atividade, dera provas de um rigor sem igual. Notado pelo palácio, havia sido nomeado geômetra-chefe, juiz principal da província de Mênfis, decano do pórtico e, finalmente, vizir. Muitos cortesãos haviam tentado pegá-lo em falta, em vão. Temido e respeitado, Bagey fazia parte da linhagem dos grandes vizires que, desde Imhotep, mantinham o Egito no bom caminho. Embora, às vezes, reprovassem a severidade dos seus julgamentos aplicados inflexivelmente, a pertinência deles nunca era contestada.

Até aquele momento Mentmosé limitara-se a obedecer às ordens do vizir e a não desagradá-lo. O encontro deixava-o pouco à vontade.

Cansado, o vizir parecia cochilar.

— Pode falar, Mentmosé. Seja breve.

— Não é tão simples assim...

— Simplifique.

— Vários veteranos morreram num acidente quando caíram da Grande Esfinge.

— E a investigação administrativa?

— Foi o exército quem a fez.

— Alguma irregularidade?

— Acho que não. Eu não consultei os documentos oficiais, mas...

— Mas os seus contatos permitiram-lhe saber o conteúdo da investigação. Isso não está de acordo com as regras, Mentmosé.

O chefe da polícia temia esse ataque.

— São hábitos antigos.

— Será preciso modificá-los. Se não existe nenhuma irregularidade, qual é a razão da sua visita?

— O juiz Paser.

— Um magistrado indigno?

A voz de Mentmosé tornou-se mais fanhosa:

— Não faço nenhuma acusação, é o comportamento dele que me preocupa.

— Por acaso ele não respeita a lei?

— Ele está convencido de que o desaparecimento do guardião-chefe, um veterano de excelente reputação, ocorreu em circunstâncias anormais.

— Ele possui provas?

— Nenhuma. Tenho a impressão de que esse jovem juiz quer semear uma certa agitação para forjar para si mesmo uma reputação. Acho uma atitude deplorável.

— Fico feliz por isso, Mentmosé. No fundo, qual é a sua opinião sobre o caso?

— A minha opinião não vale muito.

— Ao contrário. Estou impaciente para conhecê-la.

A armadilha estava montada.

O chefe da polícia não queria se envolver, num sentido nem no outro, com medo de ser censurado por assumir uma posição.

O vizir abriu os olhos. O seu olhar, azul e frio, penetrava na alma.

— É provável que a morte desses infelizes não esteja cercada por nenhum mistério, mas não conheço o dossiê muito bem para me pronunciar de maneira definitiva.

— Se o próprio chefe da polícia tem dúvidas, por que um juiz não poderia desconfiar? O primeiro dever que ele tem é o de não aceitar as verdades prontas.

— Evidentemente — murmurou Mentmosé.

— Não se nomeia um incapaz para Mênfis; certamente Paser foi notado por suas qualidades.

— A atmosfera de uma grande cidade, a ambição, a manipulação de poderes excessivos... As responsabilidades do rapaz não seriam muito pesadas?

— É o que veremos — decidiu o vizir. — Se for o caso, eu o demitirei. Enquanto isso, vamos deixar que continue. Conto com você para lhe dar uma boa ajuda.

Bagey inclinou a cabeça para trás e fechou os olhos. Convencido de que ele via através das pálpebras fechadas, Mentmosé levantou-se, inclinou-se e saiu, deixando para descarregar a raiva nos seus servos.

*

Resistente, entroncado, a pele queimada pelo sol. Kani chegou no escritório de Paser pouco depois da aurora. Sentou-se em frente à porta fechada, ao lado de Vento do Norte. Um burro. Kani sonhava com um. Ele o ajudaria a carregar as cargas pesadas e aliviaria as suas costas gastas pelos cântaros de água, derramados um a um para regar o jardim. Como Vento do Norte abriu bem as orelhas, ele lhe falou dos dias eternamente semelhantes, do seu amor pela terra, do cuidado ao escavar as valetas de irrigação, do prazer que sentia ao ver as flores desabrocharem.

As confidências foram interrompidas por Paser, que chegou em passos rápidos:

— Kani... quer falar comigo?

O jardineiro balançou a cabeça afirmativamente.

— Entre.

Kani hesitou. O escritório do juiz assustava-o, assim como a cidade. Longe do campo, ele se sentia pouco à vontade. Muito barulho, muitos odores nauseabundos, muitos horizontes bloqueados. Se o seu futuro não estivesse em jogo, nunca teria se aventurado nas ruelas de Mênfis.

— Eu me perdi dez vezes — explicou ele.

— Mais problemas com Qadash?
— Sim.
— De que ele o acusa?
— Quero ir embora, ele não deixa.
— Ir embora?
— Este ano, o meu jardim produziu mais legumes do que a quantidade estipulada. Consequentemente, posso ser um trabalhador independente.
— É legal.
— Qadash nega.
— Descreva-me a sua parcela de terreno.

*

O médico-chefe recebeu Neferet no grande jardim sombreado da sua suntuosa vila. Sentado embaixo de uma acácia florida, ele tomava um vinho *rosé* fresco e leve. Um servo abanava-o.
— Bela Neferet, como estou feliz em vê-la!
A jovem, vestida de maneira austera, usava uma peruca curta à moda antiga.
— Você está bem séria hoje; esta túnica não está muito fora de moda?
— Fui interrompida no trabalho no laboratório, queria saber o motivo da sua convocação.
Nebamon ordenou ao servo que saísse. Certo do seu charme, convencido de que a beleza do lugar encantaria Neferet, estava decidido a lhe dar uma última chance.
— Não gosta muito de mim.
— Aguardo a sua resposta.
— Desfrute o dia magnífico, este vinho delicioso, o paraíso em que vivemos. Você é bonita e inteligente, mais dotada para a medicina do que o nosso médico mais cheio de títulos. Mas não possui fortuna nem experiência e se eu não ajudá-la vai acabar vegetando num povoado. No início, a sua força moral permitirá que supere a provação; quando chegar à maturidade, você vai lamentar a sua pretensa pureza. Uma carreira não se constrói com ideal, Neferet.
De braços cruzados, a jovem contemplava o espelho d'água onde os patos brincavam entre os lótus.
— Vai aprender a gostar de mim, de mim e da minha maneira de agir.
— As suas ambições não me dizem respeito.

— Você é digna de ser esposa de um médico-chefe da corte.
— Não se iluda.
— Conheço bem as mulheres.
— Tem tanta certeza disso?

O sorriso cativante de Nebamon crispou-se.

— Esqueceu que sou dono do seu futuro?
— Ele está nas mãos dos deuses, não nas suas.

Nebamon levantou-se com o rosto sério.

— Deixe os deuses de lado e preocupe-se comigo.
— Não conte com isso.
— É o meu último aviso.
— Posso voltar para o laboratório?
— Segundo os relatórios que acabei de receber, os seus conhecimentos em farmacologia são bem insuficientes.

Neferet não perdeu a calma; descruzando os braços, olhou fixo para o acusador.

— Sabe muito bem que não é verdade.
— Os relatórios foram categóricos.
— Quem são os autores?
— Farmacêuticos empenhados nos seus cargos e que merecerão uma promoção pela vigilância. Se você é incapaz de preparar remédios complexos, não tenho o direito de incluí-la num corpo de elite. Suponho que saiba o que isso significa. A impossibilidade de subir na hierarquia. Vai ficar estagnada, sem poder usar os melhores produtos dos laboratórios. Já que depende de mim, o seu acesso a eles será proibido.

— Está condenando os doentes.
— Confie os seus pacientes a colegas mais competentes do que você. Quando a mediocridade da sua vida pesar demais, você vai rastejar aos meus pés.

*

A liteira de Denés o deixou em frente à vila de Qadash no momento em que Paser se dirigia ao porteiro.

— Dor de dente? — perguntou o transportador.
— Problema jurídico.
— Melhor para você! Eu estou sofrendo com os dentes descarnados. Qadash está com problemas?

— Um simples detalhe a resolver.

O dentista de mãos vermelhas cumprimentou os clientes.

— Por quem devo começar?

— Denés é o seu paciente. Quanto a mim, vim resolver o caso Kani.

— O meu jardineiro?

— Não é mais. O trabalho dele lhe dá direito a independência.

— Bobagem! Ele é o meu empregado e continuará a sê-lo.

— Ponha o seu selo neste documento.

— Eu me recuso.

A voz de Qadash tremia.

— Nesse caso, vou abrir um processo contra você.

Denés interveio:

— Não vamos ficar nervosos! Deixe o jardineiro ir embora, Qadash, conseguirei outro para você.

— Questão de princípios — protestou o dentista.

— É melhor um bom acordo do que um mau processo! Esqueça esse Kani.

De mau humor, Qadash seguiu o conselho de Denés.

✶

Letópolis era uma pequena cidade do Delta, cercada de campos de trigo; o seu colégio de sacerdotes era consagrado ao deus Hórus, o falcão de asas tão grandes quanto o cosmos.

Neferet foi recebida pelo superior, amigo de Branir, a quem ela não havia escondido a sua exclusão do corpo oficial de médicos. O dignitário permitiu que ela entrasse na capela que tinha uma estátua de Anúbis, deus com um corpo de homem e cabeça de chacal, que havia revelado os segredos da mumificação e abria as portas do outro mundo para as almas dos justos. Ele transformava a carne inerte em corpo de luz.

Neferet contornou a estátua; no pilar dorsal estava escrito um longo texto hieroglífico, verdadeiro tratado de medicina sobre o tratamento de doenças infecciosas e purificação da linfa. Ela o gravou na memória. Branir havia decidido transmitir-lhe uma arte de curar à qual Nebamon nunca teria acesso.

✶

O dia havia sido exaustivo.

Paser relaxava desfrutando a paz da noite no terraço de Branir. Bravo, que havia vigiado o escritório, também fazia um repouso bem merecido. A luz moribunda atravessava o firmamento e corria até a extremidade do céu.

— A sua investigação progrediu?

— O exército está tentando extingui-la. Além do mais, está sendo armado um complô contra mim.

— Quem é o instigador?

— Como não suspeitar do general Asher?

— Não tenha ideias preconcebidas.

— Uma grande quantidade de documentos administrativos, que tenho de controlar, me impede de sair. Provavelmente, devo esse afluxo a Mentmosé. Desisti da viagem que eu havia planejado.

— O chefe da polícia é uma pessoa temível. Ele destruiu muitas carreiras para assentar a dele.

— Pelo menos tive um caso com sucesso, o do jardineiro Kani! Ele se tornou um trabalhador livre e já saiu de Mênfis em direção ao Sul.

— Ele foi um dos meus fornecedores de plantas medicinais. Um caráter difícil, mas gosta do seu trabalho. Qadash não deve ter apreciado a sua intervenção.

— Ele ouviu os conselhos de Denés e deu-se por vencido diante da lei.

— Prudência necessária.

— Denés diz ter aprendido a lição.

— Antes de tudo, ele é comerciante.

— Acredita na sinceridade da mudança dele?

— A maioria dos homens comporta-se em função dos seus interesses.

— Tem visto Neferet?

— Nebamon não se dá por vencido. Ele lhe propôs casamento.

Paser empalideceu. Percebendo a perturbação do dono, Bravo ergueu os olhos para ele.

— Ela... recusou?

— Neferet é terna e doce, mas ninguém a obrigará a agir contra a vontade.

— Ela recusou, não é?

Branir sorriu.

— Consegue imaginar, por um instante que seja, um casal formado por Nebamon e Neferet?

Paser não escondeu o alívio. Tranquilo, o cachorro voltou a dormir.

— Nebamon quer dominá-la — continuou Branir. — Com base em falsos relatórios, ele decretou a incompetência dela e expulsou-se do corpo oficial de médicos.

O juiz cerrou os punhos.

— Atacarei esses falsos testemunhos.

— Não tem nenhuma chance; um grande número de médicos e de farmacêuticos é pago por Nebamon e manterá as mentiras.

— Ela deve estar desesperada...

— Neferet decidiu sair de Mênfis e instalar-se num povoado, perto de Tebas.

CAPÍTULO 18

— Vamos partir para Tebas — anunciou Paser a Vento do Norte.

O burro recebeu a notícia com satisfação. Quando percebeu os preparativos para a viagem, o escrivão Iarrot ficou preocupado.

— Uma longa ausência?

— Não sei.

— Onde poderei encontrá-lo em caso de necessidade?

— Deixe os dossiês pendentes.

— Mas...

— Trate de ser pontual; a sua filha não sofrerá com isso.

Kem morava perto do arsenal, num imóvel de dois andares, no qual havia sido adaptada uma dezena de alojamentos de dois e três cômodos. O juiz havia escolhido o dia de folga do núbio, esperando encontrá-lo em casa.

O babuíno, com os olhos fixos, abriu a porta.

O aposento principal estava cheio de facas, de lanças e de fundas. O policial consertava um arco.

— Você, aqui?

— O seu saco está pronto?

— Não havia desistido de viajar?

— Mudei de opinião.

— Às suas ordens.

Funda, lança, punhal, clava, cacete, machado, escudo retangular de madeira, Suti havia manejado essas armas por três dias com grande destreza. Provocando a admiração dos oficiais encarregados de incorporar os futuros recrutas, ele havia mostrado a segurança de um soldado experiente.

Depois do período de testes, os candidatos à vida militar foram reunidos no grande pátio da caserna principal de Mênfis. Num dos lados ficavam as baias dos cavalos, que observavam o espetáculo, intrigados; no centro, havia um enorme reservatório de água.

Suti visitara as estrebarias, construídas com pisos de seixos sulcados de valetas por onde escorria a água usada. Os cavaleiros e os condutores dos carros tratavam bem dos seus cavalos; bem nutridos, limpos, cuidados, os animais tinham a melhor condição de vida possível. O rapaz também havia gostado dos alojamentos dos soldados sombreados por uma fileira de árvores.

Porém, ele continuava alérgico à disciplina. Três dias de ordens e de gritos dos suboficiais acabaram com o seu gosto pela aventura de uniforme.

A cerimônia de recrutamento transcorreu de acordo com as regras precisas; dirigindo-se aos voluntários, um oficial tentou convencê-los, descrevendo as vantagens que usufruiriam nas fileiras do exército. Segurança, respeitabilidade e aposentadoria confortável figuravam entre as regalias principais. Os porta-estandartes mantinham no alto as bandeiras dos principais regimentos, dedicadas ao deus Amon, Rá, Ptah e Seth. Um escriba real preparava-se para anotar nos registros os nomes dos engajados. Atrás dele, amontoavam-se alcofas cheias de alimentos; os generais ofereceriam um banquete no qual seriam consumidos carne, aves, legumes e frutas.

— Para nós, a boa vida — murmurou um dos companheiros de Suti.

— Não para mim.

— Vai desistir?

— Prefiro a liberdade.

— Está louco! Segundo o capitão, você teve a melhor nota nas provas; receberia logo um bom posto.

— Eu busco aventura, não o recrutamento.

— No seu lugar, eu pensaria melhor.

Um mensageiro do palácio, portador de um papiro, atravessou o grande pátio em passos apressados. Ele mostrou o documento ao escriba real. Este último se levantou e deu algumas ordens breves. Em menos de um minuto todas as portas da caserna foram fechadas.

Murmúrios elevaram-se entre os voluntários.

— Calma — exigiu o oficial num discurso lenitivo. — Acabamos de receber instruções. Por decreto do faraó, todos estão engajados. Alguns de vocês irão para os quartéis da província, outros partirão amanhã para a Ásia.

— Estado de emergência ou guerra — comentou o companheiro de Suti.

— Estou pouco ligando.

— Não banque o idiota. Se tentar fugir, será considerado desertor.

O argumento não deixava de ter certo peso. Suti avaliou as suas chances de transpor o muro e desaparecer nas ruelas vizinhas: nulas. Não estava mais na escola de escribas, mas numa caserna povoada de arqueiros e manejadores de lanças.

Um a um, os recrutas, sem opção, passaram diante do escriba real. Como os outros militares, ele havia trocado o amável sorriso por uma expressão fechada.

— Suti... excelentes resultados. Escalação: exército da Ásia. Você será arqueiro, ao lado do oficial de carros de guerra. Partida amanhã, de madrugada. Seguinte.

Suti viu o seu nome inscrito numa tabuinha. Agora, seria impossível desertar, a não ser que ficasse no estrangeiro e nunca mais revisse o Egito e Paser. Estava condenado a tornar-se herói.

— Ficarei sob as ordens do general Asher?

O escriba ergueu os olhos, furioso.

— Eu disse: o seguinte.

Suti recebeu uma camisa, uma túnica, uma capa, uma couraça, perneiras de couro, um capacete, um machado pequeno de corte duplo e um arco de madeira de acácia, nitidamente mais grosso no centro. Com um metro e setenta de altura, difícil de retesar, a arma lançava flechas a sessenta metros num tiro direto e a cento e oitenta metros num tiro parabólico.

— E o banquete?

— Aqui está o pão, uma libra de carne seca, azeite e figos — respondeu o oficial da intendência. — Coma, pegue a água na cisterna e durma. Amanhã você vai comer poeira.

*

No barco que navegava para o Sul, só se falava do decreto de Ramsés, o Grande, espalhado por uma grande quantidade de arautos. O faraó havia ordenado que os templos fossem purificados, todos os tesouros do país, recenseados, o conteúdo dos celeiros e as reservas públicas, inventariados, que as oferendas aos deuses fossem dobradas e que fosse preparada uma expedição militar para a Ásia.

O boato havia amplificado essas medidas, anunciando um desastre iminente, distúrbios armados nas cidades, revoltas nas províncias e uma próxima invasão hitita. Como os outros juízes, Paser deveria zelar pela manutenção da ordem pública.

— Não seria melhor ficar em Mênfis? — perguntou Kem.

— A nossa viagem será breve. Os prefeitos dos povoados vão nos declarar que os dois veteranos, vítimas de um acidente, foram mumificados e inumados.

— Não está otimista.

— Cinco quedas mortais: esta é a verdade oficial.

— Você não acredita nela.

— E você?

— Que importância tem? Se uma guerra for declarada, serei convocado.

— Ramsés preconiza a paz com os hititas e os principados da Ásia.

— Eles nunca desistirão de invadir o Egito.

— O nosso exército é muito forte.

— Por que essa expedição e medidas estranhas?

— Estou perplexo. Talvez seja um problema de segurança interna.

— O país é rico e está feliz, o rei goza da afeição do povo, todos têm comida à vontade, os caminhos são seguros. Nenhuma desordem nos ameaça.

— Tem razão, mas a opinião do faraó parece ser um pouco diferente.

O vento batia-lhes no rosto; com as velas abaixadas, o barco aproveitava a correnteza. Dezenas de outras embarcações circulavam no Nilo nos dois sentidos, obrigando o capitão e a tripulação a uma vigilância permanente.

A cem quilômetros ao sul de Mênfis, um barco rápido da polícia fluvial abordou-os ordenando que diminuíssem a velocidade. Um policial agarrou-se aos cordames e pulou para o convés.

— O juiz Paser está entre os passageiros?

— Estou aqui.

— Tenho de levá-lo de volta a Mênfis.

— Qual o motivo?

— Foi apresentada uma queixa contra você.

★

Suti foi o último a se levantar e a se vestir. O responsável pela camarata empurrou-o para que se apressasse.

O rapaz havia sonhado com Sababu, as suas carícias e beijos. Ela lhe havia mostrado caminhos insuspeitos de prazer que ele estava decidido a explorar novamente sem tardar.

Sob o olhar invejoso dos outros recrutas, Suti montou num carro de guerra, chamado por um tenente de uns 40 anos e musculatura impressionante.

— Segure-se, rapaz — recomendou ele, com uma voz muito grave.

Suti mal teve tempo de prender o punho esquerdo numa correia e o tenente já lançou os cavalos a toda velocidade. O carro foi o primeiro a sair da caserna e a se dirigir para o Norte.

— Já combateu, menino?

— Contra escribas.

— Você os matou?

— Acho que não.

— Não se desespere: vou oferecer-lhe coisa muito melhor.

— Aonde vamos?

— Direto ao inimigo e de frente! Vamos atravessar o Delta, acompanhar a costa e empurrar o sírio e o hitita. Na minha opinião, esse decreto cheira bem. Há muito tempo que não ataco um desses bárbaros. Retese o arco.

— Não vai diminuir a velocidade?

— Um bom arqueiro atinge o alvo nas piores condições.

— E se eu errar?

— Corto a correia que o prende ao meu carro e o mando comer poeira.

— Você é implacável.

— Dez campanhas na Ásia, cinco ferimentos, ganhei duas vezes o ouro dos bravos como recompensa, parabéns de Ramsés, em pessoa, já chega?

— Nenhum direito ao erro?

— Ou ganha, ou perde.

Tornar-se herói seria mais difícil do que o previsto. Suti respirou fundo, retesou o arco ao máximo, esqueceu o carro, os sobressaltos, o caminho acidentado.

— Acerte a árvore, lá na frente!

A flecha partiu para o céu, descreveu uma curva graciosa e espetou-se no tronco da acácia, em cujo pé o carro passou em disparada.

— Bravo, menino!

Suti deu um longo suspiro.

— De quantos arqueiros se livrou?

— Não conto mais! Tenho horror de amadores. Eu o convido para beber, hoje à noite.

— Na tenda?

— Os oficiais e os ajudantes têm direito ao albergue.

— E... às mulheres?

O tenente presenteou Suti com um soco colossal nas costas.

— Sujeito dos diabos, você nasceu para o exército! Depois do vinho, vamos dividir uma prostituta para esvaziar os nossos escrotos.

Suti abraçou o arco. A sorte não o havia abandonado.

*

Paser havia subestimado a capacidade de reação dos inimigos. Se, por um lado, eles queriam impedi-lo de sair de Mênfis para que fosse investigar em Tebas, por outro lado, queriam tirar a sua qualificação de juiz para acabar definitivamente com as inquirições. Portanto, era realmente um assassinato, até mesmo vários, que Paser tentava esclarecer.

Infelizmente, era tarde demais.

Como ele temia, Sababu, paga pelo chefe da polícia, havia-o acusado de libertinagem. A corporação de magistrados estigmatizaria a vida dissoluta de Paser, incompatível com a sua função.

Kem entrou no escritório de cabeça baixa.

— Descobriu Suti?

— Ele foi engajado no exército da Ásia.

— Já partiu?

— Como arqueiro num carro de guerra.

— Portanto, a minha única testemunha de defesa é inacessível.

— Posso substituí-lo.

— Não aceito, Kem. Vão demonstrar que você não estava na casa de Sababu e será condenado por falso testemunho.

— Vê-lo caluniado deixa-me revoltado.

— Eu errei ao levantar o véu.

— Se ninguém, nem mesmo um juiz, pode proclamar a verdade, para que serve a vida?

A tristeza do núbio era pungente.

— Não vou desistir, Kem, mas não tenho nenhuma prova.

— Vão fazê-lo calar a boca.

— Eu não me calarei.

— Estarei ao seu lado com o meu babuíno.

Os dois homens abraçaram-se.

*

O processo foi realizado sob o pórtico de madeira construído diante do palácio, dois dias depois da volta do juiz Paser. A rapidez da ação explicava-se pela personalidade do acusado; um magistrado suspeito de violar a lei merecia um exame imediato.

Paser não esperava nenhuma indulgência da parte do decano do pórtico; mesmo assim, ficou estupefato com a extensão do complô ao ver os membros do júri: o transportador Denés, a esposa dele, Nenofar, o chefe da polícia, Mentmosé, um escriba do palácio e um sacerdote do templo de Ptah. Os seus inimigos eram a maioria e, talvez, a unanimidade, se o escriba e o sacerdote fossem comparsas.

Com a cabeça raspada, usando uma tanga com avental, expressão carrancuda, o decano do pórtico estava sentado no fundo da sala de audiências. Aos pés dele, um côvado de madeira de sicômoro lembrava a presença de Maat. Os jurados estavam à esquerda; à direita, um escrivão. Atrás de Paser, inúmeros curiosos.

— Você é o juiz Paser?

— Nomeado para Mênfis.

— Entre os seus funcionários figura um escrivão chamado Iarrot.

— Exato.

— Que entre a queixosa.

Iarrot e Sababu: uma aliança imprevista! Então, ele havia sido traído pelo seu colaborador mais próximo.

Não foi Sababu que entrou na sala de audiências, mas uma morena de pernas curtas, gorda e rosto ingrato.

— Você é a esposa do escrivão Iarrot.

— Sou eu mesma — afirmou ela com voz amarga e demonstrando pouca inteligência.

— Você vai falar sob juramento. Formule as suas acusações.

— O meu marido toma cerveja, muita cerveja, sobretudo à noite. Faz uma semana que ele me insulta e me bate na presença da nossa filha. A coitadinha está com medo. Levei socos; um médico retirou as marcas.

— Conhece o juiz Paser?

— Só de nome.

— O que pede ao tribunal?

— Que o meu marido e o seu empregador, responsável pela sua moral, sejam condenados. Quero duas túnicas novas, dez sacos de grãos e cinco gansos assados. O dobro, se Iarrot voltar a me bater.

Paser estava boquiaberto.

— Que o acusado principal compareça.

Embaraçado, Iarrot obedeceu. Com o rosto atacado por uma acne rosácea mais visível do que de hábito, pesadão, ele apresentou a sua defesa:

— A minha mulher me provoca, ela se recusa a preparar as refeições. Bati nela sem querer. Uma reação infeliz. É preciso compreender-me: dou muito duro com o juiz Paser, os horários são impiedosos, a quantidade de dossiês a serem tratados exige a presença de outro escrivão.

— Alguma objeção, juiz Paser?

— As afirmações não são exatas. Temos muito trabalho, é verdade, mas respeitei a personalidade do escrivão Iarrot, aceitei as suas dificuldades e lhe concedi horários leves.

— Tem testemunhas a seu favor?

— As pessoas do bairro, suponho.

O decano do pórtico dirigiu-se a Iarrot:

— Devemos fazê-las comparecer e você contesta a declaração do juiz Paser?

— Não, não... Mas não estou totalmente errado.

— Juiz Paser, sabia que o seu escrivão batia na esposa?

— Não.

— Você é responsável pela moral dos seus funcionários.

— Não nego.

— Por negligência, deixou de verificar as aptidões morais de Iarrot.

— Não tive tempo.

— Negligência é o único termo exato.

O decano do pórtico mantinha Paser à sua mercê. Ele perguntou aos protagonistas se desejavam tomar a palavra; só a esposa de Iarrot, excitada, reiterou as acusações.

O júri reuniu-se.

Paser quase tinha vontade de rir. Ser condenado por causa de uma briga de casal, quem poderia imaginar? A fraqueza de Iarrot e a estupidez da sua mulher eram armadilhas imprevisíveis das quais os seus adversários se haviam aproveitado. As formas jurídicas seriam respeitadas e o jovem juiz seria afastado sem uso da força.

A deliberação durou menos de uma hora.

O decano do pórtico, sempre carrancudo, deu o resultado:

— Por unanimidade, o escrivão Iarrot foi considerado culpado de má conduta em relação à esposa. Ele está condenado a dar à vítima o que ela pede e a receber trinta bastonadas. Se houver recidiva, o divórcio será imediatamente pronunciado com prejuízo para ele. O acusado protesta contra a sentença?

Muito feliz por se sair tão bem, Iarrot apresentou as costas ao executor do castigo. O direito egípcio não brincava com os brutos que maltratavam uma mulher. O escrivão gemeu e choramingou; um policial levou-o para a enfermaria do bairro.

— Por unanimidade — retomou a palavra o decano do pórtico —, o juiz Paser foi declarado inocente. A corte recomenda que ele não despeça o escrivão e lhe dê uma chance de emendar-se.

*

Mentmosé limitou-se a cumprimentar Paser; apressado, faria parte de outro júri chamado para julgar um ladrão. Denés e a esposa congratularam o magistrado.

— Acusação grotesca — frisou a senhora Nenofar, cuja túnica multicolorida provocava murmúrios na sociedade de Mênfis.

— Qualquer tribunal o teria inocentado — declarou Denés com ênfase. — Precisamos de um juiz como você em Mênfis.

— É verdade — reconheceu Nenofar. — O comércio só se desenvolve numa sociedade pacífica e justa. — A sua firmeza deixou-nos muito impressionados; o meu marido e eu apreciamos os homens corajosos. Daqui para a frente, nós o consultaremos se subsistir alguma pendência jurídica na condução dos nossos negócios.

CAPÍTULO 19

Depois de uma viagem rápida e tranquila, o barco que transportava o juiz Paser, o babuíno policial, o burro, o cachorro, Kem, e alguns outros passageiros aproximou-se de Tebas.
Todos ficaram em silêncio.
Na margem esquerda, os templos de Karnak e de Luxor exibiam a sua arquitetura divina. Atrás dos altos muros, protegidos dos olhares profanos, um pequeno número de homens e mulheres prestava homenagens às divindades para que elas permanecessem na Terra. Acácias e tamargueiras sombreavam as alamedas de carneiros que levavam aos pilonos, portas monumentais que davam acesso aos santuários.
Dessa vez, a polícia fluvial não havia interceptado o barco. Era com alegria que Paser voltava à sua província de origem; desde que partira, havia passado por provações, tornara-se mais forte e, sobretudo, descobrira o amor. Neferet não saía da sua cabeça nem por um instante. Ele perdera o apetite e cada vez mais sentia dificuldade em se concentrar; à noite, ficava de olhos abertos esperando vê-la surgir na escuridão. Fora de si, afundava aos poucos num vazio que o devorava por dentro. Só a mulher amada poderia curá-lo, mas será que ela poderia descobrir a sua doença? Nem os deuses nem os sacerdotes poderiam devolver-lhe o gosto pela vida, nenhum triunfo dissiparia a sua dor, nenhum livro a acalmaria.
Tebas, onde estava Neferet, era a sua última esperança.
Paser não acreditava mais na sua investigação. Desiludido, sabia que o complô havia sido montado de maneira perfeita. Quaisquer que fossem as suas suspeitas, não descobriria a verdade. Antes de partir, soubera da

inumação da múmia do guardião-chefe da Esfinge. Como a missão do general Asher na Ásia não tinha um tempo limitado, as autoridades militares haviam achado melhor não adiar mais os funerais. Tratar-se-ia do veterano ou de outro cadáver? O desaparecido ainda estaria vivo, escondido em algum lugar? Paser ficaria em dúvida para sempre.

O barco atracou próximo ao templo de Luxor.

— Estamos sendo observados — assinalou Kem. — Um rapaz, na popa. Ele foi o último a embarcar.

— Vamos nos embrenhar pela cidade; veremos se ele nos segue.

O homem foi atrás deles.

— Ordem de Mentmosé?

— Provavelmente.

— Devo livrá-lo dele?

— Tenho uma outra ideia.

O juiz apresentou-se no posto principal de polícia, onde foi recebido por um funcionário obeso cujo escritório estava cheio de cestinhos de frutas e de doces.

— Você não nasceu na região?

— Nasci num povoado da margem oeste. Fui nomeado para Mênfis, onde tive o privilégio de conhecer o seu superior, Mentmosé.

— E agora está de volta.

— Por pouco tempo.

— Descanso ou trabalho?

— Estou cuidando do imposto da madeira.* O meu antecessor redigiu algumas notas incompletas e confusas sobre esse ponto importante.

O obeso engoliu algumas uvas-passas.

— Mênfis está com falta de matéria combustível?

— Absolutamente, não; o inverno foi ameno, não esgotamos as reservas de lenha. Mas o serviço rotativo dos cortadores de lenha não me parece bem organizado: muitos menfitas e poucos tebanos. Queria consultar as suas listas, povoado por povoado, para localizar os fraudadores. Alguns deles não querem catar os galhos pequenos, o mato e as fibras de palmeira para levá-los aos centros de triagem e de redistribuição. Não chegou o momento de intervir?

— Certamente, certamente.

Por intermédio de um mensageiro, Mentmosé havia avisado o responsável pela polícia tebana da chegada de Paser, descrevendo-o como um juiz

---

* A madeira era bem rara no Egito; por isso era muito valorizada.

temível, implacável e curioso demais; em vez desse personagem preocupante, o obeso deparava-se com um magistrado minucioso, preocupado com assuntos de menor importância.

— A diferença das quantidades de madeira seca fornecidas pelo Norte e pelo Sul é expressiva — continuou Paser. — Em Tebas, os cepos das árvores secas não são cortados corretamente. Será que existe um tráfico?

— É possível.

— Queira registrar o objeto da minha investigação *in loco*.

— Não se preocupe.

Quando recebeu o jovem policial encarregado de seguir o juiz Paser, o obeso lhe narrou a conversa. Os dois funcionários estavam de acordo: o magistrado havia esquecido as suas motivações anteriores e afundava na rotina. Essa atitude sensata iria poupar-lhes muitas preocupações.

✶

O devorador de sombras não se fiava no macaco e no cão. Sabia a que ponto os animais eram perceptivos e detectavam as más intenções. Por isso, seguia Paser e Kem a uma boa distância.

Ao desistir de segui-los, o outro perseguidor, sem dúvida um policial de Mentmosé, facilitava-lhe a tarefa. Se o juiz se aproximasse do objetivo, o devorador de sombras seria obrigado a intervir; caso contrário, iria limitar-se a observar.

As ordens eram formais e sempre eram desobedecidas. Não mataria sem necessidade explícita. A insistência de Paser havia sido a causa da esposa do guardião-chefe.

✶

Depois da tragédia da Esfinge, o veterano refugiara-se no pequeno povoado da margem oeste, onde havia nascido. Ali, o soldado reformado seria feliz, depois de servir lealmente o exército. A tese de acidente era maravilhosamente oportuna. Na sua idade, por que travar uma luta perdida por antecipação?

Depois do seu regresso, ele havia reformado o forno para pães e exercia o ofício de padeiro, para grande satisfação dos moradores do povoado. Depois de livrar os grãos das impurezas, passando-os por um crivo, as mulheres esmagavam-no na mó e trituravam-nos num almofariz com um pilão de cabo comprido. Obtendo uma primeira farinha, grossa, elas a peneiravam várias vezes para deixá-la mais fina. Umedecendo-a, preparavam uma pasta consistente à qual acrescentavam fermento. Algumas usavam uma jarra de boca larga onde apertavam a massa, outras a dispunham numa pedra inclinada, o que facilitava o escoamento da água. Então, entrava o padeiro, assando os pães mais simples na brasa e os mais elaborados num forno feito com três lajes verticais cobertas com uma laje horizontal sob a qual era aceso um fogo. Ele também usava formas de bolo furadas e placas de pedra, nas quais derramava a massa para preparar pães redondos, oblongos, e biscoitos. Quando as crianças pediam, ele desenhava um bezerro deitado, que elas comiam com vontade. Nas festas de Min, o deus da fecundidade, ele assava falos com casca dourada e miolo branco, que eram servidos no meio de espigas de ouro.

Ele havia esquecido o barulho das lutas e os gritos dos feridos; como lhe parecia suave o canto da chama, como apreciava a maciez dos pães quentes! Do seu passado militar guardava uma índole autoritária; quando punha as placas para esquentar, mandava as mulheres sair e só tolerava a presença do ajudante, um robusto adolescente de 15 anos, o seu filho adotivo e que o sucederia.

Naquela manhã, o menino estava atrasado. O veterano começava a irritar-se quando passos ressoaram no piso lajeado do local onde ficava o forno. O padeiro virou-se.

— Vou... Quem é você?

— Vim substituir o seu ajudante. Ele está com dor de cabeça.

— Você não mora no povoado.

— Trabalho com outro padeiro, a meia hora daqui. O chefe do povoado mandou-me vir.

— Ajude-me.

Como o forno era profundo, o veterano precisava enfiar nele a cabeça e o torso para colocar no fundo o máximo possível de formas e de pães; o ajudante segurava-o pelas coxas para puxá-lo para trás no caso de um acidente.

O veterano acreditava estar seguro. Porém, naquele mesmo dia, o juiz Paser visitaria o povoado, ficaria sabendo a sua verdadeira identidade e o interrogaria. O devorador de sombras não tinha escolha.

Agarrando o veterano pelos dois tornozelos, ele o ergueu do chão e empurrou-o para dentro do forno com toda a força.

*

A entrada do vilarejo estava deserta. Nenhuma mulher na soleira da porta, nenhum homem cochilando debaixo de uma árvore, nenhuma menina brincando com uma boneca de madeira. O juiz teve a certeza de que algo de anormal havia acontecido; ele pediu a Kem que não saísse dali. O babuíno e o cão olhavam em todas as direções.

Paser caminhou rápido pela rua principal, margeada de casas baixas.

Todos os habitantes do povoado estavam em volta do forno. Eles gritavam, empurravam-se, invocavam os deuses. Um adolescente explicava pela décima vez que havia sido abatido ao sair de casa, quando se preparava para ajudar o padeiro, o seu pai adotivo. Ele se condenava pelo horrível acidente e chorava amargamente.

Paser furou a multidão.

— O que aconteceu?

— O nosso padeiro morreu de maneira horrível — respondeu o chefe do povoado. — Deve ter escorregado e caído dentro do forno. Normalmente, o ajudante segurava o padeiro pelas pernas para evitar esse tipo de tragédia.

— Tratava-se de um veterano vindo de Mênfis?

— Exatamente.

— Alguém presenciou o... acidente?

— Não. Por que essas perguntas?

— Sou o juiz Paser e ia interrogar esse infeliz.

— Com que propósito?

— Não vem ao caso.

Uma mulher histérica agarrou Paser pelo braço esquerdo.

— Foram os demônios da noite que o mataram, porque ele aceitou entregar pão, o nosso pão, para Hattusa, a estrangeira que reina no harém.

O juiz afastou-a delicadamente.

— Já que você faz respeitar a lei, vingue o nosso padeiro e prenda essa mulher demoníaca!

Paser e Kem almoçaram no campo, perto de um poço. O babuíno descascou delicadamente algumas cebolas doces. Ele começava a aceitar a presença do juiz, sem muita desconfiança. Bravo regalava-se com pão fresco e pepino, Vento do Norte comia alfafa.

Nervoso, o juiz apertava contra o peito um odre de água fresca.

— Um acidente e cinco vítimas! O exército mentiu, Kem. O relatório é falso.
— Um simples erro administrativo.
— Foi um assassinato, mais um assassinato.
— Não há nenhuma prova. O padeiro sofreu um acidente. Esse fato já aconteceu antes.
— Um assassino chegou antes de nós, porque sabia que vínhamos ao povoado. Ninguém deveria encontrar a pista do quarto veterano, ninguém deveria cuidar desse caso.
— Não vá mais longe. Você descobriu um acerto de contas entre militares.
— Se a justiça desistir, a violência reinará no lugar do faraó.
— A sua vida não é mais importante do que a lei?
— Não, Kem.
— Você é o homem mais inabalável que já encontrei.

Como o núbio estava enganado! Paser não conseguia expulsar Neferet da mente, mesmo nessas horas dramáticas. Depois desse episódio que lhe demonstrava a legitimidade das suas suspeitas, ele deveria concentrar-se na investigação; mas o amor, violento como o vento do sul, ditava a sua resolução. Ele se ergueu e encostou-se no poço, de olhos fechados.

— Sente-se mal?
— Vai passar.
— O quarto veterano ainda estava vivo — lembrou Kem. — O que será que foi feito do quinto?
— Se pudéssemos interrogá-lo, desvendaríamos o mistério.
— Sem dúvida, o povoado dele não fica longe.
— Não iremos lá.

O núbio sorriu.

— Finalmente, está sendo razoável!
— Não iremos lá porque somos seguidos e precedidos. O padeiro foi assassinado por causa da nossa vinda. Se o quinto veterano ainda estiver neste mundo, nós o condenaremos à morte se procedermos dessa maneira.
— O que propõe?
— Ainda não sei. Por ora, vamos voltar a Tebas. Aquele ou aqueles que nos espionam pensarão que estamos na pista errada.

★

Paser examinou os resultados do imposto da madeira do ano anterior. O funcionário obeso abriu os seus arquivos e regalou-se com suco de alfarroba. Decididamente, o pequeno juiz não tinha nenhuma competência. Enquanto o magistrado consultava uma grande quantidade de tabuinhas de contabilidade, o funcionário tebano escreveu uma carta a Mentmosé para tranquilizá-lo. Paser não provocaria nenhuma tempestade.

Apesar do quarto confortável que lhe foi oferecido, o juiz passou a noite em claro, dividido entre a obsessão de rever Neferet e a necessidade de prosseguir nas investigações. Revê-la, sendo que ele lhe era indiferente; prosseguir nas investigações, sendo que o caso já estava enterrado.

Sofrendo com o desespero do dono, Bravo deitou-se ao lado dele. O seu calor iria comunicar-lhe a energia de que precisava. O juiz acariciou o cão, pensando nos passeios ao longo do Nilo, quando era um rapaz despreocupado, convencido de que levaria uma vida calma no seu povoado, onde as estações se sucediam com tranquilidade.

O destino apoderava-se dele com a brutalidade e a violência de uma ave de rapina. Se desistisse dos seus sonhos loucos, de Neferet, da verdade, não reencontraria a serenidade de outrora?

Em vão, mentia a si mesmo. Neferet era o seu único amor.

A aurora trouxera-lhe uma esperança. Um homem poderia ajudá-lo. Por isso, ele foi ao cais de Tebas, onde, todos os dias, era organizado um grande mercado. Assim que os víveres eram desembarcados, pequenos comerciantes expunham-nos nas suas bancas. Homens e mulheres montavam lojas ao ar livre, vendendo os alimentos mais variados, tecidos, roupas e mil e um objetos. Alguns marinheiros tomavam cerveja sob o telhado de junco de uma banca, admirando as belas burguesas em busca de novidades. Um peixeiro, sentado na frente de um cesto de junco trançado que continha percas do Nilo, trocou dois belos exemplares por um pequeno pote de unguento; um doceiro trocou alguns bolos por um colar e um par de sandálias, um merceeiro trocou favas por uma vassoura. Em cada transação, a discussão animava-se e terminava em conciliação. Se houvesse contestação acerca do peso das mercadorias, podiam recorrer a uma balança vigiada por um escriba.

Finalmente, Paser avistou-o.

Como ele supunha, Kani fora vender grãos-de-bico, pepinos e alhos-porós no mercado.

Puxando a guia da coleira com uma violência inesperada, o babuíno jogou-se em cima de um ladrão que ninguém havia notado. Ele estava roubando duas magníficas alfaces. O macaco enfiou os dentes na coxa do delinquente. Berrando de dor, ele tentou, sem sucesso, empurrar o agressor. Kem interveio antes que o babuíno lhe retalhasse a perna. O ladrão foi entregue nas mãos de dois policiais.

— Você é o meu protetor — constatou o jardineiro.
— Preciso da sua ajuda, Kani.
— Em duas horas terei vendido tudo. Iremos à minha casa.

★

Na entrada da horta havia uma borda de centáureas, de mandrágoras e de crisântemos. Kani havia traçado muretas bem regulares que delimitavam os canteiros; em cada um deles havia um legume, favas, grão-de-bico, lentilhas, pepinos, cebolas, verduras, feno-grego. No fundo do terreno, um palmeiral protegia-a do vento; do lado esquerdo havia um vinhedo e um pomar. A maior parte da produção ia para o templo e o excedente Kani vendia no mercado.

— Está satisfeito com a sua nova condição?
— O trabalho continua árduo, mas eu lucro com ele. O intendente do templo gosta de mim.
— Você cultiva plantas medicinais?
— Venha ver.

Kani mostrou a Paser a obra de que mais se orgulhava: um quadrado de ervas medicinais, curativas e plantas usadas em remédios. Salicácea, mostarda, píretro, hortelã e camomila eram apenas alguns exemplos.

— Sabia que Neferet está morando em Tebas?
— Está enganado, juiz. Ela ocupa um posto importante em Mênfis.
— Nebamon despediu-a.

Uma emoção intensa toldou o olhar do jardineiro.

— Ele teve a ousadia... esse réptil teve a ousadia!
— Neferet não pertence mais ao corpo principal dos médicos e não tem mais acesso aos grandes laboratórios. Ela terá de contentar-se com um povoado e mandará os doentes graves para colegas mais qualificados.

Furioso, Kani bateu com os pés no chão.

— É vergonhoso, injusto!
— Ajude-a.

O jardineiro ergueu os olhos, interrogador.

— De que maneira?

— Se lhe fornecer as plantas medicinais raras e caras, ela saberá preparar os remédios e poderá curar os pacientes. Nós lutaremos para restabelecer a sua reputação.

— Onde ela está?

— Não sei.

— Eu a encontrarei. Era essa a missão que me queria confiar?

— Não.

— Então, fale.

— Estou procurando um veterano da guarda de honra da Esfinge. Ele voltou para casa, na margem oeste, depois de reformado. Ele se esconde.

— Por quê?

— Porque é detentor de um segredo. Se falar comigo, correrá perigo de morte. Eu ia interrogar um colega dele que se tornou padeiro; ele foi vítima de um acidente.

— O que quer que eu faça?

— Localize-o. Depois eu agirei com a maior discrição. Alguém me espiona; se eu mesmo fizer as buscas, o veterano será assassinado antes que eu fale com ele.

— Assassinado?

— Não lhe escondo a gravidade da situação, nem o perigo a que se expõe.

— Como juiz, você...

— Não tenho nenhuma prova e esse caso foi arquivado pelo exército.

— E se você estiver enganado?

— Quando eu ouvir o testemunho do veterano, se ele ainda estiver vivo, as dúvidas serão dissipadas.

— Conheço bem os povoados e os vilarejos da margem oeste.

— Você corre um sério risco, Kani. Trata-se de alguém que não hesita em matar e em perder a alma.

— Desta vez, deixe-me ser o juiz.

*

Todos os fins de semana Denés dava uma recepção para gratificar os capitães dos seus navios de transporte e alguns altos funcionários que assinavam de bom grado as autorizações para os barcos circularem para carregar e descarregar. Todos apreciavam o esplendor do vasto jardim, os espelhos d'água e o viveiro repleto de aves exóticas. Denés falava com todos, dirigia uma palavra amável, pedia notícias da família. A senhora Nenofar desfilava.

Naquela noite, a atmosfera não era tão alegre. O decreto de Ramsés, o Grande, havia semeado o caos nas elites dirigentes. Todos desconfiavam uns dos outros de que possuíssem informações confidenciais e guardá-las para si. Ladeado por dois colegas, cujo negócio tinha a intenção de monopolizar depois de lhes ter comprado os barcos, Denés cumprimentou um convidado que raramente comparecia, o químico Chechi. Ele passava a maior parte do tempo no laboratório mais secreto do palácio e frequentava pouco a nobreza. Baixo, de fisionomia sombria e carrancuda, diziam que ele era competente e modesto.

— A sua presença nos honra, caro amigo!

O químico esboçou um sorriso amarelo.

— Como vão as suas últimas experiências? Bico calado, é claro, mas falam delas em toda a cidade! Dizem que você teria feito uma liga de metais extraordinária que nos permitiria fabricar espadas e lanças que não se quebrariam com nenhum choque.

Chechi balançou a cabeça, cético.

— Segredo militar, evidentemente! Trate de conseguir. Diante do que nos espera...

— Especifique — exigiu um conviva.

— Segundo o decreto do faraó, uma bela guerra!

— Ramsés quer esmagar os hititas e livrar-nos dos principezinhos da Ásia, sempre prontos a se revoltar.

— Ramsés ama a paz — objetou o capitão de um barco mercante.

— Os atos nem sempre acompanham o discurso oficial.

— Isso é preocupante.

— De modo algum! De quem ou de quê o Egito teria medo?

— Não existe um boato de que esse decreto traduz um enfraquecimento do poder?

Denés caiu na gargalhada.

— Ramsés é o maior de todos e continuará a sê-lo! Não vamos transformar em tragédia um incidente menor.

— Mesmo assim, mandar verificar as nossas reservas de alimento...

A senhora Nenofar interveio:

— A medida é clara: preparação de um novo imposto e reforma fiscal.

— É preciso financiar um novo armamento — acrescentou Denés. — Se quisesse, Chechi poderia descrevê-lo para nós, justificando a decisão de Ramsés.

Os olhares convergiram para o químico. Chechi continuou calado. Como hábil dona de casa que era, a senhora Nenofar guiou os convidados para um quiosque onde lhes foram servidos refrescos.

Mentmosé, o chefe da polícia, pegou Denés pelo braço e arrastou-o de lado.

— Espero que os seus aborrecimentos com a justiça tenham terminado.

— Paser não insistiu. Ele é mais razoável do que eu imaginava. Um jovem magistrado cheio de ambição, isso é certo; mas não é louvável? Nós já passamos por isso antes de nos tornarmos pessoas ilustres.

Mentmosé torceu o nariz.

— Mas o caráter dele...

— Vai melhorar com o tempo.

— Você é otimista.

— Realista. Paser é um bom juiz.

— Na sua opinião, é incorruptível?

— Incorruptível, inteligente e respeita aqueles que cumprem a lei. Graças a homens desse tipo, o comércio é próspero e o país vive em paz. O que mais se pode desejar? Acredite em mim, caro amigo: ajude a carreira de Paser.

— Aviso precioso.

— Com ele não haverá malversações.

— Isso se deve levar em conta.

— Você continua reticente.

— As iniciativas dele assustam-me um pouco; a noção de nuanças não parece ser o seu forte.

— Juventude e inexperiência. O que acha o decano do pórtico?

— Ele compartilha da sua opinião.

— Está vendo?

As notícias que o chefe da polícia havia recebido de Tebas por um mensageiro especial endossavam a opinião de Denés. Mentmosé ficara angustiado sem razão. O juiz não estava preocupado com o imposto da madeira e a sinceridade dos contribuintes?

Talvez não devesse ter alertado o vizir com tanta pressa. Mas precauções nunca eram demais.

CAPÍTULO 20

Longo passeio no campo na companhia de Vento do Norte e de Bravo, consulta de dossiês no escritório da polícia, elaboração de uma lista correta dos contribuintes em razão dos impostos, inspeção dos povoados repertoriados, conversas administrativas com os prefeitos e os proprietários, era assim que transcorriam os dias em Tebas do juiz Paser, que terminavam com uma visita a Kani.

Diante da atitude do jardineiro, de cabeça abaixada para as plantações, Paser já sabia que ele não havia descoberto Neferet nem o quinto veterano.

Passou-se uma semana. Os funcionários pagos por Mentmosé mandavam-lhe relatórios sem surpresas sobre o juiz, Kem limitava-se a percorrer os mercados e a prender os ladrões. Em breve, teriam de voltar a Mênfis.

Paser atravessou o palmeiral, seguindo por um caminho de terra que passava ao longo do canal de irrigação, e desceu a escada que levava ao jardim de Kani. Quando o sol começava a declinar, ele cuidava das plantas medicinais que exigiam cuidados regulares e atentos. Ele dormia num casebre, depois de fazer a irrigação durante uma parte da noite.

O jardim parecia deserto.

Surpreso, Paser deu uma volta e abriu a porta do casebre. Vazio. Sentado numa mureta, desfrutou do pôr do sol. A lua cheia prateava o rio. Quanto mais os minutos passavam, mais a angústia apertava-lhe o coração. Talvez Kani houvesse identificado o quinto veterano, talvez houvesse sido seguido, talvez... Paser condenava-se por ter envolvido o jardineiro numa investigação da qual não tinham controle. Se alguma desgraça houvesse ocorrido, ele se consideraria o principal responsável.

Quando o frescor da noite caiu sobre os seus ombros, o juiz não saiu do lugar. Esperaria até o amanhecer e, então, saberia que Kani não voltaria mais. Com os dentes cerrados, os músculos doloridos, Paser lamentava a sua leviandade.

Uma barca atravessou o rio.

O juiz levantou-se e correu para a margem.

— Kani!

O jardineiro atracou, prendeu a barca numa estaca e subiu a encosta lentamente.

— Por que está voltando tão tarde?

— Está tremendo?

— Estou com frio.

— O vento da primavera deixa as pessoas doentes. Vamos para o casebre.

O jardineiro sentou-se num tronco cortado, com as costas apoiadas nas pranchas de madeira. Paser sentou-se num baú de ferramentas.

— E o veterano?

— Nenhuma pista.

— Você estava em perigo?

— Em nenhum momento. Fui comprar plantas raras em vários lugares e troquei confidências com anciãos.

Paser fez a pergunta que lhe queimava os lábios:

— Neferet?

— Não a vi, mas sei o lugar onde ela mora.

O laboratório de Chechi ocupava três grandes salas no subsolo de uma caserna anexa. O regimento ali alojado era composto apenas de soldados de segunda classe designados para trabalhos de aterro. Todos achavam que o químico trabalhava no palácio, e era ali, naquele espaço discreto, que ele fazia as suas verdadeiras pesquisas. Aparentemente, não havia nenhuma vigilância especial, mas quem tentasse descer a escada que levava às profundezas da construção era interceptado sem condescendência e interrogado com brutalidade.

Chechi havia sido recrutado para os serviços técnicos do palácio devido aos seus excepcionais conhecimentos no campo da resistência de materiais. Originalmente trabalhando com o bronze, ele não cessava de melhorar o tratamento do cobre bruto, indispensável na fabricação de cinzéis dos talhadores de pedra.

Devido ao seu sucesso e à sua seriedade, era sempre promovido; no dia em que forneceu ferramentas de incrível resistência para talhar os blocos do templo "de milhões de anos" de Ramsés, o Grande,* construído na margem oeste de Tebas, a sua reputação chegou aos ouvidos do rei.

Chechi havia convocado os seus três principais colaboradores, homens de idade madura e cientistas experientes. As lamparinas, cuja mecha não soltava fumaça, iluminavam o subsolo. Lento e meticuloso, Chechi arrumava os papiros nos quais anotara os últimos cálculos.

Os três técnicos aguardaram, pouco à vontade. O silêncio do químico não pressagiava nada de bom, mesmo que ele fosse de falar pouco. A convocação súbita e imperativa não fazia parte dos seus hábitos.

O homem baixo de bigode preto estava de costas para os interlocutores.

— Quem falou demais?

Nenhum deles respondeu.

— Não vou repetir a pergunta.

— Ela não tem sentido.

— Numa recepção, um alto dignitário falou de ligas de metais e de novas armas.

— Impossível! Mentiram para você.

— Eu estava presente. Quem falou demais?

De novo, mudos.

— Não tenho a possibilidade de fazer uma investigação duvidosa. Mesmo que as informações espalhadas estejam incompletas e, portanto, não sejam exatas, perdi a confiança.

— Em outras palavras...

— Em outras palavras, vocês estão demitidos.

*

Neferet escolhera o povoado mais pobre e o mais afastado da região tebana. Situado no limite do deserto, mal irrigado, tinha um número anormalmente elevado de pessoas com doenças de pele. A jovem não estava triste nem

---

* Trata-se do Ramesseum, o templo funerário de Ramsés II, na margem oeste de Tebas, cuja função é oferecer "milhões de anos" de reinado no Além ao *ka* do faraó.

abatida; escapar das garras de Nebamon alegrava-a, mesmo que houvesse trocado a liberdade por uma carreira promissora. Curaria os mais pobres com os recursos de que dispunha e ficaria satisfeita com a vida solitária no campo. Quando um barco sanitário descesse o rio em direção a Mênfis, ela iria ver o mestre Branir. Conhecendo-a, ele não tentaria fazê-la mudar de opinião.

No segundo dia da sua chegada, Neferet havia curado o personagem mais importante do vilarejo, um especialista na engorda de gansos que sofria de arritmia cardíaca. Uma longa massagem e uma manipulação vertebral puseram-no de pé. Sentado no chão, ao lado de uma mesa baixa na qual havia bolinhas de farinha retiradas de um recipiente de água, ele segurava o ganso pelo pescoço. A ave debatia-se, mas o técnico não a soltava e introduzia delicadamente a massa na goela do animal, acompanhando a operação com palavras afetuosas. Empanturrado, o ganso saía bamboleando como se estivesse embriagado; depois, iniciava um passeio para fazer a digestão. A engorda de grous pedia mais atenção, pois os belos pássaros roubavam as bolinhas. Os *foies gras* figuravam entre os mais famosos da região.

Depois dessa primeira cura, considerada milagrosa, Neferet tornou-se a heroína do povoado. Os camponeses haviam pedido que os aconselhasse na luta contra os inimigos da colheita e dos pomares, sobretudo os gafanhotos e os grilos; mas a jovem preferira lutar contra um outro flagelo que lhe parecia estar na origem das infecções cutâneas e que atingia crianças e adultos: as moscas e os mosquitos. A grande quantidade deles explicava-se pela presença de um charco de água estagnada que não era drenado havia três anos. Neferet fez com que o secassem, recomendou a todos os habitantes do povoado que desinfetassem as suas casas e cuidou das picadas com gordura de papa-figos e unções com óleo fresco.

Só o caso de um velho com o coração fraco causava-lhe preocupação; se o caso dele piorasse, seria preciso hospitalizá-lo em Tebas. Certas plantas raras teriam evitado esse dissabor. Quando ela estava na cabeceira do doente, um menino avisou-a da presença de um estrangeiro que fazia perguntas a seu respeito.

Nem mesmo ali Nebamon deixava-a em paz! Do que ainda a acusaria, para que degradação a estaria empurrando? Precisava esconder-se. Os moradores do povoado ficariam calados e o emissário do médico-chefe iria embora.

★

Paser sentia que os seus interlocutores mentiam; o nome de Neferet era-lhes familiar, apesar de todos se manterem mudos. Retraído, com as suas casas ameaçadas pelo deserto, o vilarejo temia a intrusão, e a maioria das portas se fechou.

Contrariado, ele se preparava para ir embora quando viu uma mulher dirigir-se para as colinas pedregosas.

— Neferet!

Intrigada, ela se voltou. Ao reconhecê-lo, ela voltou pelo mesmo caminho.

— Juiz Paser... o que faz aqui?

— Queria falar com você.

Os olhos dela possuíam a luz do sol. O ar do campo havia bronzeado a sua pele. Paser queria revelar-lhe os seus sentimentos, traduzir o que sentia, mas não foi capaz de pronunciar nem a primeira palavra da declaração.

— Vamos para o topo da colina.

Ele a teria seguido até o fim do mundo, ao fundo do mar, ao coração das trevas. Andar ao lado dela, sentar-se bem perto, ouvir a sua voz eram alegrias inebriantes.

— Branir deu-me as informações. Você quer prestar queixa contra Nebamon?

— De nada adiantaria. Muitos médicos lhe devem as suas carreiras e testemunhariam contra mim.

— Eu os acusaria de falso testemunho.

— Eles são muitos e Nebamon o impediria de agir.

Apesar do suave calor da primavera, Paser tremia. Ele não pôde conter um espirro.

— Resfriado?

— Passei a noite ao relento, fiquei esperando pela volta de Kani.

— O jardineiro?

— Foi ele quem a encontrou. Ele mora em Tebas e explora o próprio jardim. Eis a sua chance, Neferet: ele produz plantas medicinais e sabe cultivar as mais raras!

— Montar um laboratório, aqui?

— Por que não? Os seus conhecimentos farmacológicos permitem isso. Não só você curaria as doenças graves, como também a sua reputação seria restabelecida.

— Não tenho a menor vontade de empreender essa luta. A minha condição atual me basta.

— Não desperdice os seus dons. Faça isso pelos doentes.

Paser espirrou mais uma vez.

— Você não seria o primeiro interessado? Os tratados dizem que a coriza arruína os ossos, arrebenta a cabeça e dá tonturas. Preciso evitar esse desastre.

O sorriso dela, no qual a bondade excluía a ironia, alegrou-o.

— Aceita a ajuda de Kani?

— Ele é teimoso. Se a decisão está tomada, como posso opor-me? Vamos cuidar da emergência: o resfriado é uma doença séria. Suco de palma nas narinas e, se persistir, leite de mulher e resina odorífera.

O resfriado resistiu e aumentou. Neferet fez o juiz entrar na modesta casa que ela ocupava no centro do povoado. Como a tosse havia aparecido, ela prescreveu realgar, sulfeto natural de arsênio que o povo chamava de "o que desabrocha o coração".

— Vamos tentar interromper a evolução. Sente-se nesta esteira e não saia daí.

Ela dava as instruções sem elevar a voz, tão terna quanto o seu olhar. O juiz esperava que os efeitos do resfriado fossem duráveis e que ele ficasse o maior tempo possível naquele humilde cômodo.

Neferet misturou o realgar, a resina, folhas de plantas desinfetantes, esmagou-os, reduzindo-os a uma massa, que ela aqueceu. Depois, estendeu-a numa pedra, que pôs em frente ao juiz, e tampou com um pote virado com um buraco no fundo.

— Pegue este junco — disse ela ao paciente —, coloque-o no furo e aspire, tanto pela boca quanto pelo nariz. A fumigação vai aliviá-lo.

Um fracasso não desagradaria Paser, mas a medicação revelou-se eficaz. A congestão diminuiu, ele respirou melhor.

— Acabaram os arrepios?

— Uma sensação de cansaço.

— Recomendo-lhe uma alimentação rica e gordurosa por alguns dias: carne vermelha, óleo fresco nos alimentos. Um pouco de repouso seria bem-vindo.

— Isso não posso fazer.

— O que o trouxe a Tebas?

Ele teve vontade de gritar "Você, Neferet, só você!", mas as palavras não lhe saíram da boca. Paser tinha a certeza de que ela percebia a sua paixão, esperava que lhe desse oportunidade de expressá-la e não ousava quebrar a serenidade dela com um delírio que, sem dúvida, ela desaprovaria.

— Provavelmente um crime, talvez vários.

Ele sentiu que Neferet ficou abalada por uma tragédia com a qual ela não tinha nada a ver. Será que teria o direito de envolvê-la no caso cuja natureza real ele ignorava?

— Tenho total confiança em você, Neferet, mas não quero importuná-la com as minhas preocupações.

— Não é obrigado a manter segredo?

— Até o momento em que formular as conclusões.

— Assassinatos... seriam as suas conclusões?

— A minha íntima convicção.

— Faz tantos anos que nenhum assassinato é cometido!

— Cinco veteranos que formavam a guarda de honra da Grande Esfinge morreram ao cair da cabeça dela durante uma inspeção. Acidente: esta é a versão oficial do exército. Acontece que um deles se escondeu num povoado da margem oeste e exercia a função de padeiro. Eu gostaria de interrogá-lo, mas, desta vez, ele morreu realmente. Mais um acidente. O chefe da polícia mandou que me seguissem, como se eu fosse culpado de fazer uma investigação. Estou perdido, Neferet. Esqueça as minhas confidências.

— Quer desistir?

— Tenho um gosto ardente pela verdade e pela justiça. Se eu desistir, estaria destruindo a mim mesmo.

— Posso ajudá-lo?

Um outro tipo de febre encheu os olhos de Paser.

— Se pudéssemos conversar de vez em quando, eu teria mais coragem.

— Um resfriado pode ter consequências secundárias que é melhor vigiar de perto. Outras consultas serão necessárias.

CAPÍTULO 21

A noite na estalagem havia sido alegre e exaustiva. Fatias de carne grelhada, berinjelas *à la crème*, bolos à vontade e uma magnífica líbia de 40 anos que havia fugido do seu país para distrair os soldados egípcios. O tenente do carro não mentira a Suti: um só homem não seria suficiente para ela. Ele, que acreditava ser o mais enérgico dos amantes, tivera de dar o braço a torcer e fazer um revezamento com o seu superior. A líbia punha em prática as posições mais inacreditáveis, risonha e excitada.

Quando o carro de guerra seguiu caminho, Suti mal conseguia abrir os olhos.

— É preciso aprender a ficar sem dormir, garoto! Não se esqueça de que o inimigo ataca quando você está cansado. Uma boa notícia: nós somos a vanguarda da vanguarda! Seremos os primeiros a ser atacados. Se quiser tornar-se um herói, aí está a sua chance.

Suti apertou o arco no peito.

O carro acompanhou os Muros do Rei,* fantástico alinhamento de fortalezas construído pelos soberanos do Médio Império e constantemente melhorado pelos sucessores; verdadeira e grande muralha, cujos trechos eram ligados entre si graças a sinais ópticos e que impediam qualquer tentativa de invasão da parte dos beduínos e dos asiáticos. Das margens do Mediterrâneo até Heliópolis, os Muros do Rei abrigavam, a um só tempo, guarnições permanentes, soldados especializados na vigilância das fronteiras e aduaneiros.

---

* Conjunto de obras defensivas que protegiam a fronteira nordeste do Egito.

Ninguém entrava no Egito ou dele saía sem dar o seu nome e o motivo da viagem; os comerciantes especificavam o tipo das suas mercadorias e pagavam uma taxa. A polícia expulsava os estrangeiros indesejáveis e só dava um salvo-conduto depois de examinar atentamente os documentos com o devido visto de um funcionário da capital encarregado da imigração. Como proclamava a estela do faraó: "Qualquer um que atravessar esta fronteira tornar-se-á um dos meus filhos."

O tenente apresentou os seus documentos ao comandante de uma fortaleza, cujos muros com duas vertentes e seis metros de altura eram cercados de fossos. Nas ameias havia arqueiros e vigias nos torreões.

— A guarda foi reforçada — observou o oficial. — Eles estão realmente bem protegidos.

Dez homens armados cercaram o carro de guerra.

— Desçam — ordenou o chefe do posto.

— Está brincando?

— Os seus documentos não estão em ordem.

O tenente apertou as rédeas, pronto a lançar os cavalos no galope. Lanças e flechas foram apontadas para ele.

— Desçam imediatamente.

O tenente virou-se para Suti.

— O que acha, menino?

— Temos combates melhores em perspectiva.

Eles desceram.

— Falta o selo do primeiro fortim dos Muros do Rei — explicou o chefe do posto. — Meia-volta.

— Estamos atrasados.

— Regulamentos são regulamentos.

— Podemos conversar?

— No meu escritório, mas não tenha nenhuma esperança.

A conversa não durou muito. O tenente saiu da sala da administração correndo, agarrou as rédeas e lançou o carro a caminho da Ásia.

As rodas rangeram, levantando uma nuvem de poeira.

— Por que a pressa? Agora estamos em ordem.

— Mais ou menos. Eu bati forte, mas o idiota pode acordar antes do previsto. Esse tipo de pessoa obstinada tem a cabeça dura. Eu mesmo regularizei os nossos papéis. No exército, menino, é preciso saber improvisar.

Os primeiros dias de viagem foram tranquilos. Etapas longas, cuidados dos cavalos, verificação do equipamento, noites ao relento, reabastecimento em povoados onde o tenente entrava em contato com um mensageiro do exército ou com um membro do serviço secreto encarregados de avisar o grosso da tropa que nada atrapalhava o seu avanço.

O vento virou, tornou-se cortante.

— A primavera na Ásia muitas vezes é fria; ponha a sua capa.

— Você parece preocupado.

— O perigo está próximo. Eu o farejo, como um cachorro. E a comida?

— Ainda temos biscoitos, bolinhas de carne, cebolas e água para três dias.

— Isso deve ser suficiente.

O carro entrou num povoado silencioso; na praça principal não havia ninguém. Suti sentiu um nó no estômago.

— Nada de pânico, menino. Talvez eles estejam no campo.

O carro de guerra avançou bem lentamente. O tenente empunhava uma lança e observava à sua volta com um olhar acerado. Ele parou diante do prédio oficial onde ficavam o delegado militar e o intérprete. Vazio.

— O exército não vai receber o relatório e saberá que um grave incidente ocorreu. As características são de uma rebelião.

— Vamos ficar aqui?

— Prefiro ir em frente. Você não?

— Depende.

— De quê, menino?

— Onde está o general Asher?

— Quem lhe falou sobre ele?

— O nome dele é conhecido em Mênfis. Gostaria de servir sob as ordens desse general.

— Você é realmente sortudo. É ele quem vamos encontrar.

— Será que foi ele quem evacuou este povoado?

— Certamente não.

— Então, quem?

— Os beduínos.* Os seres mais vis, mais fanáticos e os mais traiçoeiros. Devastações, pilhagens, tomada de reféns, essa é a estratégia deles. Se não conseguirmos exterminá-los, eles destruirão a Ásia, a península entre o Egito

---

* Os beduínos e os líbios foram permanentes causadores de distúrbios, combatidos pelos egípcios desde as primeiras dinastias. Numa época mais antiga eram chamados de "aventureiros do deserto".

e o mar Vermelho e as províncias circundantes. Estão prontos a fazer aliança com qualquer invasor, desprezam as mulheres tanto quanto nós as amamos, desdenham a beleza e os deuses. Eu não tenho medo de nada, mas deles, com as suas barbas mal cortadas, os panos enrolados na cabeça e as longas túnicas, eu tenho. Lembre-se, menino: eles são covardes. Atacam pelas costas.

— Teriam massacrado todos os habitantes?

— É provável.

— E o general Asher estaria isolado, separado do exército principal?

— É possível.

Os longos cabelos pretos de Suti dançavam ao vento. Apesar do seu belo físico e do forte torso, o rapaz sentia-se fraco e vulnerável.

— Entre ele e nós estão os beduínos. Quantos?

— Dez, cem, mil...

— Dez eu enfrento. Cem eu hesito.

— Mil, menino, é para um verdadeiro herói. Você não me abandonaria, não é?

O tenente pôs os cavalos em marcha. Eles galoparam até a entrada de uma ravina guarnecida de paredes íngremes. Os arbustos, presos à rocha, emaranhavam-se, deixando apenas uma estreita passagem.

Os cavalos relincharam e empinaram; o tenente acalmou-os.

— Pressentem uma cilada.

— Eu também, menino. Os beduínos estão escondidos nos arbustos. Tentarão cortar as pernas dos cavalos com machadadas, derrubar-nos e cortar os nossos pescoços e testículos.

— O preço do heroísmo parece-me alto demais.

— Com a sua ajuda, correremos um risco pequeno. Uma flecha em cada arbusto, uma boa velocidade e sairemos ganhando.

— Tem certeza?

— Você duvida? Pensar é ruim.

O tenente soltou as rédeas. A contragosto, os cavalos lançaram-se na ravina. Suti não teve tempo de sentir medo. Disparava uma flecha atrás da outra. As duas primeiras perderam-se nos arbustos em que não havia ninguém, a terceira acertou o olho de um beduíno que saiu do esconderijo gritando.

— Continue, menino!

De cabelos em pé, o sangue gelado nas veias, Suti mirava cada arbusto, virando para a direita e para a esquerda, numa velocidade que não achava ser capaz. Os beduínos caíam, atingidos na barriga, no peito e na cabeça.

Pedras e plantas espinhosas barravam a saída da ravina.

— Segure-se, menino, vamos saltar!

Suti parou de atirar para agarrar-se na borda do carro. Dois inimigos, que ele não pudera acertar, lançaram os machados na direção dos egípcios.

A toda velocidade, os dois cavalos pularam a barragem na parte mais baixa. Os espinhos arranharam-lhes as pernas, uma pedra quebrou os raios da roda direita, outra afundou o lado direito do carro. O carro oscilou por um instante; com um último esforço, os cavalos transpuseram o obstáculo.

O carro percorreu vários quilômetros sem diminuir a velocidade. Vacilante, aturdido, mantendo o equilíbrio com grande dificuldade, Suti agarrava-se ao arco. Sem fôlego, cobertos de suor, com as ventas espumando, os cavalos pararam ao pé de uma colina.

— Tenente!

Com um machado enfiado entre as omoplatas, o oficial caiu em cima das rédeas. Suti tentou erguê-lo.

— Lembre-se, menino... os covardes sempre atacam por trás...

— Não morra, tenente!

— Agora você é o único herói...

Os olhos reviraram e a respiração extinguiu-se.

Suti apertou o cadáver por longo tempo contra si. O tenente não se mexeria mais, não o encorajaria mais, nunca mais tentaria o impossível. Estava sozinho, perdido num país hostil, ele, o herói cujas virtudes só um morto poderia exaltar.

Suti enterrou o oficial, tomando o cuidado de guardar o local na memória. Se sobrevivesse, buscaria o corpo e o levaria de volta ao Egito. Para um filho das Duas Terras, não havia destino mais cruel do que ser enterrado longe do seu país.

Voltar atrás seria cair outra vez na armadilha; ir em frente, correria o risco de deparar-se com outros adversários. No entanto, optou pela última solução, esperando reunir-se o mais rápido possível aos soldados do general Asher, supondo que eles não houvessem sido exterminados.

Os cavalos aceitaram continuar o caminho. Se encontrasse uma nova emboscada, Suti não poderia conduzir o carro e manejar o arco ao mesmo tempo. Com um nó na garganta, seguiu pelo caminho pedregoso, que terminou numa casa em ruínas. O rapaz desceu do carro e pegou uma espada. Uma fumaça saía de uma chaminé rudimentar.

— Apareça!

Na soleira surgiu uma selvagem, maltrapilha, com os cabelos imundos. Ela brandia uma faca grosseira.

— Acalme-se e solte a arma.

A figura humana parecia frágil, incapaz de defender-se. Suti não suspeitou de nada. Quando se aproximou, ela avançou e tentou enfiar-lhe a lâmina no coração. Suti esquivou-se, mas sentiu uma ardência no bíceps esquerdo. Descontrolada, ela atacou de novo. Com um pontapé, o soldado desarmou-a e jogou-a no chão. O sangue escorria ao longo do seu braço.

— Acalme-se ou vou amarrá-la.

Ela se debatia, furiosa. Suti virou-a e deixou-a desmaiada com um golpe na nuca. As suas relações com as mulheres, na qualidade de herói, tomavam um rumo errado. Levou-a para o interior do casebre, que tinha o chão de terra batida. Paredes sujas, mobiliário miserável, fornalha repleta de fuligem. Suti pôs a pobre presa numa esteira esburacada e amarrou-lhe os punhos e os tornozelos com uma corda.

Ele foi vencido por um cansaço brutal. Sentou-se com as costas na lareira, a cabeça afundada nos ombros, percorrido por tremores. O medo deixava o seu corpo.

A sujeira repugnava-o. Atrás da casa havia um poço. Ele encheu alguns cântaros, limpou o ferimento superficial e lavou o único aposento.

— Você também precisa de uma limpeza.

Ele respingou um pouco de água na jovem, ela voltou a si e gritou. A água de um cântaro abafou os gritos. Quando ele lhe tirou a roupa suja, ela serpenteou como uma cobra.

— Não quero violentá-la, idiota!

Teria percebido as suas intenções? Ela se rendeu. De pé, nua, parecia apreciar o banho. Quando a enxugou, ela esboçou um sorriso. Os cabelos louros surpreenderam-no.

— Você é bonita. Alguém já a beijou?

Pela maneira como ela abriu os lábios e movimentou a língua, Suti compreendeu que não seria o primeiro.

— Se prometer ser gentil, vou soltá-la.

Os olhos dela imploraram. Ele retirou a corda que lhe amarrava os pés, acariciou-lhe as pernas, as coxas e pôs a boca nos cachos dourados do seu sexo. Ela se retesou como um arco. Com as mãos livres, enlaçou-o.

*

Suti dormiu dez horas, um sono sem sonhos. O ferimento aguilhoava-o, ele se ergueu de um pulo e saiu do casebre.

A jovem havia roubado as suas armas e cortado as rédeas dos carros. Os cavalos haviam fugido.

Estava sem arco, sem punhal, sem espada, sem botas, sem capa. O carro ficaria atolado ali, inútil, sob a chuva forte que caía desde o meio da manhã. O herói, reduzido à categoria de imbecil, enganado por uma selvagem, não tinha nada a fazer a não ser caminhar na direção do norte.

Furioso, ele destruiu o carro com pedradas para que não caísse nas mãos do inimigo. Vestido com uma simples tanga e carregado como um burro, Suti caminhou sob a chuva ininterrupta. Numa sacola, levava pão duro, um pedaço do tirante do carro com uma inscrição hieroglífica que indicava o nome do tenente, cântaros cheios de água fresca e a esteira esburacada.

Passou pelo desfiladeiro, atravessou uma floresta de pinheiros e desceu por uma encosta íngreme, caindo perto de um lago, que ele contornou beirando a margem.

A montanha tornava-se inóspita. Depois de passar a noite abrigado por um rochedo que o protegia do vento leste, ele subiu por um caminho escorregadio e aventurou-se numa região árida. As suas reservas de alimento logo se esgotaram. Ele começou a sentir sede.

Enquanto se saciava com alguns goles num charco de água salobra, Suti ouviu alguns galhos quebrarem-se. Vários homens aproximaram-se. Rastejando, ele se escondeu atrás do tronco de um pinheiro gigante.

Cinco homens empurravam um prisioneiro de mãos atadas nas costas. O chefe, de baixa estatura, agarrou-o pelos cabelos e obrigou-o a ajoelhar-se. Suti estava muito longe para ouvir o que ele dizia, mas os gritos do supliciado quebravam a calma da montanha.

Um contra cinco e sem armas... o rapaz não tinha nenhuma possibilidade de salvar o infeliz.

O torturador encheu-o de socos, interrogou-o, bateu de novo, depois ordenou aos acólitos que o arrastassem para uma gruta. Depois de mais um interrogatório, ele lhe cortou a garganta.

Depois que os criminosos afastaram-se, Suti continuou imóvel por mais de uma hora. Pensou em Paser, no seu amor pela justiça e por um ideal; como teria reagido diante dessa barbárie? Ele ignorava que tão perto do Egito existisse um mundo sem lei em que a vida humana não tinha nenhum valor.

Ele forçou-se a descer até a gruta. As suas pernas vacilavam, os gritos do moribundo ainda ressoavam na sua cabeça. O supliciado havia morrido. Pela sua tanga e o seu aspecto, o homem era um egípcio, sem dúvida um soldado do exército de Asher que caíra nas mãos dos rebeldes. Com as mãos, Suti cavou um túmulo para ele dentro da gruta.

Chocado, exausto, continuou a caminhar, entregue ao destino. Não teria mais forças para defender-se diante do inimigo.

Quando dois soldados de capacete o interpelaram, ele desabou na terra úmida.

*

Uma tenda.

Uma cama, uma almofada sob a cabeça, uma coberta.

Suti ergueu-se. A ponta de uma faca obrigou-o a deitar-se.

— Quem é você?

O questionador era um oficial egípcio, de rosto com traços bem marcados.

— Suti, arqueiro da divisão de carros de guerra.

— De onde vem?

Ele narrou as suas aventuras.

— Pode provar as suas alegações?

— No meu saco há um pedaço do carro com o nome do meu tenente.

— O que aconteceu com ele?

— Os beduínos o mataram, eu o enterrei.

— Você fugiu.

— Claro que não! Atingi bem uns quinze com as minhas flechas.

— Qual a data do seu alistamento?

— Início do mês.

— Apenas quinze dias e já seria um arqueiro de elite?

— É um dom natural.

— Só acredito em treinamento. Não quer dizer a verdade?

Suti empurrou a coberta.

— Essa é a verdade.

— Será que não eliminou o tenente?

— Você está falando coisas sem sentido!

— Uma temporada prolongada numa prisão subterrânea vai deixar as suas ideias em ordem.

Suti correu para fora da tenda. Dois soldados agarram-no pelos braços, um terceiro acertou-o no estômago e o deixou-o desmaiado com um soco na nuca.

— Agimos certo ao tratar esse espião. Ele vai falar bastante.

CAPÍTULO 22

Sentado à mesa de uma das tabernas mais frequentadas de Tebas, Paser dirigiu o assunto da conversa para Hattusa, uma das esposas diplomáticas de Ramsés, o Grande. Por ocasião do tratado de paz com os hititas, o faraó recebera uma das filhas do soberano asiático como prova de sinceridade. Colocada à frente do harém de Tebas, ela vivia luxuosamente.

Inacessível, invisível, Hattusa não era popular. Os mexericos deprimiam-na. Diziam que ela praticava magia negra, que se ligava aos demônios da noite e se recusava a aparecer nas grandes festas.

— Por causa dela — declarou o proprietário da taberna —, o preço dos unguentos dobrou.

— Por que ela seria a responsável?

— As suas damas de companhia, cujo número só aumenta, maquiam-se o dia inteiro. O harém usa uma quantidade incrível de unguentos de primeira qualidade, paga caro por eles e provoca um aumento dos preços. Com o óleo ocorre a mesma coisa. Quando nos livraremos dessa estrangeira?

Ninguém tomou a defesa de Hattusa.

★

Uma vegetação luxuriante cercava as construções que formavam o harém da margem leste. Um canal passava pelo lugar; abundante, a água irrigava vários jardins reservados às damas da corte, viúvas e idosas, um grande pomar e um parque de flores onde as fiandeiras e tecelãs espaireciam. Como os outros haréns do Egito, o de Tebas possuía inúmeros ateliês, escolas de dança, de música e de poesia, um centro de produção de ervas odoríferas e de produtos de beleza; ali, especialistas trabalhavam a madeira, o esmalte e o marfim; criavam magníficas túnicas de linho e dedicavam-se à refinada arte de arranjos florais. Numa atividade incessante, o harém era, igualmente, um centro educativo onde se formavam egípcios e estrangeiros destinados à alta administração. Ao lado das elegantes mulheres enfeitadas com as joias mais esplendorosas, passavam artesãos, professores e administradores encarregados de abastecer os moradores do harém com víveres frescos.

O juiz Paser apresentou-se de manhã cedo no palácio central. O seu cargo permitiu que atravessasse a barreira dos guardas e conversasse com o intendente de Hattusa. Este recebeu o pedido do juiz e mostrou-o à patroa, que, para surpresa do empregado, não o recusou.

O magistrado foi introduzido numa sala com quatro colunas, as paredes decoradas com pinturas que representavam pássaros e flores. Um piso multicolorido acrescentava mais encanto ao local. Em volta de Hattusa, sentada num trono de madeira dourada, rodopiavam duas cabeleireiras. Elas manejavam potes e colheres de maquiagem, caixas de perfume e terminaram a toalete da manhã com o trabalho mais delicado, o ajuste da peruca, à qual a mais hábil delas acrescentou mechas falsas, depois de substituir os cachos defeituosos.

Triunfante nos seus 30 anos, porte desdenhoso, a princesa hitita contemplou a sua beleza num espelho, cujo cabo dourado lembrava um caule de lótus.

— Um juiz na minha casa numa hora tão matinal! Estou curiosa. Qual o motivo da sua visita?

— Gostaria de fazer-lhe algumas perguntas.

Ela largou o espelho e dispensou as cabeleireiras.

— Uma conversa em particular lhe basta?

— Às mil maravilhas.

— Finalmente, um pouco de distração! A vida é tão aborrecida neste palácio.

Com a pele muito branca, mãos longas e finas e olhos pretos, Hattusa era atraente e perturbadora, ao mesmo tempo. Rebelde, mordaz, rápida, ela não tinha nenhuma indulgência para com os seus interlocutores e sentia prazer em estigmatizar as fraquezas deles, os defeitos de elocução, a atitude desajeitada e a imperfeição física.

Ela considerou Paser com atenção:

— Você não é o homem mais bonito do Egito, porém uma mulher pode apaixonar-se por você e permanecer fiel. Impaciente, passional, cheio de ideal... você coleciona graves defeitos. E é muito sério, praticamente sisudo, a ponto de desperdiçar a sua juventude!

— Permite-me interrogá-la?

— É uma atitude audaciosa! Está consciente do seu atrevimento? Sou uma das esposas do grande Ramsés e posso mandar demiti-lo na mesma hora.

— Sabe muito bem que não pode. Eu defenderia a minha causa diante do tribunal do vizir e você seria convocada por abuso de poder.

— O Egito é um país estranho. Não apenas os habitantes acreditam na justiça, mas ainda a respeitam e zelam para que seja aplicada. Esse milagre não vai durar.

Hattusa pegou novamente o espelho para examinar os cachos da sua peruca, um por um.

— Se as suas perguntas me agradarem, eu as responderei.

— Quem lhe fornece pão fresco?

A hitita arregalou os olhos, assombrada.

— Está preocupado com o meu pão?

— Mais exatamente com o padeiro da margem oeste que deseja trabalhar para você.

— Todo mundo quer trabalhar para mim! Conhecem a minha generosidade.

— No entanto, o povo não gosta de você.

— É recíproco. O povo é estúpido, tanto aqui quanto em qualquer outro lugar. Sou uma estrangeira e orgulho-me de permanecê-lo. Dezenas de servos estão aos meus pés porque o rei confiou-me a direção deste harém, o mais próspero de todos.

— E o padeiro?

— Fale com o meu intendente, ele o informará. Se esse padeiro já entregou pão aqui, você saberá. Isso é tão importante?

— Tem conhecimento de uma tragédia que ocorreu perto da Esfinge de Gizé?

— O que está escondendo, juiz Paser?

— Nada de importante.

— Esse jogo me aborrece, como as festas e os cortesãos! Só tenho um desejo: voltar para casa. Seria divertido se os exércitos hititas esmagassem os seus soldados e invadissem o Egito. Na verdade, seria uma bela revanche! Mas temo morrer aqui, como esposa do mais poderoso dos reis, de um homem que vi apenas uma vez, no dia do nosso casamento selado por diplomatas e juristas, para garantir a paz e a felicidade dos nossos povos. A minha felicidade, quem se preocupa com ela?

— Obrigado por sua cooperação, Alteza.
— Cabe a mim terminar a conversa, não a você!
— Não queria ofendê-la.
— Saia.

O intendente de Hattusa explicou que, realmente, havia feito a encomenda de pães a um excelente padeiro da margem oeste; mas nenhuma entrega havia sido feita.

Perplexo, Paser saiu do harém. Conforme os seus hábitos, havia tentado até o menor dos indícios, sem medo de importunar uma das maiores damas do reino.

Estaria ela envolvida, de perto ou de longe, no complô? Mais uma pergunta sem resposta.

*

O adjunto do prefeito de Mênfis abriu a boca, angustiado.
— Relaxe — recomendou Qadash.

O dentista não havia escondido a verdade: teria de arrancar o molar. Apesar dos cuidados intensivos, não conseguira salvá-lo.

— Abra mais.

É bem verdade que a mão de Qadash já não era tão firme quanto antigamente, mas continuaria, por muito tempo ainda, a provar o seu talento. Depois de uma anestesia local, ele passou para a primeira fase da extração e prendeu a pinça de ambos os lados do dente.

Sem precisão, trêmulo, ele feriu a gengiva. No entanto, insistiu. Nervoso, não conseguiu dominar o processo e provocou uma hemorragia ao atingir a raiz. Qadash precipitou-se para uma broca, cuja extremidade pontuda ele colocou na cavidade de um bloco de madeira, imprimindo-lhe um movimento rápido de rotação por intermédio de uma vareta e fez brotar uma centelha. Assim que a chama cresceu o suficiente, esquentou uma lanceta e cauterizou o ferimento do paciente.

Com o maxilar dolorido e inchado, o adjunto do prefeito saiu do consultório sem agradecer ao dentista. Qadash perdia um cliente importante, que não deixaria de denegri-lo.

O dentista estava numa encruzilhada. Não aceitava envelhecer nem perder a sua arte. Certamente, a dança com os líbios reconfortá-lo-ia e insuflar-lhe-ia uma energia passageira que não o satisfazia mais. Tão próxima, a solução continuava tão distante! Qadash precisava usar outras armas, aperfeiçoar a técnica, demonstrar que continuava a ser o melhor.

Um outro metal: era disto que precisava.

*

A balsa ia partir.

Com um pulo, Paser conseguiu pular para as tábuas desconjuntadas da embarcação de fundo chato, na qual se amontoavam animais e pessoas.

A balsa fazia a ligação constante entre as duas margens; apesar da brevidade do percurso, ali eram trocadas notícias e até negócios eram concluídos. O juiz foi empurrado pela traseira de um boi que se mexeu e bateu numa mulher que estava de costas para ele.

— Desculpe.

Ela não respondeu e escondeu o rosto com as mãos. Intrigado, o juiz observou-a.

— Por acaso não é a senhora Sababu?

— Deixe-me em paz.

De túnica castanha, xale marrom sobre os ombros, penteado em desordem, Sababu parecia uma mendiga.

— Não devíamos trocar algumas confidências?

— Não o conheço.

— Lembra-se do meu amigo Suti? Ele a convenceu a não me difamar.

Aflita, ela se inclinou para o rio, movimentado por uma forte corrente. Paser segurou-a pelo braço.

— O Nilo é perigoso neste local. Poderia afogar-se.

— Não sei nadar.

Algumas crianças pularam para a margem assim que a balsa atracou. Foram seguidas por burros, bois e camponeses. Paser e Sababu foram os últimos a descer. Ele não havia soltado a prostituta.

— Por que me importuna? Sou uma simples serva, eu...

— O seu sistema de defesa é grotesco. Não afirmou a Suti que eu era um dos seus clientes fiéis?

— Não compreendo.

— Sou o juiz Paser, trate de lembrar-se.

Ela tentou fugir, mas o torno não se afrouxou.

— Seja razoável.

— Você me dá medo!

— E você queria me desonrar.

Ela caiu em pratos. Constrangido, ele a soltou. Mesmo que fosse uma inimiga, a tristeza dela sensibilizava-o.

— Quem lhe deu ordens para caluniar-me?

— Não sei.

— Está mentindo.

— Um subalterno entrou em contato comigo.

— Um policial?

— Como vou saber? Não faço perguntas.

— Como é remunerada?

— Deixam-me tranquila.

— Por que me ajudou?

Ela esboçou um pálido sorriso.

— Tantas lembranças e dias felizes... O meu pai era juiz na província, eu o adorava. Quando ele morreu, tomei horror do povoado e fui morar em Mênfis. De maus em maus encontros, tornei-me uma prostituta. Uma prostituta rica e respeitada. Pagam-me para conseguir informações confidenciais sobre as pessoas importantes que frequentam o meu prostíbulo.

— Foi Mentmosé, não foi?

— Tire as suas próprias conclusões. Eu nunca havia sido obrigada a difamar um juiz. Por respeito à memória do meu pai, eu poupei. Se estiver em perigo, o problema é seu.

— Não tem medo de represálias?

— As minhas lembranças protegem-me.

— Suponha que o seu mandante esteja pouco ligando para essa ameaça.

Ela baixou os olhos.

— Foi por isso que saí de Mênfis e escondi-me aqui. Por sua causa, perdi tudo.

— O general Asher foi à sua casa?

— Não.

— A verdade vai surgir, eu prometo.

— Não acredito mais em promessas.

— Tenha confiança.

— Por que querem destruí-lo, juiz Paser?

— Estou investigando um acidente ocorrido em Gizé. Oficialmente, cinco veteranos da guarda de honra encontraram a morte nesse acidente.

— Nenhum rumor circulou sobre esse caso.

A tentativa do juiz havia fracassado. Ou ela não sabia nada, ou decidira calar-se.

Subitamente, ela levou a mão direita ao ombro esquerdo e gritou de dor.

— O que você tem?

— Reumatismo agudo. Às vezes, não posso mexer o braço.

Paser não hesitou mais. Ela o havia ajudado, precisava socorrê-la

*

Neferet estava tratando um burrico ferido numa pata quando Paser lhe apresentou Sababu. Ela havia prometido ao juiz ocultar a sua identidade.

— Encontrei esta mulher na balsa. Ela está sentindo dor no ombro, poderia aliviá-la?

Neferet lavou as mãos demoradamente.

— Dor antiga?

— Há mais de cinco anos — respondeu Sababu, agressiva. — Sabe quem eu sou?

— Uma doente que vou tentar curar.

— Sou Sababu, prostituta e proprietária de um prostíbulo.

Paser ficou pálido.

— A frequência das relações sexuais e a assiduidade de parceiros com higiene duvidosa talvez sejam as causas da sua doença.

— Examine-me.

Sababu tirou a túnica; estava nua por baixo.

Paser devia fechar os olhos, virar-se ou afundar-se no chão? Neferet não lhe perdoaria essa afronta. Cliente de uma moça de vida alegre, essa era a revelação feita a ela! A negação seria ridícula e inútil.

Neferet palpou o ombro, seguiu com o indicador a linha de um nervo, descobriu os pontos de energia e verificou a curvatura da omoplata.

— É sério — concluiu ela. — O reumatismo já é deformante. Se não se cuidar, os seus membros ficarão paralisados.

Sababu perdeu a arrogância.

— O que... o que me aconselha?

— Em primeiro lugar, parar de beber álcool; depois, tomar todos os dias a tintura-mãe de casca de salgueiro; por fim, fazer diariamente uma aplicação de um bálsamo, composto de natrão, óleo branco, resina terebintina, olíbano, mel e gorduras de hipopótamo, de crocodilo, de siluro e de mugem.* Esses produtos são caros, não os tenho. Terá de consultar um médico em Tebas.

Sababu vestiu-se.

— Não perca tempo — recomendou Neferet. — A evolução da doença parece-me ser rápida.

Mortificado, Paser acompanhou a prostituta até a entrada do povoado.

— Estou livre?

— Você não cumpriu com a sua palavra.

— Vai surpreender-se, mas, às vezes, tenho horror da mentira. Diante de uma mulher como ela, é impossível dissimular.

Paser sentou-se na poeira, na beirada do caminho. A sua ingenuidade levara-o ao desastre. Sababu, de maneira inesperada, havia terminado a sua missão: o juiz sentia-se destruído. Ele, o magistrado íntegro, cúmplice de uma prostituta, hipócrita e devasso aos olhos de Neferet!

Sababu, a fada boa, que respeitava os juízes e a memória do pai, Sababu que não hesitara em traí-lo na primeira oportunidade. Ela o venderia a Mentmosé, se já não o houvesse feito.

Dizia a lenda que os afogados tinham o benefício da indulgência de Osíris quando compareciam diante do tribunal do outro mundo. As águas do Nilo purificavam-nos. Amor perdido, nome maculado, ideal devastado... O suicídio o atraía.

A mão de Neferet pousou no seu ombro.

— O seu resfriado sarou?

Ele não ousou se mexer.

— Sinto muito.

— O que lamenta?

— Essa mulher... Eu juro que...

— Você me trouxe uma doente, espero que ela se cuide sem demora.

— Ela tentou arruinar a minha reputação e disse haver desistido.

— Uma prostituta de grande coração?

— Foi o que pensei.

— Quem irá condená-lo?

— Fui à casa de Sababu com o meu amigo Suti para comemorar o seu engajamento no exército.

Neferet não retirou a mão.

---

* Siluro e mugem: peixes do Nilo.

— Suti é uma pessoa maravilhosa, de uma impetuosidade inesgotável. Ele adora o vinho e as mulheres, quer se tornar um grande herói, não aceita nenhuma imposição. Somos completamente diferentes, como a água do vinho. Enquanto Sababu o recebia no seu quarto, permaneci sentado, absorvido na minha investigação. Suplico que acredite em mim.

— Um velho preocupa-me. Preciso lavá-lo e desinfetar a casa dele. Aceita ajudar-me?

CAPÍTULO 23

— Levante-se.
Suti saiu da prisão onde o haviam encerrado. Sujo, esfomeado, não cessara de cantar músicas obscenas e de pensar nas horas maravilhosas que passara nos braços das belas menfitas.
— Vá em frente.
O soldado que lhe dava ordens era um mercenário. Ex-pirata,* ele havia optado pelo exército egípcio por causa da vantajosa reforma que oferecia aos veteranos. Com a cabeça coberta por um capacete pontudo, armado com uma espada curta, não sabia o que eram escrúpulos.
— Você é o tal Suti?
Como o rapaz demorou a responder, o mercenário o atingiu no estômago. Dobrado ao meio, Suti não caiu de joelhos.
— Você é orgulhoso e corpulento. Diz que lutou contra os beduínos. Eu não acredito. Quando matamos um inimigo, cortamos a mão dele e a apresentamos ao superior. Na minha opinião, você fugiu como um coelho.
— Com um pedaço do tirante do carro, do meu carro?
— Produto de uma pilhagem. Você manejava o arco. Vamos comprovar.
— Estou com fome.
— Veremos depois. Um verdadeiro guerreiro consegue lutar, mesmo no fim das forças.

---

* Os piratas do Mediterrâneo muitas vezes abandonavam a vida de aventuras que levavam para se alistar como mercenários no exército egípcio.

O mercenário levou Suti até a entrada de um bosque e lhe entregou um arco de peso considerável. Na parte frontal do nó da madeira havia um revestimento de chifre; na de trás, uma casca de árvore. A corda de tensão era um tendão de boi recoberto de fibras de linho, arrematadas por nós nas duas extremidades.

— Alvo a sessenta metros, no carvalho, bem na sua frente. Tem duas flechas para acertar.

Quando retesou o arco, Suti achou que os músculos das suas costas se rompiam. Pontos negros dançavam diante dos seus olhos. Manter a pressão, colocar a flecha, mirar, esquecer o que estava em jogo, interiorizar o alvo, tornar-se o arco e a flecha, voar pelo ar, acertar o coração da árvore.

Ele fechou os olhos e atirou.

O mercenário deu alguns passos

— Quase no centro.

Suti pegou a segunda flecha, distendeu o arco e mirou no soldado

— Você é imprudente.

O mercenário largou a espada.

— Eu disse a verdade — afirmou Suti

— Está bem, está bem!

O rapaz deixou a flecha partir. Ela se travou no alvo, à direita da anterior O soldado suspirou.

— Quem lhe ensinou a manejar o arco?

— É um dom.

— Para o rio, soldado. Lavagem, vestimenta e almoço.

Munido do arco preferido, de madeira de acácia, equipado com botas, uma capa de lã, um punhal, bem alimentado, limpo e perfumado, Suti compareceu diante do oficial que comandava centenas de soldados da infantaria. Desta vez, ele ouviu com atenção e redigiu um relatório.

— Estamos isolados das nossas bases e do general Asher. Ele está acampado a três dias de marcha daqui com um corpo de elite. Vou enviar dois mensageiros ao Sul para que o exército principal avance o mais rápido possível.

— Uma revolta?

— Dois reizinhos asiáticos, uma tribo iraniana e beduínos fizeram uma coalizão. O chefe deles é um líbio exilado, Adafi. Profeta de um deus vingador, ele decidiu destruir o Egito e subir ao trono de Ramsés. Um fantoche para alguns, um louco perigoso para outros. Ele gosta de atacar de surpresa, sem levar em conta os tratados. Se ficarmos aqui, seremos massacrados; entre Asher e nós existe um fortim bem defendido. Nós o tomaremos de assalto.

— Dispomos de carros?

— Não, mas temos várias escadas e uma torre montada sobre rodas. Só nos faltava um arqueiro de elite.

*

Dez vezes, cem vezes, Paser havia tentado falar com ela. Porém, limitara-se a carregar um velho, levá-lo para debaixo de uma palmeira ao abrigo do vento e do sol, a limpar a casa dele e a ajudar Neferet. Ele esperou um sinal de desaprovação, um olhar carregado de censura. Concentrada no trabalho, ela parecia indiferente.

Na véspera, o juiz fora ao jardim de Kani, cujas investigações não haviam chegado a nenhum resultado. No entanto, prudente, ele visitara a maioria dos povoados e conversara com dezenas de camponeses e artesãos. Nenhuma pista de um veterano que chegara de Mênfis. Se o homem residisse na margem oeste, estava bem escondido.

— Em dez dias, Kani trará o primeiro lote de plantas medicinais.

— O chefe do povoado concedeu-me uma casa abandonada, na beira do deserto; ela me servirá de consultório.

— Tem água?

— Farão uma canalização assim que for possível

— E a sua casa?

— É pequena, mas limpa e agradável.

— Ontem em Mênfis, hoje neste lugar perdido.

— Aqui não tenho inimigos. Lá, era uma guerra.

— Nebamon não vai reinar eternamente na corporação dos médicos

— Cabe ao destino decidir.

— Vai recuperar a sua posição.

— Que importância tem isso? Eu me esqueci de perguntar sobre o seu resfriado.

— O vento da primavera não me faz bem

— É indispensável mais uma inalação.

Paser obedeceu. Gostava de ouvi-la preparar a massa desinfetante, manipular o remédio e colocá-lo na pedra antes de cobri-lo com um pote que tinha um buraco no fundo. Ele apreciava todos os gestos de Neferet

*

O quarto do juiz havia sido revistado de ponta a ponta. Até o mosquiteiro havia sido arrancado, enrolado como uma bola e jogado no chão de madeira. O saco de viagem fora esvaziado, as tabuinhas e os papiros, espalhados, a esteira, pisoteada, a tanga, a túnica e a capa, rasgadas.

Paser ajoelhou-se em busca de um indício.

O ladrão não havia deixado nenhuma pista.

*

O juiz apresentou queixa ao funcionário obeso, estupefato e indignado.
— Alguma suspeita?
— Não me atrevo a formulá-la
— Por favor!
— Eu fui seguido.
— Conseguiu identificar o perseguidor?
— Não.
— Pode fazer uma descrição?
— Impossível.
— Lamentável. A investigação não vai ser fácil.
— Eu compreendo.
— Assim como os outros postos de polícia da região, recebi uma mensagem para você. O seu escrivão procura-o em tudo que é lugar.
— Qual o motivo?
— Não especificou. Ele pede que volte logo para Mênfis. Quando vai partir?
— Bom... Amanhã.
— Quer uma escolta?
— Kem será suficiente.
— Como queira, mas seja prudente
— Quem ousaria atacar um juiz?

*

O núbio munira-se de um arco, de flechas, de uma espada, de uma clava, de uma lança e de um escudo com armação de madeira revestida de pele de boi; em resumo, do equipamento clássico de um policial juramentado, reconhecido como apto a praticar operações delicadas. O babuíno contentava-se com as suas presas.

— Quem pagou esse armamento?

— Os comerciantes do mercado. O babuíno prendeu todos os membros de um bando de ladrões que grassava por lá há mais de um ano. Os comerciantes fizeram questão de agradecer-me.

— Conseguiu autorização da polícia tebana?

— As minhas armas foram registradas e numeradas, dentro dos regulamentos.

— Um problema em Mênfis, temos de voltar. E o quinto veterano?

— Nada no mercado. E você?

— Nada.

— Ele morreu, como os outros.

— Nesse caso, por que revistaram o meu quarto?

— Não vou deixá-lo nem por um instante.

— Lembre-se de que está sob as minhas ordens.

— O meu dever é protegê-lo.

— Se eu achar necessário. Espere-me aqui e fique pronto para partir.

— Diga-me ao menos aonde vai.

— Não vou demorar.

★

Neferet tornava-se a rainha de um povoado perdido na margem oeste de Tebas. Usufruir da presença permanente de um médico era, para a comunidade, um presente inestimável. A autoridade sorridente da jovem fazia maravilhas; crianças e adultos ouviam os seus conselhos e não mais temiam a doença.

Neferet fazia questão de um rigoroso respeito das regras de higiene conhecidas por todos, mas, às vezes, negligenciadas: lavagem frequente das mãos, obrigatória antes de todas as refeições, banho diário, lavagem dos pés antes de entrar em casa, purificação da boca e dos dentes, raspagem constante dos pelos e corte dos cabelos, uso de unguentos, de cosméticos e de desodorantes à base de alfarroba. Tanto os pobres quanto os ricos usavam uma pasta composta de areia e gordura; acrescentada ao natrão, limpava e desinfetava a pele.

Devido à insistência de Paser, Neferet aceitou passear à beira do Nilo.

— Você está feliz?

— Acredito que sou útil.
— Eu a admiro.
— Outros médicos também merecem a sua estima.
— Tenho de partir de Tebas. Estou sendo chamado a Mênfis.
— Por causa de caso estranho?
— O meu escrivão não especificou.
— Fez algum progresso?
— O quinto veterano ainda não foi encontrado. Se tivesse um emprego estável na margem oeste, eu teria sabido. A minha investigação terminou.

O vento mudava, a primavera tornava-se suave e quente. Em breve sopraria um vento de areia; por vários dias os egípcios seriam obrigados a permanecer dentro de casa.

A natureza floria por tudo que é lado.
— Vai voltar?
— O mais cedo possível.
— Sinto que está preocupado.
— O meu quarto foi revistado.
— É um meio de fazê-lo desistir.
— Devem ter pensado que eu possuía algum documento importante. Agora já sabem que não é verdade.
— Não está assumindo muitos riscos?
— Cometo muitos erros, devido à minha incompetência.
— Seja menos cruel com você mesmo; não tem nada a se recriminar.
— Quero vencer a injustiça que a atingiu.
— Você vai esquecer-me.
— Nunca!

Ela sorriu, enternecida.
— Os nossos juramentos da juventude esvaem-se na brisa da noite.
— Os meus não.

Paser parou, virou-se para ela e tomou-lhe as mãos.
— Eu a amo, Neferet. Se soubesse o quanto eu a amo...

A inquietação velou-lhe o olhar.
— A minha vida é aqui, a sua, em Mênfis. O destino escolheu.
— Estou pouco ligando para a minha carreira. Se você me ama, o resto pouco importa!
— Não seja infantil.
— Você é a felicidade, Neferet. Sem você, a minha vida não tem nenhum sentido.

Ela retirou as mãos, delicadamente.

— Preciso pensar, Paser.

Ele teve vontade de pegá-la nos braços, de abraçá-la tão forte que ninguém poderia separá-los. Mas não podia destruir a frágil esperança que iluminava a resposta dela.

★

O devorador de sombras assistiu à partida de Paser. Ele saía de Tebas sem ter conversado com o quinto veterano e não levava nenhum documento comprometedor. A revista no quarto dele havia sido estéril.

Ele próprio não tivera sucesso. Pobre colheita: o quinto veterano havia estado num povoado, ao sul da grande cidade, onde pensava estabelecer-se como reparador de carros. Em pânico com a morte trágica do colega, o padeiro, ele havia desaparecido.

Nem o juiz nem o devorador de sombras haviam conseguido localizá-lo.

O veterano sabia que estava em perigo. Portanto, seguraria a língua. Tranquilo, o devorador de sombras tomaria o próximo barco para Mênfis.

CAPÍTULO 24

O vizir Bagey sofria das pernas. Elas estavam pesadas, inchadas, a ponto de esconderem os tornozelos. Ele calçava largas sandálias com tiras soltas, sem tempo para outros cuidados. Quanto mais tempo ficasse sentado no escritório, mais o inchaço aumentava; porém, a administração do reino não admitia repouso nem ausência.

A sua esposa, Nedyt, havia recusado a grande vila funcional que o faraó concedia ao vizir. Bagey concordara com a mulher, pois preferia a cidade ao campo. Por isso, eles moravam numa casa modesta no centro de Mênfis, dia e noite vigiada pela polícia. O primeiro-ministro das Duas Terras gozava de total segurança; nunca haviam assassinado, nem mesmo agredido um vizir, desde a origem do Egito.

Mesmo no alto da hierarquia administrativa, ele não enriquecia. A sua missão passava na frente do bem-estar. Nedyt não suportava a ascensão do marido. Prejudicada pelas feições grosseiras, baixa e com uma obesidade que não conseguia diminuir, ela não aceitava as mundanidades e não comparecia a nenhum banquete oficial. Sentia saudades da época em que Bagey ocupava um cargo obscuro, de responsabilidades limitadas. Ele voltava cedo para casa, ajudava-a na cozinha e dava atenção aos filhos.

Ao caminhar em direção ao palácio, o vizir pensou no filho e na filha. O filho, inicialmente artesão, havia chamado a atenção do mestre-carpinteiro pela preguiça. Imediatamente informado, o vizir havia conseguido a exclusão dele do ateliê e lhe havia imposto um trabalho como preparador de tijolos crus. Julgando essa decisão injusta, o faraó havia censurado o vizir, acusando-o de excesso de rigor com os membros da sua própria família. Todos os vizires deviam zelar para não privilegiar a própria família, mas o inverso em excesso era condenável.* Por isso, o filho de Bagey havia subido de nível ao tornar-se verificador dos tijolos cozidos. Nenhuma outra ambição o animava; a sua única paixão era o jogo de damas com os rapazes da sua idade. A filha dava mais alegrias ao vizir; ela compensava um físico ingrato com uma grande seriedade de comportamento e sonhava em entrar para o templo como tecelã. O pai não a ajudaria de nenhum modo; apenas as suas próprias qualidades permitiriam que tivesse sucesso.

Cansado, o vizir deixou de lado a sua cadeira e sentou-se em outra mais baixa, ligeiramente curva no centro, formada de cordas trançadas em espinhas de peixe. Antes da reunião cotidiana com o rei, devia tomar conhecimento dos relatórios provenientes dos diversos ministérios. Encurvado, com os pés doloridos, ele se obrigou a concentrar-se.

O secretário particular interrompeu a leitura:

— Sinto muito importuná-lo.

— O que aconteceu?

— Um mensageiro do exército da Ásia apresentando relatório.

— Resuma-o.

— O regimento de elite do general Asher está isolado do grosso das nossas tropas.

— Uma revolta?

— O líbio Adafi, dois reizinhos asiáticos e beduínos.

— Eles, de novo! Os nossos serviços secretos deixaram-se surpreender.

— Vamos enviar reforços?

— Vou consultar imediatamente Sua Majestade.

Ramsés ordenou que dois novos regimentos partissem para a Ásia e que o exército principal apressasse o seu avanço. O rei levava o caso a sério; se houvesse sobrevivido, Asher deveria eliminar os rebeldes.

Desde a proclamação do decreto que havia deixado a corte espantada, o vizir estava enlouquecido de trabalho para fazer aplicar as diretrizes do faraó. Graças à sua gestão rigorosa, o inventário das riquezas do Egito e de suas reservas só levaria alguns meses; porém, os seus emissários teriam de interrogar os superiores de todos os templos e os governadores de todas as províncias, redigir uma quantidade impressionante de relatórios e procurar

---

* É conhecido o caso de um vizir que foi demitido das suas funções, pois, com medo de ser acusado de favoritismo, mostrara-se injusto com a família.

as inexatidões. As exigências do soberano desencadearam uma surda hostilidade; por isso, Bagey, considerado o verdadeiro responsável dessa inquisição administrativa, dedicava-se a acalmar muitas suscetibilidades e a dissipar a irritação de vários dignitários.

No fim da tarde, Bagey teve a confirmação de que as suas instruções haviam sido executadas ao pé da letra. No dia seguinte, mandaria dobrar a guarnição dos Muros do Rei, já em alerta permanente.

*

A noite foi fúnebre no acampamento. No dia seguinte, os egípcios atacariam o fortim rebelde para acabar com o isolamento e tentar estabelecer contato com o general Asher. O assalto prometia ser difícil. Muitos deles não voltariam ao seu país.

Suti jantava com o soldado mais velho, um combatente originário de Mênfis. Ele ia dirigir as manobras da torre montada sobre rodas.

— Em seis meses — revelou ele — serei reformado. É a minha última campanha na Ásia, menino! Pegue, coma alho fresco. Isso vai purificá-lo e evitar os resfriados.

— Ficaria melhor com um pouco de coentro e vinho *rosé*.

— O banquete, só depois da vitória! Em geral somos bem alimentados neste regimento. A carne e os bolos não são raros, o frescor dos legumes é aceitável e a cerveja é abundante. Antigamente, os soldados roubavam aqui e acolá; Ramsés proibiu essas práticas e expulsou do exército os soldados que faziam pilhagens. Eu nunca roubei ninguém. Vou ganhar uma casa no campo, um pedaço de terra e uma serva. Pagarei poucos impostos e poderei transmitir a minha propriedade a alguém da minha escolha. Você agiu certo ao se alistar, menino; o seu futuro está garantido.

— Desde que eu saia deste vespeiro.

— Vamos demolir o fortim. Não se esqueça, cuide da sua esquerda. A morte macho vem desse lado, a fêmea, pela direita.

— Não existem mulheres do lado inimigo?

— Existem e são valentes!

Suti não se esqueceria da esquerda nem da direita; lembrar-se-ia também da retaguarda, em memória ao tenente da divisão de carros de combate.

Os soldados egípcios lançaram-se numa dança selvagem, girando as armas em cima da cabeça e erguendo-as para o céu, com o objetivo de terem um destino favorável e coragem para lutar até a morte. De acordo com as convenções internacionais, a batalha ocorreria uma hora depois do alvorecer; só os beduínos atacavam sem avisar.

O velho soldado espetou uma pena nos longos cabelos pretos de Suti.

— É o costume para os arqueiros de elite. Ela lembra a pena da deusa Maat; graças a ela o seu coração será firme e você terá uma mira certeira.

Os soldados da infantaria carregaram as escadas; o ex-pirata ia na frente. Suti subiu na torre de assalto ao lado do velho soldado. Uma dezena de homens empurrou-a na direção do fortim. A engenharia havia nivelado, da melhor maneira possível, um caminho de terra no qual as rodas de madeira passariam sem muita dificuldade.

— Para a esquerda! — ordenou o responsável pela manobra.

O terreno ficou mais plano. Os arqueiros inimigos atiraram do alto do fortim. Dois egípcios foram mortos, uma flecha passou raspando na cabeça de Suti.

— É a sua vez, menino.

Suti retesou o arco revestido de chifre; lançadas em parábola, as flechas alcançariam mais de duzentos metros. Tensionando a corda ao máximo, ele se concentrou e expirou ao soltar a pressão.

Um beduíno, atingido em pleno coração, caiu de uma ameia. Esse sucesso acabou com o medo dos soldados da infantaria, que correram na direção do inimigo.

Suti mudou de arma a uns cem metros do objetivo. O arco de acácia, mais preciso e menos cansativo de manejar, permitiu-lhe acertar todos os tiros na mosca e esvaziar metade das ameias. Os egípcios puderam erguer as escadas.

Quando a torre estava a apenas vinte metros do objetivo, o responsável pela manobra caiu prostrado com uma flecha no ventre. A velocidade aumentou, a torre bateu no muro do fortim. Enquanto os seus camaradas pulavam para as ameias e entravam no bastião, Suti preocupou-se com o velho soldado.

O ferimento era mortal.

— Uma bela reforma, menino, você verá... eu tive azar.

E a cabeça dele caiu sobre o ombro.

Os egípcios forçaram a porta com um aríete; o ex-pirata acabou de demoli-la com um machado. Em pânico, os adversários fugiram em debandada.

O reizinho local pulou no cavalo e pisoteou o oficial que o intimava a render-se. Furiosos, os egípcios avançaram desenfreados e não o pouparam.

Enquanto o fogo devastava o fortim, um fugitivo andrajoso escapou da vigilância dos vencedores e correu para a floresta. Suti alcançou-o, agarrou a túnica remendada e rasgou-a.

Era uma mulher, jovem e vigorosa: a selvagem que o havia roubado.

Nua, ela continuou a correr. Sob risos e encorajamentos dos seus irmãos de armas, Suti segurou-a no chão.

Morta de medo, ela debateu-se por muito tempo. Suti ergueu-a, amarrou-lhe as mãos e cobriu-a com a pobre vestimenta.

— Ela lhe pertence — declarou um soldado da infantaria.

Os poucos sobreviventes, com as mãos na cabeça, haviam abandonado arcos, escudos, sandálias e clavas. Segundo as expressões consagradas, eles perdiam a alma, deixavam o nome de lado e esvaziavam-se de esperma. Os vencedores apoderaram-se da baixela de bronze, dos bois, dos burros e das cabras, queimaram a caserna, o mobiliário e os tecidos. Do fortim só sobrou um amontoado de pedras desconjuntadas e calcinadas.

O ex-pirata dirigiu-se a Suti:

— O chefe está morto, o encarregado das manobras da torre também. Você é o mais valente de nós e um arqueiro de elite. O comando é seu.

— Não tenho nenhuma experiência.

— Você é um herói. Todos nós testemunharemos; sem você, teríamos fracassado. Leve-nos para o Norte.

O rapaz submeteu-se à vontade dos camaradas e pediu a eles que tratassem bem os prisioneiros. Durante interrogatórios rápidos, eles afirmaram que o instigador da revolta, Adafi, não estava no fortim.

Suti caminhou à frente da coluna, com o arco na mão. À sua direita, estava a prisioneira.

— Qual o seu nome?

— Pantera.

A beleza dela fascinava-o. Arisca, cabelos louros, olhos em brasa, possuía um corpo magnífico e lábios atraentes. A sua voz era quente, envolvente.

— De onde você vem?

— Da Líbia. Meu pai era um morto-vivo.

— O que quer dizer?

— Uma clava egípcia abriu-lhe a cabeça num ataque. Ele devia ter morrido. Prisioneiro de guerra, trabalhou como agricultor no Delta. Esqueceu a própria língua, o próprio povo e tornou-se um egípcio! Eu o odiei e não fui ao seu funeral. Eu retomei a luta!

— O que nos reprova?

A pergunta surpreendeu **Pantera**.

— Somos inimigos há dois mil anos! — exclamou ela.

— Não seria oportuno fazer uma trégua?

— Nunca!

— Vou tentar convencê-la.

O charme de Suti fez efeito. Pantera resolveu erguer os olhos para ele.

— Vou tornar-me a sua escrava?

— Não existem escravos no Egito.

Um soldado gritou. Todos se jogaram ao chão. No alto de uma colina o mato agitou-se. Dele saiu um bando de lobos, que observaram os viajantes e continuaram o caminho. Aliviados, os egípcios agradeceram aos deuses.

— Alguém vai libertar-me — afirmou Pantera.

— Conte só com você mesma.

— Na primeira oportunidade, eu o trairei.

— A sinceridade é uma virtude rara. Estou começando a gostar de você.

De mau humor, ela se fechou na sua raiva.

Eles avançaram por mais duas horas num terreno pedregoso, depois seguiram o leito de torrente já seca. Com os olhos voltados para uma escarpa rochosa, Suti espreitava o menor sinal de alguma presença preocupante.

Quando uma dezena de arqueiros egípcios barrou-lhe o caminho, souberam que estavam salvos.

*

Às onze horas da manhã, quando Paser chegou ao escritório, a porta estava fechada.

— Vá buscar Iarrot — ordenou ele a Kem.

— Com o babuíno?

— Com o babuíno.

— E se ele estiver doente?

— Traga-o imediatamente, no estado em que estiver.

Kem apressou-se.

Com a pele muito vermelha e as pálpebras inchadas, Iarrot explicou-se, gemendo:

— Eu estava de repouso por causa de uma indigestão. Já comi sementes de cominho com leite, mas as náuseas continuaram. O médico prescreveu-me uma infusão de bagas de zimbro e dois dias sem trabalhar.
— Por que inundou de mensagens a polícia tebana?
— Por causa de duas emergências!
A raiva do juiz diminuiu.
— Explique-se.
— Primeira emergência: não temos papiros. Segunda emergência: o controle do conteúdo dos celeiros que dependem da sua jurisdição. Segundo a nota dos serviços técnicos, falta a metade da reserva de trigo no silo principal.
Iarrot baixou a voz:
— Um enorme escândalo em perspectiva.

*

Depois de os sacerdotes apresentarem os primeiros grãos da colheita a Osíris e de oferecerem pão à deusa das colheitas, uma longa fila de portadores de alcofas que continham o precioso alimento dirigiu-se para os silos cantando: "Um dia feliz nasceu para nós." Eles subiam as escadas que levavam ao teto dos celeiros, alguns em forma de retângulo, outros cilíndricos, e ali derramavam os tesouros por uma abertura fechada por um alçapão. Uma porta permitia evacuar o grão.

O intendente dos celeiros recebeu o juiz com rara frieza:
— O decreto real impõe que eu controle as reservas de grãos.
— Um técnico já fez por você.
— Quais as conclusões?
— Ele não me comunicou. Elas são da sua conta.
— Mande que ponham uma escada na fachada do silo principal.
— Preciso repetir? Um técnico já fez a verificação.
— Por acaso está se opondo à lei?
O intendente tornou-se mais amável:
— Estou pensando na sua segurança, juiz Paser. Subir lá no alto é perigoso. Não está acostumado a esse tipo de escalada.
— Então, não sabe que a metade das reservas desapareceu?
O intendente pareceu perplexo:
— Que desastre!
— Qual é a explicação?

— Os vermes, com certeza.

— Eles não são a sua principal preocupação?

— Eu me remeto ao departamento de higiene; o erro é deles!

— Metade das reservas é muito.

— Quando os vermes atacam...

— Ponha a escada.

— De nada adianta, eu asseguro. Esse não é o papel de um juiz!

— Quando eu puser o meu selo no relatório oficial, você será o responsável perante a justiça.

Dois empregados trouxeram uma grande escada e a colocaram na fachada do silo. Paser subiu, contrafeito; os degraus rangiam, a estabilidade deixava a desejar. No meio do caminho, ele vacilou.

— Calce-a! — reclamou ele.

O intendente olhou para trás, como se quisesse fugir.

Kem pôs a mão no ombro dele, o babuíno ficou perto da sua perna.

— Vamos obedecer ao juiz — recomendou o núbio. — Não gostaria de um acidente, não é?

Eles fizeram um contrapeso. Mais tranquilo, Paser continuou a subir. Conseguiu chegar ao alto, oito metros acima do chão, empurrou um trinco e abriu a lucarna.

O silo estava quase transbordando.

★

— Incompreensível — avaliou o intendente. — O verificador mentiu.

— Outra hipótese — avaliou Paser — é a sua cumplicidade.

— Eu fui enganado, pode ter certeza!

— Não sei se acredito em você.

O babuíno soltou um grunhido e mostrou as presas.

— Ele detesta mentirosos — afirmou o núbio.

— Segure esta fera!

— Não tenho nenhum controle sobre ele quando uma testemunha o irrita.

O intendente abaixou a cabeça.

— Ele me prometeu uma boa retribuição, desde que eu endossasse a sua avaliação. Teríamos escoado os grãos que pretensamente faltavam. Uma bela operação em vista. Uma vez que o delito não ocorreu, conservarei o meu posto?

*

Paser trabalhou até tarde. Assinou o ato de exoneração do intendente, com os argumentos que o apoiavam, e procurou, em vão, o verificador nas listas dos funcionários. Um nome falso, sem dúvida. O desvio de grãos não era raro, mas a infração nunca tomara tais proporções. Seria um ato limitado a um silo de Mênfis ou corrupção generalizada? Esta última justificaria o surpreendente decreto do faraó. O soberano não contava com os juízes para restabelecer a equidade e corrigir o que estava errado? Se todos agissem com justiça, fosse a sua função modesta ou importante, o mal seria rapidamente curado.

Na chama da lamparina apareceu o rosto de Neferet, os seus olhos, os seus lábios. Naquela hora, ela deveria estar dormindo.

Pensaria nele?

CAPÍTULO 25

Acompanhado de Kem e do babuíno, Paser pegou um barco rápido com destino à maior plantação de papiros do Delta, explorada por Bel-Tran, sob licença real. Na lama e nos pântanos, as plantas de umbela cabeluda e hastes de seção triangular podiam atingir seis metros de altura e formar uma vegetação espessa. Apertadas, as flores em forma de guarda-sol coroavam o precioso vegetal. Com raízes lenhosas fabricavam-se móveis; com as fibras e a casca, esteiras, cestos, redes, cabos, cordas e até sandálias e tangas para os mais pobres. Quanto à seiva esponjosa, abundante sob a casca, ela passava por um tratamento apropriado para ser transformada no famoso papiro que fazia com que o Egito fosse invejado pelo mundo.

Bel-Tran não se limitava ao ciclo natural; por isso, cultivava o papiro na sua imensa propriedade para aumentar a produção e exportar uma parte. As hastes verdes significavam vigor e juventude para todo o Egito; o cetro das deusas tinha o formato de papiro, as colunas dos templos eram papiros de pedra.

Um largo caminho havia sido aberto na vegetação cerrada; Paser cruzou com camponeses nus que carregavam pesados feixes nas costas. Eles mascavam os botões tenros, engoliam o sumo e cuspiam a polpa. Diante dos grandes armazéns onde os ramos colhidos eram conservados a seco em caixas de madeira ou em vasos de barro cozido, os especialistas limpavam as fibras selecionadas com cuidado antes de espalhá-las em esteiras ou em pranchas de madeira.

As pequenas lâminas, de quarenta centímetros, eram recortadas no sentido do comprimento e dispostas em duas camadas superpostas em ângulo reto. Outra categoria de técnicos cobria tudo com um tecido úmido e batia durante muito tempo com um malho de madeira. Vinha o delicado momento em que, já secas, as tiras de papiro deviam colar-se umas às outras, sem nenhum aditivo.

— Magnífico, não é?

O homem atarracado que se dirigia a Paser tinha a cabeça redonda, em forma de lua, cabelos pretos colados na cabeça com um cosmético. Mãos e pés roliços, constituição pesada, mas, no entanto, parecia muito dinâmico, quase agitado.

— A sua visita é uma honra, juiz Paser. O meu nome é Bel-Tran. Sou o dono desta propriedade.

Subindo a tanga, ele arrumou a camisa de linho fino. Embora se vestisse na melhor tecelã de Mênfis, as suas roupas sempre pareciam muito pequenas, muito grandes ou muito largas.

— Quero comprar papiro.

— Venha ver os meus mais belos espécimes.

Bel-Tran levou Paser ao depósito onde guardava os exemplares de luxo, rolos compostos de vinte folhas. O fabricante desenrolou um deles.

— Contemple este esplendor, a sua trama fina, a magnífica cor amarela. Nenhum concorrente conseguiu imitar-me. Um dos segredos é o tempo de exposição ao sol, mas existem muitos outros pontos importantes sobre os quais a minha boca está selada.

O juiz tocou a extremidade do rolo.

— É perfeito.

Bel-Tran não dissimulou o orgulho:

— Eu os destino aos escribas que copiam as antigas *Sabedorias** e completam-nas. A biblioteca do palácio encomendou-me uma dezena deles para o mês que vem. Também forneço exemplares do *Livro dos mortos* que são colocados nas tumbas.

— Os seus negócios parecem florescentes.

— E são, desde que eu trabalhe noite e dia! Mas não me queixo, pois a minha profissão me apaixona. Fornecer suporte aos textos e aos hieróglifos não é essencial?

— Os meus créditos são limitados, não tenho condições de comprar papiros tão belos.

---

* Coletânea de máximas transmitidas de geração em geração.

— Disponho de uma qualidade inferior, mas ainda assim extraordinária. Resistência garantida.

O lote convinha ao juiz, mas o preço ainda era muito alto.

Bel-Tran coçou a nuca.

— Você me é muito simpático, juiz Paser, e espero que seja recíproco. Gosto da justiça, pois ela é a chave da felicidade. Conceder-me-ia a alegria de oferecer este lote?

— Fico sensibilizado com a sua generosidade, mas sou obrigado a recusar.

— Permita-me insistir.

— Qualquer presente, sob a forma que for, seria qualificado de corrupção. Se me conceder um prazo para o pagamento, será preciso notificá-lo e registrá-lo.

— Pois bem, concordo! Ouvi dizer que não hesita em atacar os grandes comerciantes que não respeitam a lei. Você é muito corajoso.

— Simples dever.

— Em Mênfis, a moralidade dos negociantes teve uma tendência a abaixar nos últimos tempos. Espero que o decreto do faraó interrompa essa desagradável evolução.

— Os meus colegas e eu nos dedicaremos para que isso ocorra, se bem que não conheço bem os costumes menfitas.

— Vai acostumar-se rápido. Nos últimos anos, a concorrência entre os comerciantes foi difícil; eles não hesitaram em aplicar golpes violentos.

— Você recebeu algum?

— Como os outros, mas eu luto. No início, eu era empregado como ajudante-contábil numa grande propriedade do Delta onde o papiro era mal explorado. Salário minúsculo e muitas horas de trabalho. Propus melhoras ao dono da propriedade, ele as aceitou e me elevou ao cargo de contador. Eu teria vivido tranquilo, se uma desgraça não me tivesse atingido.

Os dois homens saíram do armazém e seguiram por uma alameda debruada de flores que levava à casa de Bel-Tran.

— Posso oferecer-lhe algo para beber? Isso não é corrupção. Eu garanto!

Paser sorriu. Sentia que o fabricante queria falar.

— Qual foi a desgraça?

— Uma desventura pouco gloriosa. Eu havia casado com uma mulher mais velha do que eu, originária de Elefantina; nós nos entendíamos bem, apesar de algumas brigas sem gravidade. Eu voltava tarde, ela aceitava. Uma tarde, fui vítima de um mal-estar; provavelmente excesso de trabalho. Levaram-me para casa. A minha mulher estava na cama com o jardineiro. Tive vontade de matá-la; depois, que ela fosse condenada por adultério... mas o castigo é pesado.* Eu me contentei com o divórcio, imediatamente concedido.

— Uma provação penosa.

— Fui profundamente ferido e consolei-me trabalhando duas vezes mais. O dono da propriedade me deu uma terra que ninguém queria. Um sistema de irrigação que eu mesmo concebi valorizou-a: primeiras colheitas com sucesso, preços corretos, clientes satisfeitos... e a aprovação do palácio! Ao tornar-me fornecedor da corte, fui premiado. Deram-me os pântanos que atravessou.

— Parabéns.

— O esforço é sempre recompensado. Você é casado?

— Não.

— Tentei a aventura pela segunda vez e fiz bem.

Bel-Tran engoliu uma pastilha composta de olíbano, junça** e de junco da Fenícia, mistura que garantia um bom hálito.

— Vou apresentar-lhe a minha jovem esposa.

*

A senhora Silkis, desesperada, temia o aparecimento da primeira ruga. Por isso, conseguiu um óleo de feno-grego que apagava as imperfeições da pele. O perfumista separava vagens e sementes, fazia uma pasta e aquecia-a. O óleo perlava na superfície. Prudente, Silkis aplicou uma máscara de beleza composta de mel, natrão vermelho e sal do Norte, depois massageou o restante do corpo com pó de alabastro.

Graças à cirurgia de Nebamon, o seu rosto e o corpo haviam afinado, conforme o desejo do marido; é bem verdade que ainda se considerava muito pesada e de formas um pouco arredondadas, mas Bel-Tran não criticava as suas coxas mais desenvolvidas. Antes de recebê-lo para um copioso almoço, ela passou ocre vermelho nos lábios, um creme suave no rosto e uma sombra verde nos olhos. Em seguida, friccionou o couro cabeludo com uma loção desinfetante, cujos principais ingredientes, cera de abelha e resina, evitavam o aparecimento de cabelos brancos.

---

* O adultério era considerado uma falta grave, pois tratava-se de uma traição à palavra dada, sendo que o casamento repousava em confiança mútua.

** O olíbano é uma resina próxima do incenso; a junça, um junco odorífero.

O espelho devolveu-lhe uma imagem satisfatória, e Silkis colocou uma peruca de cabelos verdadeiros com mechas perfumadas. O marido lhe dera esse pequeno tesouro por ocasião do nascimento do segundo filho, um menino.

A serva avisou-a da chegada de Bel-Tran, acompanhado de um convidado.

Em pânico, Silkis pegou novamente o espelho. Ela agradaria ou seria criticada por algum defeito que não havia percebido? Não tinha mais tempo de maquiar-se de maneira diferente ou de mudar de túnica.

Temerosa, ela saiu do quarto.

*

— Silkis, minha querida! Eu lhe apresento o juiz Paser, de Mênfis.

A jovem sorriu, com embaraço e pudor convenientes.

— Recebemos muitos compradores e técnicos — continuou Bel-Tran —, mas você é o nosso primeiro juiz! É muita honra.

A nova vila do vendedor de papiros possuía uma dezena de cômodos pouco iluminados. A senhora Silkis temia o sol, pois ele avermelhava a pele.

Uma serva trouxe cerveja fresca, sendo seguida por duas crianças, uma menina ruiva e um menino que se parecia com o pai. Eles cumprimentaram o magistrado e saíram correndo aos gritos.

— Ah, as crianças! Nós as adoramos, mas, às vezes, são cansativas.

Silkis aprovou com um aceno de cabeça. Por sorte, os seus partos haviam transcorrido sem dificuldade e não prejudicaram o seu corpo, graças aos longos períodos de repouso. Ela dissimulava algumas gorduras rebeldes sob uma ampla túnica de linho de primeira qualidade, discretamente enfeitada de pequenas franjas vermelhas. Os brincos, de argola, eram compostos de um aro e um cabuchão de marfim e importados da Núbia.

Paser foi convidado a sentar-se numa *chaise longue* de papiro.

— Original, não é? Gosto de inovações — explicou Bel-Tran. — Se a forma agradar, vou comercializá-la.

O juiz espantou-se com a disposição da casa, de comprido, muito baixa e sem terraço.

— Tenho vertigem. Sob este alpendre estamos protegidos do calor.

— Está gostando de Mênfis? — perguntou Silkis.

— Prefiro o meu povoado.

— Onde mora?

— Em cima do meu escritório. As instalações são um pouco exíguas; desde que assumi a função, não me faltam as mais variadas investigações, e os arquivos amontoam-se. Em alguns meses corro o risco de ficar muito apertado.

— É um detalhe fácil de resolver — avaliou Bel-Tran. — Um dos meus melhores contatos comerciais é o responsável pelo arquivamento no palácio. É ele quem distribui os locais nos entrepostos do Estado.

— Eu não gostaria de gozar de um privilégio.

— Não será um privilégio. Será chamado para vê-lo, mais cedo ou mais tarde; quanto mais cedo, melhor. Eu lhe dou o nome dele e você resolve o que fazer.

A cerveja estava deliciosa; as grandes jarras, usadas para conservá-la, mantinham-na fresca.

— Neste verão — revelou Bel-Tran — abrirei um depósito de papiro perto do arsenal. A entrega para o governo será bem mais rápida.

— Então, vai instalar-se na minha jurisdição.

— Fico feliz com isso. Se avalio bem o seu temperamento, os seus controles serão rigorosos e eficientes. Assim, a minha reputação será firmemente estabelecida. Apesar das oportunidades que se apresentam, tenho horror à fraude; mais dia, menos dia, somos pegos com a mão na botija! O Egito não gosta de trapaceiros. Como diz o provérbio, a mentira não encontrará uma balsa e não atravessará o rio.

— Ouviu falar de um tráfico de cereais?

— Quando o escândalo explodir, as sanções serão severas.

— Quem está envolvido?

— Dizem que uma parte das colheitas guardadas nos silos é desviada em benefício de particulares. Simples rumores, mas insistentes.

— A polícia não investigou?

— Sem sucesso. Aceita almoçar conosco?

— Não quero ser importuno.

— Minha esposa e eu o receberíamos com alegria.

Silkis assentiu e deu ao juiz um sorriso aprovador.

Paser apreciou a excelência dos pratos: *foie gras* de ganso, salada com ervas finas e azeite de oliva, ervilhas frescas, romãs e doces, acompanhados de vinho tinto do Delta que datava do primeiro ano do reinado de Ramsés, o Grande. As crianças comeram separadas, mas pediram bolos.

— Pensa em fundar uma família? — perguntou Silkis.

— A minha função absorve-me — respondeu Paser.

— Uma mulher e filhos não é o objetivo da vida? Não existe maior satisfação — afirmou Bel-Tran.

Pensando passar despercebida, a ruivinha surrupiou um doce. O pai pegou-a pelo punho.

— Ficará sem brincar e sem passeios.

A menina caiu em prantos e bateu os pés.

— Você é muito intransigente — protestou Silkis. — Isso não é tão grave.

— Ter tudo o que se deseja e roubar é lastimável!

— Não fez a mesma coisa quando era criança?

— Os meus pais eram pobres, nunca roubei nada de ninguém e não admito que a minha filha se comporte dessa maneira.

A acusada chorou mais ainda.

— Leve-a embora, por favor.

Silkis obedeceu.

— As incertezas da educação! Graças aos deuses, as alegrias são mais numerosas do que as tristezas.

Bel-Tran mostrou a Paser o lote de folhas de papiro que lhe eram destinadas. Ele propôs reforçar as extremidades e acrescentar alguns rolos de qualidade inferior, de cor esbranquiçada; eles serviriam de rascunho.

Os dois homens despediram-se calorosamente.

✶

A cabeça calva de Mentmosé ficou vermelha, traindo a raiva que ele mal conseguia conter.

— São boatos, juiz Paser, nada além de boatos!

— No entanto, você investigou.

— Rotina.

— Nenhum resultado?

— Nenhum! Quem ousaria desviar o trigo estocado num silo do Estado? É grotesco! E por que se preocupa com esse caso?

— Porque o silo está sob a minha jurisdição.

O chefe de polícia baixou o tom de voz:

— É verdade, eu havia esquecido. Tem uma prova?

— A melhor: uma prova por escrito.

Mentmosé leu o documento.

— O verificador anotou que a metade da reserva foi usada... o que há de anormal?

— O silo está cheio, constatei pessoalmente.

O chefe da polícia levantou-se, deu as costas para o juiz e olhou pela janela.

— Esta nota está assinada.

— Um nome falso. Ele não consta das listas dos funcionários credenciados. Não está em melhores condições para encontrar esse estranho personagem?

— Suponho que tenha interrogado o intendente dos celeiros.

— Ele diz que não sabe o nome verdadeiro do homem com o qual tratou e que só o viu uma única vez.

— Na sua opinião são mentiras?

— Talvez não.

Apesar da presença do babuíno, o intendente não havia dito nada mais; por isso Paser acreditava na sinceridade dele.

— É um verdadeiro complô!

— É possível.

— Obviamente, o intendente é o instigador.

— Desconfio das obviedades.

— Entregue-me esse bandido, juiz Paser. Eu o farei falar.

— Isso está fora de cogitação.

— O que propõe?

— Uma vigilância permanente e discreta do silo. Quando o ladrão e os seus acólitos forem buscar os grãos, você os pegará em flagrante delito e conseguirá o nome de todos os culpados.

— O desaparecimento do intendente os alertará.

— Por isso ele deve continuar a ocupar o posto.

— É um plano complicado e arriscado.

— Ao contrário. Se tiver algum melhor, eu aceito.

— Farei o que for necessário.

CAPÍTULO 26

A casa de Branir era o único porto seguro onde diminuíam os tormentos que sufocavam Paser. Ele havia escrito uma longa carta para Neferet, na qual declarava mais uma vez o seu amor, suplicando que ela respondesse com o coração. Censurava-se por importuná-la, mas não podia esconder a sua paixão. Doravante, a sua vida estava nas mãos de Neferet.

Branir oferecia flores ao busto dos ancestrais na primeira sala da sua residência. Paser recolheu-se ao lado dele. Centáureas de cálices verdes e flores amarelas de pérsea lutavam contra o esquecimento e prolongavam a presença dos sábios que viviam no paraíso de Osíris.

Terminada a cerimônia, o mestre e o discípulo subiram para o terraço. Paser gostava dessa hora em que a luz do dia morria para renascer na da noite.

— A sua juventude está acabando como uma pele gasta. Ele foi feliz e tranquila. Agora, precisa sair-se bem na vida.

— Você sabe tudo sobre mim.

— Mesmo o que se recusa a confiar-me?

— Com você não vale a pena a conversa inútil. Acredita que ela me aceitará?

— Neferet nunca mente. Ela agirá de acordo com a verdade.

Por alguns instantes, ataques de angústia davam um nó na garganta de Paser.

— Talvez eu tenha ficado louco.

— Só existe uma loucura: cobiçar o que pertence a outro.

— Estou esquecendo o que me ensinou: construir a inteligência pela retidão permanecendo ponderado e preciso, não se preocupar com a sua própria felicidade, agir de modo que os homens caminhem em paz, os templos sejam construídos e os pomares floresçam para os deuses.* A paixão consome-me e eu alimento esse fogo.

— É assim mesmo. Vá até a extremidade do seu ser, ao ponto de onde não poderá voltar atrás. Que o céu faça com que não se afaste do caminho certo.

— Não negligencio os meus deveres.

— E o caso da Esfinge?

— O horizonte está tampado.

— Nenhuma esperança?

— Só se eu puser a mão no quinto veterano ou conseguir revelações sobre o general Asher, com a ajuda de Suti.

— Muito tênue.

— Não vou desistir, mesmo que tenha de esperar vários anos, antes de conseguir um novo indício. Não se esqueça de que tenho uma prova da mentira do exército: cinco veteranos oficialmente mortos, sendo que um deles se tornou padeiro em Tebas.

— O quinto está vivo — declarou Branir, como se o visse ao seu lado. — Não desista, pois a desgraça está rondando.

Instalou-se um longo silêncio. A solenidade da voz havia abalado o juiz. O mestre possuía o dom da clarividência; às vezes, ele via uma realidade ainda invisível.

— Em breve, vou deixar esta casa — anunciou ele. — Chegou a hora de morar no templo, para ali terminar os meus dias. O silêncio dos deuses de Karnak encherá os meus ouvidos e eu dialogarei com as pedras da eternidade. Cada dia será mais sereno do que o anterior e eu caminharei para a idade avançada que prepara o comparecimento diante do tribunal de Osíris.

Paser revoltou-se:

— Preciso dos seus ensinamentos.

— Que conselhos eu poderia dar-lhe? No futuro, pegarei a minha bengala e caminharei para o Belo Ocidente, de onde ninguém volta.

— Se desencavei uma doença terrível para o Egito e se me for possível combatê-la, a sua autoridade moral me será indispensável. A sua intervenção poderá ser decisiva. Espere, por favor.

---

* Texto inscrito nas estelas dos sábios, colocadas no interior dos templos.

— O que quer que aconteça, esta casa será sua assim que eu me retirar para o templo.

*

Chechi acendeu o fogo com caroços de tâmara e carvão vegetal, pôs um cadinho em forma de chifre sobre a chama e ativou-a com a ajuda do sopro. Mais uma vez, ele tentava desenvolver um novo método de fusão do metal derramando a matéria fundida em formas especiais. Dotado de memória excepcional, não anotava nada, com medo de ser traído. Os seus dois assistentes, sujeitos robustos e incansáveis, eram capazes de ativar o fogo por horas seguidas soprando em longas hastes ocas.

A arma inquebrável logo ficaria pronta; equipados de espadas e lanças resistentes a qualquer prova, os soldados do faraó destruiriam os capacetes e transpassariam as armaduras dos asiáticos.

Gritos e ruídos de luta interromperam as suas reflexões. Chechi abriu a porta do laboratório e deparou-se com dois guardas que seguravam pelos braços um homem de idade madura, cabelos brancos e mãos avermelhadas; ele resfolegava como um cavalo exausto, os olhos lacrimejavam e a tanga estava rasgada.

— Ele entrou no depósito dos metais — explicou um dos guardas. — Nós o interpelamos, ele tentou fugir.

Chechi reconheceu imediatamente o dentista Qadash, mas não mostrou a menor surpresa.

— Soltem-me, seus brutos! — exigiu o dentista.

— Você é um ladrão — replicou o chefe dos guardas.

Que loucura havia passado pela cabeça de Qadash? Há muito tempo ele sonhava com o ferro celeste para fabricar os seus instrumentos cirúrgicos e tornar-se um dentista sem rival. Ele havia perdido a cabeça em benefício próprio, esquecendo o pano dos conjurados.

— Vou enviar um dos meus homens ao escritório do decano do pórtico — anunciou o oficial. — Precisamos imediatamente de um juiz.

Sob pena de tornar-se suspeito, Chechi não podia opor-se a essa providência.

Importunado no meio da noite, o escrivão do decano do pórtico achou que não era preciso acordar o patrão, muito melindroso sobre o respeito das suas horas de sono. Consultando a lista dos magistrados, ele escolheu o último a ser nomeado, um tal de Paser. Sendo o menos graduado na hierarquia, precisava aprender a profissão.

Paser não estava dormindo. Sonhava com Neferet, imaginava-a perto dele, terna, tranquilizadora. Ele lhe falaria das suas investigações; ela, dos pacientes. Compartilhando o peso dos respectivos fardos, desfrutariam de uma felicidade simples, que renasceria a cada alvorada.

Vento do Norte começou a zurrar. Bravo latiu. O juiz levantou-se e abriu a janela. Um guarda armado lhe mostrou a ordem do escrivão do decano do pórtico. Com uma capa curta sobre os ombros, Paser seguiu o guarda até a caserna.

Dois soldados mantinham as suas lanças cruzadas em frente à escada que levava ao subsolo. Eles as afastaram para dar passagem ao juiz, que foi recebido por Chechi na entrada do laboratório.

— Eu esperava pelo decano do pórtico.

— Sinto muito decepcioná-lo, é uma incumbência do meu cargo. O que aconteceu?

— Uma tentativa de roubo.

— Algum suspeito?

— O culpado foi detido.

— Basta relatar os fatos, fazer a acusação e ele será julgado sem demora.

Chechi parecia constrangido.

— Tenho de interrogá-lo. Onde ele está?

— No corredor, à esquerda.

Sentado numa bigorna e vigiado por um guarda armado, o culpado levou um susto ao ver Paser.

— Qadash! O que faz aqui?

— Estava passeando perto da caserna, fui agredido e trazido à força para este lugar.

— Não está correto — protestou o guarda. — Este homem entrou num depósito e nós o interceptamos.

— Mentira! Quero dar queixa devido a golpes e ferimentos.

— Várias testemunhas o acusam — lembrou Chechi.

— O que contém esse depósito? — perguntou Paser.

— Metais, sobretudo cobre.

Paser dirigiu-se ao dentista.

— Está sem matéria-prima para fazer os seus instrumentos?
— Sou vítima de um equívoco.

Chechi aproximou-se do juiz e murmurou-lhe algumas palavras ao ouvido.

— Como queira.

Eles se isolaram no laboratório.

— As pesquisas que faço aqui exigem a maior discrição. Poderia organizar um processo a portas fechadas?

— É claro que não.

— Neste caso particular...

— Não insista.

— Qadash é um dentista honrado e rico. Não consigo entender o gesto dele.

— De que tipo são as suas pesquisas?

— Armamentos. Compreendeu?

— Não existe uma lei específica para a sua atividade. Se Qadash for acusado de roubo, ele se defenderá como quiser e você terá de comparecer.

— E terei de responder perguntas.

— Obviamente.

Chechi alisou o bigode.

— Nesse caso, prefiro não dar queixa.

— É um direito seu.

— É, sobretudo, interesse do Egito. Ouvidos indiscretos, no tribunal ou em qualquer outro lugar, seriam uma catástrofe. Deixo Qadash por sua conta; no meu ponto de vista, nada aconteceu. Quanto a você, juiz Paser, não se esqueça de que tem de manter segredo.

Paser saiu da caserna acompanhado do dentista.

— Nenhuma acusação foi feita contra você.

— Pois eu acuso!

— Testemunhos desfavoráveis, presença insólita neste lugar numa hora indevida, suspeita de roubo... o seu dossiê é lastimável.

Qadash tossiu, arrotou e cuspiu.

— Entendi, desisto.

— Eu não.

— O que disse?

— Aceito levantar-me no meio da noite, investigar em qualquer condição, mas não ser tomado por imbecil. Explique-se ou vou acusá-lo de injúria a um magistrado.

A linguagem do dentista tornou-se confusa:

— Cobre de primeira qualidade com um grau de pureza perfeito. Sonho com isso há anos.

— Como soube da existência desse depósito?

— O oficial que supervisiona a caserna é meu cliente... fala demais. Ele se vangloriou e eu tentei a sorte. Antigamente, as casernas não eram tão bem vigiadas.

— Você havia decidido roubar.

— Não, pagar! Eu teria trocado o metal por vários bois gordos. Os militares são grandes apreciadores desses bois. E o meu material seria maravilhoso, leve, preciso! Mas esse bigodudo baixinho, que frieza... Impossível fazer um negócio com ele.

— Nem todo o Egito é corrupto.

— Corrupção? O que está pensando? Quando dois indivíduos fazem uma transação, não são necessariamente conspiradores. Você tem uma visão pessimista da espécie humana.

Qadash afastou-se resmungando.

Paser ficou vagando pela noite adentro. As explicações do dentista não o convenciam. Um depósito de metais, uma caserna... de novo o exército! No entanto, esse incidente não parecia ter ligação com a morte dos veteranos, e sim com o desespero de um dentista em declínio que não aceitava a falta de precisão da sua mão.

A lua estava cheia. Segundo a lenda, nela morava uma lebre armada com uma faca, de gênio belicoso, que cortava a cabeça das trevas. De bom grado, o juiz a teria contratado como escrivã. O sol da noite crescia e diminuía, enchia-se e esvaziava-se de luz; a barca aérea levaria os pensamentos de Paser para Neferet.

A água do Nilo era famosa pelas suas qualidades digestivas. Leve, ela fazia os humores nocivos saírem do corpo. Alguns médicos achavam que esses poderes de cura vinham das ervas medicinais que cresciam nas margens e transmitiam as suas virtudes para o rio. Quando a cheia ocorria, ele se enchia de partículas vegetais e de sais minerais. Os egípcios enchiam milhares de jarras, nas quais o precioso líquido conservava-se sem alterar-se.

Apesar disso, Neferet verificou as reservas do ano anterior; quando achava que o conteúdo de um recipiente estava turvo, ela jogava nele uma amêndoa doce. Vinte e quatro horas depois, a água estava transparente e deliciosa. Depois de três anos, algumas jarras continuavam excelentes.

Tranquila, a jovem observou o comportamento do lavadeiro. No palácio, essa função era atribuída a um homem de confiança, pois a limpeza das roupas era considerada essencial; em todas as comunidades, pequenas ou grandes, acontecia o mesmo. Depois de lavar e torcer, o lavadeiro devia bater na roupa com uma pá de madeira e, depois, sacudi-la erguendo os braços bem alto e pendurá-la numa corda presa entre duas estacas.

— Por acaso está doente?
— Por que diz isso?
— Porque lhe falta energia. Já faz alguns dias que a roupa está encardida.
— Ora! O trabalho é difícil. As roupas manchadas das mulheres aterrorizam-me.
— A água não é suficiente. Use este desinfetante e este perfume.

De mau humor, o lavadeiro aceitou os dois vasos que a médica lhe dava. O sorriso dela deixara-o desarmado.

Para evitar os ataques de insetos, Neferet mandava espalhar cinzas de madeira nos depósitos de grãos, um esterilizador eficiente e barato. A poucas semanas da cheia, ela protegia os cereais.

Quando inspecionava o último compartimento do celeiro, ela recebeu mais uma entrega de Kani: salsa, alecrim, sábia, cominho e hortelã. Secas e reduzidas a pó, as ervas medicinais serviam de base para os remédios que Neferet prescrevia. As poções haviam aliviado as dores de um velho, tão feliz de continuar ao lado da família que a sua saúde havia melhorado.

Apesar da discrição da médica, o seu sucesso não passara despercebido; de boca em boca, a sua reputação espalhou-se e inúmeros camponeses da margem oeste vinham consultá-la. A jovem não mandava ninguém de volta e levava o tempo que fosse preciso: depois de um dia estafante, ela passava uma parte da noite preparando pílulas, unguentos e emplastros, auxiliada por duas viúvas escolhidas devido à sua meticulosidade. Algumas horas de sono e a procissão dos pacientes voltava a formar-se logo que amanhecia.

Não era assim que havia imaginado a sua carreira, mas ela gostava de curar; ver uma expressão feliz reaparecer num rosto preocupado recompensava-a pelos seus esforços. Nebamon lhe havia prestado um favor ao obrigá-la a formar-se em contato com os mais humildes. Ali, os belos discursos de um médico mundano teriam fracassado; o lavrador, o pescador e a mãe de família queriam uma cura rápida e barata.

Quando o cansaço a invadia, Travessa, a macaquinha que ela mandara vir de Mênfis, dissipava-o com as suas brincadeiras. Ela lhe lembrava o seu primeiro encontro com Paser, tão íntegro, tão intransigente, inquietante e atraente ao mesmo tempo. Que mulher poderia viver com um juiz cuja prioridade era a vocação?

Uma dezena de carregadores de cestos deixou o seu fardo em frente ao novo laboratório de Neferet. Travessa pulava de um para o outro. Eles continham cascas de salgueiro, natrão, óleo branco, olíbano, mel, resina de terebintina e diversas gorduras animais em grande quantidade.

— Isto é para mim?
— Você não é a doutora Neferet?
— Sou.
— Então, isto lhe pertence.
— O preço destes produtos...
— Já está pago.
— Por quem?
— Nós nos limitamos a entregar. Assine o recibo.

Atônita e maravilhada, Neferet escreveu o seu nome numa tabuinha de madeira. Poderia executar as suas receitas complexas e tratar sozinha das doenças graves.

*

Quando, ao pôr do sol, Sababu entrou pela porta da sua casa, ela não ficou surpresa.

— Eu a esperava.
— Você adivinhou?
— A pomada antirreumatismo logo estará pronta. Não falta nenhum ingrediente.

Com os cabelos enfeitados de juncos odoríferos e o pescoço ornamentado com um colar de flores de lótus de cornalina, Sababu não parecia mais uma mendiga. Uma túnica de linho, transparente da cintura para baixo, oferecia o espetáculo das suas longas pernas.

— Quero ser tratada por você e só por você. Os outros médicos são charlatães e ladrões.
— Não está exagerando?
— Sei o que eu digo. Pagarei o que pedir.

— O seu presente é suntuoso. Tenho produtos caros em quantidade suficiente para tratar centenas de casos.

— O meu em primeiro lugar.

— Por acaso ficou rica?

— Retomei as minhas atividades. Tebas é uma cidade menor do que Mênfis, tem o espírito mais religioso e menos cosmopolita, mas os homens endinheirados apreciam da mesma forma os prostíbulos e as suas belas moças. Recrutei algumas jovens, aluguei uma bela casa no centro da cidade, dei o que era pedido ao chefe de polícia local e abri as portas de um estabelecimento cuja fama logo foi reconhecida. Você tem a prova na sua frente!

— Você é muito generosa.

— Não se iluda. Quero ser bem cuidada.

— Vai respeitar os meus conselhos?

— Ao pé da letra. Eu dirijo, mas não trabalho mais.

— As solicitações não devem faltar.

— Aceito dar prazer a um homem, mas sem contrapartida. Agora, sou inacessível.

Neferet enrubesceu.

— Doutora! Eu a choquei?

— Não, claro que não.

— Você dá muito amor, mas será que o recebe em troca?

— Essa pergunta não tem nenhum sentido.

— Eu sei: você é virgem. Feliz o homem que conseguir seduzi-la.

— Senhora Sababu, eu...

— Senhora, eu? Está brincando!

— Feche a porta, tire a sua túnica. Até a cura completa terá de vir aqui diariamente e eu lhe aplicarei o bálsamo.

Sababu deitou-se na pedra de massagem.

— Você também, doutora, merece ser realmente feliz.

CAPÍTULO 27

Uma forte corrente tornava aquele braço do rio perigoso. Suti levantou Pantera e carregou-a no ombro.
— Pare de debater-se. Se cair, vai afogar-se.
— Você só quer humilhar-me.
— Quer comprovar?
Ela se acalmou. Com água até a metade do corpo, Suti seguiu um caminho curvo, apoiando-se em grandes pedras.
— Suba nas minhas costas e segure-se no meu pescoço.
— Eu sei nadar um pouco.
— Depois você se aperfeiçoa.
O rapaz perdeu o pé, Pantera gritou. Enquanto ele avançava, ágil e rápido, ela se colou nele mais ainda.
— Para você ficar mais leve, bata os pés.
Ele foi tomado pela angústia. Uma onda furiosa cobriu-lhe a cabeça, mas ele se aproveitou dela e chegou à margem.
Suti enfiou uma estaca na terra e, nela, prendeu uma corda, lançou-a para a outra margem, onde um soldado prendeu-a firmemente. Pantera poderia ter fugido.
Os sobreviventes do assalto e o destacamento de arqueiros do general Asher passaram pelo obstáculo. O último soldado da infantaria, contando com a sua força, resolveu soltar a corda. Mais pesado por causa das armas, bateu numa pedra que aflorava à superfície, desmaiou e afundou.
Suti mergulhou.

Como se se regozijasse em engolir duas presas, a corrente aumentou. Nadando embaixo d'água, Suti localizou o infeliz. Segurou-o pelas axilas, interrompeu a descida dele, tentou levá-lo para cima. O afogado recuperou a consciência, afastou o salvador com uma cotovelada no peito e desapareceu nas profundezas da torrente. Com os pulmões em fogo, Suti foi obrigado a abandoná-lo.

*

— Você não é culpado — afirmou Pantera.
— Não gosto de mortes.
— Era apenas um egípcio estúpido!
Ele lhe deu um tapa no rosto. Espantada, ela lhe lançou um olhar de ódio.
— Nunca ninguém me tratou assim!
— Que pena.
— No seu país usa-se bater nas mulheres?
— Elas têm os mesmos direitos e os mesmos deveres dos homens. Pensando bem, você não merecia nada além de umas palmadas.
Ele se levantou, ameaçador.
— Vá para trás!
— Está arrependida das suas palavras?
Os lábios de Pantera continuaram fechados.
O barulho de uma cavalgada intrigou Suti. Os soldados saíram das tendas correndo. Ele pegou o arco e a aljava.
— Se quer ir embora, fuja.
— Você me encontraria e me mataria.
Ele deu de ombros.
— Malditos sejam os egípcios!
Não se tratava de um ataque-surpresa, mas da chegada do general Asher e da sua tropa de elite. As notícias já haviam circulado. O ex-pirata deu um abraço em Suti.
— Estou orgulhoso em conhecer um herói! Asher vai dar-lhe, no mínimo, cinco burros, dois arcos, três lanças de bronze e um escudo redondo. Você não será um simples soldado por muito tempo. Você é corajoso, menino, e isso não é comum, nem mesmo no exército.

Suti exultava. Finalmente, atingia o objetivo. Cabia a ele conseguir informações das pessoas próximas do general e descobrir uma lacuna. Não iria fracassar, Paser ficaria orgulhoso dele.

Um colosso de capacete interpelou-o:

— Suti, é você?

— É ele — afirmou o ex-pirata. — Ele nos possibilitou vencer o fortim inimigo e arriscou a vida para salvar o afogado.

— O general Asher vai nomeá-lo oficial da divisão de carros de guerra. Amanhã, você nos ajudará a perseguir o canalha do Adafi.

— Ele está fugindo?

— Ele parece uma enguia. Mas a rebelião foi esmagada e acabaremos pegando esse covarde. Dezenas de bravos soldados morreram nas emboscadas que ele armou. Ele mata de noite, como a morte predadora, corrompe os chefes das tribos e só pensa em semear o caos. Venha comigo, Suti. O general faz questão de condecorá-lo pessoalmente.

Embora tivesse horror desse tipo de cerimônias em que a vaidade de alguns só fazia aumentar a fanfarronice de outros, Suti aceitou. Seria recompensado pelos perigos que correra ao ver o general face a face.

O herói passou entre duas fileiras de soldados entusiastas que batiam nos seus escudos com o capacete e gritavam o nome do vitorioso. De longe, o general Asher não tinha nada de um grande guerreiro: baixo, atarracado, lembrava mais um escriba habituado às artimanhas da administração.

A dez metros dele, Suti parou de repente.

Imediatamente o empurraram pelas costas.

— Vá em frente, o general espera-o!

— Não tenha medo, rapaz!

O jovem avançou, lívido, Asher deu um passo na direção dele.

— Estou feliz por conhecer o arqueiro cujos méritos todos elogiam. Oficial da divisão de carros de guerra, Suti, eu o condecoro com a mosca de ouro* dos bravos. Conserve esta joia; ela é a prova da sua valentia.

Suti abriu a mão. Os seus camaradas congratularam-no; todos queriam ver e tocar na condecoração tão cobiçada.

O herói parecia ausente. Atribuíram a sua atitude à emoção.

---

* Condecoração muito apreciada, da qual foram achados alguns exemplares. A mosca lembrava o caráter agressivo e perseverante de um bom soldado.

Quando voltou para a sua tenda, depois de uma bebedeira autorizada pelo general, Suti foi objeto de piadas picantes. A bela Pantera não lhe reservaria outras conquistas?

Suti deitou-se de costas, de olhos abertos. Ele não a via, ela não ousou falar-lhe e encolheu-se ao longe. Ele não parecia um demônio privado de sangue, ávido pelo sangue de suas vítimas?

O general Asher... Suti não conseguia esquecer o rosto do oficial superior, do mesmo homem que havia torturado e assassinado um egípcio, a alguns metros dele.

O general Asher era um covarde, um mentiroso e um traidor.

*

Passando entre barras de uma janela alta, a luz da manhã iluminou uma das cento e trinta e quatro colunas da imensa sala coberta, com cinquenta e três metros de profundidade por cento e dois de largura. Os arquitetos haviam oferecido ao templo de Karnak a maior floresta de pedras do país, decorada com cenas rituais nas quais o faraó fazia oferendas às divindades. As cores, vivas e cintilantes, só se revelavam em certas horas; seria preciso viver lá um ano inteiro para seguir o percurso dos raios que revelavam os rituais, ocultos aos profanos, iluminando uma a uma das colunas, cena após cena.

Dois homens conversavam andando devagar na alameda central, margeada de lótus de pedra com cálices abertos. O primeiro era Branir, o segundo, o sumo sacerdote de Amon, um homem de 70 anos, encarregado de administrar a cidade sagrada do deus, de zelar pelas suas riquezas e de manter a hierarquia.

— Fui informado do seu pedido, Branir. Você, que orientou tantos jovens para o caminho da sabedoria, quer retirar-se do mundo e morar no templo interior.

— Esse é o meu desejo. Os meus olhos estão ficando fracos e as minhas pernas mostram relutância em andar.

— A velhice não parece prejudicá-lo a esse ponto.

— As aparências enganam.

— A sua carreira está longe de terminar.

— Transmiti toda a minha ciência a Neferet e não recebo mais pacientes. Quanto à minha casa de Mênfis, já a leguei ao juiz Paser.

— Nebamon não encorajou a sua protegida.

— Ele a submeteu a uma dura prova, mas não conhece a verdadeira índole da moça. O coração dela é tão forte quanto o rosto é doce.
— Paser não é originário de Tebas?
— É, de fato.
— Você parece confiar nele totalmente.
— Ele tem um fogo interior.
— A chama pode destruir.
— Se for controlada, ela ilumina.
— Que papel pensa fazê-lo desempenhar?
— O destino vai encarregar-se disso.
— Você tem tino para conhecer as pessoas, Branir; uma aposentadoria prematura privaria o Egito do seu dom.
— Vai aparecer um sucessor.
— Eu também penso em aposentar-me.
— O seu cargo é opressivo.
— Cada dia mais, é verdade. Muita administração e pouco recolhimento. O faraó e o conselho aceitaram o meu pedido; em algumas semanas, irei para uma casa pequena na margem leste do lago sagrado e vou dedicar-me ao estudo dos textos antigos.
— Então, seremos vizinhos.
— Temo que não. A sua residência será mais suntuosa.
— O que quer dizer?
— Você foi designado como o meu sucessor, Branir.

Denés e a esposa, a senhora Nenofar, haviam aceito o convite de Bel-Tran mesmo ele sendo um novo-rico com uma ambição visível demais. O qualificativo de arrivista, sublinhava ela, caía-lhe maravilhosamente bem. No entanto, o fabricante de papiro não era alguém que se pudesse desprezar; o seu jeito para os relacionamentos, a capacidade de trabalho e a competência tornavam-no um homem de futuro. Ele não havia recebido a aprovação do palácio, onde tinha algumas amizades influentes? Denés não podia permitir-se desprezar um comerciante desse porte; por isso havia convencido a esposa, muito contrariada, a comparecer à recepção organizada por Bel-Tran para comemorar a inauguração do seu novo armazém, em Mênfis.

A cheia anunciava-se favorável; as plantações seriam irrigadas adequadamente, todos iriam comer à vontade e o Egito poderia exportar trigo para os seus protetorados da Ásia. Mênfis, a magnífica, transbordava de riquezas.

Denés e Nenofar usaram uma maravilhosa liteira de espaldar alto para se locomover, equipada com banquinhos para apoiarem os pés. Os braços esculpidos contribuíam para o conforto e a elegância do todo. Um baldaquino protegia-os do vento e da poeira e dois porta-guarda-sóis da claridade, às vezes ofuscante, do sol poente. Quarenta carregadores avançavam rapidamente, sob o olhar dos curiosos. Os varais eram tão longos e o número de pernas tão grande que o conjunto era chamado de "mil patas", sendo que os servos cantavam "Gostamos mais da cadeira cheia do que vazia", sonhando com os honorários elevados que receberiam em troca desse serviço excepcional.

Deslumbrar os outros justificava a despesa. Denés e Nenofar excitaram a cobiça das pessoas presentes reunidas em torno de Bel-Tran e Silkis. Os menfitas não se lembravam de já ter visto uma liteira tão bonita. Denés afastava os cumprimentos com as costas da mão e Nenofar lamentava a ausência de dourados.

Dois escanções ofereceram cerveja e vinho aos convidados; a alta sociedade dos negócios de Mênfis festejava a admissão de Bel-Tran no círculo restrito dos homens poderosos. Caberia a ele empurrar a porta entreaberta e provar as suas qualidades, impondo-se de maneira definitiva. A opinião de Denés e da esposa teria um peso considerável; ninguém tinha acesso à elite dos negociantes sem a aprovação deles.

Nervoso, Bel-Tran foi imediatamente cumprimentar os recém-chegados e apresentou-lhes Silkis, que havia recebido ordens de não abrir a boca. Nenofar considerou-a com desdém. Denés observou o lugar:

— Armazém ou loja de vendas?

— Os dois — respondeu Bel-Tran. — Se tudo correr bem, vou expandir o espaço e separar as duas funções.

— Projeto ambicioso.

— Ele o desagrada?

— A gula não é uma qualidade comercial. Não teme a indigestão?

— Gozo de um excelente apetite e faço a digestão com facilidade.

Nenofar desinteressou-se da conversa, preferindo falar com os velhos amigos. O marido compreendeu que ela já dera o seu veredicto; achava Bel-Tran um indivíduo desagradável, agressivo e sem consistência. As pretensões dele desintegrar-se-iam como uma calcário de má qualidade.

Denés mediu o seu anfitrião de alto a baixo.

— Mênfis é uma cidade menos acolhedora do que parece; pense nisso. Na sua propriedade do Delta você reina absoluto. Aqui, vai sofrer as dificuldades de uma cidade grande e desgastar-se numa agitação inútil.

— Você está sendo pessimista.

— Siga o meu conselho, caro amigo. Todo homem tem os seus limites, não ultrapasse os seus.

— Para ser franco, ainda não os conheço; é por isso que a experiência me apaixona.

— Vários fabricantes e comerciantes de papiros instalados há muito tempo em Mênfis já satisfazem completamente.

— Tratarei de surpreender oferecendo produtos de melhor qualidade.

— Isso não é presunção?

— Confio no meu trabalho e não estou entendendo muito bem os seus... avisos.

— Só penso no seu interesse. Aceite a realidade e evitará muitos dissabores.

— Não deveria limitar-se aos seus?

Os lábios finos de Denés ficaram brancos.

— Seja mais específico.

Bel-Tran apertou a faixa da cintura da sua tanga que tendia a escorregar.

— Ouvi falar de infrações e de processos. A imagem das suas empresas já não é tão atraente quanto antigamente.

O tom de voz subiu. Os convidados começaram a prestar atenção.

— As suas acusações são ofensivas e falsas. O nome de Denés é respeitado em todo o Egito, o de Bel-Tran é desconhecido.

— Os tempos mudaram.

— Seus mexericos e suas calúnias não merecem resposta.

— Aquilo que tenho a dizer, proclamo em praça pública. Deixo para os outros as insinuações e negociatas.

— Por acaso duvida de mim?

— Sente-se culpado?

A senhora Nenofar pegou o marido pelo braço.

— Já nos demoramos demais.

— Seja prudente — recomendou Denés, chocado. — Basta uma má colheita e você estará arruinado!

— Já tomei as minhas precauções.

— Os seus sonhos não passam de quimeras.

— Não quer ser o meu primeiro cliente? Eu estudaria uma gama de produtos e de preços especiais para você.

— Vou pensar nisso.

As pessoas presentes estavam divididas. Denés havia afastado muitos utopistas, mas Bel-Tran parecia seguro da própria força. O duelo prometia ser emocionante.

CAPÍTULO 28

O carro de Suti avançava por um caminho difícil, ao longo de uma parede rochosa. Há uma semana, a tropa de elite do general Asher perseguia, em vão, os últimos rebeldes. Julgando a região pacificada, o general dera ordem para retornarem.

Ladeado por um arqueiro, Suti estava mudo. Com a fisionomia sombria, ele se concentrava na condução do veículo. Pantera gozava de um tratamento especial: viajava sentada num burro, diferentemente dos outros prisioneiros, condenados à marcha forçada. Asher havia concedido esse privilégio ao herói da campanha que terminava e ninguém censurava a atitude do general.

A líbia dormia na tenda de Suti, perplexa com a transformação do rapaz. Em geral ardente e expansivo, ele se fechava numa estranha tristeza. Não aguentando mais, ela quis saber a causa:

— Você é um herói, será festejado, ficará rico, mas está parecendo um derrotado! Explique-se!

— Uma prisioneira não pode exigir nada.

— Lutarei contra você por toda a minha vida, desde que esteja em condições de combater. Por acaso perdeu o gosto pela vida?

— Engula as suas perguntas e cale-se.

Pantera tirou a túnica.

Nua, jogou para trás os cabelos louros e dançou lentamente, girando sem sair do lugar, de modo a valorizar todas as facetas do seu corpo. As suas mãos descreviam curvas, tocavam de leve nos seus seios, nas ancas, nas coxas. Ela ondulava com a leveza inata das mulheres da sua raça.

Quando ela se aproximou, felina, Suti não reagiu. Ela lhe desamarrou a tanga, beijou-lhe o peito e estendeu-se em cima dele. Com alegria, constatou que o vigor do herói não havia desaparecido. Mesmo que se defendesse, ele a desejava. Deslizando ao longo do amante, ela o acendeu com a boca quente.

*

— Qual será o meu destino?
— No Egito, você será livre.
— Não vai manter-me ao seu lado?
— Um homem só não lhe será suficiente.
— Fique rico, vou contentar-me com isso.
— Você ficaria aborrecida se se tornasse uma mulher honrada. Não se esqueça de que você prometeu trair-me.
— Você me venceu, eu o vencerei.

Ela continuava a seduzir com a sua voz de inflexões graves e tonalidades acariciantes. Deitada de barriga para baixo, os cabelos despenteados, as pernas separadas, ela o chamava. Suti penetrou-a com impetuosidade, consciente de que a diabinha devia usar de magia para reanimar assim o seu desejo.

— Você não está mais triste.
— Não tente ler o meu coração.
— Fale comigo.
— Amanhã, quando eu parar o carro, desça do burro, vá para perto de mim e me obedeça.

*

— A roda direita está rangendo — disse Suti ao arqueiro.
— Não estou ouvindo nada.
— Eu tenho um bom ouvido. Esse barulho anuncia uma pane, é melhor verificar.

Suti estava na frente da coluna. Ele saiu da estrada e pôs o carro de guerra de frente para uma trilha que se perdia num bosque.

— Vamos examinar.

O arqueiro obedeceu. Suti ajoelhou-se e examinou a roda condenada.

— Está mau — avaliou ele. — Dois raios estão prestes a quebrar.
— Podemos consertá-los?
— Vamos esperar a passagem dos carpinteiros da engenharia.

Esses iam no fim da coluna, logo depois dos prisioneiros. Quando Pantera desceu do burro e aproximou-se de Suti, os soldados não deixaram de fazer comentários obscenos.

— Suba.

Suti empurrou o arqueiro, pegou as rédeas e saiu com o carro a toda velocidade, na direção do bosque. Ninguém tivera tempo de reagir. Petrificados, os companheiros de luta perguntaram-se por que o herói desertava.

A própria Pantera confessou a sua perplexidade:

— Você ficou louco?

— Tenho de cumprir uma promessa.

Uma hora depois, o carro parou no local em que Suti havia enterrado o tenente morto pelos beduínos. Horrorizada, Pantera assistiu à exumação. O egípcio envolveu os restos mortais num pano grande e amarrou-o nas extremidades.

— Quem é ele?

— Um verdadeiro herói que vai repousar na sua terra, perto da família.

Suti não acrescentou que o general Asher provavelmente não teria autorizado esse procedimento. Quando terminava a tarefa fúnebre, a líbia gritou.

Suti virou-se, mas não pôde evitar as garras de um urso, que lhe rasgaram o ombro esquerdo. Ele caiu, rolou, tentou esconder-se atrás de um rochedo.

De pé, com três metros de altura, pesado e ágil ao mesmo tempo, o plantígrado espumava. Esfomeado, furioso, abriu a boca e soltou um grito aterrorizante que fez os pássaros em volta saírem voando.

— O meu arco, rápido!

A líbia jogou o arco e a aljava na direção de Suti. Não ousava abandonar a ilusória proteção do carro. No momento em que o rapaz pegava as armas, o pata do urso pegou-o uma segunda vez e rasgou-lhe as costas. Com o rosto na terra, ensanguentado, ele não se mexeu mais.

Pantera gritou de novo, atraindo a atenção do monstro. Pesadão, ele se dirigiu na direção dela, incapaz de fugir.

Suti ajoelhou-se. Uma névoa vermelha passou diante dos seus olhos. Usando as últimas forças, esticou o arco e atirou no grande corpo marrom. Atingido no lado, o urso virou-se. Nas quatro patas, boca aberta, ele correu para o agressor. Prestes a desmaiar, Suti atirou uma segunda vez.

*

O médico-chefe do hospital militar de Mênfis não tinha mais esperanças. Os ferimentos de Suti eram tão profundos e tão numerosos que ele não poderia sobreviver. Em breve, seria levado pelo sofrimento.

Segundo o relato da líbia, o arqueiro de elite havia matado o urso com uma flecha no olho, sem conseguir evitar um último golpe das garras dele. Pantera havia arrastado o corpo ensanguentado, içando-o para o interior do carro com um esforço sobre-humano. Em seguida, ela cuidou do cadáver. Tocar num morto repugnava-a. Mas Suti não havia arriscado a vida para levá-lo de volta ao Egito?

Por sorte, os cavalos haviam sido dóceis. Por instinto, haviam seguido o caminho de volta e guiado a líbia, mais do que ela os conduzira. O cadáver de um tenente da divisão dos carros de guerra, um desertor agonizante e uma estrangeira em fuga, essa foi a curiosa equipe que interceptou a retaguarda do general Asher.

Graças às explicações de Pantera e à identificação do tenente, os fatos foram esclarecidos. O oficial, morto no campo de batalha, recebeu uma condecoração póstuma e foi mumificado em Mênfis. Pantera foi enviada para ser trabalhadora agrícola numa grande propriedade. Suti foi parabenizado pela coragem e repreendido pela sua indisciplina.

*

Kem tentava explicar-se com meias-palavras.

— Suti, em Mênfis? — surpreendeu-se Paser.

— O exército de Asher voltou vitorioso, a revolta foi esmagada. Só falta o líder, Adafi.

— Quando Suti chegou?

— Ontem.

— Por que ele não está aqui?

O núbio se virou, constrangido.

— Ele não pode mover-se.

O juiz irritou-se:

— Seja mais claro!

— Ele está ferido.

— É grave?

— O estado dele...

— A verdade!

— O estado dele é desesperador.

— Onde ele está?
— No hospital militar. Não garanto que ainda esteja vivo.

*

— Ele perdeu muito sangue — declarou o médico-chefe do hospital militar —, operá-lo seria loucura. Vamos deixá-lo morrer em paz.
— Essa é toda a sua ciência — insurgiu-se Paser.
— Não posso fazer mais nada por ele. O urso deixou-o em farrapos; a resistência dele deixa-me perplexo, mas não lhe dá nenhuma chance de sobreviver.
— Ele pode ser transportado?
— É claro que não.
O juiz havia tomado uma decisão: Suti não se extinguiria numa ala comum.
— Consiga-me uma maca.
— Você não vai mover este moribundo.
— Sou amigo dele e conheço a sua vontade: passar as últimas horas no seu povoado. Se persistir na sua recusa, será o responsável diante dele e diante dos deuses.
O médico não levou a ameaça na brincadeira. Um morto descontente tornava-se um espectro e os espectros manifestavam a sua raiva sem piedade, até mesmo no médico-chefe.
— Assine-me uma liberação.

*

Durante a noite, o juiz pôs em ordem uns vinte dossiês de menor importância que ocupariam o escrivão por três semanas. Se Iarrot precisasse encontrá-lo, deveria mandar uma mensagem ao tribunal principal de Tebas. Paser gostaria de consultar Branir, mas este continuava em Karnak, preparando a sua aposentadoria definitiva.

De manhã bem cedo, Kem e dois enfermeiros tiraram Suti do hospital e levaram-no para uma confortável cabine de um barco rápido.

Paser permaneceu ao lado dele e segurou-lhe a mão direita. Por alguns instantes, achou que Suti havia acordado e que os dedos dele contraíam-se. Mas a ilusão dissipou-se.

*

— Você é a minha última esperança, Neferet. O médico militar recusou-se a operar Suti. Aceitaria examiná-lo?

À dezena de pacientes que aguardavam sentados ao pé das palmeiras, ela explicou que uma urgência obrigava-a a se ausentar. Sob as suas ordens, Kem trouxe vários potes de remédios.

— Qual é a opinião do meu colega?
— Os ferimentos feitos pelo urso são muito profundos.
— Como o seu amigo suportou a viagem?
— Ele não saiu do coma. Exceto por um instante, talvez, em que senti a vida dele palpitar.
— Ele é forte?
— Resistente como uma estela.
— Alguma doença grave?
— Nenhuma.

O exame de Neferet durou mais de uma hora. Quando saiu da cabine, ela formulou o seu diagnóstico: "Uma doença contra a qual vou lutar."

— O risco é grande — acrescentou ela. — Se eu não intervier, ele morrerá. Se eu tiver sucesso, talvez ele sobreviva.

Ela começou a operação no fim da manhã. Paser serviu de assistente e passava-lhe os instrumentos cirúrgicos que ela pedia. Neferet dera-lhe anestesia geral usando uma pedra silicosa misturada com ópio e com raiz de mandrágora; o todo, reduzido a pó, devia ser absorvido em pequenas doses. Quando cuidava de uma ferida, ela dissolvia o pó no vinagre. Dali saía um ácido que ela recolhia num chifre de pedra e aplicava no local para suprimir a dor. Neferet controlava a duração dos produtos consultando o seu relógio de pulso.

Com facas e escalpelos de obsidiana, mais cortantes do que o metal, ela cortava. Os seus gestos eram precisos e seguros. Ela corrigiu os ferimentos aproximando os lábios de cada lesão e costurando com uma tira muito fina obtida de intestino de bovídeo; os inúmeros pontos de sutura foram consolidados com faixas de adesivos em forma de tecido colante.

Ao fim de cinco horas de operação, Neferet estava exausta. Suti estava vivo.

Nos ferimentos mais graves, a cirurgiã pôs carne fresca, gordura e mel. No dia seguinte, de manhã, ela trocou os curativos. Feitos de um tecido vegetal leve e protetor, eles evitariam a infecção e acelerariam a cicatrização.

Passaram-se três dias. Suti saiu do coma, bebeu água e mel. Paser não saía da sua cabeceira.

— Você está salvo, Suti, salvo!
— Onde estou?
— Num barco, perto do nosso povoado.
— Você se lembrou... eu queria morrer aqui.
— Neferet operou-o, você vai ficar curado.
— A sua noiva?
— Uma extraordinária cirurgiã e a melhor médica.

Suti tentou erguer-se; a dor arrancou-lhe um grito, ele voltou a cair.

— O mais importante, não se mexa!
— Eu, imóvel...
— Seja um pouco paciente.
— O urso deixou-me em frangalhos.
— Neferet costurou-o, as suas forças voltarão.

Suti revirou os olhos. Aflito, Paser achou que ele ia desmaiar, mas apertou a sua mão com força.

— Asher! Eu precisava sobreviver para lhe falar desse monstro!
— Acalme-se.
— Você tem de saber a verdade, juiz, você que tem de fazer com que as leis sejam respeitadas neste país!
— Estou ouvindo, Suti, mas não se exalte, por favor.

A raiva do ferido acalmou-se.

— Eu vi o general Asher torturar e assassinar um soldado egípcio. Ele estava acompanhado de asiáticos, de rebeldes que ele diz combater.

Paser perguntou-se se a febre não fazia o seu amigo delirar; mas Suti se havia expressado pausadamente, embora repetisse cada palavra.

— Você tinha razão em suspeitar dele e eu lhe trago a prova que faltava.
— Um testemunho — retificou o juiz.
— Não é suficiente?
— Ele vai negar.
— É a minha palavra contra a dele!
— Quando se levantar, pensaremos numa estratégia. Não fale sobre isso com ninguém.
— Eu vou viver. Vou viver para ver esse miserável ser condenado à morte.

Um ricto de dor deformou o rosto de Suti.

— Está orgulhoso de mim, Paser?
— Tanto você quanto eu só temos uma palavra.

A fama de Neferet aumentava na margem oeste. O sucesso da operação deixara os seus colegas perplexos; alguns deles pediram para a jovem médica tratar casos difíceis. Ela não se recusou, desde que privilegiassem o povoado que a havia acolhido e que conseguissem a hospitalização de Suti em Deir el-Bahari.* As autoridades sanitárias aceitaram; herói dos campos de batalha, o objeto de um milagre tornava-se uma glória da medicina.

O templo de Deir el-Bahari venerava Imhotep, o maior terapeuta do Antigo Império, a quem era consagrada uma capela escavada na rocha. Os médicos ali se recolhiam e buscavam a sabedoria do ancestral, indispensável para a prática de sua arte. Alguns doentes eram admitidos para passar a convalescença nesse lugar magnífico; eles deambulavam sob as colunatas, admiravam os relevos que narravam os feitos da rainha-faraó Hatchepsut e passeavam pelos jardins para respirar a resina odorífera das árvores de incenso, importadas do misterioso País de Punt, próximo da costa da Somália. Canos de cobre ligavam os lagos a sistemas de drenagem subterrâneos e transportavam uma água curativa, também recolhida em recipientes de cobre; Suti tomaria vinte por dia, evitando assim uma infecção e complicações pós-operatórias. Ele ficaria rapidamente curado, graças à sua prodigiosa vitalidade.

Paser e Neferet desceram a longa rampa florida que ligava os terraços de Deir el-Bahari.

— Você o salvou.

— Tive sorte, ele também.

— Haverá sequelas?

— Algumas cicatrizes.

— Elas aumentarão o charme dele.

Um sol ardente atingiu o zênite. Eles se sentaram à sombra de uma acácia, na parte baixa da rampa.

— Já refletiu, Neferet?

Ela ficou em silêncio. A resposta lhe traria felicidade ou infelicidade. No calor do meio-dia, a vida parava. Nos campos, os agricultores almoçavam em cabanas de junco, onde se obrigariam a fazer uma longa sesta. Neferet fechou os olhos.

---

* Neste local da margem ocidental de Tebas, a célebre rainha-faraó Hatchepsut construiu um grande templo que ainda hoje é visitado.

— Eu a amo com todo o meu ser, Neferet. Quero desposá-la.
— Uma vida juntos... somos capazes de fazer isso?
— Não amarei nenhuma outra mulher.
— Como pode ter certeza? Uma dor de amor é rapidamente esquecida.
— Se me conhecesse...
— Tenho consciência da seriedade da sua atitude. É isso o que me assusta.
— Está apaixonada por outro?
— Não.
— Eu não o suportaria.
— Ciumento?
— Além de tudo.
— Você me imagina como uma mulher ideal, sem defeitos, possuidora de todas as virtudes.
— Você não é um sonho.
— Mas você faz de mim um sonho. Algum dia vai acordar e ficará decepcionado.
— Eu a vejo viver, respiro o seu perfume, você está ao meu lado... isso é uma ilusão?
— Tenho medo. Se você estiver enganado, se nós estivermos enganados, o sofrimento será atroz.
— Você nunca me decepcionará.
— Eu não sou uma deusa. Quando se conscientizar disso, não me amará mais.
— De nada adianta tentar desencorajar-me. Desde o nosso primeiro encontro, desde o momento em que a vi, soube que você seria o sol da minha vida. Você brilha, Neferet, ninguém pode negar a luz que você emana. A minha vida lhe pertence, queira você ou não.
— Você está desnorteado. Deve habituar-se à ideia de viver longe de mim. A sua carreira será desenvolvida em Mênfis, e a minha em Tebas.
— Pouco me importa a minha carreira!
— Não traia a sua vocação. Admitiria que eu renunciasse à minha?
— Exija e obedecerei.
— Isso não faz parte do seu temperamento.
— A minha ambição é amá-la sempre mais.
— Não está exagerando?
— Se se recusar a tornar-se a minha esposa, eu desaparecerei.
— Submeter-me a uma chantagem é indigno de você.

— Essa não é a minha intenção. Aceita amar-me, Neferet?
Ela abriu os olhos e contemplou-o com tristeza.
— Iludi-lo seria indigno.
Ela se afastou, leve e graciosa. Apesar do calor, Paser estava gelado.

CAPÍTULO 29

Suti não era o tipo de homem que gostasse de desfrutar por longo tempo da paz e do silêncio dos jardins do templo. Como as sacerdotisas, embora fossem bonitas, não cuidavam dos doentes e eram inacessíveis, ele só tinha contato com um enfermeiro mal-humorado, encarregado de trocar os curativos.

Menos de um mês após a operação, ele fervia de impaciência. Enquanto Neferet o examinava, ele não conseguiu ficar parado.

— Estou restabelecido.

— Não completamente, mas o seu estado é notável. Nenhum ponto de sutura cedeu, os ferimentos estão cicatrizados, nenhuma infecção manifestou-se.

— Então, eu posso ir embora!

— Desde que se poupe.

Sem conseguir resistir, ele a beijou nas duas faces.

— Eu lhe devo a vida e não sou ingrato. Se me chamar, virei correndo. Palavra de herói!

— Leve com você uma jarra de água curativa e beba três taças pequenas por dia.

— A cerveja não está mais proibida?

— Não mais do que o vinho, em pequenas doses.

Suti estendeu os braços e bateu no peito.

— Como é bom voltar a viver! Todas essas horas de sofrimento... Só as mulheres conseguirão apagá-las.

— Não pensa em se casar?

— Que a deusa Hathor me proteja desse desastre! Eu, com uma esposa fiel e um chorrilho de choramingas pendurados na minha tanga? Uma amante, depois outra e mais outra, esse é o meu maravilhoso destino. Nenhuma se parece com a outra, cada uma tem os seus segredos.

— Você parece ser bem diferente do seu amigo Paser — observou ela, sorrindo.

— Não se fie no seu comportamento reservado: ele é passional, provavelmente mais do que eu. Se ele ousou falar com você...

— Ele ousou.

— Não leve as palavras dele na brincadeira.

— Elas me assustaram.

— Paser só amará uma vez. Ele pertence a essa raça de homens que se apaixonam loucamente e mantêm a sua loucura por toda a vida. Uma mulher não os compreende bem, pois precisa acostumar-se, com calma, antes de se comprometer. Paser é uma torrente furiosa, mas não um fogo de palha; a paixão dele não diminuirá. Ele é desajeitado, tímido demais ou apressado, de absoluta sinceridade. Ele nunca aceitou os namoricos e as aventuras, pois só é capaz de ter um grande amor.

— E se estiver enganado?

— Ele irá até o fim do seu ideal. Não espere a menor concessão.

— Então você admite os meus medos?

— No amor, os argumentos razoáveis são inúteis. Desejo que seja feliz, qualquer que seja a sua decisão.

Suti compreendia Paser. A beleza de Neferet era luminosa.

*

Sentado embaixo de uma palmeira, ele não se alimentava mais. Com a cabeça nos joelhos, em posição de luto, não diferenciava o dia da noite. Nem mesmo as crianças incomodavam-no, a tal ponto ele parecia um bloco de pedra.

— Paser! Sou eu, Suti.

O juiz não reagiu.

— Você está convencido de que ela não o ama.

Suti apoiou as costas no tronco, ao lado do amigo.

— Não haverá outra mulher, eu sei disso. Não tentarei consolá-lo, compartilhar da sua infelicidade é impossível. Só resta a sua missão.

Paser ficou em silêncio.

— Nem eu nem você podemos deixar Asher triunfar. Se desistirmos, o tribunal do outro mundo irá condenar-nos à segunda morte e não teremos nenhuma justificativa para a nossa covardia.

O juiz continuou inerte.

— Já que você quer, morra de inanição pensando nela. Lutarei sozinho contra Asher.

Paser saiu do torpor e olhou para Suti.

— Ele o destruirá.

— Cada um com os seus problemas. Você não suporta a indiferença de Neferet; eu, o rosto de um assassino que me persegue durante o sono.

— Eu o ajudarei.

Paser tentou levantar-se, mas ficou tonto; Suti segurou-o pelos ombros.

— Perdoe-me, mas...

— Você sempre me recomendou a não desperdiçar palavras. O essencial é comer alguma coisa.

*

Os dois homens pegaram a balsa, cheia como sempre. Com muito custo, Paser havia comido pão e cebolas. O vento bateu-lhe no rosto.

— Contemple o Nilo — recomendou Suti. — Ele é a nobreza. Diante dele, somos medíocres.

O juiz olhou fixo para a água clara.

— Em que está pensando, Paser?

— Como se você não soubesse...

— Como pode ter certeza de que Neferet não o ama? Eu falei com ela e...

— É inútil, Suti.

— Os afogados podem ser beatificados, mesmo assim são afogados. E você prometeu inculpar Asher.

— Sem você, eu desistiria.

— Porque você não é mais o mesmo.

— Ao contrário, não sou nada além de mim mesmo, reduzido à pior das solidões.

— Você vai esquecer.

— Você não compreende.

— O tempo é o único remédio.

— Ele não apagará nada.

Assim que a balsa encostou na margem, uma multidão barulhenta desembarcou empurrando burros, carneiros e bois. Os dois amigos deixaram passar a enxurrada de pessoas, subiram uma escada e foram até o escritório do juiz principal de Tebas. O serviço de mensageiros não havia recebido nenhuma mensagem em nome de Paser.

— Vamos voltar a Mênfis — exigiu Suti.

— Está com tanta pressa?

— Estou impaciente para rever Asher. Não quer fazer-me um resumo da sua investigação?

Com uma voz monocórdia, Paser retraçou os episódios da sua investigação. Suti ouviu com atenção.

— Quem o seguiu?

— Não tenho a menor ideia.

— São os métodos do chefe da polícia?

— Por que não seriam?

— Antes de deixar Tebas, vamos ver Kani.

Dócil, Paser aceitou. Indiferente, ele se desligara da realidade. A recusa de Neferet corroía-lhe a alma.

Kani já não trabalhava sozinho no jardim, equipado com vários sistemas de irrigação de pêndulo. Uma intensa atividade reinava na parte do terreno reservada aos legumes. O jardineiro cuidava das plantas medicinais. Robusto, com a pele cada vez mais enrugada, gestos lentos, ele aguentava o peso de uma grande vara em cujas extremidades estavam pendurados dois potes pesados, cheios de água. Ele não concedia a ninguém o privilégio de alimentar as suas protegidas.

Paser apresentou-lhe Suti. Kani encarou-o.

— É seu amigo?

— Pode falar na frente dele.

— Continuei a procurar o veterano de maneira sistemática. Marceneiros, carpinteiros, carregadores de água, lavadeiros, agricultores... não deixei de lado nenhuma atividade. Um fraco indício: o nosso homem foi por alguns dias reparador de carros antes de desaparecer.

— Não é tão fraco — retificou Suti. — Logo, ele está vivo!

— É o que esperamos.

— Ele também teria sido eliminado?

— Em todo caso não se consegue encontrá-lo.

— Continue — recomendou Paser. — O quinto veterano ainda está neste mundo.

*

Existia bem-estar mais suave do que o dos fins de tarde tebanos, quando o vento do norte trazia o frescor para debaixo dos caramanchões e das pérgulas, onde se bebia cerveja, admirando o pôr do sol? O cansaço do corpo desaparecia, o tormento das almas acalmava-se, a beleza da deusa do silêncio espalhava-se no ocidente avermelhado. Os íbis atravessavam o crepúsculo.

— Amanhã, Neferet, parto para Mênfis.
— É o seu trabalho?
— Suti foi testemunha de uma traição. Prefiro não contar mais, para a sua segurança.
— O perigo é assim tão premente?
— O exército está em jogo.
— Pense em você, Paser.
— Estaria preocupada comigo?
— Não seja amargo. Desejo muito a sua felicidade.
— Só você pode concedê-la.
— Você é tão intransigente, tão...
— Venha comigo.
— Impossível. Não tenho o mesmo fogo que você; admita que sou diferente, que a pressa é uma coisa estranha para mim.
— É tudo muito simples: eu a amo e você não me ama.
— Não, nem tudo é tão simples. O dia não sucede violentamente a noite, uma estação não chega repentinamente depois da outra.
— Estaria dando-me uma esperança?
— Comprometer-me seria mentir.
— Como vê...
— Os seus sentimentos são tão violentos, tão impacientes... Não pode exigir que eu responda com a mesma ânsia.
— Não tente justificar-se.
— Não vejo claro dentro de mim, como lhe dar uma certeza?
— Se eu partir, nunca mais nos veremos.

Paser afastou-se a passos lentos, esperando pelas palavras que não foram pronunciadas.

*

O escrivão Iarrot havia evitado maiores erros, não assumindo nenhuma responsabilidade. O bairro estava calmo, nenhum delito sério havia sido cometido. Paser organizou os detalhes e foi ver o chefe da polícia, que havia feito uma convocação.

Com a voz fanhosa, apressado, Mentmosé estava mais sorridente do que o habitual:

— Meu caro juiz! Feliz em revê-lo. Estava viajando?

— Viagem obrigatória.

— A sua jurisdição foi das mais tranquilas, a sua reputação está dando frutos. Sabemos que não transige com a lei. Sem querer ofendê-lo, parece cansado.

— Nada importante.

— Bom, bom...

— Qual o motivo da sua convocação?

— Um caso delicado e... lamentável. Segui o seu plano ao pé da letra no que diz respeito ao silo suspeito. Lembre-se: eu duvidava da sua eficácia. Cá entre nós, eu não estava enganado.

— O intendente fugiu?

— Não, não... Não tenho nada a censurá-lo. Ele não estava no local quando o incidente ocorreu.

— Que incidente?

— A metade do conteúdo do silo foi roubada durante a noite.

— Está brincando?

— Infelizmente, não! Essa é a triste realidade.

— No entanto, os seus homens estavam vigiando!

— Sim e não. Uma rixa, não muito longe dos celeiros, obrigou-os a intervir com urgência. Quem pode repreendê-los? Quando retomaram a vigia, constataram o roubo. Agora, e isso é surpreendente, o estado do silo corresponde ao relatório do intendente!

— Quem são os culpados?

— Nenhuma pista séria.

— Nenhuma testemunha?

— O bairro estava deserto e a operação foi feita rapidamente. Não será fácil identificar os ladrões.

— Suponho que os seus melhores elementos estejam no caso.

— Conte comigo.

— Cá entre nós, Mentmosé, que opinião tem de mim?

— Pois bem... Eu o considero um juiz consciente dos seus deveres.

— Atribui-me um pouco de inteligência?
— Meu caro Paser, você se subestima!
— Nesse caso, sabe que não dou nenhum crédito à sua história.

*

Atormentada por uma de suas frequentes crises de angústia, a senhora Silkis recebia os cuidados atentos de um especialista em distúrbios psíquicos, intérprete de sonhos. O consultório dele, pintado de preto, era mergulhado na escuridão. Todas as semanas, ela se deitava numa esteira, contava-lhe os seus pesadelos e ouvia os conselhos que ele lhe dava.

O intérprete de sonhos era um sírio instalado em Mênfis há muitos anos. Usando vários livros de magia e de chaves dos sonhos,* ele deleitava uma clientela de damas nobres e burguesas endinheiradas. Por essa razão, os seus honorários eram muito altos; ele não levava um conforto regular às pobres criaturas de mente frágil?

O intérprete de sonhos insistia na duração ilimitada do tratamento; algum dia deixamos de sonhar? Ora, só ele podia dar o significado das imagens e das fantasias que perturbavam um cérebro adormecido. Muito prudente, ele repelia a maior parte dos avanços das suas pacientes com carência de afeto e só cedia às viúvas ainda apetitosas.

Silkis roía as unhas.
— Brigou com o seu marido?
— Por causa das crianças.
— Que falta elas cometeram?
— Elas mentiram. Não é assim tão grave! O meu marido irrita-se, eu as defendo, o tom de voz sobe.
— Ele bate em você?
— Um pouco, mas eu me defendo.
— Ele ficou satisfeito com a mudança do seu corpo?
— Oh, ficou! Ele come na minha mão... às vezes consigo que ele faça o que quero, desde que não me envolva nos seus negócios.
— Eles lhe interessam?
— De modo algum. Somos ricos, isso é o principal.

---

* Foram encontradas algumas chaves dos sonhos. Elas indicavam o tipo de sonho e forneciam uma interpretação.

— Depois da última briga, como você se comportou?
— Como sempre. Eu me fechei no quarto e gritei. Depois, adormeci.
— Longos sonhos?
— Sempre as mesmas imagens. Primeiro, vi um nevoeiro que subia do rio. Alguma coisa, com certeza um barco, tentava atravessá-lo. Graças ao sol, o nevoeiro dissipou-se. O objeto era um falo gigantesco que avançava em linha reta! Eu me afastei e quis refugiar-me numa casa à beira do Nilo. Não era uma construção, mas um sexo de mulher que me atraía e me assustava ao mesmo tempo.

Silkis ofegava.

— Cuidado — recomendou o intérprete. — Segundo a chave dos sonhos, a visão de um falo anuncia um roubo.
— E um sexo de mulher?
— A miséria.

*

Esbaforida, a senhora Silkis foi imediatamente ao armazém. O marido interrogava dois homens, com os braços caídos e parecendo desolado.

— Desculpe-me incomodá-lo, querido. É preciso tomar cuidado, você será roubado o corremos o risco de ficar na miséria!
— O seu aviso está chegando atrasado. Estes capitães estavam me explicando, como os seus colegas, que não existe nenhum barco disponível para transportar os meus papiros do Delta para Mênfis. O nosso entreposto continuará vazio.

CAPÍTULO 30

O juiz Paser foi o alvo da raiva de Bel-Tran.
— O que quer que eu faça?
— Que intervenha por entrave à liberdade de circulação de mercadorias. As encomendas estão chegando em grande quantidade e não posso entregar nenhuma!
— Assim que um barco estiver disponível...
— Nenhum barco ficará disponível.
— Hostilidade?
— Investigue, vai conseguir prová-la. Cada hora que passa leva-me à ruína.
— Volte amanhã. Espero conseguir elementos concretos.
— Não esquecerei o que está fazendo por mim.
— Pela justiça, Bel-Tran, não é por você.

Kem gostou da missão, e o babuíno mais ainda. Munido da lista dos transportadores fornecida por Bel-Tran, eles indagaram sobre a razão da recusa. Explicações confusas, lamentações e mentiras patentes deram-lhes a certeza de que o fabricante de papiro não estava enganado. Na ponta de uma doca, na hora da sesta, Kem abordou um quartel-mestre, em geral bem informado.
— Conhece Bel-Tran?
— Já ouvi falar.
— Nenhum barco disponível para os papiros dele?

— É o que parece.
— No entanto, o seu está no cais e vazio.
O babuíno abriu a boca sem emitir nenhum som.
— Segure a sua fera!
— A verdade, e nós o deixaremos em paz.
— Denés alugou todos os barcos por uma semana.

No fim da tarde, o juiz Paser seguiu o procedimento regulamentar, interrogando pessoalmente os armadores, obrigados a lhe mostrar os contratos de locação.

Todos estavam em nome de Denés.

*

Marinheiros descarregavam alimentos, jarras e móveis de um batelão a velas. Um outro barco de carga preparava-se para partir para o Sul. Havia poucos remadores a bordo. Quase toda a embarcação, de casco maciço, era tomada por cabines onde eram embarcadas as mercadorias. O encarregado de manejar o remo principal já estava no seu posto; faltava o homem da proa. Com uma longa vara, ele sondaria o fundo do rio em intervalos regulares. No cais, Denés conversava com o capitão no meio do burburinho. Os marinheiros cantavam ou insultavam-se, carpinteiros consertavam um veleiro, cortadores de pedra consolidavam um desembarcadouro.

— Posso falar-lhe? — perguntou Paser, acompanhado de Kem e do babuíno.
— Com prazer, mas depois.
— Desculpe-me por insistir, mas estou com pressa.
— Não a ponto de retardar a partida de um barco!
— Justamente a esse ponto.
— Qual o motivo?

Paser desenrolou um papiro de um bom metro de comprimento.

— Eis a lista das infrações que cometeu: aluguel forçado, intimidação dos armadores, tentativa de monopólio, entrave à circulação de bens.

Denés consultou o documento. As acusações do juiz estavam formuladas com exatidão e de acordo com as regras.

— Contesto a sua interpretação dos fatos, dramática e grandiloquente! Se aluguei muitos barcos, foi visando aos transportes excepcionais.
— Quais?
— Materiais diversos.

— Muito vago.
— Na minha profissão é bom prever o imprevisto.
— Bel-Tran é vítima da sua manobra.
— Chegamos ao ponto! Eu o havia prevenido: a ambição dele o levaria ao fracasso.
— Para acabar com o monopólio de fato, que é incontestável, vou exercer o direito de requisição.
— À vontade. Pegue qualquer chata do cais oeste.
— O seu barco me convém.
Denés colocou-se em frente à prancha de desembarque.
— Eu o proíbo de tocar nele!
— Acho melhor fingir que não ouvi. Contestar a lei é um delito grave.
O transportador ficou mais calmo:
— Seja razoável... Tebas está esperando por esse carregamento.
— Bel-Tran sofreu um prejuízo cujo autor é você; para que se faça justiça tem de indenizá-lo. Ele aceitou não dar queixa para preservar as relações futuras entre vocês. Devido ao atraso, o estoque dele é enorme, esse navio de transporte pouco será suficiente.

Paser, Kem e o babuíno subiram a bordo. O juiz queria não só fazer justiça a Bel-Tran, mas também seguia uma intuição.

Várias cabines, construídas com pranchas de madeira encaixadas umas nas outras, cheias de orifícios para garantir a circulação de ar, abrigavam cavalos, bois, bodes e bezerros. Alguns animais estavam soltos, outros presos a argolas fixadas no convés. Os que se sentiam à vontade num barco passeavam na proa. Outras cabines, simples armações de madeira fina com uma cobertura, continham banquetas, cadeiras e mesinhas.

Na popa, uma grande cobertura ocultava uns trinta silos portáteis.

Paser chamou Denés.
— De onde vem este trigo?
— Dos armazéns.
— Quem o entregou?
— Consulte o quartel-mestre.

Interrogado, o homem mostrou um documento oficial com um selo indecifrável. Por que deveria ter prestado atenção quando se tratava de um tipo de mercadoria comum? Segundo as necessidades de uma ou outra província, Denés transportava grãos durante todo o ano. As reservas dos silos do Estado evitavam a fome.

— Quem lhe deu a ordem para encaminhá-los?

O quartel-mestre não sabia dizer. O juiz voltou-se para o patrão, que, sem hesitar, levou-o ao seu escritório no porto.

— Não tenho nada a esconder — confessou Denés, nervoso. — É bem verdade que tentei dar uma lição em Bel-Tran, mas era só uma brincadeira. Por que o meu carregamento o intriga?

— Segredo da instrução.

Os arquivos eram bem conservados. Dócil, Denés apressou-se a tirar a tabuinha de argila que interessava ao juiz.

A ordem de transporte vinha de Hattusa, princesa hitita, superiora do harém de Tebas, esposa diplomática de Ramsés, o Grande.

*

Graças ao general Asher, a calma havia voltado aos principados da Ásia. Mais uma vez, ele havia provado o seu perfeito conhecimento do terreno. Dois meses depois da sua volta, no meio do verão, quando uma cheia benéfica depositava o limo fertilizante nas duas margens, uma cerimônia grandiosa foi organizada em sua honra. Asher não havia trazido uma contribuição de mil cavalos, cento e cinquenta prisioneiros, dez mil carneiros, oitocentas cabras, quatrocentos bois, quarenta carros de guerra do inimigo, centenas de lanças, de espadas, de cotas de armas, de escudos e duzentos mil sacos de cereais?

Os corpos de elite, guarda do faraó e polícia do deserto, e os representantes dos quatro regimentos — Amon, Rá, Ptah e Seth — que compreendiam a divisão de carros de guerra, a infantaria e os arqueiros estavam reunidos em frente ao palácio real. Nenhum oficial havia faltado. A força militar egípcia exibia o seu fausto e homenageando e celebrando o seu oficial superior mais condecorado. Ramsés ia entregar-lhe cinco colares de ouro e decretaria três dias de festas em todo o país. Asher passaria a ser um dos primeiros personagens do Estado, o braço armado do rei e muralha contra a invasão.

Suti não faltou à festa. O general lhe havia atribuído um carro novo para desfilar, sem a obrigação de comprar o timão* e a caixa, como a maioria dos oficiais; três soldados cuidariam dos dois cavalos.

Antes do desfile, o herói da recente campanha recebeu as felicitações do general.

---

* Peça longa à qual os animais são atrelados nos carros de tração. (N. T.)

— Continue a servir o seu país, Suti; eu lhe prometo um futuro brilhante.
— A minha alma está atormentada, general.
— Você me surpreende.
— Enquanto Adafi não for o nosso prisioneiro, não dormirei tranquilo.
— Reconheço em você um herói brilhante e generoso.
— Eu me pergunto... como ele escapou, apesar da nossa operação de esquadrinhamento?
— O canalha é hábil.
— Não poderíamos jurar que ele adivinha os nossos planos?
Uma ruga surgiu na testa do general Asher.
— Você me deu uma ideia... a presença de um espião nas nossas fileiras.
— Inacreditável.
— Esse fato já ocorreu. Fique tranquilo: o meu estado-maior e eu mesmo estudaremos esse problema. Fique certo de que esse vil rebelde não ficará muito tempo em liberdade.

Asher deu uns tapinhas na face de Suti, depois se virou para outro herói. As insinuações, mesmo fundamentadas, não o haviam perturbado.

Por um instante, Suti indagou-se se não estaria enganado. Mas a cena horrível continuava viva na sua memória. Ingênuo, ele achava que o traidor perderia o sangue-frio.

*

O faraó pronunciou um discurso, cuja parte essencial foi repetida pelos arautos em todas as cidades e em todos os povoados. Chefe supremo do exército, ele garantia a paz e zelava pelas fronteiras. Os quatro grandes regimentos, com vinte mil soldados, protegeriam o Egito de qualquer tentativa de invasão. A divisão dos carros de guerra e a infantaria, nas quais inúmeros núbios, sírios e líbios se haviam alistado, estavam empenhadas na felicidade das Duas Terras e defendiam-nas contra os agressores, mesmo que fossem antigos compatriotas. O rei não tolerava nenhuma falta de disciplina, e o vizir executaria as ordens dele ao pé da letra.

Em troca dos seus bons e leais serviços, o general Asher era o responsável pela instrução dos oficiais encarregados de comandar as tropas que teriam missões de segurança na Ásia. A experiência que ele possuía seria preciosa; porta-estandarte à direita do rei, o general seria permanentemente consultado sobre as opções táticas e estratégicas.

*

Paser abria um dossiê, fechava, classificava documentos já classificados, dava ordens contraditórias ao escrivão e esquecia-se de levar o seu cão para passear. Iarrot não ousava fazer-lhe perguntas, pois o juiz respondia errado.

Todos os dias, Paser suportava a insistência de Suti, cada vez mais impaciente; ver Asher em liberdade tornava-se insuportável. O juiz não queria saber de precipitação, nada propunha de concreto e arrancou do amigo a promessa de não intervir de maneira insensata. Atacar o general irrefletidamente só levaria ao fracasso.

Suti constatou que Paser não se interessava pela sua opinião; perdido em pensamentos dolorosos, ele se consumia aos poucos.

O juiz acreditara que o trabalho iria atordoá-lo e faria com que esquecesse Neferet. Ao contrário, a distância aumentava o seu desespero. Consciente de que o tempo agravaria a sua desesperança, decidiu tornar-se uma sombra. Depois de se despedir do seu cão e do burro, saiu de Mênfis na direção oeste, para o deserto da Líbia. Covarde, não se abriu com Suti, imaginando antecipadamente os argumentos que ele usaria. Encontrar o amor e não poder vivê-lo transformara a sua vida num suplício.

Paser andou debaixo de um sol ardente, na areia escaldante. Subiu uma colina e sentou-se numa pedra, com os olhos voltados para a imensidão do deserto. O céu e a Terra fechar-se-iam sobre ele, o calor faria o seu corpo definhar, as hienas e os abutres destruiriam os seus restos mortais. Ao desprezar uma sepultura, injuriava os deuses e condenava-se a sofrer uma segunda morte, que excluiria a ressurreição; porém, o pior dos castigos não seria uma eternidade sem Neferet?

Saindo de si mesmo, indiferente ao vento e aos açoites dos grãos de areia, Paser mergulhou no espaço infinito. Sol vazio, luz imóvel... Não era assim tão fácil morrer. O juiz não se mexia, convencido de que deslizaria para o sono derradeiro.

Quando a mão de Branir se apoiou no seu ombro, ele não reagiu.

— Um passeio cansativo na minha idade. Ao voltar de Tebas, eu queria descansar e você me obrigou a vir procurá-lo neste deserto. Mesmo com a radiestesia não foi uma tarefa fácil. Beba um pouco.

Branir entregou um odre com água fresca ao discípulo. Com uma mão hesitante Paser segurou-o, colocou o gargalo entre os lábios exangues e tomou um gole.

– Recusar seria um insulto, mas não tomarei mais.

— Você é resistente, a sua pele não está queimada e a sua voz não treme demais.

— O deserto levará a minha vida.

— Ele não lhe dará a morte.

Paser estremeceu.

— Serei paciente.

— A sua paciência será inútil, pois você é um perjuro.

O juiz sobressaltou-se:

— Você, o meu mestre, você...

— A verdade é penosa.

— Eu não faltei à palavra dada!

— A sua memória está falhando. Ao aceitar o seu primeiro posto em Mênfis, você prestou juramento, com uma pedra por testemunha. Olhe o deserto à nossa volta: essa pedra tornou-se um milhar e ela o lembra do compromisso sagrado que você assumiu diante dos deuses, diante dos homens e diante de mim. Você sabia, Paser, que um juiz não é um homem comum. A sua vida não lhe pertence. Desperdice-a, arruíne-a, isso não tem importância: agora, um perjuro é condenado a errar por entre sombras odiosas que se destroem umas às outras.

Paser desafiou o mestre:

— Não posso viver sem ela.

— Você tem de exercer a sua função de juiz.

— Sem alegria e sem esperança?

— A justiça não se alimenta dos seus sentimentos pessoais, mas de retidão.

— Para mim é impossível esquecer Neferet.

— Fale-me das suas investigações.

O enigma da Esfinge, o quinto veterano, o general Asher, o trigo roubado... Paser reuniu os fatos e não escondeu as suas incertezas, nem as suas dúvidas.

— Você, um modesto magistrado, situado na parte mais baixa da escala hierárquica, é responsável por casos excepcionais que o destino lhe confiou. Eles vão além da sua pessoa e, talvez, envolvam o futuro do Egito. Você seria tão medíocre a ponto de negligenciá-los?

— Vou agir, já que é assim que deseja.

— É a sua função que o exige. Acha que a minha é mais leve?

— Em breve gozará do silêncio do templo coberto.

— Não do silêncio, Paser, mas de toda a vida dele. Contra a minha vontade, fui designado sumo sacerdote de Karnak.

O rosto do juiz iluminou-se.

— Quando receberá o anel de ouro?

— Dentro de alguns meses.

*

Suti havia procurado Paser em toda a Mênfis por dois dias. Sabia que o amigo estava muito desesperado, a ponto de dar um fim na própria vida.

Paser reapareceu no escritório, com o rosto queimado pelo sol. Suti arrastou-o para uma colossal bebedeira, povoada de recordações da infância. De manhã, eles se banharam no Nilo sem que conseguissem dissipar a dor de cabeça que lhes pressionava as têmporas.

— Onde você estava escondido?

— Fui meditar no deserto. Branir trouxe-me de volta.

— O que decidiu realmente?

— Mesmo que a estrada seja monótona e cinzenta, respeitarei o meu juramento de juiz.

— A felicidade virá.

— Você sabe muito bem que não.

— Lutaremos juntos. Por onde vai começar?

— Por Tebas.

— Por causa dela?

— Não a verei mais. Preciso esclarecer uma negociata de trigo e encontrar o quinto veterano. O testemunho dele é essencial.

— E se ele estiver morto?

— Graças a Branir, tenho a certeza de que está escondido. A varinha de mago não se engana.

— Isso pode demorar.

— Vigie Asher, estude os fatos e os gestos dele, tente encontrar uma falha.

*

O carro de Suti levantou uma nuvem de poeira. O novo tenente entoava uma canção obscena, que exaltava a infidelidade das mulheres. Suti estava otimista. Mesmo que continuasse neurastênico, Paser cumpriria a palavra.

Na primeira oportunidade, Suti iria apresentar-lhe uma alegre donzela que acabaria com a sua melancolia.

Asher não escaparia, Suti faria justiça.

O carro passou entre duas balizas que marcavam a entrada da propriedade. O calor estava tão forte que a maior parte dos agricultores descansava à sombra. Em frente à fazenda um drama acontecia, um burro havia acabado de derrubar a sua carga.

Suti parou, pulou para o chão, afastou o condutor do burro, que erguia um bastão para castigar o animal. O tenente reteve o quadrúpede assustado segurando-o pelas orelhas e acalmou-o, acariciando-o.

— Não se bate num burro.

— E o meu saco de grãos? Não está vendo que ele o deixou cair?

— Não foi ele — corrigiu um adolescente.

— Quem foi então?

— A líbia. Ela se divertiu espetando-o por trás com espinhos.

— Ah, ela! Merece dez bastonadas.

— Onde ela está?

— Perto do lago. Se quiser pegá-la, ela está subindo no salgueiro.

— Eu cuido dela.

Quando ele se aproximou, Pantera escalou a árvore e deitou-se num galho mestre.

— Desça.

— Vá embora! Por sua causa fui reduzida a escrava!

— Lembre-se de que eu devia estar morto e vim libertá-la. Pule nos meus braços.

Ela não hesitou. Suti foi derrubado, bateu com força no chão e contorceu o rosto de dor. Pantera passou os dedos nas cicatrizes.

— As outras mulheres rejeitam-no?

— Preciso de uma enfermeira devotada por algum tempo. Você vai massagear-me.

— Você está empoeirado.

— Eu forcei o passo, tão impaciente estava em revê-la.

— Mentiroso!

— Eu deveria ter me lavado, tem razão.

Ele se ergueu, segurou-a nos braços e correu para o lago, onde mergulharam se beijando.

*

Nebamon experimentava as perucas de festa que o cabeleireiro havia preparado. Nenhuma delas o agradava. Muito pesadas, muito complicadas. Dia a dia ficava mais difícil seguir a moda. Exasperado com as solicitações das senhoras ricas, que desejavam preservar os seus encantos remodelando o corpo, obrigado a presidir comissões administrativas e afastar os candidatos à sua sucessão, ele lamentava a falta de uma mulher como Neferet ao seu lado. Irritava-se com o próprio fracasso.

O secretário particular inclinou-se diante dele.

— Consegui as informações que queria.

— Miséria e desespero?

— Não exatamente.

— Ela abandonou a medicina?

— Ao contrário.

— Por acaso está zombando de mim?

— Neferet montou um dispensário no povoado, um laboratório, fez intervenções cirúrgicas e conseguiu as boas graças das autoridades sanitárias de Tebas. A sua fama não para de crescer.

— Isso não é razoável! Ela não possui nenhuma fortuna. Como consegue produtos raros e caros?

O secretário particular sorriu.

— Devia ficar contente comigo.

— Fale.

— Segui o estranho fio da meada. A reputação da senhora Sababu chegou aos seus ouvidos?

— Ela não mantinha um prostíbulo em Mênfis?

— O mais famoso. Apesar de extremamente rentável, ela largou repentinamente o seu estabelecimento.

— Qual a ligação com Neferet?

— Sababu não só é uma das suas pacientes, como a sua provedora de fundos. Ela oferece jovens e bonitas moças à clientela tebana, lucra com esse comércio e faz com que a sua protegida tire proveito disso. A moral não é ultrajada?

— Uma médica financiada por uma prostituta... eu a peguei!

CAPÍTULO 31

— A sua reputação é lisonjeira — disse Nebamon a Paser. — A fortuna não o impressiona, você não teme atacar os privilégios; em resumo, a justiça é o seu pão de cada dia e a integridade, a sua segunda natureza.
— Não é o mínimo para um juiz?
— É verdade, é verdade... por isso eu o escolhi.
— Devo sentir-me lisonjeado?
— Conto com a sua probidade.

Desde a infância, Paser não conseguia suportar os bajuladores de sorriso forçado e atitudes calculadas. O médico-chefe irritava-o no mais alto grau.

— Um escândalo horrível está a ponto de explodir — murmurou Nebamon, de modo a não ser ouvido pelo escrivão. — Um escândalo que pode deturpar o conceito da minha profissão e lançar o opróbrio sobre todos os médicos.

— Seja mais explícito.

Nebamon virou a cabeça na direção de Iarrot.

Com o consentimento do juiz, este último desapareceu.

— As queixas, os tribunais, a lentidão administrativa... Não poderíamos evitar essas aborrecidas formalidades?

Paser continuou em silêncio.

— Você quer saber mais, é bem normal. Posso contar com a sua discrição?

O juiz controlou-se.

— Uma das minhas alunas, Neferet, cometeu erros, que eu puni. Em Tebas, ela deveria manter uma reserva prudente e remeter-se aos colegas mais competentes Ela me decepcionou muito.

— Mais erros?

— Passos em falso cada vez mais lamentáveis. Atividade incontrolada, prescrições descabidas, laboratório particular.

— Isso é ilegal?

— Não, mas Neferet não dispunha de nenhum recurso material para se instalar.

— Os deuses lhe foram favoráveis.

— Os deuses não, juiz Paser, e sim uma mulher de má vida, Sababu, dona de um prostíbulo, que chegou de Mênfis.

Tenso, sério, Nebamon esperava uma reação indignada.

Paser parecia indiferente.

— A situação é muito preocupante — continuou o médico-chefe. — Algum dia alguém vai descobrir a verdade, e a reputação de médicos respeitáveis será manchada.

— Você, por exemplo!

— Evidentemente, pois fui professor de Neferet! Não posso tolerar por mais tempo um risco desse.

— Sinto muito, mas não consigo perceber o meu papel.

— Uma intervenção discreta, mas firme, suprimiria essa contrariedade. Já que o prostíbulo de Sababu pertence ao seu setor, já que ela trabalha em Tebas sob uma falsa identidade, não lhe faltam motivos para a acusação. Ameace Neferet de pesadas sanções, se ela continuar a agir insensatamente. O aviso fará com que ela volte a exercer uma medicina de povoado de acordo com a capacidade dela. Obviamente, não peço uma ajuda gratuita. Uma carreira é construída; eu lhe dou uma bela ocasião de subir na hierarquia.

— Estou sensibilizado.

— Sabia que nos entenderíamos. Você é jovem, inteligente e ambicioso, diferente de muitos dos seus colegas, tão minuciosos em seguir a lei ao pé da letra que acabam por perder o bom-senso.

— E se eu fracassar?

— Vou apresentar uma queixa contra Neferet, você presidirá o tribunal e escolheremos os jurados. Não quero chegar a esse ponto, seja persuasivo.

— Não economizarei esforços.

Descontraído, Nebamon felicitava-se pela atitude tomada. Havia julgado corretamente o juiz.

— Estou feliz por haver batido na porta certa. É fácil aplainar as dificuldades entre pessoas qualificadas.

*

Tebas, a divina, onde ele havia encontrado a felicidade e a desgraça. Tebas, a encantadora, onde o esplendor da aurora aliava-se ao maravilhoso espetáculo do entardecer. Tebas, a implacável, aonde o destino o levava em busca de uma verdade fugidia, como um lagarto desesperado.

Ele a viu na balsa.

Ela voltava da margem leste, ele atravessava o rio para ir ao povoado onde ela exercia a medicina. Ao contrário dos seus medos, ela não o repeliu.

— As minhas palavras não foram levianas. Esse encontro não deveria ocorrer.

— Esqueceu-me um pouco?

— Nem um instante.

— Você se tortura.

— Por você, que mal tem?

— O seu sofrimento me entristece. Acha necessário acentuá-lo vendo-nos de novo?

— É o juiz que se dirige a você, apenas o juiz.

— Do que sou acusada?

— De aceitar a generosidade de uma prostituta. Nebamon exige que as suas atividades se restrinjam ao povoado e que envie os casos mais sérios aos seus colegas.

— Se não?

— Aí ele tentará condená-la por imoralidade, ou seja, de exercer a medicina.

— A ameaça é séria?

— Nebamon é um homem influente.

— Eu escapei dele, mas Nebamon não admite que eu continue resistindo.

— Prefere desistir?

— O que pensaria da minha atitude?

— Nebamon conta comigo para convencê-la.

— Ele não o conhece direito.

— Essa é a nossa chance. Confia em mim?

— Sem reservas.

A ternura da voz dela alegrou-o. Ela não saía da indiferença, não lhe concedia um outro olhar, menos distante?

— Não se preocupe, Neferet. Eu a ajudarei.

Ele a acompanhou até o povoado, desejando que o caminho de terra não terminasse nunca.

*

O devorador de sombras estava tranquilo.

A viagem do juiz Paser parecia ser de ordem totalmente particular. Em vez de procurar o quinto veterano, ele fazia a corte à bela Neferet.

Obrigado a tomar mil precauções por causa da presença do núbio e do macaco, o devorador de sombras acabou acreditando que o quinto veterano havia morrido de morte natural ou fugira para longe, para o Sul, e que não se ouviria mais falar dele. O importante era que ele não falasse.

No entanto, prudente, continuaria a seguir o juiz.

*

O babuíno estava inquieto.

Kem examinou os arredores e não notou nada de anormal. Viu camponeses com os seus burros, operários reparando os diques e carregadores de água. No entanto, o macaco policial sentia um perigo.

Redobrando a atenção, o núbio aproximou-se do juiz e de Neferet. Pela primeira vez, avaliava o seu patrão. O jovem magistrado era cheio de ideais e de utopia, forte e frágil, realista e sonhador, tudo ao mesmo tempo, contudo a retidão guiava-o. Sozinho, não eliminaria a maldade da natureza humana, mas não aceitava que essa maldade reinasse. Por essa razão, dava esperanças àqueles que sofriam injustiça.

Kem preferia que ele não se houvesse envolvido numa aventura tão perigosa em que, mais cedo ou mais tarde, seria esmagado; mas como reprová-lo se os pobres sujeitos haviam sido assassinados? Enquanto a memória das pessoas simples não fosse desrespeitada, enquanto um juiz não concedesse privilégios às pessoas importantes por causa da fortuna, o Egito continuaria a brilhar.

*

Neferet e Paser não se falaram. Ele sonhava com um passeio como aquele quando, de mãos dadas, ficariam felizes por estarem juntos. Os passos deles combinavam como o de um casal unido. Ele roubava os instantes de uma felicidade impossível, buscando uma miragem mais preciosa do que a realidade.

Neferet andava depressa, aérea; os seus pés pareciam mal tocar o chão, ela se locomovia sem cansaço. Ele gozava do privilégio inestimável de acompanhá-la e poderia propor-lhe tornar-se o seu servo, obscuro e zeloso, se não fosse obrigado a continuar a ser juiz para defendê-la contra as tempestades que se anunciavam. Estaria iludindo-se ou ela se mostrava menos reticente em relação a ele? Talvez ela precisasse do silêncio a dois, talvez se acostumasse à sua paixão, desde que ele se calasse.

Eles entraram no laboratório, onde Kani selecionava as plantas medicinais.

— A colheita foi excelente.

— Ela pode ter sido inútil — lamentou Neferet. — Nebamon quer impedir-me de continuar.

— Se não fosse proibido envenenar as pessoas...

— O médico-chefe não será bem-sucedido — afirmou Paser. — Eu vou intervir.

— Ele é mais perigoso do que uma víbora. E também o morderá.

— Há novos elementos?

— O templo entregou-me uma grande parcela de terreno para explorar. Tornei-me o seu fornecedor oficial.

— Você merece, Kani.

— Não me esqueci da nossa investigação. Conversei com o escriba do recenseamento, nenhum veterano menfita foi contratado nos ateliês ou nas fazendas nos últimos seis meses. Todo soldado reformado é obrigado a assinalar a sua presença, senão ele perde os seus direitos. Seria condenar-se à miséria.

— O nosso homem tem tanto medo que prefere a miséria a uma vida aberta.

— E se ele se houvesse exilado?

— Estou convencido de que ele se esconde na margem oeste.

✶

Sentimentos contrários atormentavam Paser. Por um lado, sentia-se leve, quase feliz; por outro lado, sombrio e deprimido. Ver Neferet, senti-la mais próxima, mais amigável fazia-o reviver; admitir que ela nunca seria a sua esposa deixava-o desesperado.

Lutar por ela, por Suti e por Bel-Tran impedia-o de remoer os pensamentos. As palavras de Branir haviam-no posto no devido lugar: um juiz do Egito devia dedicar-se aos outros.

No harém a oeste de Tebas era dia de festa. Comemoravam a volta vitoriosa da expedição da Ásia, a grandeza de Ramsés, a paz garantida e a reputação do general Asher. Tecelãs, musicistas, dançarinas, especialistas em esmaltar o ferro, educadoras, cabeleireiras e criadoras de arranjos florais passeavam no jardim e tagarelavam, saboreando doces e bolos. Sucos de frutas eram servidos embaixo de um quiosque ao abrigo do sol. Os adereços eram admirados, invejas eram despertadas e elas criticavam umas às outras.

Paser chegava em má hora, mesmo assim conseguiu aproximar-se da senhora do lugar, cuja beleza ofuscava a das cortesãs. Dominando em alto grau a arte da maquiagem, Hattusa demonstrava o seu desprezo em relação às moças elegantes com a pintura malfeita. Muito admirada, alfinetava os aduladores.

— Por acaso você não é o juiz menor de Mênfis?

— Se Vossa Alteza me der licença para importuná-la num momento desses, uma conversa particular iria deixar-me muito satisfeito.

— Que feliz ideia! Essas comemorações mundanas aborrecem-me. Vamos para perto do lago.

Quem seria aquele magistrado de aparência modesta para conquistar assim a mais inacessível das princesas? Provavelmente Hattusa havia decidido brincar com ele e depois jogá-lo fora, como uma boneca desconjuntada. Já haviam perdido a conta das extravagâncias da estrangeira.

Os lótus brancos e os azuis misturavam-se na superfície da água, movimentada por uma leve brisa. Hattusa e Paser sentaram-se em bancos dobráveis, embaixo de um guarda-sol.

— Vamos dar o que falar, juiz Paser. Não respeitamos a etiqueta.

— Sei que isso a agrada.

— Por acaso estaria gostando dos esplendores do meu harém?

— O nome de Bel-Tran lhe é familiar?

— Não.

— E o de Denés?

— Também não. Trata-se de um interrogatório?

— Preciso do seu testemunho.

— Que eu saiba, essas pessoas não fazem parte do meu pessoal.

— Uma ordem, emitida por você, foi dirigida a Denés, o principal transportador de Mênfis.

— Isso não me importa! Acha que me interesso por esses detalhes?

— No barco, que deveria descarregar aqui, estavam armazenados grãos roubados.

— Temo não haver entendido.

— O barco, os grãos e a ordem de expedição com o seu sinete foram arrestados.

— Estaria acusando-me de roubo?

— Gostaria de uma explicação.

— Quem o mandou?

— Ninguém.

— Está agindo por conta própria... Não acredito!

— Pois está errada.

— Estão procurando prejudicar-me novamente e, desta vez, usam um juiz sem importância, inconsciente e fácil de manipular!

— O ultraje a um magistrado, acrescentado de calúnia, é punido com bastonadas.

— Você é insano! Sabe com quem está falando?

— Com uma dama do alto escalão, submetida à lei como a mais humilde das camponesas. Acontece que você está envolvida num desvio fraudulento de cereais que pertencem ao Estado.

— Estou pouco ligando.

— Envolvida não significa culpada. Por isso aguardo as suas justificativas.

— Não me rebaixarei.

— Se é inocente, do que tem medo?

— Ousa pôr a minha probidade em dúvida?

— Os fatos obrigam-me.

— Já foi longe demais, juiz Paser, longe demais.

Furiosa, ela se levantou e saiu andando. Os cortesãos afastaram-se preocupados com a raiva dela, pois eles é que sofreriam as consequências.

*

O juiz principal de Tebas, um homem ponderado, na flor da idade, parente do sumo sacerdote de Karnak, recebeu Paser três dias depois. Ele havia examinado as peças do dossiê.

— O seu trabalho é notável, tanto no conteúdo quanto na forma.

— Como está fora da minha jurisdição, eu lhe deixo a responsabilidade de continuar a investigação. Se achar que a minha intervenção é necessária, estou pronto a convocar um tribunal.

— Qual é a sua convicção mais profunda?

— A existência do tráfico de grãos está comprovada. A participação de Denés parece-me indiscutível.

— E o chefe da polícia?

— Sem dúvida está informado, mas até que ponto?

— E a princesa Hattusa?

— Ela se recusou a dar-me qualquer explicação.

— Isso é bastante aborrecido.

— Não se pode apagar o sinete dela.

— É verdade, mas quem o apôs?

— Ela própria. Trata-se do selo pessoal que ela traz no anel. Como todas as pessoas importantes do reino, ela nunca se separa dele.

— Estamos entrando em terreno perigoso. Hattusa não é muito popular em Tebas; é muito arrogante, muito crítica e muito autoritária. Mesmo que compartilhe da opinião geral, o faraó é obrigado a defendê-la.

— Roubar o alimento destinado ao povo é um delito sério.

— Concordo, mas quero evitar um processo público que possa prejudicar Ramsés. Segundo as próprias observações que você fez, a instrução ainda não terminou.

O rosto de Paser fechou-se.

— Não se preocupe, caro colega. Como juiz principal de Tebas, não pretendo esquecer o seu dossiê no meio de uma pilha de arquivos. Só quero confirmar a acusação, pois o queixoso será o próprio Estado.

— Obrigado pela explicação. Quanto ao processo público...

— Seria preferível, eu sei. Mas quer a verdade ou a cabeça da princesa Hattusa?

— Não tenho nenhuma animosidade especial em relação a ela.

— Tentarei convencê-la a falar e, se preciso, farei uma convocação oficial. Vamos deixar que ela decida o próprio destino, está bem? Se for culpada, pagará.

O alto magistrado parecia sincero:

— Precisa da minha ajuda?

— No momento, não, sobretudo porque você está sendo chamado com urgência a Mênfis.

— Pelo meu escrivão?

— Pelo decano do pórtico.

CAPÍTULO 32

A senhora Nenofar não conseguia acalmar-se. Como o seu marido pudera comportar-se de maneira tão estúpida? Como sempre, ele julgara mal os homens e acreditara que Bel-Tran ia dar-se por vencido sem defender-se. O resultado era catastrófico: um processo em perspectiva, um barco de carga requisitado, suspeita de roubo e o triunfo do jovem crocodilo.

— O seu balanço é notável.

Denés não se abalou.

— Coma o ganso grelhado, está excelente.

— Você está nos levando à desonra e à falência.

— Fique tranquila, a sorte muda.

— A sorte sim, mas não a sua estupidez!

— Que importância tem um barco parado por alguns dias? A carga foi transferida para outro barco, em breve chegará a Tebas.

— E Bel-Tran?

— Ele não vai dar queixa. Chegamos a um ponto de entendimento. Nada de guerra entre nós, mas uma cooperação, de acordo com os nossos respectivos interesses. Ele não tem estatura para tomar o nosso lugar e aprendeu a lição. Vamos até transportar uma parte do estoque dele, a um preço correto.

— E a acusação de roubo?

— Inaceitável. Os documentos e as testemunhas provarão a minha inocência. Além do mais, não tenho nada com isso. Hattusa manipulou-me.

— E os motivos de queixa de Paser?

— Incômodos, reconheço.

— Portanto, um processo perdido, a nossa reputação manchada e multas!
— Não chegamos a esse ponto.
— Acredita em milagres?
— Se os organizamos, por que não?

*

Silkis pulava de alegria. Acabara de receber um aloé, uma haste com dez metros de altura, coroada de flores amarelas, laranja e vermelhas. O sumo da planta continha um óleo que ela esfregaria nas partes genitais para evitar qualquer inflamação. Também serviria para tratar a doença de pele que cobria as pernas do marido de placas vermelhas de urticária. Além disso, Silkis aplicaria nele uma pasta feita de claras de ovos e de flores de acácia.

Assim que soubera da convocação ao palácio, Bel-Tran tivera uma crise de coceira. Enfrentando a doença, o fabricante de papiro foi ao escritório da administração, angustiado.

Enquanto isso, Silkis prepararia o bálsamo calmante.

Bel-Tran voltou para casa no início da tarde.

— Não voltaremos tão cedo para o Delta. Vou nomear um responsável no local.

— Retiraram a autorização oficial?

— Ao contrário. Recebi as maiores felicitações pela minha gestão e pelo tamanho da minha empresa em Mênfis. Na realidade, o palácio vigiava de perto as minhas atividades há dois anos.

— Quem quer prejudicá-lo?

— Ora... ninguém! O superintendente dos celeiros acompanhou a minha ascensão e perguntava-se como eu reagiria ao sucesso. Como viu que eu trabalhava cada vez mais, chamou-me para ficar perto dele.

Silkis estava maravilhada. O superintendente dos celeiros estabelecia os impostos, recolhia-os em gêneros alimentícios, zelava pela redistribuição nas províncias, dirigia um corpo de escribas especializados, inspecionava os centros provinciais de coleta, reunia as listas de rendas fundiárias e agrícolas e as enviava à Dupla Casa Branca, onde eram geridas as finanças do reino.

— Para ficar perto dele... quer dizer...

— Fui nomeado tesoureiro principal dos celeiros.

— Isso é maravilhoso!

Ela pulou no pescoço do marido.

— Vamos ficar ainda mais ricos?

— É provável, mas as minhas funções vão ocupar-me ainda mais. Farei algumas viagens curtas à província e serei obrigado a satisfazer os desejos do meu superior. Você cuidará das crianças.

— Estou tão orgulhosa... pode contar comigo.

*

O escrivão Iarrot estava sentado ao lado do burro, em frente à porta do escritório de Paser, na qual fora posto um lacre.

— Quem se atreveu?

— O chefe da polícia em pessoa, por ordens do decano do pórtico.

— Qual o motivo?

— Ele se recusou a dizer-me.

— Isso é ilegal.

— Como resistir? Eu não podia brigar!

Paser foi ver imediatamente o alto magistrado, que o fez esperar por uma longa hora antes de recebê-lo.

— Finalmente apareceu, juiz Paser! Você viaja muito.

— Por motivos profissionais.

— Pois bem, agora vai descansar! Como constatou, está suspenso das suas funções.

— Qual o motivo?

— A despreocupação da juventude! Ser juiz não o põe acima dos regulamentos.

— Qual deles eu violei?

A voz do decano tornou-se feroz:

— O do fisco. Não pagou os seus impostos.

— Não recebi nenhum aviso!

— Eu mesmo o levei há três dias, mas você não estava.

— Tenho três meses para regularizá-lo.

— Na província, não em Mênfis. Aqui você só dispõe de três dias. O prazo esgotou-se.

Paser estava perplexo:

— Por que age assim?

— Por simples respeito à lei. Um juiz deve dar o exemplo, o que não é o seu caso.

Paser reprimiu a fúria que o invadia. Agredir o decano só ia piorar a situação.

— Isso é perseguição.
— Nada de grandiloquência! Tenho de obrigar os maus pagadores a obedecer às regras, sejam eles quem forem.
— Estou pronto a saldar a minha dívida.
— Vejamos... dois sacos de grãos.
O juiz ficou aliviado.
— O total da multa é diferente. Digamos... um boi gordo.
Paser revoltou-se:
— É desproporcional!
— A sua função obriga-me a ser severo.
— Quem está por trás?
O decano do pórtico indicou a porta do escritório.
— Saia.

*

Suti prometeu a si mesmo que galoparia até Tebas, entraria no harém e faria a hitita pôr tudo para fora. Segundo a análise de Paser, quem mais poderia estar na origem dessa inacreditável sanção? Em geral, não se podia pôr em dúvida o sistema fiscal. As queixas eram tão raras quanto as fraudes. Ao atacar Paser por esse lado e usando a regulamentação das grandes cidades, o fisco obrigava o juiz a calar a boca.
— Não o aconselho a nenhuma ação irrefletida. Você perderia o grau de oficial e toda a credibilidade por ocasião do processo.
— Que processo? Você não pode mais organizá-lo!
— Suti... alguma vez já desisti?
— Quase.
— Quase, tem razão. Mas o ataque é muito injusto.
— Como pode permanecer tão calmo?
— A adversidade ajuda-me a refletir, a sua hospitalidade também.
Como tenente da divisão de carros de guerra, Suti dispunha de uma casa de quatro peças, precedida de um jardim onde o burro e o cão dormiam a mais não poder. Sem nenhum entusiasmo, Pantera cuidava da cozinha e da limpeza. Por sorte, Suti interrompia com frequência as tarefas domésticas e arrastava-a para jogos mais divertidos.
Paser não saía do quarto. Rememorava os diversos aspectos dos principais dossiês, indiferente aos folguedos amorosos do amigo e da sua bela amante.

— Refletir, refletir... e o que tira das suas reflexões?

— Graças a você, talvez possamos progredir. Qadash, o dentista, tentou roubar cobre numa caserna, onde o químico Chechi mantém um laboratório secreto.

— Armamento?

— Sem sombra de dúvida.

— Um protegido do general Asher?

— Não sei. As explicações de Qadash não me convenceram. Por que ele rondava aquele lugar? Segundo ele, foi o responsável pela caserna quem lhe deu as informações. Para você será fácil verificar.

— Eu cuido disso.

Paser alimentou o burro, levou o cão para passear e almoçou com Pantera.

— Você me dá medo — confessou ela.

— Sou assim tão assustador?

— Você é muito sério. Nunca se apaixonou?

— Mais do que imagina.

— Tanto melhor. Você é diferente de Suti, mas é a única pessoa pela qual ele põe a mão no fogo. Ele me falou dos seus problemas. Como vai pagar a multa?

— Francamente, também me pergunto. Se for preciso, trabalharei no campo por alguns meses.

— Um juiz, agricultor?

— Cresci num povoado. Semear, arar e colher não me desanimam.

— Se fosse eu, roubaria. O fisco não é o maior dos ladrões?

— A tentação está sempre presente, por isso existem os juízes.

— Você é honesto?

— Essa é a minha ambição.

— Por que querem destruí-lo?

— Luta de influências.

— Há algo de podre no reino do Egito?

— Não somos melhores do que os outros homens, mas estamos conscientes disso. Se a podridão existe, nós a limparemos.

— Você, sozinho?

— Suti e eu. Se fracassarmos, outros nos substituirão.

Amuada, Pantera segurou o queixo com a mão.

— No seu lugar, eu seria corrupto.

— Quando um juiz trai, é um passo para a guerra.

— O meu povo gosta de lutar, o seu não.
— Isso é uma fraqueza?
Os olhos negros flamejaram.
— A vida é um combate que eu quero ganhar, não importa de que maneira e não importa a que preço.

*

Entusiasmado, Suti esvaziou a metade de um cântaro de cerveja.
Montado na mureta do jardim, ele desfrutava dos raios do pôr do sol. Sentado de pernas cruzadas, à maneira de um escriba, Paser acariciava Bravo.
— Missão cumprida! O responsável pela caserna ficou lisonjeado por receber um herói da última campanha. Além de tudo, ele fala muito.
— E a dentição dele?
— Em excelente estado. Nunca foi paciente de Qadash.
Suti e Paser estavam de acordo. Haviam descoberto uma fantástica mentira.
— E isso não é tudo.
— Conte logo.
Suti estava orgulhoso.
— Tenho de suplicar?
— Um herói tem de ser modesto com o triunfo. O entreposto continha cobre de primeira qualidade.
— Eu sabia.
— Mas não sabia que, logo depois que você o interrogou, Chechi mandou retirar uma caixa sem inscrição. Essa caixa continha algum material pesado, pois quatro homens mal conseguiam carregá-la.
— Eram soldados?
— Guarda pessoal do químico.
— Qual o destino?
— Desconhecido. Vou descobrir.
— Do que Chechi precisa para fabricar armas indestrutíveis?
— Do material mais raro e mais caro, do ferro.
— É isso o que eu penso. Se tivermos razão, é esse o tesouro que Qadash cobiçava! Instrumentos de dentista, de ferro... Ele acha que vai recuperar a habilidade com eles. Resta saber quem lhe indicou o esconderijo.
— Como Chechi comportou-se durante a conversa que teve com ele?

— Discreto, antes de qualquer coisa. Ele não apresentou queixa.
— Estranho. Deveria alegrar-se com a prisão de um ladrão.
— O que significa...
— ... que eles são cúmplices!
— Não temos nenhuma prova.
— Chechi revelou a existência do ferro a Qadash, que tentou roubar uma parte para uso pessoal. Como Qadash fracassou, ele não quis mandar o cúmplice comparecer diante do tribunal, pois teria de testemunhar.
— O laboratório, o ferro, as armas... tudo aponta para o exército. Mas porque Chechi, que fala tão pouco, teria feito confidências a Qadash? E o que faz um dentista num complô militar? Absurdo!
— Talvez a nossa reconstituição não esteja perfeita, mas contém algumas verdades.
— Estamos perdidos.
— Não seja derrotista! O personagem-chave é Chechi. Eu o vigiarei dia e noite, interrogarei as pessoas que o circundam, vou transpassar o muro que esse sábio, tão discreto e tão apagado, construiu em volta dele.
— Se eu pudesse agir...
— Tenha um pouco de paciência.
Paser ergueu os olhos cheios de esperança.
— Qual a solução?
— Vender o meu carro.
— Você será expulso do exército.
Suti deu um murro na mureta.
— Tenho de tirá-lo dessa, e rápido! E Sababu?
— Nem pense nisso. A dívida de um juiz saldada por uma prostituta! O decano me destruiria.
Bravo estendeu as patas e revirou os olhos confiantes.

CAPÍTULO 33

Bravo tinha horror à água. Por isso, mantinha-se a uma sábia distância da margem; corria a ponto de perder o fôlego, voltava, farejava, ia ao encontro do dono e saía correndo de novo. As imediações do canal de irrigação estavam desertas e silenciosas. Paser pensava em Neferet e tentava interpretar o menor sinal a seu favor; ela não o fizera sentir uma nova inclinação ou, ao menos, não concordara em ouvi-lo?

Uma sombra mexeu-se atrás de tamargueira. Bravo não percebeu nada. Tranquilo, o juiz continuou o passeio. Graças a Suti, a investigação havia avançado, mas será que ele teria a capacidade de ir mais longe? Um juiz menos importante, sem experiência, estava à mercê da hierarquia. O decano do pórtico lembrara-lhe esse fato da maneira mais brutal.

Branir havia consolado o discípulo. Se necessário, trocaria a sua casa para permitir que o magistrado saldasse a sua dívida. É verdade que a intervenção do decano não devia ser levada na brincadeira: teimoso, implacável, tinha o hábito de perseguir os jovens juízes para formar-lhes o caráter.

Bravo parou bruscamente com o focinho para cima.

A sombra saiu do esconderijo e andou na direção de Paser. O cão rosnou, o dono segurou-o pela coleira.

— Não tenha medo, nós somos dois.

Bravo tocou na mão do juiz com o focinho.

Era uma mulher.

Uma mulher esbelta, com o rosto escondido por um pano escuro. Andava com passo firme e parou a um metro de Paser.

Bravo ficou imóvel.

— Não tem nada a temer — afirmou ela.
A mulher tirou o véu.
— A noite é suave, princesa Hattusa, e propícia à meditação.
— Eu queria vê-lo a sós, sem nenhuma testemunha.
— Oficialmente, você está em Tebas.
— Bela perspicácia.
— A sua vingança foi eficiente.
— A minha vingança?
— Fui suspenso como queria.
— Não compreendo.
— Pare de fazer zombarias.
— Pelo nome do faraó, não fiz nada contra você.
— Não fui longe demais, segundo as suas próprias palavras?
— Você me exasperou, é verdade, mas aprecio a sua coragem.
— Reconhece a pertinência da minha atitude?
— Uma prova será suficiente: conversei com o juiz principal de Tebas.
— E o resultado?
— Ele sabe a verdade, o incidente está encerrado.
— Não para mim.
— A opinião do seu superior não lhe é suficiente?
— Neste caso, não.
— Por isso estou aqui. O juiz principal supôs, com razão, que esta visita seria indispensável. Vou contar-lhe a verdade, mas exijo segredo.
— Não aceito nenhuma chantagem.
— Você é intratável.
— Esperava que eu me comprometesse?
— Você não gosta de mim, como a maioria dos seus compatriotas.
— Deveria dizer: dos nossos compatriotas. Agora você é egípcia.
— Quem pode esquecer as próprias origens? Eu me preocupo com a sorte dos hititas trazidos para o Egito como prisioneiros de guerra. Alguns deles se integraram, outros sobrevivem com dificuldade. Tenho o dever de ajudá-los; por isso consegui para eles o trigo proveniente dos silos do meu harém. O intendente informou-me que as nossas reservas estariam esgotadas antes da próxima colheita. Ele me propôs um arranjo com um dos seus colegas de Mênfis e eu concordei. Portanto, sou inteiramente responsável por essa transferência.
— O chefe da polícia foi informado?

— Evidentemente. Alimentar os mais pobres não lhe pareceu um crime. Que tribunal a condenaria? Ele só a acusaria de falta administrativa, que, além do mais, recairia sobre os seus dois intendentes. Mentmosé negaria; o transportador não seria envolvido, Hattusa nem mesmo seria convocada para comparecer diante do tribunal.

— O juiz principal de Tebas e o seu homólogo menfita regularizaram os documentos — acrescentou ela. — Se acha o procedimento ilegal, está livre para intervir. A lei não foi respeitada, concordo, mas a consciência não é mais importante?

Ela o atacava no seu próprio campo.

— Os meus compatriotas mais prejudicados não conhecem a origem dos alimentos que recebem e não quero que o saibam. Poderia conceder-me esse privilégio?

— Parece-me que o dossiê é tratado em Tebas.

Ela sorriu.

— Por acaso o seu coração é de pedra?

— É o que eu gostaria.

Tranquilo, Bravo se pôs a saltar, farejando o chão.

— Uma última pergunta, princesa: conheceu o general Asher?

Ela se empertigou e a voz tornou-se cortante:

— Vou regozijar-me no dia da morte dele. Que os monstros do inferno devorem o assassino do meu povo.

Suti levava uma vida boa. Depois das suas proezas e devido aos ferimentos, podia gozar de vários meses de repouso antes de voltar ao serviço ativo.

Pantera representava o papel de esposa submissa, mas os seus arrebatamentos amorosos provavam que o temperamento dela não estava nem um pouco mais doce. Todas as noites, a luta recomeçava; às vezes ela saía triunfante, radiosa e queixava-se da moleza do parceiro. No dia seguinte, Suti a fazia pedir misericórdia. O jogo encantava-os, pois eles atingiam juntos o prazer e sabiam provocar um ao outro, brincando às mil maravilhas com os seus corpos. Ela repetia que nunca se apaixonaria por um egípcio, e ele afirmava detestar os bárbaros.

Quando Suti anunciou que se ausentaria por tempo indeterminado, Pantera jogou-se em cima dele e deu-lhe um tapa. Ele a encostou na parede, afastou-lhe os braços e deu-lhe o mais longo beijo desde que levavam uma vida em comum. Ela se remexeu como uma felina, esfregou-se nele e provocou um desejo tão violento que ele a possuiu de pé, sem libertá-la.

— Você não vai embora.
— É uma missão secreta.
— Se partir, eu o mato.
— Eu voltarei.
— Quando?
— Não sei.
— Está mentindo! Qual é a sua missão?
— É secreta.
— Você não tem nenhum segredo para mim.
— Não seja pretensiosa.
— Leve-me com você, eu o ajudarei.

Suti não havia pensado nessa possibilidade. Sem dúvida, espionar Chechi seria demorado e aborrecido. Além de tudo, em algumas circunstâncias, dois não seriam demais.

— Se me trair, corto o seu pé.
— Você não ousaria.
— Engana-se mais uma vez.

*

Encontrar a pista de Chechi não havia demorado mais do que alguns dias. De manhã, ele trabalhava no laboratório do palácio, com alguns dos melhores químicos do reino. À tarde, ia para uma caserna longe do centro, de onde não saía antes do amanhecer. Suti só ouvira elogios a respeito dele: trabalhador, competente, discreto e modesto. Só eram censurados o seu mutismo e o seu retraimento.

Pantera logo se aborreceu. Nenhum movimento nem perigo; limitava-se a aguardar e observar. A missão não apresentava nenhum interesse. O próprio Suti estava desanimado. Chechi não via ninguém e enterrava-se no trabalho.

A lua cheia iluminava o céu de Mênfis. Enrolada em Suti, Pantera dormia. Seria a última noite de espreita.

— Ali está ele, Pantera.
— Estou com sono.
— Ele parece nervoso.

Amuada, Pantera olhou.

Chechi passou pela porta da caserna, instalou-se no lombo de um burro e deixou as pernas moles, penduradas. O quadrúpede pôs-se em movimento.

— Logo virá a aurora, ele vai voltar para o laboratório.

Pantera parecia perplexa.

— Acabou para nós. Chechi não nos mostrou nada.

— Onde ele nasceu? — perguntou ela.

— Em Mênfis, eu acho.

— Chechi não é egípcio.

— Como sabe?

— Só um beduíno monta dessa maneira num burro.

*

O carro de Suti parou no pátio do posto da fronteira, situado perto dos pântanos da cidade de Pítom. Ele entregou os cavalos ao palafreneiro e correu para consultar o escriba da imigração. Era ali que os beduínos, que desejavam instalar-se no Egito, passavam por um enérgico interrogatório. Em certos períodos, nenhuma passagem era autorizada. Em vários casos, o pedido formulado pelo escriba às autoridades de Mênfis era recusado.

— Tenente Suti, da divisão dos carros de guerra.

— Ouvi falar das suas proezas.

— Poderia dar-me informações sobre um beduíno naturalizado egípcio, sem dúvida há muito tempo?

— Isso não é muito comum. Qual o motivo?

Suti baixou os olhos, constrangido.

— Problemas do coração. Se eu puder convencer a minha noiva de que ele não é egípcio de origem, acho que ela voltaria para mim.

— Bom... como ele se chama?

— Chechi.

O escriba consultou os arquivos.

— Aqui tem um Chechi. É mesmo um beduíno, de origem síria. Ele se apresentou no posto da fronteira há quinze anos. Como a situação estava calma, nós o deixamos entrar.

— Nada de suspeito?

— Nenhum antecedente inquietante, nenhuma participação em ação belicosa contra o Egito. A comissão deu uma opinião favorável depois de três meses de investigação. Ele adotou o nome de Chechi e encontrou trabalho em Mênfis como operário metalúrgico. Os controles efetuados na vida dele, nos primeiros cinco anos da nova vida, não detectaram nenhuma irregularidade. Temo que o seu Chechi tenha esquecido as suas origens.

*

Bravo dormia aos pés de Paser.

O juiz havia recusado energicamente a proposta de Branir, embora este insistisse. Vender a qualquer preço a casa dele seria muito triste.

— Tem certeza de que o quinto veterano ainda está vivo?

— Se estivesse morto, eu teria sentido ao manejar a minha vareta de radiestesia.

— Como ele renunciou à pensão refugiando-se na clandestinidade, é obrigado a trabalhar para sobreviver. As investigações de Kani foram metódicas e profundas, mas sem resultado.

Paser contemplava Mênfis do alto do terraço. De repente, a calma da grande cidade pareceu-lhe ameaçada, como se um perigo dissimulado caísse sobre ela. Se Mênfis fosse atingida, Tebas cairia e, em seguida, todo o país. Invadido por um mal-estar, Paser sentou-se.

— Você também percebeu.

— Que sensação horrível!

— E ela vai aumentando.

— Não somos vítimas de uma ilusão?

— Você sentiu o mal no próprio corpo. No início, há alguns meses, achei que era um pesadelo. E ele volta, cada vez mais frequente, cada vez mais pesado.

— De que se trata?

— De um flagelo cuja natureza ainda não conhecemos.

O juiz estremeceu. O mal-estar havia passado, mas a lembrança dele ficaria no seu corpo.

Um carro parou em frente à casa. Suti apareceu e subiu ao primeiro andar.

— Chechi é um beduíno naturalizado! Mereço uma cerveja? Desculpe, Branir, esqueci-me de cumprimentá-lo.

Paser serviu o amigo, que bebeu demoradamente.

— Fiquei pensando ao voltar do posto da fronteira. Qadash é líbio; Chechi, um beduíno de origem síria; Hattusa, uma hitita! Os três são estrangeiros. Qadash tornou-se um dentista respeitável, mas entrega-se a danças lúbricas com os seus congêneres; Hattusa não gosta da nova vida e dirige toda a sua afeição para o próprio povo; Chechi, o solitário, entrega-se a estranhas pesquisas. Eis o seu complô! Por trás está Asher. Ele os manipula.

Branir manteve-se em silêncio. Paser perguntou-se se Suti não havia acabado de fornecer-lhe a solução do enigma que os angustiava.

— Você está precipitando as coisas. Como imaginar algum vínculo entre Hattusa e Chechi, entre ela e Qadash?

— A raiva do Egito.

— Ela detesta Asher.

— Como sabe disso?

— Foi ela quem me afirmou, e eu acreditei.

— Abra os olhos, Paser, as suas objeções são infantis! Seja objetivo e tirará as suas conclusões sem hesitar. Hattusa e Asher são os cabeças. Qadash e Chechi, os executantes. As armas que o químico está preparando não são destinadas ao exército normal.

— Uma rebelião?

— Hattusa quer uma invasão e Asher é quem organiza.

Suti e Paser viraram-se para Branir, impacientes para ouvir a opinião dele.

— O poder de Ramsés não enfraqueceu. Uma tentativa desse tipo parece-me destinada ao fracasso.

— No entanto, está sendo preparada — avaliou Suti. — É preciso agir, reprimir o complô ainda no embrião. Se iniciarmos uma ação judicial, eles ficarão com medo ao saberem que foram desmascarados.

— Se a nossa acusação for julgada improcedente e difamatória, receberemos uma condenação pesada e eles ficarão com o campo livre. Temos de fazer um ataque certeiro e forte. Se tivéssemos ao nosso lado o quinto veterano, a credibilidade do general Asher seria afetada.

— Vai esperar pelo desastre?

— Deixe-me pensar por uma noite, Suti.

— Pense um ano, se quiser! Você não pode mais reunir um tribunal.

— Desta vez — disse Branir — Paser não pode mais recusar a minha casa. Ele tem de saldar as dívidas e recuperar o cargo o mais rápido possível.

Paser caminhava sozinho pela noite. A vida pusera a corda no seu pescoço, obrigando-o a concentrar-se nos meandros de um complô cuja gravidade ele descobria hora após hora, mesmo que só quisesse pensar na mulher amada e inacessível.

Poderia renunciar à felicidade, não à justiça.

O sofrimento amadurecia-o; no mais fundo do seu ser, uma força recusava-se a apagar-se. Uma força que ele poria a serviço das pessoas que amava.

A lua, "a combatente", era uma faca que cortava as nuvens ou, talvez, um espelho que refletisse a beleza das divindades. Ele pediu forças à lua, rezando para que o seu olhar fosse tão penetrante quanto o do sol da noite.

O seu pensamento voltou-se para o quinto veterano. Que profissão poderia exercer um homem que quisesse passar despercebido? Paser enumerou as ocupações dos habitantes do oeste de Tebas e eliminou-as uma a uma. Do açougueiro ao semeador, todos tinham contato com a população; Kani teria conseguido alguma informação.

Exceto num caso.

Sim, existia uma profissão, tão solitária e tão visível, que podia ser o mais perfeito dos disfarces.

Paser elevou os olhos para o céu, uma abóbada de lápis-lazúli crivada de portas em forma de estrelas por onde passava a luz. Se realmente houvesse conseguido absorver essa luz, saberia onde encontrar o quinto veterano.

CAPÍTULO 34

O escritório destinado ao novo tesoureiro principal dos celeiros era amplo e claro; quatro escribas ficariam permanentemente às suas ordens. Vestido com uma tanga nova e uma camisa de linho de mangas curtas que não lhe caía bem, Bel-Tran estava radiante. O sucesso como negociante satisfizera-o completamente, mas o exercício do poder público atraía-o desde que aprendera a ler e a escrever. Devido ao seu nascimento modesto e da medíocre educação, isso lhe parecera inacessível. Mas o empenho no trabalho havia provado o seu valor aos olhos do governo e ele estava decidido a demonstrar o seu dinamismo.

Depois de cumprimentar os colaboradores e enfatizar o seu gosto pela ordem e pela pontualidade, Bel-Tran consultou o primeiro dossiê que lhe havia sido confiado pelo seu superior hierárquico: uma lista de contribuintes em atraso. Ele, que pagava os seus impostos na hora exata, consultou-a com um evidente divertimento. Um proprietário de terras, um escriba do exército, o diretor de um ateliê de marceneiros e... o juiz Paser! O cobrador anotara o prazo ultrapassado, o montante da multa, e o chefe da polícia havia lacrado a porta do magistrado pessoalmente!

Na hora do almoço, Bel-Tran foi à casa do escrivão Iarrot e perguntou onde o juiz estava morando. Na casa de Suti, o alto funcionário só encontrou o tenente da divisão de carros de guerra e a amante. Paser partira para o porto de barcos rápidos que fazia a ligação entre Mênfis e Tebas.

Bel-Tran alcançou o viajante a tempo.

— Fui informado da tragédia que o atingiu.

— Uma falta de atenção da minha parte.

— Uma injustiça gritante! A multa é grotesca em relação ao delito. Recorra à justiça.

— Eu estou errado. O processo duraria muito tempo, e o que eu ganharia com isso? Uma redução da pena e uma legião de inimigos.

— Parece que o decano do pórtico não o aprecia muito.

— Ele tem o hábito de pôr os jovens juízes à prova.

— Você me ajudou num momento difícil, gostaria de retribuir. Deixe-me pagar a sua dívida.

— Não aceito.

— Um empréstimo seria conveniente? Sem juros, é claro. Autorize-me ao menos a não lucrar com um amigo!

— Como eu lhe pagaria?

— Com o seu trabalho. Na minha nova função de tesoureiro principal dos celeiros, apelarei constantemente à sua competência. Você mesmo calculará quantas consultas seriam equivalentes a dois sacos de grãos e a um boi gordo.

— Nós nos veremos com frequência.

— Aqui está o seu certificado de propriedade dos bens reclamados.

Bel-Tran e Paser abraçaram-se.

O decano do pórtico estava preparando a audiência do dia seguinte. Um ladrão de sandálias, uma herança contestada e a indenização de um acidente. Casos simples e rapidamente resolvidos. Vieram anunciar-lhe uma visita que o distrairia.

— Paser! Mudou de profissão ou veio pagar o que deve?

O magistrado riu da própria brincadeira.

— A segunda hipótese é a certa.

O decano, risonho, olhou Paser, muito calmo.

— Está bem, você não deixa de ter humor. A carreira não é para você; mais tarde vai agradecer-me pela minha severidade. Volte para o seu povoado, case-se com uma boa camponesa, faça dois filhos e esqueça os juízes e a justiça. É um mundo muito complicado. Conheço os homens, Paser.

— Eu o felicito por isso.

— Ah, você ouviu a voz da razão!

— Eis a minha libertação.

Boquiaberto, o decano consultou o certificado de propriedade.

— Os dois sacos de grãos foram depositados em frente à sua porta, o boi gordo está sendo alimentado no estábulo do fisco. Está satisfeito?

*

Mentmosé não estava nos seus melhores dias. De cabeça quente, traços tensos e voz fanhosa, ele mostrou a sua impaciência.

— Eu o recebo por simples cordialidade, Paser. Agora, você não passa de um cidadão fora da lei.

— Se assim fosse, eu nem pensaria em importuná-lo.

O chefe da polícia levantou a cabeça.

— O que isso significa?

— Eis um documento assinado pelo decano do pórtico. Estou em dia com o fisco. Ele até achou que o meu boi gordo estava além do padrão e concedeu-me um crédito no imposto para o ano que vem.

— Como...

— Eu ficaria muito grato se mandasse retirar o lacre da minha porta o mais rápido possível.

— Evidentemente, caro juiz, evidentemente! Saiba que tomei a sua defesa nesse caso desagradável.

— Não duvido, nem por um minuto.

— A nossa futura colaboração...

— Ela parece estar sob bons auspícios. Um detalhe: tudo foi resolvido em relação ao trigo desviado. Estou a par, mas você já estava antes de mim.

*

Tranquilizado e novamente na sua função, Paser pegou um barco rápido com destino a Tebas. Kem acompanhava-o. Embalado, o babuíno dormia encostado num fardo.

— Você me surpreende — disse o núbio. — Escapou do pilão e da mó; em geral, até os mais resistentes são esmagados.

— Pura sorte.

— Talvez uma exigência. Uma exigência tão forte que os homens e os acontecimentos dobram-se diante de você.

— Você me atribui poderes que não possuo.

Ao longo do rio, ele se aproximava de Neferet. Em breve o médico-chefe Nebamon reclamaria uma prestação de contas. A jovem médica não ia restringir as suas atividades. O confronto seria inevitável.

O barco atracou em Tebas no fim da tarde. O juiz sentou-se na margem, afastado dos transeuntes. O sol declinava, a montanha do Ocidente ficou rosada; os rebanhos voltavam dos campos ao som melancólico das flautas.

A última balsa só transportava um pequeno número de passageiros. Kem e o babuíno mantiveram-se na popa. Paser aproximou-se do barqueiro. Ele usava uma peruca à moda antiga que lhe escondia metade do rosto.

— Manobre devagar — ordenou o juiz.

O barqueiro manteve a cabeça inclinada sobre o remo de governo.

— Precisamos conversar; aqui você está em segurança. Responda sem me olhar.

Quem prestaria atenção no barqueiro? Todos estavam com pressa de chegar à outra margem, as pessoas conversavam, sonhavam, mas não lançavam nem um olhar para o homem que dirigia a balsa. Ele se contentava com pouco, vivia afastado, não se misturava com a população.

— Você é o quinto veterano, o único sobrevivente da guarda de honra da Esfinge.

O barqueiro não protestou.

— Sou o juiz Paser e quero saber a verdade. Os seus quatro companheiros morreram, provavelmente assassinados. Por isso você se esconde. Só motivos de extrema gravidade podem explicar um tal massacre.

— O que me prova a sua honestidade?

— Se eu quisesse eliminá-lo, você já estaria morto. Confie em mim.

— Para você é fácil...

— Não acredite nisso. De que monstruosidade você foi testemunha?

— Éramos cinco... cinco veteranos. Vigiávamos a Esfinge à noite. Uma missão sem risco, totalmente honorífica, antes da nossa reforma. Eu e um colega estávamos sentados do lado de fora do muro que cerca o leão de pedra. Como sempre, adormecemos. Ele ouviu um barulho e acordou. Eu estava com sono e acalmei-o. Preocupado, ele insistiu. Fomos ver, transpusemos o muro e descobrimos o cadáver de um colega, perto do flanco direito; depois, um segundo cadáver, do outro lado.

Ele parou de falar, com um nó na garganta.

— E os gemidos... eles ainda me perseguem! O guardião-chefe agonizava no meio das patas da Esfinge. O sangue escorria-lhe pela boca, ele falava com dificuldade.

— O que ele disse?

— Que o haviam agredido, que ele se defendera.

— Quem?

— Uma mulher nua, vários homens. "Palavras estranhas na noite" foram as suas últimas palavras. O meu colega e eu estávamos aterrorizados. Por que tanta violência... Devíamos alertar os soldados encarregados da vigilância da pirâmide? O meu colega foi contra, convencido de que teríamos aborrecimentos. Talvez até fôssemos acusados. Os três outros veteranos estavam mortos... Seria melhor ficar calado, fingir que não tínhamos visto nada, que não tínhamos ouvido nada. Retomamos a nossa vigilância. Quando a guarda do dia substituiu-nos de manhã cedo, descobriu o massacre. Nós fingimos espanto.

— Alguma sanção?

— Nenhuma. Fomos reformados e enviados para os nossos povoados de origem. O meu colega tornou-se padeiro, eu pensava em consertar carros de guerra. O assassinato dele obrigou-me a esconder-me.

— Assassinato?

— Ele era extremamente prudente, sobretudo com o fogo. Tenho certeza de que foi empurrado. Fomos perseguidos pela tragédia da Esfinge. Ninguém acreditou em nós. Ficaram convencidos de que sabíamos demais.

— Quem os interrogou em Gizé?

— Um oficial superior.

— O general Asher entrou em contato com vocês?

— Não.

— O seu testemunho será decisivo no processo.

— Que processo?

— O general endossou um documento que certificava que você e seus quatro companheiros morreram num acidente.

— Melhor, se não existo mais.

— Se eu o encontrei, outros também conseguirão. Testemunhe e ficará livre de novo.

A balsa encostou.

— Eu... eu não sei. Deixe-me em paz.

— É a única solução, pela memória dos seus companheiros e por você mesmo.

— Amanhã de manhã, na primeira balsa, eu lhe darei uma resposta.

O barqueiro pulou na margem e enrolou a corda numa estaca.

Paser, Kem e o babuíno afastaram-se.

— Vigie esse homem a noite inteira.

— E você?

— Vou dormir no povoado mais próximo. Voltarei ao amanhecer.

Kem hesitou. A ordem recebida não o agradava. Se o barqueiro houvesse feito revelações a Paser, o juiz correria perigo. Ele não poderia garantir a segurança de ambos.

Kem escolheu Paser.

*

O devorador de sombras havia assistido à travessia da balsa banhada pela luz do sol poente. O núbio, na popa; o juiz, perto do barqueiro.

Estranho.

Lado a lado, eles olhavam a outra margem. No entanto, os passageiros eram poucos e eles tinham muito espaço para se instalar. Por que essa proximidade a não ser para conversar?

Barqueiro... A mais visível e a menos notada das profissões.

O devorador de sombras jogou-se na água e atravessou o Nilo, deixando-se levar pela corrente. Ao chegar do outro lado, ficou por muito tempo agachado nos juncos, observando os arredores. O barqueiro dormia numa cabana de tábuas.

Nem Kem nem o babuíno estavam pelos arredores.

Ele esperou mais um tempo para ter a certeza de que ninguém vigiava a cabana.

Rápido, ele se introduziu na cabana e passou uma tira de couro no pescoço do homem adormecido, que acordou sobressaltado.

— Se você se mexer, vai morrer.

O barqueiro não tinha coragem para tanto. E ergueu o braço direito em sinal de submissão. O devorador de sombras afrouxou um pouco a correia.

— Quem é você?

— O... o barqueiro.

— Mais uma mentira e o estrangulo. Veterano?

— Sim.

— Destacamento?

— Exército da Ásia.

— Última designação?

— Guarda de honra da Esfinge.

— Por que vive escondido?

— Tenho medo.

— De quem?

— Não... não sei.

— Qual o seu segredo?
— Nenhum!

O laço mordeu-lhe a carne.

— Uma agressão em Gizé. Um massacre. Atacaram a Esfinge, os meus companheiros morreram.
— E o assaltante?
— Não vi nada.
— O juiz interrogou você?
— Sim.
— Quais as perguntas?
— As mesmas que as suas.
— Quais as suas respostas?
— Ele me ameaçou com um julgamento, mas eu não disse nada. Não quero problemas com a justiça.
— O que disse para ele?
— Que eu era um barqueiro e não um veterano.
— Excelente.

A correia foi retirada. No momento em que o veterano, aliviado, apalpava o pescoço dolorido, o devorador de sombras derrubou-o com um soco na têmpora. Puxando o corpo para fora da cabana, deslizou-o até o rio e manteve a cabeça dele, por vários minutos, dentro d'água. E deixou o cadáver boiando perto da balsa.

Na verdade, um mero afogamento.

*

Neferet preparava uma receita para Sababu. Como a prostituta levava o tratamento a sério, a doença regredia. Sentindo-se novamente com vigor, livre dos ataques de ardência da artrite, ela havia pedido autorização à médica para fazer amor com o porteiro do prostíbulo, um jovem núbio em perfeita saúde.

— Posso importuná-la? — perguntou Paser.
— Já estou terminando o trabalho por hoje.

Neferet estava abatida.

— Você trabalha demais.
— Um cansaço passageiro. Notícias de Nebamon?
— Ele não se manifestou.
— Uma simples trégua.
— É o que eu temo.

— E a sua investigação?

— Avança a passos largos, embora eu tenha sido suspenso pelo decano do pórtico.

— Conte-me tudo.

Paser narrou os seus infortúnios, enquanto ela lavava as mãos.

— Você está cercado de amigos. O nosso mestre Paser, Suti, Bel-Tran... É muita sorte.

— Sente-se sozinha?

— Os habitantes do povoado facilitam-me a tarefa, mas não posso pedir conselhos a ninguém. Às vezes isso pesa.

Eles se sentaram numa esteira, em frente a um palmeiral.

— Parece emocionado.

— Acabei de identificar uma testemunha capital. Você é a primeira pessoa a saber.

Neferet não esquivou o olhar. Ele leu uma atenção ou, talvez, afeição nos olhos da moça.

— Podem impedi-lo de continuar, não é?

— Estou pouco ligando. Acredito na justiça, como você acredita na medicina.

Os ombros deles tocaram-se. Paralisado, Paser reteve a respiração. Como se não tivesse consciência desse contato fortuito, Neferet não se afastou.

— Chegaria ao ponto de sacrificar a sua vida para conseguir a verdade?

— Se fosse preciso, sem hesitação.

— Ainda pensa em mim?

— Em todos os minutos.

A mão dele tocou de leve na de Neferet, pousando de leve, imperceptível.

— Quando estou cansada, penso em você. O que quer que aconteça, você parece indestrutível e traça o seu caminho.

— É só aparência, frequentemente sou assaltado por dúvidas. Suti acusa-me de ingenuidade. Para ele, só a aventura conta. Quando é ameaçado pela rotina, ele se prepara para cometer alguma loucura.

— Você também teme a rotina?

— Ela é uma aliada.

— Um sentimento pode durar muitos anos?

— Uma vida inteira, se for mais do que um sentimento, se for um envolvimento de todo o ser, a certeza de um paraíso, uma comunhão alimentada pelas auroras e pelos poentes. Um amor que se degrada não passa de uma conquista.

Neferet inclinou a cabeça, apoiando-a no ombro dele; os cabelos dela acariciaram-lhe o rosto.

— Você possui uma força estranha, Paser.

Tudo não passava de um sonho, fugaz como um vaga-lume na noite tebana, mas iluminava a sua vida.

*

Deitado de costas, olhos fixos nas estrelas, Paser havia passado a noite em claro no palmeiral. Tentava preservar o breve instante em que Neferet entregara-se, antes de despedir-se dele e fechar a porta. Significaria que ela sentia uma certa ternura por ele, ou traduziria apenas um simples cansaço? Só de pensar que ela aceitaria a sua presença e o seu amor, mesmo sem corresponder à sua paixão, Paser sentia-se mais leve do que uma nuvem de primavera e tão vibrante quanto uma cheia nascente.

A alguns passos de distância, o babuíno policial estava comendo tâmaras e cuspindo os caroços.

— Você aqui? Mas...

A voz de Kem elevou-se por trás dele:

— Optei por garantir a sua segurança.

— Para o rio, rápido!

O dia nascia.

Na margem havia uma aglomeração.

— Afastem-se! — ordenou Paser.

Um pescador havia trazido o cadáver do barqueiro, levado pela corrente.

— Provavelmente ele não sabia nadar.

— Deve ter escorregado.

Indiferente aos comentários, o juiz examinou o corpo.

— Foi um crime — declarou. — Ele tem no pescoço a marca de uma correia; na têmpora direita a marca de um soco violento. Ele foi estrangulado e abatido antes de ser afogado.

CAPÍTULO 35

Carregado de papiros, de pincéis e de paletas, o burro guiava Paser pelo subúrbio de Mênfis. Se Vento do Norte se enganasse, Suti o corrigiria. Mas o quadrúpede foi fiel à sua reputação. Kem e o babuíno completavam o cortejo que se dirigia para a caserna onde Chechi exercia as suas atividades. De manhã cedo, o químico trabalhava no palácio, o caminho estaria livre.

Paser estava furioso. O cadáver do barqueiro, transportado para o posto de polícia mais próximo, havia sido objeto de um relatório absurdo feito por um pequeno tirano local. Este não admitia nenhum crime no seu território, por medo de ser rebaixado. Em vez de endossar as conclusões do juiz, havia dito que o barqueiro morrera afogado. Segundo ele, os ferimentos na garganta e na têmpora eram acidentais. Paser fizera objeções detalhadas.

Antes de partir para o Norte, ele esteve com Neferet, apenas por alguns instantes. Inúmeros pacientes solicitavam-na desde as primeiras horas do dia. Eles se limitaram a palavras banais e à troca de olhares, nos quais ele detectou encorajamento e cumplicidade.

Suti rejubilava-se. Finalmente o seu amigo decidira agir.

Na caserna, bem descentralizada em relação às principais construções militares de Mênfis, não reinava nenhuma animação. Nenhum soldado fazia exercícios, nenhum cavalo era treinado.

Marcial, Suti procurou o soldado de plantão encarregado de vigiar a entrada. Ninguém controlava o acesso ao edifício, bem deteriorado. Sentados na mureta de pedra de um poço, dois velhos conversavam.

— Que corpo do exército fica alojado aqui?

O mais velho caiu na gargalhada.

— O regimento dos veteranos e dos mutilados, meu rapaz! Ficamos acantonados antes de sermos enviados para o interior. Adeus às estradas da Ásia, às marchas forçadas e às rações insuficientes. Dentro de pouco tempo teremos um pequeno jardim, uma serva, leite fresco e bons legumes.

— E o responsável pela caserna?

— Nas barracas atrás do poço.

O juiz apresentou-se a um oficial que parecia cansado.

— As visitas são muito raras.

— Sou o juiz Paser e quero fazer uma busca nos entrepostos.

— Entrepostos? Não entendo.

— Um tal de Chechi ocupa um laboratório nesta caserna.

— Chechi? Não conheço.

Paser descreveu o químico.

— Ah, esse aí! Ele vem à tarde e passa a noite aqui, é verdade. Ordens superiores. Eu obedeço.

— Abra a sala.

— Não tenho a chave.

— Leve-nos até lá.

Uma sólida porta de madeira impedia o acesso ao laboratório subterrâneo de Chechi. Numa tabuinha de argila Paser anotou o ano, o mês, o dia, a hora da intervenção e fez uma descrição do local.

— Abra.

— Não tenho esse direito.

— Eu assumo a responsabilidade.

Suti ajudou o oficial. Com uma lança, eles forçaram o ferrolho de madeira.

Paser e Suti entraram. Kem e o babuíno ficaram montando guarda.

Fornalha, fogão, reserva de carvão vegetal e cascas de palmeira, recipientes para fundição, ferramentas de cobre, o laboratório de Chechi parecia bem equipado. Ali reinava ordem e limpeza. Uma revista rápida possibilitou que Suti pusesse a mão na caixa misteriosa transferida de uma caserna para outra.

— Estou excitado como um rapaz virgem diante da sua primeira mulher.

— Um momento.

— Não vamos parar tão perto do objetivo!

— Vou escrever o meu relatório: estado do lugar e posição do objeto suspeito.

Assim que Paser parou de escrever, Suti tirou a tampa da caixa.

— Ferro... lingotes de ferro! Nada mais, nada menos!

Suti sopesou um lingote, apalpou-o, molhou-o com a saliva, arranhou-o com a unha.

— Ele não veio das rochas vulcânicas do deserto do Leste. É o ferro da lenda que se contava no povoado, o ferro do céu!

— Meteoritos — constatou Paser.

— Uma verdadeira fortuna.

— É com este ferro que os sacerdotes da Casa da Vida confeccionam as cordas usadas pelo faraó para subir ao céu. Como um simples químico pode possuí-lo?

Suti estava fascinado.

— Eu conhecia as características desse ferro, mas não me atrevia imaginá-lo nas minhas mãos.

— Ele não nos pertence — lembrou Paser. — É uma prova que será usada no tribunal. Chechi terá de explicar a procedência desse ferro.

No fundo da caixa havia uma enxó de ferro. A ferramenta de carpinteiro servia para abrir a boca e os olhos da múmia quando o corpo mortal, ressuscitado pelos rituais, se transformasse num ser de luz.

Nem Paser nem Suti ousaram tocar nele. Se houvesse sido consagrado, o objeto seria portador de forças sobrenaturais.

— Somos ridículos — avaliou o tenente da divisão dos carros de guerra. — Isto não passa de um metal.

— Provavelmente você tem razão, mas não vou arriscar.

— O que propõe?

— Aguardar a chegada do suspeito.

*

Chechi estava sozinho.

Quando viu a porta do laboratório aberta, virou nos calcanhares e tentou fugir. Ele se deparou com o núbio, que o empurrou de volta para a sala. Indiferente, o babuíno mordiscava uvas secas. A atitude do químico demonstrava que nenhum aliado rondava pelas proximidades.

— Estou contente em revê-lo — disse Paser. — Você gosta de mudanças.

O olhar de Chechi caiu sobre a caixa.

— Quem lhe deu permissão?

— Busca judicial.

O homem, com um pequeno bigode, controlava bem as suas reações. Ele ficou calmo, glacial.

— A busca judicial é um procedimento excepcional — observou ele, abespinhado.

— Assim como a sua atividade.

— Aqui é um anexo ao meu laboratório oficial.

— Você gosta das casernas.

— Estou preparando as armas do futuro. Para isso tenho autorização do exército. Verifique e vai constatar que esse local foi inventariado e as minhas experiências, encorajadas.

— Não duvido, mas não vai conseguir o seu objetivo se usar o ferro celeste. Esse material é reservado para o templo, assim como a enxó escondida no fundo desta caixa.

— Ela não me pertence.

— Não sabia da sua existência?

— Deixaram-na aqui sem o meu conhecimento.

— Afirmação falsa — interveio Suti. — Você mesmo ordenou que fosse transferida. Neste recanto perdido, pensava estar protegido.

— Você me espionou?

— De onde vem esse ferro? — perguntou Paser.

— Recuso-me a responder às suas perguntas.

— Nesse caso, está preso por roubo, receptação e obstrução ao bom andamento de uma investigação.

— Vou negar e o seu pedido será indeferido.

— Ou você nos acompanha, ou pedirei ao policial núbio que lhe amarre as mãos.

— Eu não vou fugir.

*

O interrogatório obrigou o escrivão a fazer horas extras, sendo que a sua filha, laureada no curso de dança, fazia uma representação na praça principal do bairro. Mal-humorado, no entanto não teve muito o que fazer, pois Chechi não respondeu a nenhuma pergunta e fechou-se num total mutismo.

Paciente, o juiz insistiu:

— Quem são os seus cúmplices? Desviar um ferro dessa qualidade não é trabalho de um só indivíduo.

Chechi olhava Paser através das pálpebras semicerradas. Parecia tão inexpugnável quanto uma fortaleza dos Muros do Rei.

— Alguém lhe entregou esse material precioso. Mas com que intenção? Quando as suas pesquisas deram resultado positivo, você despediu os seus colaboradores, pretextando a tentativa de roubo de Qadash para acusá-los de incompetência. Assim, não há mais controle das suas atividades. Você fabricou essa enxó ou roubou-a?

Suti teria batido com prazer no mudo de bigode preto, mas Paser interferiria.

— Qadash e você são amigos de longa data, não é verdade? Ele sabia da existência do tesouro e tentou roubá-lo. A não ser que tenham feito uma simulação para que você aparecesse como vítima e afastasse todas as testemunhas incômodas do laboratório.

Sentado numa esteira, com as pernas dobradas diante dele, Chechi persistia na sua atitude. Sabia que o juiz não tinha o direito de cometer nenhuma violência.

— Apesar do seu mutismo, Chechi, descobrirei toda a verdade.

A previsão não abalou o químico.

Paser pediu a Suti que amarrasse as mãos de Chechi e que o prendesse numa argola fixada na parede.

— Sinto muito, Iarrot, mas preciso pedir-lhe que vigie o suspeito.

— Vai demorar muito?

— Estaremos de volta antes do anoitecer.

*

O palácio de Mênfis era uma entidade administrativa composta de dezenas de setores nos quais trabalhava uma multidão de escribas. Os químicos dependiam de um supervisor dos laboratórios reais, um homem grande e seco de uns 50 anos, surpreso com a visita do juiz.

— Estou sendo assessorado pelo tenente da divisão dos carros de guerra, Suti, testemunha das minhas acusações.

— Acusações?

— Um dos seus subordinados, Chechi, está preso.

— Chechi? Impossível! Trata-se de um equívoco.

— Os seus químicos usam o ferro celeste?

— Claro que não! Por ser muito raro, ele é destinado aos templos para fins rituais.

— E como explica que Chechi possua uma quantidade considerável do metal?

— É um mal-entendido.

— Ele foi destacado para alguma tarefa especial?

— Ele se comunica diretamente com os responsáveis pelo armamento e tem de controlar a qualidade do cobre. Permita que eu me responsabilize pela honra de Chechi, pelo seu rigor técnico e qualidades como homem.

— Sabia que ele trabalha num laboratório clandestino, instalado numa caserna?

— Ordens do exército.

— Assinada por quem?

— Por uma legião de oficiais superiores que pedem aos especialistas que preparem armas novas. Chechi está entre eles.

— No entanto, o uso do ferro celeste não está previsto.

— Deve haver uma explicação simples.

— O suspeito recusa-se a falar.

— Chechi nunca foi de falar muito. Ele tem um temperamento bem taciturno.

— Sabe a origem dele?

— Acho que nasceu na região menfita.

— Poderia verificar?

— Isso é tão importante assim?

— Pode ser.

— Preciso consultar os arquivos.

A pesquisa durou mais de uma hora.

— É isso mesmo: Chechi é originário de um pequeno povoado, ao norte de Mênfis.

— Diante do posto que ele ocupa, você comprovou essa declaração?

— O exército encarregou-se disso e não localizou nada de anormal. O selo do controlador foi aposto de acordo com as regras e o setor contratou Chechi sem nenhum medo. Conto com você para soltá-lo o mais rápido possível.

— As acusações contra ele se acumulam. Ao roubo, podemos acrescentar a mentira.

— Juiz Paser! Não está sendo exagerado? Se conhecesse Chechi melhor, saberia que ele é incapaz de cometer qualquer desonestidade.

— Se ele for inocente, o processo provará.

∗

Iarrot soluçava na soleira da porta. O burro contemplava-o, desapontado.

Suti sacudiu o escrivão, enquanto Paser constatava o desaparecimento de Chechi.

— O que aconteceu?

— Ele chegou e exigiu os autos do processo, localizou dois parágrafos truncados que o tornavam ilegal, ameaçou-me de represálias, libertou o réu... Como ele tinha razão a respeito da forma, tive de ceder.

— De quem está falando?

— Do chefe da polícia, Mentmosé.

Paser leu os autos. De fato, Iarrot não havia anotado os títulos e as funções de Chechi, nem especificado que o próprio juiz fazia uma investigação preliminar sem haver sido notificado por um terceiro. Portanto, o processo estava anulado.

∗

Um raio de sol era filtrado pelas ripas cruzadas de uma janela de pedras e iluminava a cabeça luzidia de Mentmosé, coberta por um unguento perfumado. Com um sorriso nos lábios, ele recebeu Paser com um entusiasmo forçado:

— Não vivemos num país maravilhoso, meu caro juiz? Ninguém pode sofrer os rigores de uma lei exagerada, pois nós zelamos pelo bem-estar dos cidadãos.

— "Exagerado" é um termo na moda. O supervisor dos laboratórios também o usou.

— Ele não merece nenhuma censura. Enquanto consultava os arquivos, ele mandou avisar-me da prisão de Chechi. Imediatamente, fui ao seu escritório, convencido de que um lamentável erro havia sido cometido. E esse era realmente o caso. Por isso, a libertação de Chechi foi imediata.

— O erro do meu escrivão é patente — reconheceu Paser —, mas por que se interessa tanto por esse químico?

— Perito militar. Como os colegas, ele está sob a minha supervisão direta; nenhuma interpelação pode ocorrer sem a minha anuência. Quero admitir que você não sabia disso.

— A acusação de roubo retira a imunidade parcial de Chechi.

— Acusação não fundamentada.

— Um erro na forma não suprime a validade do motivo da queixa.

Mentmosé tornou-se solene.

— Chechi é um dos nossos melhores peritos em armamento. Acredita que ele poria a carreira em perigo de uma maneira tão estúpida?

— Sabe qual é o objeto roubado?

— Não importa! Não acredito. Pare de esforçar-se para conseguir uma reputação de defensor dos oprimidos.

— Onde escondeu Chechi?

— Fora do alcance de um magistrado que ultrapassa os seus direitos.

*

Suti aprovou Paser: não existia outra saída que não a convocação de um tribunal onde jogariam tudo ou nada. Provas e argumentos seriam decisivos, desde que os jurados não estivessem comprados pelo adversário, pelos jurados, esses que Paser não poderia recusar na sua totalidade, sob pena de ser afastado do cargo. Os dois amigos convenceram-se de que a verdade, proclamada durante um processo público, iluminaria as mentes mais obtusas.

O juiz mostrou a sua estratégia para Branir.

— Está assumindo muitos riscos.

— Existe um caminho melhor?

— Siga o que o seu coração revela.

— Acho necessário atacar os cargos mais altos para não me dispersar em detalhes secundários. Ao centrar-me no essencial, lutarei mais facilmente contra as mentiras e covardias.

— Você jamais se contentará com meias-medidas; vai precisar de luz com todo o seu brilho.

— Estou errado?

— O processo que se anuncia exige um juiz maduro e experiente, mas os deuses confiaram-lhe esse caso e você o aceitou.

— Kem está vigiando a caixa que contém o ferro celeste; ele a cobriu com uma tábua, na qual o babuíno está sentado. Ninguém se aproximará dela.

— Quando vai convocar o tribunal?

— Numa semana, o mais tardar; diante do caráter excepcional dos debates, vou acelerar o processo. Acha que consegui circunscrever o mal que reina?

— Você está bem próximo.

— Posso pedir um favor?

— Quem o impediria?
— A despeito da sua próxima nomeação, aceitaria ser jurado?

O velho mestre fitou o seu planeta tutelar, Saturno, que brilhava com uma luz incomum.

— E você tinha alguma dúvida?

CAPÍTULO 36

Bravo não se acostumava com a presença do babuíno sob o seu teto, mas, como o seu dono tolerava-o, ele não mostrou nenhuma animosidade. Taciturno, Kem limitou-se a observar que esse processo era uma loucura. Por mais audacioso que fosse, Paser era muito jovem na profissão para ter sucesso. Embora soubesse da reprovação do núbio, o juiz continuou a preparar as suas armas, enquanto o escrivão fornecia-lhe formulários e registros, devidamente verificados. O decano do pórtico exploraria qualquer imperfeição de forma.

A intrusão do médico-chefe, Nebamon, pareceu das mais indiscretas. Elegante, usando uma peruca perfumada, parecia contrariado.

— Gostaria de falar-lhe a sós.

— Estou muito ocupado.

— É urgente.

Paser largou um papiro que relatava o processo de um nobre acusado de haver explorado terras que não lhe pertenciam em nome do rei; apesar da sua posição na corte ou talvez por causa dela, ele havia sido destituído dos seus bens e condenado ao exílio. A apelação nada havia modificado.

Os dois homens andaram por uma ruela tranquila, abrigada do sol. Meninas brincavam com bonecas, um burro passava, carregado de cestos de legumes; um velho dormia na entrada de uma casa.

— Não nos entendemos bem, caro Paser.

— Lamento, como você, que a senhora Sababu continue a exercer a sua condenável profissão, mas nenhum texto da lei autoriza-me a culpá-la. Ela paga os impostos e não perturba a ordem pública. Até mesmo o ouvi dizer que alguns médicos renomados frequentavam o prostíbulo.

— E Neferet? Pedi que a ameaçasse!

— Eu lhe prometi fazer o melhor possível.

— Brilhante resultado! Um dos meus colegas tebanos estava prestes a dar a ela um cargo no hospital de Deir el-Bahari. Por sorte intervi a tempo. Sabia que ela faz sombra a médicos estabelecidos?

— Então, reconhece que ela tem competência.

— Por mais dotada que seja, Neferet é uma marginal.

— Não tenho essa impressão.

— Os seus sentimentos me são indiferentes. Quando se deseja fazer carreira, devemos nos dobrar às instruções de homens influentes.

— Tem razão.

— Concordo em lhe dar uma última chance, porém não me decepcione mais.

— Eu não a mereço.

— Esqueça essa derrota e aja.

— Eu me interrogo.

— Sobre qual ponto?

— Sobre a minha carreira.

— Siga os meus conselhos e não terá nenhuma preocupação.

— Eu me contento em ser juiz.

— Não entendi...

— Não importune mais Neferet.

— Você perdeu a cabeça?

— Não leve o meu aviso na brincadeira.

— O seu comportamento é estúpido, Paser! Está errado em apoiar uma jovem condenada à mais amarga das derrotas. Neferet não tem nenhum futuro; quem ligar o seu destino ao dela será destruído.

— O rancor transtorna a sua mente.

— Nunca ninguém me falou nesse tom! Exijo desculpas!

— Estou tentando ajudá-lo.

— Ajudar-me?

— Eu sinto que está deslizando para a decadência.

— Vai arrepender-se das suas palavras!

*

Denés supervisionava o desembarque de um barco de carga. Os marinheiros apressavam-se, pois deviam partir para o Sul no dia seguinte, para aproveitarem uma corrente favorável. A carga de móveis e de especiarias seria enviada para um novo armazém que o transportador havia acabado de adquirir. Em breve ele engoliria um dos seus concorrentes mais ferozes e veria aumentar o seu império, que legaria aos dois filhos. Graças aos relacionamentos da esposa, dia a dia ele consolidava os vínculos com o alto governo e não encontrava nenhum obstáculo à sua expansão.

O decano do pórtico não tinha o hábito de passear no cais. Locomovendo-se com a ajuda de uma bengala, devido a uma crise de gota, o magistrado aproximou-se de Denés.

— Não fique aqui, eles podem esbarrar em você.

Denés pegou o decano pelo braço e levou-o para a parte do armazém onde a estocagem estava completa.

— Por que a visita?

— Uma tragédia vai acontecer.

— Estou envolvido?

— Não, mas precisa ajudar-me a evitar um desastre. Amanhã Paser vai presidir um tribunal. Não pude recusar a realização de um processo pedido por ele segundo as regras.

— Quem está sendo incriminado?

— Ele guardou segredo a respeito do acusado e do acusador. Segundo os boatos, a segurança do Estado está envolvida.

— Os boatos dizem coisa sem sentido. Como um juiz menor poderia cuidar de um processo de tamanha amplidão?

— Sob a aparência reservada, Paser é um aríete. Vai sempre em frente e nenhum obstáculo o detém.

— Está preocupado?

— Esse juiz é perigoso. Cumpre as suas funções como se fossem uma missão sagrada.

— Já conheceu outros com a mesma índole! Rapidamente esmoreceram.

— Esse é mais sólido do que o granito. Já tive oportunidade de pô-lo à prova, pois resiste de maneira anormal. No lugar dele, um jovem juiz preocupado com a sua carreira já teria recuado. Pode acreditar, ele é uma fonte de aborrecimentos.

— Está sendo pessimista.

— Não desta vez.

— Em que lhe posso ser útil?

— Cabe a mim designar dois jurados, pois aceitei que Paser faça o julgamento sob o pórtico. Já escolhi Mentmosé, cujo bom-senso nos será indispensável. Com você, ficarei tranquilo.

— Amanhã é impossível: vai chegar um carregamento de vasos preciosos e preciso verificar peça por peça, mas a minha mulher fará maravilhas.

*

Paser levou pessoalmente a convocação de Mentmosé.

— Eu poderia ter mandado o meu escrivão, mas as nossas amigáveis relações obrigaram-me a ser mais cordial.

O chefe da polícia não convidou o juiz a sentar-se.

— Chechi comparecerá como testemunha — prosseguiu Paser. — Como só você sabe onde ele está, leve-o ao tribunal. Senão seremos obrigados a mandar que as forças policiais o procurem.

— Chechi é um homem razoável. Se você também fosse, desistiria desse processo.

— O decano do pórtico achou que o processo pode ser mantido.

— Está destruindo a sua carreira.

— Ultimamente muita gente anda preocupada com isso; devo ficar preocupado?

— Quando o seu fracasso for consumado, Mênfis rirá de você e será obrigado a demitir-se.

— Já que você foi designado jurado, não se recuse a ouvir a verdade.

*

— Eu, jurado? — surpreendeu-se Bel-Tran. — Jamais poderia imaginar...

— Trata-se de um processo muito importante, de consequências imprevisíveis.

— É uma obrigação?

— De maneira alguma; o decano do pórtico designa dois jurados, eu também indico dois, e quatro são escolhidos pelos altos dignitários que já participaram de algum julgamento.

— Confesso que fico preocupado. Participar de uma decisão de justiça parece-me mais difícil do que vender papiros.

— Terá de pronunciar-se sobre o destino de um homem.

Bel-Tran levou um longo tempo refletindo.

— A sua confiança deixa-me sensibilizado. Eu aceito.

*

Suti fez amor com uma fúria que surpreendeu Pantera, apesar de já estar acostumada com a impetuosidade do amante. Insaciável, ele não conseguia separar-se dela, crivava-a de beijos e percorria, obstinado, os caminhos do seu corpo. Lasciva, ela soube mostrar-se terna depois da tempestade.

— A sua violência é a de um viajante prestes a partir. O que está escondendo?

— O processo é amanhã.

— Está com medo?

— Preferia uma luta desarmado.

— O seu amigo me dá medo.

— Por que tem medo de Paser?

— Se a lei exigir, ele não poupará ninguém.

— Por acaso você o traiu sem me contar?

Ela o virou de costas e deitou-se em cima dele.

— Quando deixará de desconfiar de mim?

— Nunca. Você é uma fêmea selvagem, a mais perigosa das espécies, e já prometeu matar-me mil vezes.

— O seu juiz é mais temível do que eu.

— Você é quem está escondendo alguma coisa.

Ela rolou de lado e afastou-se do amante.

— Pode ser.

— Não conduzi bem o seu interrogatório.

— No entanto, você sabe fazer o meu corpo falar.

— Mesmo assim, você guarda um segredo.

— Se não guardasse, eu teria algum valor aos seus olhos?

Ele se jogou em cima dela e imobilizou-a.

— Esqueceu que é a minha prisioneira?

— Acredite no que quiser.

— Quando vai fugir?

— Assim que eu for uma mulher livre.

— A decisão é minha. Tenho de declará-la como tal no departamento de imigração.

— E o que está esperando?

— Vou correr para lá.

Suti vestiu-se às pressas com a sua tanga mais bonita e pendurou no pescoço o colar adornado com a mosca de ouro.

✳

Ele entrou no escritório no momento em que o funcionário preparava-se para sair, bem antes da hora de encerramento.

— Volte amanhã.

— Isso está fora de cogitação.

O tom de Suti era ameaçador. A mosca de ouro indicava que o rapaz, de constituição forte, era um herói e os heróis cometiam violências com facilidade.

— Qual a sua solicitação?

— O fim da liberdade condicional da líbia Pantera, que me foi atribuída na última campanha da Ásia.

— Você garante a moralidade dela?

— É perfeita.

— Que tipo de emprego ela procurou?

— Já trabalhou numa fazenda.

Suti preencheu o formulário, lamentando não ter feito amor com Pantera uma última vez; as suas futuras amantes provavelmente não seriam iguais a ela. Mais cedo ou mais tarde chegaria a esse ponto; seria melhor cortar os vínculos antes que se tornassem muito firmes.

Ao voltar para casa, ele rememorou algumas lutas amorosas que se igualavam às façanhas dos maiores conquistadores. Pantera lhe havia ensinado que o corpo de uma mulher é um paraíso repleto de paisagens móveis e que o prazer da descoberta renovava-se por si só.

A casa estava vazia.

Suti lamentou a precipitação. Gostaria de passar a noite com ela antes do processo, esquecendo as lutas do dia seguinte; gostaria de saciar-se com o seu perfume. Ele ia consolar-se com um vinho envelhecido.

— Encha outra taça — disse Pantera, abraçando-o por trás.

✳

Qadash quebrou os instrumentos de cobre e jogou-os na parede do seu consultório dentário que havia destruído a pontapés. Ao receber a convocação para o tribunal, havia sido invadido por uma loucura destruidora.

Sem o ferro celeste não poderia mais trabalhar. A sua mão tremia demais. Com o metal milagroso poderia agir como um deus, recuperar a juventude e a plenitude do gesto. Quem ainda o respeitaria, quem elogiaria os seus méritos? Falariam dele no passado.

Poderia retardar a decadência? Devia lutar, não aceitar a decrepitude. Antes de tudo, era preciso acabar totalmente com as suspeitas do juiz Paser. Qadash não possuía a força de Paser, a sua energia e a sua determinação! Fazer dele um aliado era quimérico. O jovem magistrado afundaria e a justiça iria com ele.

*

Dentro de algumas horas começaria o processo.

Paser passeava na margem do rio com Bravo e Vento do Norte. Gratificados com um longo passeio ao crepúsculo, depois de um jantar copioso, o cão e o burro brincavam sem perder o dono de vista. Vento do Norte ia à frente e escolhia o caminho.

Cansado, tenso, o juiz questionava-se. Não se teria enganado, não havia queimado etapas, não havia enveredado por uma trilha que levava ao abismo? Na verdade, eram pensamentos medíocres. A justiça seguiria o seu curso, imperioso como o do rio divino. Paser não era mestre dessa justiça e sim o seu servo. Qualquer que fosse o resultado do processo, alguns véus seriam erguidos.

O que aconteceria com Neferet se ele fosse demitido? O médico-chefe iria persegui-la para impedir que exercesse a medicina. Por sorte Branir estava atento. O futuro sumo sacerdote do templo de Amon integraria a jovem na equipe médica do templo, fora do alcance de Nebamon.

Saber que ela estava protegida de um destino adverso dava a necessária coragem a Paser para enfrentar todo o Egito.

CAPÍTULO 37

O julgamento foi aberto de acordo com a fórmula ritual "diante da porta da justiça, no lugar onde se ouvem as queixas de todos os queixosos, para distinguir a verdade da mentira, nesse grande local onde se protegem os fracos para salvá-los dos poderosos".* Encostada no pilono do templo de Ptah, a corte de justiça havia sido aumentada para receber um grande número de dignitários e de pessoas do povo, curiosos com o acontecimento.

O juiz Paser, auxiliado pelo seu escrivão, mantinha-se no fundo da sala. À direita ficava o júri. Ele era composto de Mentmosé, chefe da polícia, da senhora Nenofar, de Branir, de Bel-Tran, de um sacerdote do templo de Ptah, de uma sacerdotisa do templo de Hathor, de um proprietário de terras e de um carpinteiro. A presença de Branir, que alguns consideravam um sábio, provava a gravidade da situação. O decano do pórtico estava sentado à esquerda de Paser. Representante da hierarquia, ele garantia a legalidade dos debates. Usando uma longa túnica de linho branco e uma sóbria peruca à moda antiga, os dois magistrados haviam desenrolado na sua frente um papiro que cantava a glória da idade de ouro, quando Maat, a harmonia no universo, reinava absoluta.

— Eu, juiz Paser, declaro aberto o julgamento que confronta o queixoso, o tenente da divisão de carros de guerra, Suti, com o acusado, o general Asher, porta-estandarte à direita do rei e instrutor dos oficiais do exército da Ásia.

Rumores elevaram-se. Se o lugar não fosse tão austero, muitos acreditariam tratar-se de uma brincadeira.

---

* Esse é o texto inscrito na própria porta.

— Chamo o tenente Suti.

O herói impressionou a multidão. Bonito, seguro de si, não parecia um iluminado nem um soldado perdido que quisesse brigar com o chefe.

— Promete por juramento dizer a verdade diante deste tribunal?

Suti leu a fórmula que o escrivão lhe apresentou.

— Como Amon é duradouro e como o faraó é duradouro — que ele viva, prospere e seja coerente, ele, cujo poder é mais terrível do que a morte —, juro dizer a verdade.

— Formule a sua queixa.

— Acuso o general Asher de prevaricação, de alta traição e de assassinato.

A plateia não conteve a surpresa, os protestos elevaram-se.

O decano do pórtico interveio:

— Por respeito à deusa Maat, exijo silêncio durante os debates! Quem o violar será imediatamente expulso e condenado a uma pesada multa.

A advertência foi eficaz.

— Tenente Suti — continuou Paser —, você possui provas?

— Elas existem.

— Conforme a lei — indicou o juiz —, fiz uma investigação. Ela permitiu que eu descobrisse um certo número de fatos estranhos, que penso estarem ligados à acusação principal. Portanto, levanto a hipótese de um complô contra o Estado e de uma ameaça para a segurança do país.

A tensão aumentou. Os altos dignitários, que só agora conheciam Paser, surpreenderam-se com a seriedade de um homem tão jovem, com a firmeza da sua atitude e com o peso da sua fala.

— Chamo o general Asher.

Por mais ilustre que fosse, Asher era obrigado a comparecer ao julgamento. A lei não autorizava que ele fosse substituído, nem que se fizesse representar. O homem baixo, com rosto de roedor, avançou e prestou juramento. Estava vestido com uniforme de campanha, tanga curta, perneiras, cota de malha.

— General Asher, o que responde ao seu acusador?

— O tenente Suti, a quem eu mesmo nomeei para o posto, é um homem valente. Eu o condecorei com a mosca de ouro. Na última campanha da Ásia, ele realizou várias ações notáveis e merece ser reconhecido como herói. Eu o considero um arqueiro de elite, um dos melhores do nosso exército. As acusações dele não são fundamentadas. Eu as rejeito. Sem dúvida, trata-se de um desvario passageiro.

— Considera-se inocente?
— Sou inocente.

Suti sentou-se ao pé de uma coluna, de frente para o juiz, a alguns metros dele; Asher assumiu a mesma postura, do outro lado, perto dos jurados, que poderiam observar facilmente o seu comportamento e as expressões do seu rosto.

— O papel deste tribunal — especificou Paser — é estabelecer a realidade dos fatos. Se o crime for comprovado, o caso será entregue ao tribunal do vizir. Chamo o dentista Qadash.

Nervoso, Qadash prestou juramento.

— Reconhece ser culpado de uma tentativa de roubo num laboratório do exército, dirigido pelo químico Chechi?

— Não.

— Como explica a sua presença no local?

— Fui comprar cobre de primeira qualidade. A transação não transcorreu como o esperado.

— Quem lhe indicou a presença desse metal?

— O responsável pela caserna.

— Afirmação falsa.

— Eu afirmo, eu...

— O tribunal possui o seu depoimento por escrito. Você mentiu a respeito desse ponto. Além do mais, acabou de reiterar a mentira depois de haver prestado juramento; portanto, cometeu o delito de falso testemunho.

Qadash estremeceu. Um júri severo iria condená-lo a trabalhos forçados nas minas; se fosse indulgente, a uma temporada de trabalho nos campos.

— Ponho em dúvida as suas respostas anteriores — continuou Paser — e vou refazer a minha pergunta: quem lhe indicou a existência e o local do metal precioso?

Paralisado, Qadash permaneceu boquiaberto.

— Foi o químico Chechi?

O dentista caiu prostrado, choroso. A um sinal de Paser, o escrivão acompanhou-o de volta ao seu lugar.

— Chamo o químico Chechi.

Por um instante, Paser achou que o antipático cientista de bigode preto não compareceria. Mas ele se mostrara razoável, segundo a expressão do chefe da polícia.

O general pediu a palavra:

— Permita que eu me mostre surpreso. Não se trata de outro processo?

— Na minha opinião, essas pessoas não estão fora do caso que tratamos.
— Nem Qadash nem Chechi serviram sob as minhas ordens.
— Um pouco de paciência, general.

Contrariado, Asher observou o químico com o canto dos olhos. Ele parecia descontraído.

— Trabalha para o exército num laboratório de pesquisa, a fim de aperfeiçoar o armamento?
— Sim.
— Na realidade, ocupa duas funções: uma oficial e abertamente num laboratório do palácio, a outra, bem mais discreta, numa oficina dissimulada dentro de uma caserna.

Chechi limitou-se a assentir com a cabeça.

— Depois de uma tentativa de roubo, cujo autor foi o dentista Qadash, você mudou a sua instalação, mas sem prestar queixa.
— Obrigação imposta pela discrição.
— Especialista em ligas de metais e processos de fundição, você recebe os materiais do exército e os estoca, mantendo um inventário.
— Obviamente.
— Por que esconde lingotes de ferro celeste, reservado ao uso litúrgico, e uma enxó do mesmo metal?

A pergunta deixou a audiência perplexa. Nem o metal nem esse tipo de objeto saíam da esfera sagrada do templo; o roubo era passível da pena capital.

— Ignoro a existência desse tesouro.
— Como justifica a presença dele no seu local de trabalho?
— Um ato hostil.
— Tem inimigos?
— Se eu for condenado, interromperei as pesquisas, e o Egito será prejudicado.
— Você não é de origem egípcia, e sim beduína.
— Eu havia esquecido esse fato.
— Você mentiu ao supervisor dos laboratórios ao afirmar que havia nascido em Mênfis.
— Foi um mal-entendido. Eu quis dizer que me sentia totalmente menfita.
— O exército averiguou, como deve, e corroborou a sua afirmação. O departamento de averiguação não é de sua responsabilidade, general Asher?
— É possível — murmurou o interpelado.

— Portanto, o senhor endossou uma mentira.
— Eu não, um funcionário colocado sob as minhas ordens.
— A lei torna-o responsável pelos erros dos seus subordinados.
— Admito isso, mas quem imporia uma sanção a essa ninharia? Os escribas enganam-se todos os dias ao escreverem os seus relatórios. Além do mais, Chechi tornou-se um verdadeiro egípcio. A profissão que ele exerce comprova a confiança que lhe foi concedida e da qual se mostrou digno.
— Existe outra versão dos fatos. O senhor conhece Chechi há muito tempo; o conhecimento data das suas primeiras campanhas na Ásia. Os talentos do químico despertaram o seu interesse; o senhor lhe facilitou a entrada no território egípcio, apagou o passado dele e organizou a sua carreira no armamento.
— Puras especulações.
— O ferro celeste não é uma especulação. Para que ele seria destinado e por que conseguiu esse ferro para Chechi?
— Fabulação.
Paser virou-se para os jurados.
— Peço que notem que Qadash é líbio e Chechi, beduíno, de origem síria. Acredito numa cumplicidade entre esses dois homens e que ambos têm vínculos com o general Asher. Eles conspiram há muito tempo e contavam transpor uma etapa decisiva ao usar o ferro celeste.
— É apenas a sua convicção — objetou o general. — Não dispõe de nenhuma prova.
— Admito só ter estabelecido três fatos repreensíveis: o falso testemunho de Qadash, a falsa declaração de Chechi e a leviandade administrativa do seu departamento.
O general cruzou os braços, arrogante. Até o momento o juiz ridicularizava-se.
— O segundo aspecto da minha investigação — continuou Paser — é o caso da Grande Esfinge de Gizé. Segundo o documento oficial assinado pelo general Asher, os cinco veteranos que formavam a guarda de honra do monumento morreram no acidente. Confirma?
— Eu pus o meu sinete.
— A versão dos fatos não corresponde à realidade.
Abalado, Asher descruzou os braços.
— O exército pagou os funerais desses coitados.
— De três deles; do guardião-chefe e dos seus dois companheiros que moravam no Delta, não pude determinar a causa exata da morte; os dois últimos

foram enviados para a região tebana, reformados. Portanto, eles estavam bem vivos depois do pretenso acidente mortal.

— Muito estranho — reconheceu Asher. — Podemos ouvi-los?

— Os dois morreram. O quarto veterano foi vítima de um acidente, mas não o teriam empurrado para dentro do seu forno de pão? O quinto, aterrorizado, escondia-se sob o disfarce de um barqueiro. Morreu afogado ou, mais exatamente, assassinado.

— Objeção — declarou o decano do pórtico. — Segundo o relatório que chegou ao meu escritório, o policial local testemunha a favor de um acidente.

— Seja como for, ao menos dois dos cinco veteranos não morreram ao caírem da Esfinge, como Asher queria que acreditássemos. Além disso, o barqueiro teve tempo de falar comigo antes de morrer. Os seus colegas foram atacados e mortos por um bando armado composto de vários homens e de uma mulher. Eles se expressavam com palavras estrangeiras. Eis a verdade que o relatório do general ocultou.

O decano do pórtico franziu as sobrancelhas. Embora detestasse Paser, não punha em dúvida a palavra de um juiz, pronunciada em plena audiência e que trazia um fato novo terrivelmente grave. Até Mentmosé ficou abalado: o verdadeiro processo estava começando.

O militar defendeu-se veementemente:

— Diariamente, eu assino uma grande quantidade de relatórios sem verificar os fatos e não me ocupo muito com os veteranos.

— Os jurados terão interesse em saber que o laboratório de Chechi, onde estava armazenada a caixa com o ferro, fica numa caserna de veteranos.

— Isso não importa — avaliou Asher, irritado. — O acidente foi constatado pela polícia militar; eu simplesmente assinei o relatório administrativo para que os funerais fossem organizados.

— Nega, sob juramento, ter sido informado da agressão contra a guarda de honra da Esfinge?

— Nego. E também nego qualquer responsabilidade, direta ou indireta, na morte desses cinco infelizes. Eu não sabia nada sobre essa tragédia e sobre as suas consequências.

O general defendia-se com uma convicção que fazia com que a maior parte do júri lhe fosse favorável. É verdade que o juiz trazia uma tragédia à tona, mas Asher só seria recriminado por uma segunda falta administrativa e não por um ou vários crimes sangrentos.

— Sem pôr em causa as estranhezas desse caso — interveio o decano do pórtico —, acho que uma investigação complementar seria indispensável. Contudo, não se deve duvidar das declarações do quinto veterano? Não teria inventado uma fábula para impressionar o juiz?

— Algumas horas depois ele estava morto — lembrou Paser.

— Triste conjunto de circunstâncias.

— Se ele foi mesmo assassinado, alguém quis impedi-lo de falar mais e de comparecer diante deste tribunal.

— Mesmo admitindo a sua teoria — disse o general —, em que isso me diz respeito? Se eu houvesse verificado, teria constatado, como você, que a guarda de honra não morrera num acidente. Nessa ocasião, eu estava cuidando da preparação da campanha da Ásia: essa tarefa prioritária absorvia-me.

Paser esperava, sem acreditar muito, que o militar perdesse o controle dos nervos, mas ele conseguia repelir os ataques e contornar os argumentos mais incisivos.

— Chamo Suti.

O tenente ergueu-se, sério.

— Mantém as suas acusações?

— Mantenho.

— Explique-se.

— Por ocasião da minha primeira missão, depois da morte do meu oficial, morto numa emboscada, andei sem rumo numa região nada segura para ir ao encontro do regimento do general Asher. Acreditei estar perdido, quando fui testemunha de uma cena horrível. Um soldado egípcio foi torturado e assassinado a alguns metros de mim; eu estava exausto demais para prestar-lhe ajuda e os agressores eram muito numerosos. Um homem conduziu o interrogatório, depois o degolou ferozmente. Esse criminoso, esse traidor da pátria, é o general Asher.

O acusado manteve-se impassível.

Abalada, a audiência prendeu a respiração. As fisionomias dos jurados fecharam-se subitamente.

— Essas afirmações escandalosas não possuem nenhum fundamento — declarou Asher com voz quase serena.

— Negar não é suficiente. Eu o vi, assassino!

— Mantenha a calma! — ordenou o juiz. — Esse testemunho prova que o general Asher colabora com o inimigo. Eis por que o revoltoso líbio, Adafi, permanece inatingível. O seu cúmplice previne-o antecipadamente dos deslocamentos das nossas tropas e prepara com ele uma invasão ao Egito. A culpa do general faz supor que ele não seja inocente no caso da Esfinge;

teria ele mandado matar os cinco veteranos para experimentar as armas fabricadas por Chechi? Uma investigação complementar, sem dúvida, demonstrará esse fato, ligando os diversos elementos que expus.

— A minha culpa não foi absolutamente provada — avaliou Asher.

— Duvida da palavra do tenente Suti?

— Acho que ele é sincero, mas está enganado. Segundo o seu próprio testemunho, ele estava no fim das forças. Sem dúvida, os olhos dele enganaram-no.

— As feições do assassino ficaram gravadas na minha memória — afirmou Suti — e jurei a mim mesmo que o encontraria. Naquele momento, eu não sabia que se tratava do general Asher. Eu o identifiquei no nosso primeiro encontro, quando ele me felicitou pelas minhas proezas.

— Você havia enviado batedores ao território inimigo? — perguntou Paser.

— Evidentemente — respondeu Asher.

— Quantos?

— Três.

— Os nomes deles foram registrados a serviço em países estrangeiros?

— Essa é a regra.

— Eles voltaram vivos da última campanha?

Pela primeira vez o general ficou perturbado:

— Não... um deles desapareceu.

— O que você matou com as suas próprias mãos, porque ele havia percebido o seu papel.

— Isso é falso. Não sou culpado.

Os jurados notaram que a voz dele estava trêmula.

— O senhor, que foi coberto de honrarias, que educa os oficiais, traiu o seu país da maneira mais ignóbil possível. Já é hora de confessar, general.

O olhar do general ficou perdido no vazio. Dessa vez, ele estava a ponto de ceder.

— Suti enganou-se.

— Enviem-me ao local, acompanhado de oficiais e escribas — propôs o tenente. — Reconhecerei o lugar onde enterrei sumariamente o infeliz. Traremos os seus restos mortais, ele será identificado e nós lhe daremos uma sepultura digna.

— Ordeno uma expedição imediata — declarou Paser. — O general Asher ficará detido na caserna principal de Mênfis, sob a guarda da polícia. Ele ficará impedido de ter qualquer contato com o exterior até o retorno de Suti. Então, retomaremos o julgamento e os jurados entregarão o veredicto.

CAPÍTULO 38

Os ecos do julgamento ainda ressoavam em Mênfis. Alguns já consideravam o general Asher o mais abominável dos traidores, elogiavam a coragem de Suti e a competência do juiz Paser.

O juiz gostaria de consultar Branir, mas a lei proibia que conversasse com os jurados antes do fim do caso. Ele recusou vários convites de dignitários e fechou-se em casa. Em menos de uma semana, o corpo expedicionário voltaria com o cadáver do batedor assassinado por Asher, o general seria desmascarado e condenado à morte. Suti obteria um posto elevado. E, o mais importante, o complô seria desmantelado e o Egito estaria a salvo de um perigo externo e interno ao mesmo tempo. Mesmo que Chechi passasse por entre as malhas da rede, o objetivo seria atingido.

Paser não havia mentido a Neferet. Nem por um instante deixava de pensar nela. Mesmo durante o julgamento, só via o rosto dela. Precisava concentrar-se em cada palavra para não afundar num sonho que tinha Neferet como única heroína.

O juiz havia confiado o ferro celeste e a enxó ao decano do pórtico, que imediatamente os entregara ao sumo sacerdote de Ptah. Em sincronia com as autoridades religiosas, o magistrado devia estabelecer a origem desse material. Um detalhe deixava Paser confuso: por que as autoridades não haviam apresentado queixa por roubo? A qualidade excepcional do objeto e do material orientava a busca para um santuário rico e poderoso, capaz de abrigá-los.

Paser havia concedido três dias de folga a Iarrot e a Kem. O escrivão apressara-se em voltar para casa, onde mais um drama doméstico havia eclodido, pois a sua filha recusava-se a comer legumes e só ingeria bolos. Iarrot aceitava esse capricho, a esposa, não.

O núbio não se afastou do escritório: não precisava de repouso e considerava-se responsável pela segurança do juiz. Embora Paser fosse intocável, era preciso ser prudente.

Quando um sacerdote de cabeça raspada quis entrar na casa do juiz, Kem impediu-o:

— Preciso transmitir uma mensagem ao juiz Paser.
— Transmita-a para mim.
— Só para ele, para mais ninguém.
— Espere.

Embora o homem não portasse armas e fosse magricela, o núbio teve uma sensação de mal-estar.

— Um sacerdote quer falar com você. Seja prudente.
— Você vê perigo em tudo!
— Ao menos mantenha o babuíno com você.
— Como queira.

O sacerdote entrou, Kem ficou atrás da porta. Indiferente, o babuíno descascava a noz de uma palmeira dum.

— Juiz Paser, você estará sendo esperado amanhã de manhã, ao raiar do dia, na grande porta do povo de Ptah.
— Quem quer ver-me?
— Não tenho outra mensagem.
— Qual o motivo?
— Vou repetir: não tenho outra mensagem. Raspe todos os pelos do corpo, abstenha-se de qualquer relação sexual e recolha-se para venerar os ancestrais.
— Sou juiz e não tenho intenção de tornar-me sacerdote!
— Seja pontual. Que os deuses o protejam.

Sob a vigilância de Kem, o barbeiro terminou de raspar os pelos de Paser.

— Está totalmente liso e digno de entrar para a Ordem! Vamos perder um juiz e ganhar um sacerdote?
— Simples medida de higiene. Os altos dignitários não se submetem a isso regularmente?

— Você se tornou um deles, é verdade! Gosto muito disso. Nas ruelas de Mênfis só falam de você. Quem mais ousaria atacar o todo-poderoso Asher? Agora, as línguas soltaram-se. Ninguém gostava dele. Dizem que ele torturou aspirantes.

Ontem adulado, hoje pisoteado, Asher via o seu destino mudar em poucas horas. Os rumores mais sórdidos circulavam sobre ele. Paser aprendeu a lição: ninguém estava a salvo da baixeza humana.

— Se não vai tornar-se religioso — disse o barbeiro —, sem dúvida vai encontrar-se com alguma mulher. Muitas delas apreciam os homens bem barbeados que se parecem com os sacerdotes... ou que o são! É bem verdade que o amor não lhes é proibido e frequentar os homens que veem os deuses pela frente, não é excitante? Tenho aqui uma loção à base de jasmim e de lótus que comprei do melhor fabricante de Mênfis. Ela vai perfumar a sua pele por vários dias.

Paser aceitou. Assim o barbeiro espalharia uma informação capital: o juiz mais intransigente era também um amante vaidoso. Restava descobrir o nome da eleita.

Depois que o tagarela havia saído, Paser leu um texto consagrado a Maat. Ancestral venerável, ela era a fonte da alegria e da harmonia. Filha da luz, sendo, ela própria, a luz, Maat agia em prol de quem agisse por ela.

Paser pediu-lhe que mantivesse a sua vida na retidão.

*

Pouco antes do amanhecer, quando Mênfis acordava, Paser apresentou-se na grande porta de bronze do templo de Ptah. Um sacerdote levou-o para uma lateral do edifício, ainda mergulhado nas trevas. Kem havia aconselhado enfaticamente ao juiz para que não aceitasse a estranha convocação. Devido à sua graduação, ele não estava habilitado a fazer investigações num templo. Mas será que um religioso não queria fazer-lhe revelações sobre o roubo do ferro celeste e da enxó?

Paser estava emocionado. Era a primeira vez que penetrava no interior do templo. Altos muros separavam do mundo profano o universo dos especialistas encarregados de manter a energia divina e de fazê-la circular, para que não se rompesse o elo entre a humanidade e as forças criadoras. É fato que o templo também era um centro econômico, com os seus ateliês, padarias, açougues e armazéns, nos quais trabalhavam os melhores artesãos do reino; é fato que o primeiro grande pátio a céu aberto era acessível aos altos dignitários nas grandes festas. Porém, além deles, começavam os domínios do mistério, do jardim de pedra onde o homem não podia mais elevar a voz para poder ouvir a voz dos deuses.

O guia de Paser passou ao longo do muro que cercava o templo até uma pequena porta equipada com uma roda de cobre que servia de torneira; ao girá-la, os dois homens provocaram a circulação da água com a qual purificaram o rosto, as mãos e os pés. O sacerdote pediu a Paser que esperasse no escuro, na entrada de uma colunata.

*

Vestidos de linho branco, os enclausurados saíram de suas moradas à beira do lago onde pegavam água para as abluções matinais. Formando uma procissão, depositaram legumes e pães nos altares, enquanto o sumo sacerdote, agindo em nome do faraó,* acendia uma lamparina, quebrava o selo do *naos*, onde repousava a estátua do deus, espalhava incenso e, ao mesmo tempo em que os outros sumos sacerdotes realizavam o mesmo ritual em outros templos do Egito, pronunciava a fórmula "Acorde em paz".

Numa das salas do interior do templo, nove homens estavam reunidos. O vizir, o portador da Regra, o superintendente da Dupla Casa Branca,** o preposto aos canais e diretor das moradas da água, o superintendente dos escritos, o superintendente dos campos, o diretor das missões secretas, o escriba do cadastro e o intendente do rei formavam o conselho dos nove amigos do Ramsés, o Grande. Todos os meses, eles faziam consultas entre si nesse lugar secreto, longe dos escritórios e dos seus funcionários. Na paz do santuário, gozavam da serenidade necessária à reflexão. A tarefa parecia-lhes cada vez mais esmagadora depois que o faraó dera ordens fora do comum, como se o império estivesse em perigo. Cada um deles, no seu departamento, devia fazer uma inspeção sistemática para se assegurar da honestidade dos colaboradores do alto escalão. Ramsés havia exigido resultados rápidos. Irregularidades e laxismo deviam ser perseguidos com a maior energia e os funcionários

---

* O faraó era o único "sacerdote" do Egito, só ele podia manter a ligação da sociedade com o divino. Em diversos templos do Egito, ao celebrarem os rituais, os especialistas agiam por delegação do rei.

** Ministro da Economia.

incompetentes, despedidos. Por ocasião das conversas com o faraó, todos os nove amigos haviam achado o soberano preocupado, até mesmo inquieto.

Depois de uma noite de conversas frutuosas, os nove homens separaram-se. Um sacerdote sussurrou algumas palavras ao ouvido de Bagey, que se dirigiu para a porta da sala com colunas.

— Obrigado por ter vindo, juiz Paser. Sou o vizir.

Já impressionado pela majestade do lugar, o juiz ficou ainda mais assombrado com esse encontro. Ele, um juiz menor de Mênfis, tinha o imenso privilégio de falar frente a frente com o vizir Bagey, cuja lendária severidade assustava toda a hierarquia.

Mais alto do que Paser, rosto alongado e austero, Bagey tinha uma voz velada, um pouco rouca. O tom de voz era frio, quase cortante:

— Fiz questão de vê-lo aqui para que a nossa conversa ficasse em segredo. Se acha que isso é contra a lei, retire-se.

— Sou todo ouvidos.

— Tem consciência da importância do julgamento que está presidindo?

— O general Asher é um grande personagem, mas acredito haver demonstrado a sua prevaricação.

— Está convencido disso?

— O testemunho de Suti é incontestável.

— Ele não é o seu melhor amigo?

— Exato, mas a amizade não influencia o meu julgamento.

— O erro seria imperdoável.

— Parece-me que os fatos foram estabelecidos.

— A decisão não cabe aos jurados?

— Aceitarei a decisão deles.

— Ao atacar o general Asher, você põe em dúvida a política de defesa na Ásia. O moral das nossas tropas será tingido.

— Se a verdade não houvesse sido descoberta, o país estaria correndo um perigo bem mais grave.

— Tentaram impedir a sua investigação?

— O exército semeou ciladas no meu caminho e tenho certeza de que assassinatos foram cometidos.

— O quinto veterano?

— Os cinco veteranos foram eliminados de maneira violenta, três em Gizé e os dois sobreviventes nos seus povoados. Essa é a minha convicção. Cabe ao decano do pórtico prosseguir com a investigação, mas...

— Mas?

Paser hesitou. Na frente dele estava o vizir. Falar levianamente ser-lhe-ia fatal, mas dissimular o seu pensamento seria o mesmo que mentir. Os que haviam tentado enganar Bagey não mais pertenciam à sua administração.

— Mas não tenho a impressão de que ele a fará com a tenacidade necessária.

— Está acusando o mais alto magistrado de Mênfis de incompetente?

— Tenho a sensação de que o combate contra as trevas não o atrai mais. A experiência faz com que ele pressinta tantas consequências preocupantes que prefere manter-se na retaguarda e não se aventurar num terreno perigoso.

— É uma crítica séria. Acha que ele é corrupto?

— Simplesmente ligado a pessoas importantes que não quer contrariar.

— Isso está bem longe da justiça.

— De fato, não é assim que concebo a justiça.

— Se for condenado, o general Asher vai apelar.

— É direito dele.

— Qualquer que seja o veredicto, o decano do pórtico não o afastará do caso e pedirá que continue a instrução sobre os pontos obscuros.

— Permita-me duvidar.

— Está enganado, pois eu darei a ele essa ordem. Quero tudo esclarecido, juiz Paser.

*

— Suti voltou ontem à noite — revelou Kem a Paser.

O juiz ficou perplexo:

— Por que ele não está aqui?

— Ficou retido na caserna.

— Isso é ilegal!

Paser correu para a caserna central, onde foi recebido pelo escriba que havia comandado o destacamento.

— Exijo explicações.

— Fomos ao local da tragédia. O tenente Suti reconheceu o lugar, mas procuramos em vão o cadáver do batedor. Achei que seria melhor pôr o tenente na prisão.

— Essa decisão é inaceitável enquanto não terminar o julgamento em curso.

O escriba reconheceu a pertinência da observação. Suti foi imediatamente libertado.

Os dois amigos abraçaram-se.

— Você sofreu sevícias?

— Nenhuma. Os meus companheiros de estrada estavam convencidos da culpa de Asher; o fracasso deixou-os desesperados. Até a gruta havia sido devastada para apagar qualquer vestígio.

— No entanto, havíamos guardado segredo.

— Asher e os seus partidários tomaram precauções. Sou tão ingênuo quanto você, Paser. Nós dois não os venceremos.

— Em primeiro lugar, o processo não está perdido; depois, disponho de plenos poderes.

*

O julgamento recomeçou no dia seguinte.

Paser chamou Suti.

— Queira relatar a sua expedição ao local do crime.

— Na presença de testemunhas sob juramento constatei o desaparecimento do cadáver. Os homens da engenharia viraram o local do avesso.

— Grotesco — avaliou Asher. — O tenente inventou uma fábula e tenta justificá-la.

— Mantém as suas acusações, tenente Suti?

— Eu vi realmente o general Asher torturar e assassinar um egípcio.

— Onde está o corpo? — ironizou o acusado.

— O senhor fez com que desaparecesse!

— Eu, o general do exército da Ásia, agindo como o mais vil dos malfeitores? Quem vai acreditar? Existe uma outra versão dos fatos: você não se livrou do seu oficial da divisão dos carros de guerra porque é cúmplice dos beduínos? E se o criminoso fosse você, preocupado em culpar outra pessoa para se reabilitar? Na falta de provas, a manobra volta-se contra o seu autor. Por isso, exijo que seja castigado.

Suti cerrou os punhos.

— O senhor é culpado e sabe disso. Como ousa ensinar à elite das nossas tropas quando massacrou um dos seus homens e faz os seus próprios soldados cair numa emboscada?

Asher falou com voz velada:

— Os jurados vão julgar essas fabulações cada vez mais delirantes; se continuar, logo serei designado como exterminador do exército egípcio!

O sorriso zombeteiro do general conquistou a assembleia.

— Suti fala sob juramento — lembrou Paser — e o senhor reconheceu as qualidades dele como soldado.

— O heroísmo virou a cabeça dele.

— O desaparecimento do cadáver não anula o testemunho do tenente.

— Tem de convir, juiz Paser, que atenua consideravelmente a importância! Eu também dou o meu testemunho sob juramento. Será que a minha palavra vale menos do que a de Suti? Se ele assistiu mesmo a um homicídio, enganou-se quanto ao assassino. Se ele aceitar desculpar-se pública e imediatamente, aceito esquecer essa loucura passageira.

O juiz dirigiu-se ao queixoso:

— Tenente Suti, concorda com essa proposta?

— Ao sair do vespeiro em que por pouco não morri, jurei a mim mesmo que faria condenar o mais desprezível dos homens. Asher é hábil, sabe lidar com a dúvida e a suspeita. No momento, ele propõe que eu renuncie às minhas afirmações! Proclamarei a verdade até o meu último suspiro.

— Diante da intransigência cega de um soldado que perdeu a razão, eu, general e porta-estandarte à direita do rei, afirmo a minha inocência.

Suti teve vontade de atirar-se em cima do general e fazê-lo engolir as palavras. Um olhar insistente de Paser dissuadiu-o.

— Algumas das pessoas presentes deseja intervir?

A audiência continuou em silêncio.

— Já que é assim, convido os jurados a deliberar.

O júri reuniu-se numa sala do palácio, o juiz presidiu os debates nos quais não tinha o direito de intervir em nenhum dos sentidos. O seu papel consistia em conceder a palavra, evitar os confrontos e em manter a dignidade do tribunal.

Mentmosé foi o primeiro a falar, com objetividade e moderação. Algumas especificações foram incluídas no seu discurso, cujas conclusões foram mantidas sem grandes modificações. Menos de duas horas depois, Paser leu o veredicto, anotado por Iarrot:

— O dentista Qadash foi reconhecido culpado por falso testemunho. Devido à falta de gravidade da mentira pronunciada, do seu brilhante passado na profissão e da sua idade, Qadash foi condenado a dar um boi gordo ao templo e cem sacos de grãos para a caserna dos veteranos, que ele conturbou com a sua presença intempestiva.

Aliviado, o dentista bateu nos joelhos.

— O dentista Qadash deseja apelar e recusa-se a aceitar o julgamento?

O interpelado ergueu-se.

— Eu o aceito, juiz Paser.

— Nenhuma acusação foi mantida contra o químico Chechi.

O homem de bigodinho preto não teve nenhuma reação. Nem mesmo um sorriso enfeitou o seu rosto.

— O general Asher foi considerado culpado de duas faltas administrativas, sem consequências para o bom funcionamento do exército da Ásia. Além disso, as desculpas alegadas foram consideradas válidas. Uma simples advertência ser-lhe-á endereçada para que esse tipo de falha não se repita. Os jurados julgaram que o assassinato não pôde ser comprovado de maneira formal e definitiva. Hoje, o general Asher não foi considerado traidor e criminoso, mas o testemunho do tenente Suti não pode ser considerado difamatório. Não podendo pronunciar-se de maneira categórica devido à falta de clareza que envolve vários fatos essenciais, o tribunal pede a continuação da investigação a fim de que a verdade seja conhecida o mais cedo possível.

CAPÍTULO 39

O decano do pórtico regava um canteiro de íris que crescia no meio dos hibiscos. Viúvo há cinco anos, ele morava sozinho numa vila do bairro sul.

— Está orgulhoso de si mesmo, juiz Paser? Você maculou a reputação de um general estimado por todos, semeou a confusão nas mentes, sem conseguir a vitória do seu amigo Suti.

— A vitória não era o meu objetivo.

— O que queria?

— A verdade.

— Ah, a verdade! Não sabia que ela é mais fugaz do que uma enguia?

— Eu não trouxe a público os elementos de um complô contra o Estado?

— Pare de dizer bobagens. Ajude-me a levantar e derrame água nos pés de narciso, devagar. Isso vai mudar a sua brutalidade habitual.

Paser obedeceu.

— Acalmou o nosso herói?

— Suti não se acalmou.

— O que ele esperava? Derrubar Asher com uma cabeçada?

— Como eu, o senhor também acha que ele é culpado.

— Você é bem indiscreto. Mais um defeito.

— Os meus argumentos perturbaram-no?

— Na minha idade, nada mais me revolta.

— Estou convencido do contrário.

— Estou cansado, as longas investigações não são mais da minha alçada. Já que você começou, continue.

— Isso quer dizer que...
— Compreendeu muito bem. A minha decisão está tomada; não vou mudar de opinião.

*

A novidade percorreu rapidamente o palácio e os prédios oficiais: para surpresa geral, a hierarquia não retirava o caso Asher do juiz Paser. Embora não houvesse vencido, o jovem magistrado havia seduzido um grande número de dignitários pela sua integridade. Sem favorecer o queixoso nem o acusado, ele não havia dissimulado as lacunas da instrução. Alguns haviam esquecido a sua juventude para destacar o seu futuro, já comprometido devido à personalidade do acusado. Sem dúvida, Paser errara ao dar um excesso de crédito ao testemunho de Suti, herói por um dia e de personalidade fantasiosa; se, depois de longas reflexões, a maioria acreditasse na inocência do general, todos concordariam que o juiz pusera fatos perturbadores em evidência. O desaparecimento dos cinco veteranos e o roubo do ferro celeste, se não estavam ligados a um complô imaginário, surgiam como episódios escandalosos que não deveriam cair no esquecimento. O Estado, a hierarquia judiciária, os dignitários e o povo esperavam que o juiz Paser revelasse a verdade.

A nomeação de Paser acalmou a raiva de Suti, que tentou esquecer a decepção nos braços de Pantera; ele prometeu ao juiz que não faria nada antes de montarem uma estratégia em conjunto. Mantido na patente de tenente da divisão de carros de guerra, Suti não participaria de nenhuma missão antes do veredicto.

*

O sol poente dourava a areia do deserto e as pedreiras; as ferramentas dos operários calavam-se, os trabalhadores do campo voltavam para as fazendas, os burros descansavam livres dos seus fardos. Nos telhados das casas de Mênfis, planos, as pessoas tomavam ar fresco enquanto comiam queijo e bebiam cerveja. Bravo estava deitado de comprido no terraço de Branir, sonhando com o pedaço de carne grelhada que acabara de saborear. Ao longe, as pirâmides do planalto de Gizé formavam triângulos absolutamente perfeitos, limites da eternidade no crepúsculo. Como todas as noites no reino de Ramsés, o Grande, o país adormecia em paz, convencido de que o sol venceria a serpente das profundezas* e ressuscitaria ao amanhecer.

— Você passou pelo obstáculo — avaliou Branir.

— Magro sucesso — objetou Paser.

— Você é considerado um juiz íntegro e competente e obteve a possibilidade de prosseguir com a investigação sem nenhum entrave. O que poderia querer de melhor?

— Asher mentiu, sendo que falava sob juramento. Um assassino e, também, um perjuro.

— Os jurados não fizeram nenhuma censura a você. Nem o chefe de polícia nem a senhora Nenofar tentaram inocentar o general. Colocaram você diante do seu destino.

— O decano do pórtico gostaria de retirar-me do caso.

— Ele confia na sua capacidade e o vizir quer um dossiê bem fundamentado para intervir com conhecimento de causa.

— Asher tomou a precaução de destruir as provas; tenho medo de que as minhas investigações sejam estéreis.

— O seu caminho será longo e difícil, mas você pode ter êxito. Em breve terá o apoio do sumo sacerdote de Karnak e acesso aos arquivos dos templos.

Assim que a nomeação de Branir se efetivasse, Paser investigaria o roubo do ferro celeste e da enxó.

— Você se tornou patrão de si mesmo, Paser. Distinga a justiça da iniquidade, sem ceder aos conselhos daqueles que as misturam e as confundem para enganar os espíritos. Esse processo não passou de uma escaramuça; o verdadeiro combate ainda será travado. Neferet também ficará orgulhosa de você.

Na luz das estrelas brilhavam as almas dos sábios. Paser agradeceu aos deuses que lhe haviam permitido encontrar um deles na terra dos homens.

*

---

* Todas as noites, no mundo subterrâneo, o sol deveria enfrentar e vencer Apófis, uma gigantesca serpente que seria transformada em dragão na mitologia medieval.

Vento do Norte era um burro silencioso e pensativo. Só raramente soltava o berro característico da sua espécie, rouco e dilacerante, a ponto de acordar toda uma ruela.

Paser acordou sobressaltado.

Era mesmo um chamado do burro naquele dia que nascia, em que Bravo e ele contavam dormir até mais tarde. O juiz abriu a janela.

Embaixo da sua casa estavam umas vinte pessoas amontoadas. O médico-chefe Nebamon brandiu o punho.

— Aqui estão os melhores médicos de Mênfis, juiz Paser! Queremos apresentar uma queixa contra a nossa colega Neferet por fabricação de drogas perigosas e pedimos a sua exclusão do corpo médico.

*

Paser desembarcou na margem oeste de Tebas na hora mais quente. Ele requisitou um carro da polícia, cujo condutor dormia à sombra de um alpendre, e ordenou-lhe que apressasse o passo até o povoado de Neferet.

Soberano absoluto, o sol imobilizava o tempo, dava às palmeiras um eterno verdor e condenava os homens ao silêncio e ao torpor.

Neferet não estava em casa, nem no laboratório.

— Ela está no canal — informou um velho, arrancado do sono por um breve instante.

Paser saiu do carro, passou ao lado de um campo de trigo, atravessou um jardim sombreado, enveredou por uma trilha e chegou ao canal onde os moradores do povoado tinham o costume de banhar-se. Ele desceu a íngreme encosta, atravessou uma cortina de juncos e viu-a.

Ele deveria tê-la chamado, fechado os olhos, se virado, mas nenhuma palavra saía da sua boca e ele ficou parado, a tal ponto que a beleza da jovem fascinava-o.

Nua, ela nadava com a graça das mulheres que não lutam contra as águas e deixam-se levar. Com os cabelos enfiados numa touca de junco, ela mergulhava devagar e aparecia de novo. Usava o colar da pedra de turquesa no pescoço.

Quando o percebeu, ela continuou a nadar.

— A água está deliciosa, venha banhar-se.

Paser tirou a tanga e caminhou na direção dela sem sentir o frio da água. Ela lhe estendeu a mão, ele a pegou, excitado. Uma onda empurrou-os, um contra o outro. Quando os seios dela tocaram no peito de Paser, ela não recuou. Ele pousou os lábios nos de Neferet e apertou-a contra si.

— Eu a amo, Neferet.
— Aprenderei a amá-lo.
— Você é a primeira e não existirá outra.

Ela a beijou, desajeitado. Abraçados, voltaram para a margem e estenderam-se numa praia de areia escondida entre os juncos.

— Eu também sou virgem.
— Quero dar-lhe a minha vida. Amanhã, eu a pedirei em casamento.

Ela sorriu, conquistada e abandonada.

— Ame-me, ame-me intensamente.

Ele se deitou em cima dela, o olhar mergulhado nos olhos azuis. As suas almas e os seus corpos uniram-se sob o sol do meio-dia.

*

Neferet ouviu o discurso do pai, fabricante de ferrolhos, e da mãe, tecelã num ateliê no centro de Tebas. Nenhum dos dois se opunha ao casamento, mas queriam ver o futuro genro antes de darem a sua opinião. É verdade que a jovem não precisava do consentimento deles, mas não podia desprezá-lo por causa do respeito que lhes devotava. A mãe manifestou algumas restrições: Paser não era jovem demais? Ainda persistiam algumas dúvidas quanto ao futuro dele. Além do mais, estava atrasado no dia do pedido de casamento!

O nervosismo deles contagiou Neferet. Um horrível pensamento passou pela sua mente: e se ele não a amasse mais? E se, ao contrário das declarações que fizera, só estivesse atrás de uma aventura passageira? Não, era impossível. A paixão seria tão durável quanto a montanha tebana.

Finalmente, ele passou pela soleira da casa modesta. Neferet manteve-se a distância, como exigia a solenidade do momento.

— Queiram desculpar-me; eu me perdi nas ruelas. Preciso confessar que não tenho nenhum senso de orientação; em geral, é o meu burro que me guia.

— Você possui um burro? — surpreendeu-se a mãe de Neferet.
— Ele se chama Vento do Norte.
— É novo e tem boa saúde?
— Ele não sabe o que é doença.
— Quais são os seus outros bens?
— No próximo mês terei uma casa em Mênfis.
— Juiz é uma boa profissão — declarou o pai.

— A nossa filha é jovem — explicou a mãe. — Você não poderia esperar?

— Eu a amo e quero desposá-la sem esperar um segundo.

Paser tinha uma aparência séria e decidida. Neferet contemplava-o com os olhos de uma mulher apaixonada. Os pais concordaram.

*

O carro de Suti atravessou o portal da caserna principal de Mênfis a toda velocidade. Os guardas soltaram as suas lanças e jogaram-se no chão para não serem atropelados. Suti pulou do carro andando, e os cavalos continuaram a corrida no grande pátio. Ele subiu de quatro em quatro a escada que levava ao quartel dos oficiais superiores onde residia o general Asher. Suti afastou o primeiro policial com um golpe do antebraço na nuca, o segundo, com um soco na barriga, e o terceiro, com um pontapé nos testículos. O quarto teve tempo de puxar a espada da bainha e de feri-lo no ombro esquerdo; a dor decuplicou a raiva do tenente da divisão de carros de guerra, que, com os dois punhos unidos como um martelo, derrubou o adversário.

Sentado numa esteira, com um mapa da Ásia aberto na frente, o general Asher virou a cabeça para Suti.

— O que veio fazer aqui?

— Acabar com o senhor.

— Acalme-se.

— Pode escapar da justiça, mas não de mim.

— Se me agredir, não sairá vivo desta caserna.

— Quantos egípcios matou com as suas mãos?

— Você estava esgotado, a sua visão estava enevoada. Você se enganou.

— Sabe muito bem que não.

— Então, vamos fazer um arranjo.

— Um arranjo?

— Uma reconciliação pública teria um grande efeito. Serei consolidado na minha posição e você será beneficiado com uma promoção.

Suti avançou para cima de Asher e apertou-lhe o pescoço.

— Morra, canalha!

Alguns soldados agarraram o homem furioso, impediram-no de estrangular o general e moeram-no de pancadas.

*

Magnânimo, o general Asher não apresentou queixa contra Suti. Compreendia a reação do agressor, embora ele estivesse enganado em relação ao culpado. No lugar dele, Asher teria agido da mesma maneira. Esse comportamento advogava em seu favor.

Desde que voltara de Tebas, Paser havia feito de tudo para libertar Suti, preso na caserna principal. Asher concordou em suspender as sanções por insubordinação e insultos a um superior se o herói pedisse demissão do exército.

— Aceite — aconselhou Paser.
— Desculpe, esqueci a minha promessa.
— Com você sou sempre indulgente.
— Você não vai conseguir vencer Asher.
— Sou perseverante.
— Ele é esperto.
— Esqueça o exército...
— A disciplina não me agrada. Tenho outros projetos.

Paser temia conhecê-los.

— Você me ajudaria a preparar um dia de festa?
— Qual a ocasião?
— O meu casamento.

Os conjurados reuniram-se numa fazenda abandonada. Todos se certificaram de que não haviam sido seguidos.

Depois de saquearem a Grande Pirâmide e roubarem os símbolos da legitimidade do faraó, eles se haviam limitado a observar. Os acontecimentos recentes obrigaram-nos a tomar decisões.

Só Ramsés, o Grande, sabia que o seu trono repousava em areia movediça. Quando o seu poder diminuísse, deveria celebrar a sua festa de regeneração, ou seja, confessar à corte e ao país que não possuía mais o testamento dos deuses.

— O rei resiste mais do que supusemos.
— A paciência é a nossa melhor arma.
— Os meses estão passando.

— Que risco corremos? O faraó está de pés e mãos atados. Ele tomou algumas medidas, tomou atitudes mais duras em relação à sua própria administração, mas não pode abrir-se com ninguém. Ele tem um caráter firme, mas está desintegrando-se; o homem está condenado e tem consciência disso.

— Nós perdemos o ferro celeste e a enxó.

— Um erro de manobra.

— Eu estou com medo. Devíamos desistir, devolver os objetos roubados!

— Estúpido!

— Não vamos desistir tão perto do objetivo.

— O Egito está nas nossas mãos: no futuro, o reino e as suas riquezas serão nossos. Esqueceu o grande projeto?

— Toda conquista implica sacrifícios, essa mais do que qualquer outra! Nenhum remorso deve impedir-nos. Alguns cadáveres à beira do caminho não têm nenhuma importância em vista do que vamos realizar.

— O juiz Paser é um verdadeiro perigo. Se estamos aqui reunidos, é por causa da maneira como ele age.

— Ele vai cansar-se.

— Não se iluda, Paser é o mais implacável dos investigadores.

— Ele não sabe nada.

— Mas conduziu o seu primeiro grande processo de maneira magistral. Algumas das suas intuições são perigosas; ele juntou elementos significativos e pode pôr a nossa ação em perigo.

— Quando chegou a Mênfis, ele estava sozinho; agora dispõe de apoios não desprezíveis. Se der um passo a mais na direção certa, quem irá pará-lo? Deveríamos interromper a sua ascensão.

— Ainda não é tarde demais.

CAPÍTULO 40

Suti esperava Neferet na chegada do barco que vinha de Tebas.
— Você é a mais bonita!
— Devo enrubescer diante de um herói?
— Ao vê-la, eu preferia ser juiz. Dê-me o seu saco de viagem; creio que o burro ficará feliz em carregá-lo.
— Onde está Paser?
— Está limpando a casa e ainda não terminou. Por isso eu vim recebê-la. Estou muito feliz por vocês dois!
— E como vai a sua saúde?
— Você é a melhor das curandeiras. Recuperei as minhas forças e penso em usá-las.
— Sem cometer imprudências, espero!
— Fique tranquila. Não vamos fazer Paser esperar; desde ontem, ele só fala do vento contrário, de um provável atraso e de não sei qual catástrofe que dificultaria a sua viagem. Estar apaixonado a esse ponto deixa-me perplexo.

Vento do Norte andou rápido.

O juiz dera um dia de folga ao escrivão, enfeitado de flores a fachada da casa e fumigado o interior. Um delicado aroma de olíbano e de jasmim flutuava no ar.

A macaca-verde de Neferet e o cão de Paser olharam-se com desconfiança, enquanto o juiz abraçava a médica. Os moradores do bairro, à espreita dos acontecimentos pouco habituais, foram rapidamente alertados.

— Eu me preocupo com os pacientes que deixei no povoado.

— Terão de se acostumar com outro médico; dentro de três dias mudaremos para a casa de Branir.

— Ainda quer casar comigo?

Como resposta, ele a ergueu, carregou-a e atravessou a soleira da pequena casa na qual havia passado tantas noites sonhando com ela.

Do lado de fora, as pessoas soltaram gritos de alegria. Oficialmente, Paser e Neferet tornavam-se marido e mulher, pois, sem outras formalidades, passavam a morar juntos sob o mesmo teto.

*

Depois de uma noite de festa da qual todo o bairro participou, eles dormiram enlaçados até o fim da manhã. Quando acordou, Paser acariciou-a com os olhos. Não acreditava que a felicidade pudesse deixá-lo tão alegre. De olhos fechados, ela pegou a mão do marido e pôs sobre o seu coração.

— Jure que nunca nos separaremos.

— Que os deuses possam fazer de nós uma só pessoa e inscrever o nosso amor na eternidade.

Os corpos deles adaptaram-se tão bem que o desejo os fazia vibrar ao mesmo tempo. Além do prazer dos sentidos, que desfrutavam com impetuosidade e uma fome de adolescentes, eles já viviam um além da sua parceria que buscava a perenidade.

*

— Pois bem, juiz Paser, quando abriremos o processo? Soube que Neferet voltou para Mênfis. Portanto, pode comparecer diante do tribunal.

— Neferet tornou-se a minha esposa.

O médico-chefe torceu o nariz.

— Lamentável. A condenação dela vai enlamear a sua fama; se gosta da sua carreira, um divórcio rápido será necessário.

— Insiste na sua acusação?

Nebamon caiu na gargalhada.

— O amor deixou-o com a cabeça perturbada?

— Eis a lista dos produtos que Neferet fabricou no laboratório. As plantas foram fornecidas por Kani, jardineiro do templo de Karnak. Como pode constatar, as preparações estão de acordo com a farmacopeia.

— Você não é médico, Paser, e o testemunho desse tal de Kani não será suficiente para convencer os jurados.

— Acha que o de Branir será mais decisivo?

O sorriso do médico-chefe transformou-se num ricto.

— Branir não exerce mais a medicina, ele...

— Ele é o futuro sumo sacerdote do templo de Karnak e testemunhará em favor de Neferet. Com o seu reconhecido rigor e honestidade, Branir examinou as drogas que você qualifica como perigosas. Ele não detectou nenhuma anomalia.

Nebamon ficou furioso. O prestígio do velho médico era tão grande que daria uma bela notoriedade a Neferet.

— Eu o subestimei, Paser. Você é um hábil estrategista.

— Eu me limito a contrapor a verdade ao seu desejo de fazer o mal.

— Hoje você parece ter vencido; amanhã vai desiludir-se.

*

Neferet dormia no andar de cima, Paser estudava um dossiê no térreo. Com o zurro do burro, ele compreendeu que alguém se aproximava.

Paser saiu de casa. Ninguém por perto.

No chão, havia um pedaço de papiro. Um bilhete curto, sem erros.

Branir está em perigo. Venha rápido.

O juiz saiu correndo noite adentro.

As redondezas da casa de Branir pareciam tranquilas, mas a porta, apesar da hora tardia, estava aberta. Paser atravessou a primeira sala e viu o seu mestre sentado, encostado na parede, com a cabeça caída sobre o peito.

No pescoço dele estava espetada uma agulha de nácar toda manchada de sangue.

O coração já não falava nas veias. Abalado, Paser teve de aceitar o óbvio. Branir havia sido assassinado.

Vários policiais entraram e cercaram o juiz. Mentmosé vinha à frente.

— O que faz aqui?

— Uma mensagem avisou-me de que Branir corria perigo.

— Mostre-me.

— Eu a deixei na rua, na frente da minha casa.

— Vamos verificar.

— Por que a suspeita?

— Porque eu o acuso de assassinato.

Mentmosé acordou o decano do pórtico no meio da noite. De mau humor, o magistrado ficou surpreso ao ver Paser entre dois policiais.

— Antes de tornar os fatos públicos — declarou Mentmosé —, quero consultá-lo.

— Você detém o juiz Paser?

— Assassinato.

— Quem ele matou?

— Branir.

— Absurdo — interveio Paser. — Ele era o meu mestre e eu o venerava.

— Por que você é tão assertivo, Mentmosé?

— Flagrante delito. Paser enfiou uma agulha de nácar no pescoço de Branir; a vítima sangrou pouco. Quando os meus homens e eu entramos na casa, ele havia acabado de realizar o gesto.

— Isso é falso — protestou Paser. — Eu havia acabado de descobrir o cadáver.

— Você pediu que um médico examinasse o corpo?

— Nebamon.

Apesar da tristeza que lhe apertava o coração, Paser tentou reagir:

— A sua presença, naquela hora e naquele lugar, com uma brigada é bem surpreendente. Como a justifica, Mentmosé?

— Ronda noturna. De vez em quando, misturo-me aos meus subordinados. Não existe melhor meio de conhecer as suas dificuldades e de resolvê-las. Tivemos a sorte de apanhar um criminoso em flagrante.

— Quem o enviou, Mentmosé? Quem organizou essa armadilha?

Os dois policiais agarraram Paser pelos braços. O decano puxou o chefe da polícia de lado.

— Responda, Mentmosé: você estava lá por acaso?

— Não totalmente. Uma mensagem anônima chegou ao meu escritório à tarde. Ao cair da noite, fiquei de guarda perto da casa de Branir. Vi Paser entrar e agi quase que imediatamente, mas já era tarde demais.

— A culpa dele é uma certeza?

— Não o vi espetar a agulha no corpo da vítima, mas como duvidar?

— Esse detalhe é importante. Depois do escândalo Asher, uma tragédia dessa... E envolvendo um juiz sob a minha responsabilidade!

— Que a justiça faça o seu dever, eu fiz o meu.

— Um ponto continua obscuro: o motivo.
— Isso é secundário.
— Claro que não!

O decano do pórtico parecia abalado.

— Ponha Paser num lugar secreto. Oficialmente, diga que ele deixou Mênfis para uma missão especial na Ásia, relacionada ao caso Asher. A região é perigosa; ele corre o risco de ser vítima de um acidente ou de morrer atacado por um vagabundo.

— Mentmosé, você não ousaria...
— Nós nos conhecemos há muito tempo, decano. Só o interesse do país nos guia. Não gostaria que eu investigasse para descobrir a identidade do autor da mensagem anônima. Esse juiz sem importância é uma pessoa bem incômoda; Mênfis gosta de calma.

Paser interrompeu o diálogo:

— Está errado de atacar um juiz. Eu voltarei e descobrirei a verdade. Pelo nome do faraó, juro que voltarei!

O decano do pórtico fechou os olhos e tapou os ouvidos.

*

Louca de preocupação, Neferet alertou os moradores do bairro. Alguns tinham ouvido o zurro de Vento do Norte, mas ninguém lhe deu a menor indicação sobre o desaparecimento do juiz. Avisado, Suti não obteve nenhuma informação digna de interesse. A casa de Branir estava fechada. Desorientada, só restava a Neferet consultar o decano do pórtico.

— Paser desapareceu.

O alto magistrado pareceu perplexo:

— Que ideia! Fique tranquila: ele cumpre uma missão secreta no âmbito da sua investigação.

— Onde ele está?
— Se eu soubesse, não teria o direito de revelar-lhe. Mas ele não me deu nenhum detalhe e não sei o itinerário dele.
— Ele não me disse nada!
— Ainda bem. Caso contrário, mereceria repreensão.
— Ele partiu durante a noite sem dizer uma palavra!
— Sem dúvida queria poupar a você um momento difícil.

— Íamos mudar para a casa de Branir depois de amanhã. Eu queria falar com ele, mas Branir está a caminho de Karnak.

O voz do decano tornou-se triste:

— Minha pobre criança... Não foi informada? Branir morreu esta noite. Os seus ex-colegas organizarão um magnífico funeral.

CAPÍTULO 41

A macaquinha-verde não brincava mais, o cachorro recusava-se a alimentar-se, os grandes olhos do burro choravam. Prostrada com a morte de Branir e o desaparecimento do marido, Neferet não tinha forças para agir.

Suti e Kem vieram em seu socorro. Ambos percorreram todas as casernas, todos os departamentos administrativos fizeram perguntas a todos os funcionários para conseguir uma informação sobre a missão confiada a Paser, por menor que fosse. Mas as portas fecharam-se e os lábios permaneceram fechados.

Desamparada, Neferet percebeu o quanto amava Paser. Por muito tempo havia contido os seus sentimentos com medo de se comprometer levianamente; a insistência do rapaz fizera com que esses sentimentos crescessem, dia a dia. Ela havia unido o seu ser a Paser; separados, eles definhariam. A vida não tinha sentido longe de Paser.

*

Acompanhada de Suti, Neferet depositou alguns lótus na capela da tumba de Branir. O mestre não iria desaparecer, seria hóspede dos sábios e comungaria com o sol ressuscitado. Nele, a alma de Branir buscaria a energia necessária para realizar incessantes viagens entre o Além e as trevas da tumba, onde continuaria a brilhar.

Nervoso, Suti foi incapaz de orar. Ele saiu da capela, catou uma pedra e arremessou-a longe. Neferet pôs a mão no ombro dele.

— Ele voltará, tenho certeza.

— Por dez vezes tentei encostar esse maldito decano do pórtico na parede! Ele é mais escorregadio do que uma serpente. "Missão secreta": ele só conhece essas duas palavras. Agora se recusa a receber-me.
— Que projetos você concebeu?
— Partir para a Ásia e encontrar Paser.
— Sem nenhuma pista confiável?
— Mantenho amigos no exército.
— Eles o ajudaram?

Suti baixou os olhos.

— Ninguém sabe nada, era como se Paser se houvesse desmanchado em fumaça! Já imaginou a tristeza dele quando souber sobre a morte do seu mestre?

Neferet estava com frio.

Eles saíram do cemitério com o coração apertado.

O babuíno policial devorou uma coxa de frango com apetite feroz. Exausto, Kem lavou-se numa tina de água morna, perfumada, e vestiu-se com uma tanga limpa.

Neferet levou-lhe carne e legumes.

— Não estou com fome.
— Há quanto tempo você não dorme?
— Três dias ou mais.
— Nenhum resultado?
— Nenhum. Não poupei esforços, mas meus informantes não falam nada. Só tenho uma certeza: Paser saiu de Mênfis.
— Portanto, ele foi para a Ásia...
— Sem falar com você?

Do telhado do grande templo de Ptah, Ramsés, o Grande, contemplava a cidade, às vezes febril, sempre alegre. Além da muralha branca estavam os campos verdejantes, debruados de desertos onde viviam os mortos. Depois de ter presidido rituais por dez horas, o soberano se havia isolado, desfrutando o ar vivificante da noite.

No palácio, na corte, nas províncias, nada havia mudado. A ameaça parecia ter se afastado, levada pela corrente do rio. Mas Ramsés lembrava-se das profecias do velho sábio Ipu-Ur, anunciando que o crime iria espalhar-se, que a Grande Pirâmide seria violada e que os segredos do poder cairiam nas mãos de um pequeno número de insensatos, prontos para destruírem uma civilização milenar para satisfazer os seus interesses e a sua loucura.

Quando era criança, ao ler o famoso texto sob o rigor disciplinar do instrutor, ele se havia revoltado contra essa visão pessimista; se reinasse, iria afastá-la para sempre! Vaidoso e fútil, havia esquecido que ninguém, mesmo que fosse faraó, não podia extirpar o mal do coração dos homens.

Agora, mais sozinho do que um viajante perdido no deserto enquanto centenas de cortesãos incensavam-no, precisava combater as trevas, tão espessas que em breve esconderiam o sol. Ramsés era lúcido demais para se entupir de ilusões; essa luta estava perdida por antecipação, pois ele não conhecia o rosto do inimigo e não podia tomar nenhuma iniciativa.

Prisioneiro no seu próprio país, vítima prometida à mais terrível das decadências, o espírito corroído por um mal incurável, o mais adulado dos reis do Egito afundava, no fim do seu reinado, como se afundasse na água glauca de um pântano. Para conservar a sua dignidade, precisava aceitar o destino sem se queixar como um covarde.

✻

Quando os conjurados reuniram-se, um sorriso franco correu nos seus lábios. Eles se felicitaram pela estratégia adotada, coroada por uma sorte favorável. A probabilidade favorável não ia para os conquistadores? Mesmo que críticas houvessem espocado aqui ou acolá, elas não eram mais admissíveis nesse período de triunfo, prelúdio do nascimento de um novo Estado. O sangue vertido estava esquecido, os últimos remorsos haviam alçado voo.

Todos eles haviam feito a sua parte do trabalho, ninguém havia sucumbido sob os ataques do juiz Paser; ao não se deixarem dominar pelo pânico, o grupo de conjurados havia mostrado a sua coesão, precioso tesouro que seria preciso conservar por ocasião da futura e próxima divisão dos poderes.

Só restava uma formalidade a cumprir para afastar definitivamente o fantasma do juiz Paser.

✻

O zurro de Vento do Norte preveniu Neferet de uma presença hostil. No meio da noite, ela acendeu a lamparina, empurrou a persiana e olhou a rua. Dois soldados batiam na porta. Eles levantaram os olhos.

— Você é Neferet?
— Sou, mas...
— Queira acompanhar-nos.
— Qual o motivo?
— Ordens superiores.
— E se eu me recusar?
— Teremos de obrigá-la.

Bravo rosnou. Neferet poderia ter pedido ajuda, acordado o bairro, mas acalmou o cão, jogou um xale nos ombros e desceu. A presença dos dois soldados devia ter ligação com a missão de Paser. O que importava a sua segurança se, finalmente, ela obtivesse uma informação confiável?

O trio atravessou a cidade adormecida em marcha forçada, na direção da caserna central. Chegando ao destino sem incidentes, os soldados confiaram Neferet a um oficial, que, sem dizer uma palavra, a conduziu ao escritório do general Asher.

Sentado numa esteira, cercado de papiros desenrolados, ele continuou concentrado no trabalho.

— Sente-se, Neferet.
— Prefiro continuar de pé.
— Aceita leite morno?
— Por que esta convocação numa hora tão insólita?

A voz do general tornou-se agressiva:
— Você sabe a razão da partida de Paser?
— Ele não teve tempo de falar-me sobre ela.
— Que obstinação! Ele não aceitou a derrota e quer trazer o famoso cadáver que não existe! Por que me persegue assim com o seu ódio?
— Paser é juiz, ele busca a verdade.
— A verdade foi revelada no processo, mas não agradou a ele! Só queria a minha exoneração e a minha desonra.
— Os seus sentimentos não me interessam nem um pouco, general; não tem mais nada a dizer?
— Tenho, Neferet.

Asher desenrolou um papiro.
— Este relatório tem a marca do selo do decano do pórtico; já foi verificado. Eu o recebi há menos de uma hora.

— Qual é... qual é o seu conteúdo?

— Paser morreu.

Neferet fechou os olhos. Queria apagar-se como um lótus murcho, desaparecer com um sopro.

— Um acidente numa trilha de montanha — explicou o general. — Paser não conhecia a região; com a sua habitual imprudência, lançou-se numa louca aventura.

As palavras queimariam a sua garganta, mas Neferet tinha de fazer a pergunta:

— Quando vai repatriar o corpo?

— Continuamos as buscas, mas não há muitas esperanças. Nessa região, as torrentes são fortes e os desfiladeiros, inacessíveis. Eu respeito a sua dor, Neferet: Paser era um homem de caráter.

*

— A justiça não existe — disse Kem, depondo as armas.

— Você viu Suti? — perguntou Neferet, preocupada.

— Ele pode acabar com os pés pelos caminhos, contudo não vai desistir enquanto não encontrar Paser; Suti está convencido de que o amigo não morreu.

— E se...

O núbio balançou a cabeça.

— Vou continuar a investigação — afirmou ela.

— É inútil.

— O mal não deve triunfar.

— Ele sempre triunfa.

— Não, Kem. Se fosse assim, o Egito não existiria. Foi a justiça que fundou este país, era ela que Paser queria ver brilhar. Não temos o direito de aceitar a mentira.

— Estarei ao seu lado, Neferet.

*

Neferet sentou-se à beira do canal, no lugar onde havia encontrado Paser pela primeira vez. O inverno aproximava-se; violento, o vento balançou a turquesa que ela usava no pescoço. Por que o precioso talismã não a havia protegido?

Hesitante, a jovem esfregou a pedra preciosa entre o polegar e o indicador, pensando na deusa Hathor, mãe das turquesas e soberana do amor.

As primeiras estrelas apareceram, irrompendo do Além. Ela sentiu violentamente a presença da pessoa amada, como se a fronteira da morte desaparecesse. Um pensamento louco transformou-se em esperança: a alma de Branir, o mestre assassinado, não havia zelado pelo seu discípulo?

Sim, Paser voltaria. Sim, o juiz do Egito dissiparia as trevas para que a luz brilhasse novamente.

Impresso no Brasil pelo
Sistema Cameron da Divisão Gráfica da
DISTRIBUIDORA RECORD DE SERVIÇOS DE IMPRENSA S.A.
Rua Argentina, 171 – Rio de Janeiro, RJ – 20921-380 – Tel.: (21)2585-2000